講談社文庫

新装版

武田勝頼

㈠陽の巻

新田次郎

講談社

武田勝頼㈠ 陽の巻●目次

生い立ち 9
陰々滅々 19
暗雲低迷 39
花嫁売込合戦の次第 59
饗《もてなし》風呂 78
捨てられた長篠城 99
遠州森と申す所にて負け給う 121
金箔を張られた髑髏《どくろ》 140
新統領の座の周辺 160
木曾衆手強《てごわ》し 180
猿皮の靭《うつぼ》をつけた敵 201
蘭奢待《らんじやたい》切り捕らるる事 221
高天神《たかてんじん》城落ちる 242
慰藉料金貨一駄 263

武田水軍伊勢湾に現わる　285
血の河　306
女駕籠二梃　326
天竜河原の小競合　346
三河奥郡《おくごおり》二十余郷の代官　366
竹鋸にて引き殺す　385
伊賀者奥入り　405
境目の城　426
長篠城仕寄《しより》戦術　447
岡崎への九里の道　467
強《すね》右《え》衛門《もん》磔死《たくし》　488

武田勝頼㈠ 陽の巻

生い立ち

　勝頼は天文十五年（一五四六年）甲斐《かい》国古府中《こふちゅう》（現在の甲府市）、躑躅ケ崎《つつじさき》の館《やかた》（武田信玄の居館《いやかた》、現在位置・甲府市内武田神社）において出生した。母は諏訪《すわ》頼重《よりしげ》の女《むすめ》の湖衣《こい》姫で、信玄の側室として迎えられ勝頼を生んだのである。

　勝頼が生れた時、父武田信玄（当時は晴信と称していた）は二十六歳の男盛りで正室三条氏との間に嫡男義信、次男龍宝、三男信之があり、姉も三人いた。

　勝頼は四男だから四郎と名付けられた。武田家の子だから、一般的に考えれば名前に信の一字がつく筈であったが、勝頼だけは、母方の祖父諏訪頼重の頼を取って勝頼と命名された。それは、その時既に武田信玄によって亡ぼされた信濃の諏訪家を勝頼に継がせる腹づもりが信玄にあったのだと云われている。

当時武田信玄は信濃国制覇の執念を燃やしていた。甲斐国と境を接している諏訪が亡ぼされ、更に佐久《さく》、小県《ちいさがた》方面へ信玄の手は伸びていた。

勝頼はこのような戦国動乱の真っ只中に生を受けたのである。

勝頼の母湖衣姫は絶世の美人であったが、弘治元年（一五五五年）に早逝した。勝頼が九歳の時である。勝頼は母に似て美男子であり、幼時は傅役《ふやく》（お守役）に育てられ、なに不自由なく暮していた。このころ、武田信玄は、信濃に深く攻め入り、諏訪、伊奈《いな》、木曾、佐久、安曇《あずみ》等の諸地方の豪族を武田家のもとに隷属させ、宿敵、上杉謙信（当時は長尾景虎）と信濃の川中島地方を争っていた。

勝頼が信濃国高遠《たかとお》城主として歴史にはじめてその名を見せたのは永禄五年（一五六二年）である。川中島の大会戦があった翌年であり、武田信玄がほぼ信濃全土をその傘下に収めた年のことであった。勝頼は若冠十六歳で、信濃国、伊奈高遠城主として迎えられたのである。

これは信玄が勝頼が生れたときから、諏訪家の後継者にしようと願っていたことを実施したまでのことであった。

信玄が亡ぼした諏訪家は神氏《かみうじ》として神代《かみよ》から伝わる名家で、諏訪神社の大祝《おおはふり》職であると同時に諏訪地方の領主でもあり、祭政共に司《つかさど》る家柄として日本中に信者を持っていた。諏訪氏即ち諏訪神社大祝は神域として諏訪、高遠、小県の三郡を領し、おかすべからざる勢力を持っていた。

信玄はこの神氏の諏訪家を亡ぼし、自領にしていたが、勝頼が長ずるに及んで諏訪神社の信徒や住民感情を考慮し、諏訪家の血筋を引く彼を高遠城主にしたのである。信玄が得意とする慰留政策だった。勝頼はこれまで通称諏訪四郎勝頼と呼ばれていたが、このころから通称伊奈四郎勝頼と呼ばれるようになった。

勝頼が高遠城主になった時は次兄の龍宝は目が不自由なるがために僧籍に入っており、三男の信之は早逝したので、勝頼は、兄義信に次ぐ人として武田家中では重要な存在になっていた。

勝頼の初陣は十七歳であった。

彼は父信玄と共に上州箕輪《みのわ》城の攻撃に参加し、敵の大物見の大将、藤井豊後守と組み討ちをしてその首を挙げた。

父の信玄はこれを聞いて、内心では喜んでいたが、大将たるものは決して粗暴なふるまいをしてはならないと若き勝頼をいましめた。

父信玄に聊爾者《りょうじもの》め（軽はずみな奴）と叱られた勝頼だったが、その後の戦《いくさ》にも自ら先頭に立って戦い、しばしば手柄を立てて、側近の者をはらはらさせた。戦好きな武勇の将として勝頼は武田家中に次第に名を高めて行った。

父信玄は、最愛の側室湖衣姫が生んだ勝頼を兄の義信より可愛がっていた。そのころ嫡男の義信と信玄の仲は次第に冷却しつつあった。

信玄の嫡子武田義信と父信玄の間に溝ができたのは永禄四年の川中島の大会戦の折であった。

義信はこの合戦で父信玄の命令を守らず、独自の軍事行動に出たがために、一時武田軍は苦境に落ち入った。合戦が終った後で、信玄は義信を前にして激怒した。この時は、家臣たちが次々と信玄と義信の間に割って入り、どうやら収めたが、この時以来、父子の関係はうまく行かなくなった。

父信玄がやることなすことのすべてについて義信がいちいち反対するのである。信玄は小さなことなら、若い者の云うことだからと聞いてやっていたが、終《つい》に父子の意見が真っ向から対立するような事態が出来《しゅつたい》した。

問題は駿河《するが》侵略の可否についてであった。信玄はこれを望み、義信は強く反対した。

武田信玄は大局的立場から物を考え、義信は小局的に物を考えた。そこにどうにもならぬ意見の差が出来たのである。親子であることが、この場合、かえって溝を深めた。

武田信玄は信濃及び西上野《こうずけ》をその勢力下に収めて、国力がもっとも充実した時であった。天下を望む彼としてはこのままじっとしては居られなかった。京都へ向って、西上の軍を発するにはまず東海道へ出るのが早道だった。

当時駿河、遠江《とおとうみ》の二国を領している今川氏真《うじざね》は暗愚であり、家臣団も二つに分かれて動揺していた。信玄はこの駿河へ侵略を企てようとしたのである。ところが、駿河の今川家と関東の北条家と武田家との三家は三国同盟を結んでいて、互いに侵略はしないことになっていた。三国はそれぞれ婚姻政策によって結ばれてもいた。武田信玄の嫡男、義信の正室は今川氏真の妹であった。

信玄は大局から天下を観望し、三国同盟などいまや過去のものであり、織田信長という新興大勢力に対抗するためには、三国同盟を破っても東海に進出して、ここに確固たる地盤を築かなければならないと考えていた。

しかし義信は飽《あ》くまでも三国同盟にこだわっていた。隣国との信義を破るような卑《ひ》劣《れつ》なふるまいはできない。駿河侵略など武士たる者がやるべきではないと云って反対した。

武田家内部は信玄に従う者と、義信の筋論に従う者と二派に別れようとした。まさに分裂の危機であった。

信玄は嫡男義信を幽閉した。こうすることによって反省を求めたのであったが、義信は頑固に意志を変えようとはせず、二年後に病死した。永禄十年（一五六七年）のことであった。

勝頼にとっては思いもかけないような事態になったのである。義信が死ねば信玄の後継者は勝頼である。信玄はそう心に決めた。

同じ年、勝頼に嫡男信勝が生れた。母は苗木(中津川市)城主遠山勘太郎の女《むすめ》で、織田信長の養女として勝頼のところへ十五歳で嫁して来たのであったが、信勝を生んで本人は死んだ。十四、五歳で政略結婚をし、子供を生むと同時に死んだ例は非常に多い。信玄の最初の妻、上杉朝興の女《むすめ》も十五歳で出産し母子共に死んだ。

永禄十年に義信が病死すると、武田信玄はいよいよ駿河進出に着手した。永禄十一年(一五六八年)、武田信玄は三河の徳川家康と駿州遠州分割の密約を交わし、大軍を率いて駿河に侵入して今川氏真を追放した。このために、信玄は、隣国の北条氏康、氏政父子を敵とすることになったが、永禄十二年(一五六九年)の三増峠《みませ》の合戦で武田軍が北条軍を破り、元亀二年(一五七一年)には再び武田家と北条家との和が成立した。これ等の合戦には、勝頼は一軍の将としてその度毎に参加していた。

勝頼が高遠城から古府中の躑躅ケ崎の館に帰ったのは元亀二年である。武田信玄は跡目たるべき者として武田勝頼を決め、側近に置き帷幕《いばく》の将としたのである。

時に勝頼は二十五歳であった。この日までには城主としての経験を積み、戦争にもしばしば出征しているから、武田家の跡目としての貫禄《かんろく》は充分であった。

だが、ここに問題がないではなかった。武田家が一代にして大国に伸《の》し上がったのは信玄一人の力ではなく、陰の人達がいたからである。

山県昌景《やまがたまさかげ》、馬場《ばば》信春《のぶはる》等のような腹心の家臣団の多くは、信玄が、その才能を認めて取り立てた人たちであり、まさに、百戦練磨の将軍であった。

また穴山信君《のぶきみ》や武田信廉《のぶかど》（信綱）などのように武田家内で強い発言権を持つ御親類衆がいた。この人たちも武田信玄の下で大きな力となっていた。

これらの家臣団や御親類衆はそれぞれ、土地を持ち兵を持っていて、合戦に於てはそれ相応の働きをする頭（軍団の大将）でもあった。

ところが、若くして帷幕に加えられた勝頼には彼自身の戦いの経験もとぼしいし、直接の家臣団というようなものは少なかった。高遠城時代から勝頼に従っている数少ない側近家臣がいるだけであった。

信玄はこの勝頼を武田の跡目にするまでには、尚かなりの時間がかかるだろうと思った。急に勝頼に実権を与えるようなことをすれば家臣団や御親類衆から不平が出る。

信玄はそれを見込んで、勝頼を帷幕の将として作戦や実戦に従事させ、徐々に総大将としての器に仕上げようとした。このために、信玄はわざと勝頼には一部将としての待遇を与えていたとも考えられる。

しかし、これは武田信玄の一生一代の誤りであった。もし彼が自らの死期を知っていたならば、勝頼に正式に跡目を譲り、自分は隠居として勝頼に助言を与えたであろう。

しかし武田信玄はそうはしなかった。彼は、西上の野望にまっしぐらに進んでいた。今こそ織田信長軍を打ち破って、京都へ進出する機会であると信じ、織田信長に敵対する、浅井長政、朝倉義景《よしかげ》、本願寺顕如《けんによ》、等と連絡を取り、織田信長包囲作戦を取ったのである。

勝てる戦だと思った。彼は宿痾《しゆくあ》の労咳《ろうがい》を充分自覚していたからこそ西上を急いだ。京都に武田の旗を立てたところで家督を勝頼にゆずりたいと思っていた。

元亀三年（一五七二年）十月、武田信玄が率いる西上の大軍は古府中を発し、十二月には遠江の二俣城を落とし、浜松城の近くの三《み》方《かた》ケ原《はら》で、徳川、織田の連合軍と戦い、これを打ち破った。

信玄はこのまま一気に西上の途を急ごうとした。しかし、この三方ケ原の合戦で風邪を引いた信玄は、それがもとで労咳を再発させた。

武田軍は進軍を停止し遠江の刑部《おさかべ》で越年した。信玄が病に伏していることをかくすために武田軍は一所懸命だった。越えて元亀四年（一五七三年）の二月には野田城を攻め落としたが、西上の軍はそのまま動かず、四月になって、いよいよ信玄の病が重くなったのを見て、古府中への帰途についたのである。

武田信玄には主侍医の御宿監物《みしゆくけんもつ》や板坂法眼などの名医がつき添っていたが容態はすこぶる悪かった。

信玄は自分の生命の限界を知ると、病める身をこのまま京都へ進めよと命令した。いまここで武田信玄が西上の軍をおさめて引き上げたと聞けば、必ずや織田信長は浅井、朝倉を攻撃し、これを亡ぼすだろう。そうはさせたくないから、このまま西上を続け、まず、岐阜城を攻撃せよと命じた。しかし、主侍医や家来衆、御親類衆は病める信玄を擁《よう》してこれ以上進軍はできなかった。

家臣等は相談した結果、病める信玄には西上を続けていると信じさせながら、甲斐へ引き返すことに決めた。

信玄は輿《こし》に乗せられて、三河から折元峠を越えて信濃の伊奈へ入った。伊奈の根羽《ねばね》に入ったとき、信玄は多量の喀血をした。呼吸も脈搏も尋常ではなくなった。

主侍医の御宿監物は信玄の臨終が近いことを知った。眼の周囲に隈《くま》ができ、顔から生気が失われて行く、死相が現われたのである。

御宿監物はこれを勝頼に伝えた。

信玄が病気でいることは飽くまでも秘密であったから臨終が近いと云っても人々を枕元に呼ぶことはできなかった。臨終の床に招かれたものは、勝頼と山県昌景の二人だけだった。

信玄は死期を知った。信玄は勝頼と昌景にこもごも云った。

「武田の旗を京都に立てるのを見ることなくして死ぬことはまことに残念である。余が死んでも三年間は死を秘めて置き、その間に勝頼は武田の統領としての地位を確定せよ」

これが信玄の遺言であった。

病める信玄を乗せて輿は翌日、伊奈の浪合《なみあい》に着き、更に、駒場《こまんば》に向った。

信玄は浪合を出て一刻ほど経《た》ったころ、輿の中で喀血し、喀血のため呼吸がつまって死んだ。元亀四年（一五七三年）四月十二日、五十三歳であった。

信玄の遺体は駒場の長岳寺で秘かに荼毘《だび》に付せられた。死んだのは従軍中の、比叡山曼殊院門跡覚恕大僧正だということにし、信玄の弟武田信廉が信玄になりすまして、古府中に帰ったのである。この時、勝頼は二十七歳であった。

武田家は信玄の死によって動顚《どうてん》した。

信玄の遺言の中にあった西上の望みのほうを忘れ、ひたすら、信玄の死を隠すことに懸命だった。

信玄が死を秘せと遺言したのは、信玄が死んだと聞けば、諸国の敵が一斉に立ち上がって武田に攻めかかって来るだろうと予想したからである。

　しかし、結果としては武田の諸将が先君の遺言を重んじ、信玄の死を隠したことがかえって諸国の不信を招き、武田内部に信玄の死によって内紛でも起きたのではないかという疑心までも起させたのであった。

　確かに信玄が死んだ時点ではそれに取って代わって武田の実権を握るべき勝頼はそれほど世間には名を知られていなかった。

　武田勝頼とはいかなる人物か。日本中の武将たちの注目するなかで、勝頼は、あまりにも偉大だった父武田信玄の後継者の位置に坐ったが、実質的に武田の統領としての実権を握るまでには至っていなかった。

　勝頼の前には暗雲、模糊《もこ》として漂っていた。

陰々滅々

　武田信玄が病床にあるらしいという噂は彼が野田城攻撃中に織田、徳川の陣営に聞こえていた。だが、彼の死を最初に知ったのは上杉謙信であった。上杉謙信にこの情報をもたらしたのは、奥飛騨の武将江馬時盛の子江馬輝盛である。江馬輝盛は中地山城（富山市中地山）を守りながらも父の意に反して秘かに謙信と通じていた。輝盛は神岡城を守っている父時盛のところへ多くの間者を入れて情報を探っていた。

当時奥飛騨の神岡城主江馬時盛は信玄に隷属《れいぞく》していた。時盛は陣中見舞いとして信玄に彼が好物の蜂蜜を贈ったのである。蜂蜜を送る仕事を終った佐藤十郎左衛門清嗣《きよつぐ》と柿下助左衛門雅房の二人は、神岡城に帰るとすぐ江馬時盛に使者の任務が終ったことを報告した。

「蜂蜜は伊奈の駒場《こまんば》で内藤昌豊《まさとよ》殿の家来五味新左衛門殿に確かにお渡しいたしました」

柿下雅房がそのときの様子を語った。

「内藤昌豊殿は、武田陣内においては、山県昌景殿、馬場美濃守殿に並んで名の高い大将であるが、五味新左衛門殿の名は聞いたことがない。どのようなお方かな」

と江馬時盛は訊《き》いた。どのようなお方かとは、五味新左衛門の職掌と階級を問うたのである。内藤昌豊の側近であるとか足軽大将であるとか、なにかそのような人であって欲しかった。もともと蜂蜜を要求したのは武田方である。江馬時盛は、これに対して、三度使者を送り、三度目にやっと成功したのである。その労に対して、内藤昌豊が自ら言葉をかけてくれるなら話は分かるが、その家来の五味新左衛門が出て来たというのはなんとなく腑《ふ》に落ちなかった。疎略《そりゃく》にされたと怒る気持は起らなかったが、去年、古府中に蜂蜜を届けたときは、山県昌景自らが出て来て慇懃《いんぎん》な挨拶を返したことなどと引きくらべて、いささか妙に感じられないこともなかった。

「五味新左衛門殿は、まだお若く、気性が荒いように見受けられました」

柿下雅房は、江馬時盛がどのようなお方かと問われたのに対して、五味新左衛門の人柄そのものを忠実に答えたのである。

「気性が荒いお人とな……なにかそのような素振りでもあったのか」

はい、と云って柿下雅房は佐藤清嗣の方へちょっと眼をやっていたが、意を決したように答えた。

「五味殿は、御苦労、とひとこと云われたあとで、だが遅きに過ぎたと申されました」

「それで……」

時盛はその後を訊いた。

「それだけでございます、さっさとお引き上げになりました」

「だが、遅きに過ぎたと云われたのか、確かにそう云われたのか」

時盛は今度は佐藤清嗣に訊いた。

「たしかにそう申されました。その云い方もなんとなく、そっけなく、遅れて届いたことを責めておられるような目つきでございました。労をねぎらうお言葉ではなく、まるで叱られているようでございました」

うむ……と時盛はうなった。遅れたのは、前回の使者が二度とも途中で難に遭《あ》ったからである。そのことは書信をもって武田方に伝えてあった。武田方も了承している筈である。

「だが、遅きに過ぎた……」

時盛はそれを口の中で繰り返していた。

「なにか武田の陣中で変わったことは見受けられなかったか」

そう云われて、柿下雅房と佐藤清嗣は顔を見合わせた。

「軍全体の動きには別条がありませんでしたが、古府中との間を夜昼となく走り馬が往復しておりました。武田の家中の人たちも、そのことを不審に思っていました。それから、主なる部将はずっと本陣に詰め切っているようでした」

柿下雅房が云った。

「たしかに、武田の陣全体が妙な雰囲気であったことは事実です」

佐藤清嗣が言葉を添えた。

「妙なとはどのように妙であったのか」

「なんとなく騒々しいのに、その騒々しさに覇気《はき》が感じられないのでございます。云うならば陰々滅々……」

と清嗣が云ったとき、時盛の顔色が変わった。もしや信玄の身に変事があったのではなかろうか。

「両人の者、御苦労であった。充分静養せい。だが、今ここで申したことは他言は無用ぞ」

時盛の眼が光るのを見て、両名は平伏した。やはり云うべきではなかった。帰途、清嗣と雅房とは、駒場においてなにか変事が起きたのではないかということをずっと話し合っていた。変事が起きたとすれば、それはいったいなんであろうか。五味新左衛門が「だが、遅きに過ぎた」と洩らした一言の他に、あわただしい陣中の動きや、まるで、追い出されるように帰途につかざるを得なかったことなど考え合わせると、武田の変事は武田信玄の身辺に結びつくことのようであった。

その夜江馬時盛は眠れなかった。

もしかすると信玄は死んだのではなかろうか、もしそうだとすればたいへんなことである。江馬時盛のような小領主は、より強い勢力に追従することによってのみ生き永らえることができた。武田信玄に忠誠を誓って、武田の勢力下に居るかぎりは他国からの侵略を受けないで済んでいたが、もし信玄が死んだということになれば、戦国地図は再び書き変えられるかもしれない。信玄に取ってかわって、奥飛驒を安泰に置いてくれる武将は誰であろうか。そこまで考えるといよいよ眼が冴えて眠れない。

「誰かいないか」

時盛は声を掛けた。

侍女が顔を出した。

「急に思いついたことがある。河上富信を呼べ」

河上富信は時盛の側近の一人であり、かねてから眼を掛けていた男であった。

河上富信は夜中のお召しと訊いて、緊張した。よほどのことでないとそんなことをしない時盛であった。

「至急、甲斐の古府中に出発して貰いたい。表向きの用はこの度の凱旋のお祝いを言上することであるが、真の使命は信玄様が健在であるかどうかを確かめることである」

「分かりました。明朝ただちに出立いたします」

河上富信は時盛の一言で彼の胸中を知った。河上富信もまた、柿下雅房と佐藤清嗣が、使者の言上を時盛の前で述べるのを聞いていた。時盛が思わず顔色を変えたように、富信もまた、はっとした。直観的にそれを信玄の死と結びつけたが、確証がないので胸の奥にしまって置いた。しかし、時盛に古府中へ行けと命ぜられたとき、富信は、この情報をいち早く知らせるべき人の顔を頭に浮かべた。

一人は中地山城主の江馬輝盛であり、一人は謙信の家来で当時、越中富山城にいた河田長親だった。上杉方の調略の手は既に江馬時盛の側近にまで延びていたのである。

河上富信は、江馬輝盛と河田長親あてに密書を送り、信玄が死んだらしいということを知らせてやった。

上杉謙信がこの情報を得たのは元亀四年四月二十七日であった。信玄が死んで十五日目に信玄の死は確認されないままに上杉の陣営に入ったのである。

謙信はこの報を聞くと、

「信玄も病には勝てなかったか……」

と憮然《ぶぜん》として云った。

謙信もまた軽い中風に見舞われて以来、決して健康体とは云えなかった。信玄も病には勝てないで死んだのかと詠嘆《えいたん》の言葉を口にしたのは謙信自身もまた遠からず同じ運命になるかもしれないという気持を率直に示したものであった。

信玄死去の報はまたたく間に日本全国に拡がった。織田、徳川陣営は信玄死去の真相を確かめるべく、八方に間者を放った。だが一部には信玄の謀略だという説と信玄は病気静養中だという説が流れていた。間もなく謀略説は消え、信玄死亡と、信玄病気静養中の説がまことしやかに喧伝された。

勝頼は同盟関係にある北条氏政にも父の死を秘していた。北条側は、噂の真実を確かめるべく使者を古府中の躑躅ケ崎の館へ送った。信玄の実弟逍遥軒信廉《しょうようけんのぶかど》が、信玄になりすまして病床で会った。使者は小田原城に帰って、

「信玄様は確かに病気療養中でございます。このごろは御容態はずっと快くなり、以前と較べるといささか肥ったように見受けられました」

と報告した。

北条氏政もこの報告で一時は信玄病気説を信用した。

徳川家康にとって信玄の生死は、重大問題であった。もし信玄が死んだとしたら、反撃を加える好機である。家康はあらゆる諜報組織を動員して真相を探りながら、一方では反撃の準備に取り掛かっていた。

五月八日、家康は突如駿河府中の岡部（静岡県志太郡岡部町）に兵を入れて放火した。火は南風に乗ってまたたく間に町を灰にした。

岡部と駿府城とは至近距離にあった。駿府城としては徳川方の挑戦を黙視するわけにはいかなかった。だが相手は家康の率いる二千の軍であるし、その背後関係も気になるので迂闊《うかつ》に城を出て戦うわけにも行かなかった。

家康は岡部を焼いただけで五月九日には兵を退き、五月十日には掛川城に入った。

この家康の奇怪な行動は走り馬をもって古府中へ知らされたが、古府中からは、敵の挑戦に乗らないようにといういましめの言葉があっただけで、特に駿府城に対して

の新規な命令はなかった。

家康は駿府城には手を出さず新たな作戦行動に出た。長篠城《ながしの》奪還である。だが、直接行動に出たのは七月になってからで、家康はまず長篠城の孤立化のための調略作戦を開始したのである。

家康は山家三方衆《やまがさんぽうしゅう》を武田の手から取り戻《もど》すことにまず手をつけた。山家三方衆というのは三河の北部山岳地帯に定着している北設楽《きたしだら》田峯《だみね》の菅沼氏、南設楽長篠《ながしの》の菅沼氏、および作手《つくで》の奥平氏の三氏のことを云ったのである。この三家はもともと今川氏に属しており、それぞれ姻戚《いんせき》関係にあった。今川氏が没落してからは山家三方衆は徳川の勢力下に置かれるようになり、姉川の戦いには山家三方衆が参加して目ざましい活躍をしている。

しかし、永禄十二年（一五六九年）ころからは、武田の将秋山信友などがしばしばこの地に攻めこみ、山家三方衆は武田の勢力下に置かれるようになっていた。武田信玄の死んだ時点に於ける山家三方衆の主なる居城と守将は次のとおりである。

田峯城、菅沼定忠
作手城、奥平貞能《さだよし》、貞昌父子　｝武田信玄に属す。
長篠城、菅沼正貞

野田城の守将菅沼定盈《さだみつ》は落城と共に武田軍に捕われたが人質交換の取りきめが行な

われた際、徳川家康のもとに帰り、浜松にいた山家三方衆の人質は古府中へ送られた。即ち武田信玄の死んだ時点では、山家三方衆の主なる居城はすべて武田に属していたのである。

六月に入って、家康は信玄が死んだのは確実だという情報を得た。家康ばかりではなく、信長も、謙信も、もはや疑うことなく信玄は死んだと確信するようになっていた。

武田陣営がこぞって信玄の死をかくそうとすればするほど信玄の死は事実となってクローズアップされて行った。

家康は元野田城主菅沼定盈等の他、山家三方衆にゆかりのある者すべてを使って、作手城の貞能、貞昌（のちの信昌）父子に調略の手を延ばして行った。

（武田信玄は死んだ。信玄が死んだとなれば、もはや武田の運命は決まったようなものである。早晩《そうばん》、武田は亡びる。そうならない前に徳川に帰属すれば、所領を安堵《あんど》してやるばかりでなく、他に領地も与える）

奥平貞能、貞昌父子は心を決し兼ねていた。信玄が死んだという新しい時点で、もう一度将来を考えざるを得ないところに来ていた。

長篠城を守備しているのは城主菅沼新九郎正貞及び室賀《むろが》一葉軒信俊《いちようけんのぶとし》、小笠原信嶺《のぶみね》の三将であった。

室賀信俊及び小笠原信嶺は何れも信濃武士であり、城主菅沼正貞に対して、目付役的な任務を帯びて在城していたのであった。

室賀信俊が放って置いた間者が作手城の奥平貞能、貞昌父子の動きに不審の点があるということを報告して来たのは、六月の始めであった。

「田峯の菅沼一族の一人、菅沼信濃守定高が、このところ、ちょいちょい奥平貞能、貞昌父子を訪ねております。菅沼信濃守定高は、早くから徳川方に従っている者……油断はなりません」

この報告を室賀信俊は重視した。作手城の奥平父子が裏切ったという証拠はないが、徳川方が調略の手を延ばしていることは事実のように思われた。

室賀信俊はこのことを勝頼に知らせた。勝頼からの指示如何《いかん》によっては、作手城へ出掛けてもよいと考えていたのである。

勝頼は室賀信俊からの情報を聞いたが、そのままにして置いた。直ぐ処置をしたかったが、そのようなことのできる状態ではなかった。父信玄が死んだあとは、命令系統がすっきりせず、勝頼が何か云い出しても、それがすぐ実行できるという状態ではなかった。信玄はすべてを掌握していたがために、そのまま主権がそっくり勝頼に移らぬかぎり、なにごともとどこおってしまうのである。

「もう少し、父がこの自分に仕事をまかせて置いてくれたならば……」

と勝頼はひとりごとを云うことさえあった。それほど一度に多くの難題が父の死と共に持ちこまれたのである。

難題は信玄が死去した直後に起った。

元亀四年四月十二日信玄が伊奈谷で息を引き取ってから十一日目の四月二十三日の午後のことである。勝頼の家臣小原忠次があわただしく飛びこんで来て、内藤修理亮《しゅりのすけ》昌豊が信玄の後を追って自害するつもりでその準備に取りかかっていることを告げた。

「なに、修理亮が……」

勝頼は頭に百斤の鉄槌《てっつい》を喰ったような気がした。殉死するというのは、後嗣者の勝頼に対しての面当てではないだろうかと、真っ先に考えたが、すぐいやそうではない、これにはかねてから噂のあった穴山信君との確執が原因になっているのだろうと思った。

勝頼は躑躅ケ崎に帰りついたばかりだった。父信玄の遺言どおり死を隠さねばならないという、大仕事があるかたわら信玄ゆかりの者を呼んで秘かに法要を営まねばならないという仕事があった。それが終ったら世継ぎの儀式を先祖の位牌の前で行ない、本館に移り、武田の総師としての仕事を軌道に乗せなければならない。取り敢ずは、徳川家康の侵略を阻止しなければならないし、このたびの西上作戦における論功《ろんこう》行賞《こうしょう》も急がねばならない。どれもこれも直ぐ手をつけねばならないことばかりであったが、信玄の死によって、武田という大きな機械は一時停止したかの如く、どれ一つとして、円滑に行くものはなかった。家臣団全体が信玄の死によって、一時的に痴呆《ちほう》化《か》したかの観さえあった。信玄の死は家臣団に取って痛手であった。悲しみの涙を押さえて、今日よりは勝頼に奉仕しようと考えるまでには至っていなかった。それほど信玄の存在は大きかったのである。既に神格的な存在でもあったのである。

「こうなれば勝頼様御自身が、修理殿の屋敷にお出ましになって、自害を思い止まらせていただくより他に手段はございません」

小原忠次は声を高くして、はや、疾《と》くお決心をというのである。

勝頼は小原忠次の顔を見た。小原忠次は高遠以来の側近である。今、勝頼は事実上武田信玄の後継者だから、御館様と呼んでもいいのに、勝頼様というのは、この小原忠次さえも、新しい武田の体制に頭が切り換えられていないのである。

勝頼は小原忠次の案内で内藤修理亮昌豊の屋敷へ馬を走らせた。

昌豊は武田信玄の家臣、工藤下総守虎豊の次男である。工藤虎豊は信虎の家老であった。信虎のやり方があまりにも非道であるので諫言《かんげん》すると、信虎はいきなり大刀を取って虎豊を刺した。昌豊は兄の春豊と共にその夜のうちに古府中を抜け出た。信虎の狂剣が身に及ぶことをさけたのである。兄弟は関東の諸将の間を別れ別れになって渡り歩きながら、甲斐に帰る日を待っていた。晴信（信玄）が自立したと聞いて昌豊はいち早く古府中に戻って、晴信に仕えることになった。晴信は昌豊の才能を認め、名家内藤相模守虎資の名跡を嗣がせた。内藤虎資もまた信虎の家老であり、信虎に諫言して誅《ちゅう》された人物であった。

内藤修理亮昌豊がその名を高めるようになったのは、信玄が上野に出征以来のことである。不遇の時代、関東諸将の間を渡り歩いていた内藤昌豊は過去の縁をたよって、関東武士を武田側に引きこむ調略作戦の上で大いに手柄を上げた。

昌豊は上野箕輪《みのわ》城が落城するとこの城主に任命された。彼は箕輪城主長野業成の家臣のほとんどを召し抱えることによって、西上野七郡を掌中に収めた。この水際だったやり方は昌豊の一面を現わすものであり、彼は武将であると同時になかなかの政治家でもあった。

昌豊が西上野を手中におさめ、上杉謙信に対する備えを固めたことによって信玄は駿府《すんぷ》進出ができたのである。

昌豊は、山県昌景、馬場美濃守、小山田信茂《のぶしげ》、秋山信友等に次ぐ部将として武田陣営に重きをなした。

爾来《じらい》、内藤昌豊の率いる西上野軍は、戦争があるごとに従軍して、信濃衆と共に先《さき》方衆《がたしゅう》として働いたばかりではなく、しばしば小荷駄《こにだ》隊を命ぜられたこともある。先方衆は真っ先に矢玉の前に立たされることになるから損害も多い。小荷駄隊は労あって功のない役割だった。

内藤昌豊のやり方がどうもおかしいと、信玄に告げたのは穴山信君であった。信玄が内藤昌豊を通じて、北条氏政との和睦《わぼく》を計っていた当時のことである。

信玄が駿府侵攻を始めた当時、徳川、北条、上杉の強敵を向うに廻して一時非常に苦戦した。信玄はこの苦境を武力によって切り抜け、北条氏政をして、再び武田と同盟する気持にさせた。信玄はこの調略のためにあらゆる方法を用いた。穴山信君は、武田家ともっとも血縁関係の深い家柄でもあるから、信玄に命ぜられて重要な外交関係の仕事を任されていた。穴山信君の手の者は八方に飛んで情報を集め、また調略に従事した。穴山信君の放った間者の一人が北条方の部将が、

(内藤昌豊は北条氏が西上野に据《す》えた大名のようなものだ)

と云っているということを伝えた。

信玄はこれを一笑に付した。北条方の謀略であると云って取り上げなかった。穴山信君には、そのようなことは二度と云うなと口を封じた。

穴山信君はその時は黙っていた。しかし、彼は内心内藤昌豊を疑いつづけていた。一度武田を捨てて関東に逃げたあの男がという気持が穴山信君の心の底には常にあった。内藤昌豊の出世をねたんでいるのではない。信君は武田親類衆として、勝頼にも

勝る勢力を持っていたのであるから昌豊を競争相手に考える必要はなかった。信君に取って昌豊は虫の好かない男であった。ただそれだけであった。昌豊にとっても信君は虫の好かないあばた面の大将であった。軍議などでは意見が妙に対立して、時によると激しい云い合いになったこともあった。

穴山信君が内藤昌豊を糺弾したのは、三方《みかた》ケ原《はら》の合戦が終った直後のことである。彼は、刑部《おさかべ》で静養中の信玄の面前で、

「修理亮殿の存念の一つで家康を取り逃がした」

と云ったのである。

三方ケ原の合戦では、小山田信茂の率いる軍がまず敵と当り、続いて右翼の山県昌景隊、左翼の馬場美濃守信春隊が敵中に突入した。この段階では両軍が伯仲《はくちゅう》して戦いをしていた。ころ合いを見計らって、予備右翼隊の武田勝頼隊と、予備左翼隊の内藤昌豊の両軍が進撃して、徳川軍の背後へ廻りこもうとした。ここにおいて徳川軍は混乱におち入り敗走したのである。

穴山信君が、修理亮殿の存念一つで家康を取り逃がしたと云った言葉をつきつめると、

（もし、内藤隊が予定通り、徳川家康の本陣のうしろに廻りこんで退路を断ったならば、家康は袋の鼠となって打ち取られたであろう。ところが内藤隊は敵の背後に廻り

こむことを忘れ、いたずらに敵の首を拾うことにのみ専心したので、家康を取り逃がしてしまった）

と解される。更にこれを悪意に解釈すると、

（修理亮は徳川家康を打ち取るつもりはなかった。修理亮の一存で、家康を逃がしてやった）

とも取れるのである。

このように解した場合はすこぶる重大なことになる。即ち内藤修理亮昌豊は利敵行為を働いたということになるのである。

信玄の病床にはそう多くの人はいなかったが、穴山信君のこの一言はことがことだけに重大な問題となった。

「そんなことはなかろう。修理亮はせいいっぱい働いていた」

信玄は内藤修理をかばってから激しく咳こんだ。

「そのことは追って充分に調査してからのことにいたしましょう」

と山県昌景が取り為した。武田一門の実力者の穴山信君の発言となれば放っては置けなかった。実際に内藤昌豊の指揮に疑惑があったかどうかは、その日に、陣中をかけ廻っていたむかで衆（本陣から命を伝える伝令。多くは若手の将がこれに当ってい た）に訊けばよし、内藤昌豊の指揮下の大将に訊いても分かることである。昌景が追

って充分に調査しようと云ったのはそのことであった。昌景としても信君が信玄の前で公然と発言した一言であるから黙殺するわけには行かなかった。

困ったことが起ったと思ったのは昌景ひとりではなかった。その場に居合わせた馬場信春も勝頼も小山田信茂も武田信豊も同じ気持だった。武田信豊は、この日のことを内藤昌豊にこっそりと伝えた。そうしたほうが心の準備ができていいだろうと思ったからである。

「穴山殿も悪意があってのことではない。つい言葉が滑ってしまったのであるから、そこのところはあまり気になさるな」

と武田信豊は云ったけれど、内藤昌豊としては聞いた以上黙ってはおれなかった。昌豊は顔色を変えた。いますぐ、穴山信君のところへ出掛けて行って、刀に掛けても話をつけるなどと口走る仕末だった。内藤昌豊の家臣達も、これを聞いて黙ってはおれなかった。

「三方ケ原の大勝利は、われわれ内藤隊が身を犠牲にして敵の背後に廻りこんだために徳川軍は敗走したのである。臆病風に取りつかれたように、最後の最後まで、しんがりにじっとしていた穴山隊なぞに指をさされてなるものか」

と口々に云って、今すぐにでも穴山隊へなぐり込みを掛けかねない剣幕《けんまく》であった。

「喧嘩は両成敗ということになっているし、今、お館様《やかたさま》は病の床にいる、お館様を心配させるようなことはするべきではない」

　武田信豊は口をきわめて内藤昌豊を慰留した。

　内藤昌豊はこらえた。怒りをこらえにこらえた。信玄の病気が快方に向いたら、自分の気持を信玄に述べ、たとえ相手が、御親類衆筆頭の穴山信君であろうとも簡単には許すつもりはなかった。ところが、その信玄が帰路で死んだのである。

「おれはお館様の前で身のあかしを立てたかった。それができないとなった今は、死んで身のあかしを立てるより他に道はない」

　内藤昌豊は駈けつけた勝頼に云った。

「分かる。そこもとの気持はよく分かる。家康を取り逃がした罪を問われるならば、この勝頼も同じ立場になる。あの混乱の中だ、どこに家康がいるか分かったものではなし、既に暗くなりかかっていたのだから、どうしようもなかったのだ。穴山殿に対しては、この勝頼がそこもとにかわって充分申し入れて置く」

　勝頼は昌豊に切腹を止めさせるべく、あらゆる手を尽した。

　内藤昌豊としても切腹すると云った以上、引っ込みがつかないことになっていた。勝頼が出て来て、取りなしてくれるならば、これに越したことはない。

「そのように云われるならば切腹はあきらめましょう。そのかわり勝頼様が、この昌豊のことをお信じ下さるという一文をいただきとうございます。もし頂けないというならば、今日、この場に相果て申す」

　本気で死ぬ気はありありと見えていた。

　勝頼は止むを得ず、起請文《きしょうもん》をしたためた。それは現存している。全文が漢字で書かれたものである。意訳すると次のとおりになる。

　　起請文之事
　一、心をこめて奉公していたところが、佞人《ねいじん》があって、その方のことを誹謗《ひぼう》したので、取り調べたところ、中傷であることが分かった。
　一、その方の今後の奉公に際しては、夢々疎略に扱うようなことはしない。国法や勝頼のやり方に意見があったら申し出るがよい。聞き届けるであろう。直諫したといえども科《とが》とするようなことはしない。
　右の条に違犯しないことを、梵天、帝釈《たいしゃく》、四大天王、八幡大菩薩、富士浅間大社、愛宕山大権現、伊豆箱根権現、三島大明神、諏訪上下大明神、甲州鎮守一二三大明神、に誓うものである。
　元亀四年癸酉卯月二十三日　　　　　　　　　　　　勝頼　花押血判
内藤修理亮殿

内藤昌豊はこの誓書をものにしたので切腹を思いとどまり、その場で勝頼に忠誠を誓うための誓書をしたため血判して勝頼に渡した。

勝頼が武田家の有力部将の一人内藤昌豊に誓書まで与えて、切腹を思い止まらせたことは、勝頼の地位がはなはだ不安定であり、こうしなければ、有力部将の離反を誘うような状態にあったからである。

昌豊はこれで満足した。しかし誓書に佞人と書かれた人物は内心すこぶる不満であった。勝頼は人名を出さずに佞人という表現で逃げたが、佞人即ち穴山信君であることは分かり切っていた。信君は誓書の内容を聞いて、激怒した。勝頼にとってこれは将来に残した重大なる過失であった。だが、彼はそれに気がついていなかった。

暗雲低迷

勝頼が信玄の死の直後に内藤昌豊《まさとよ》と誓書交換したことは、武田の諸将に動揺を与えた。宿将の多くは、勝頼がそうせざるを得なかった事情を理解していたが、いきさつを知っていない大将たちは、勝頼のやり方を、それぞれ勝手に解釈した。

信玄の時代にもこのようなことがあった。太郎義信が謀叛《むほん》を起そうとして、捕えられ、幽閉《ゆうへい》された直後に、信玄は諸将との間に誓書を交換して団結を計ったことがあった。勝頼が内藤昌豊と誓書を交換したのは、おそらく信玄という巨星が墜《お》ちたあとの人心統一の手段であろう。もしそうであるならば、なるべく早く勝頼と誓書を交わしたほうが、後々有利ではなかろうかと考えて、勝頼の側近を通じて、誓書をさし出す者がぼつぼつ出て来た。

（信玄様の御存命中は粉骨砕心の忠義の誠を尽しました。此度《このたび》勝頼様の代になっても、同じような心掛けで働きます。どうか先代様同様にお目を掛けてくださるようお願い申し上げます）

というような内容のものであった。勝頼はこれに対して、いちいち誓書を返した。見方によれば、代替わりに際しての君臣の再契約のようなものであったが、部将の中には勝頼が武田家の後継者としての正式な世継ぎの儀式もしてないうちに、先走った行為をする奴もいるものだと、不快な顔をする者もいた。

信玄が死んだからには跡目《あとめ》は勝頼に決まっていた。生前中信玄はできるかぎり勝頼を表面に立て、後継者であることを実質的に家臣たちに示していた。家臣団も信玄の意志に反するようなことを云う者もなく、次の代は勝頼様だと思いこんでいた。ところが、信玄が死ぬと、その家臣団たちは、この新しい支配者の前に信玄に対すると同じような気持でひざまずくことにいささかの抵抗を感じた。

信玄の下に勝頼があり、勝頼の下に家臣団があったのではなく、信玄の下に家臣団は隷属《れいぞく》しており、見掛け上は勝頼も家臣団の一人のような恰好になっていた。

確かに勝頼は勝れた武将であり、一軍団を率いての戦いには常に手柄を立てていた。勇猛な武将としてそのころ遠近に勝頼の名は知られていた。だが勝頼はそのとき二十七歳だった。二十七歳の勝頼に対して、ほとんどの諸将は彼より年上であり、信玄が直接育て上げた人たちだった。山県昌景にしろ、馬場美濃守信春にしても、信玄の両腕的存在ではあったが、勝頼の家臣ではなかった。そしてこれ等の宿将は武略において勝頼よりはるかに勝れてもいた。信玄の死と同時に、これらの宿将に、信玄に対すると同じような気持で勝頼に仕えよと云ってもそう簡単には行くものではなかった。

信玄の死が早過ぎたのである。信玄がもう十年も生きていたら、その間に、武田の家督が自然に勝頼に移るようになったのであろうが、それができなかった。勝頼にとっては重すぎる統領の座であり、家臣団に取っては軽すぎる統領の下で働かねばならないという不満があった。が、なにがどうあろうと信玄は死んだのだから、あとは勝頼を中心として団結しないかぎり武田の生きる道はない、と心では考えていても、それが実践されるまでにはまだまだ時間が必要だった。

新体制を取るにはまず勝頼が先祖の位牌の前で世継ぎの儀式を行ない、本館に移り住んで名実共にお館様になることであった。そして、表面上は父の死を伏せておくことにしても、事実上武田の総帥としての仕事を始めることであった。だがそのようにしたところで、父の死を表面上は隠しておかねばならないという建前上、何をするにも父信玄の名を出さねばならなかった。信玄の名を出すとすれば、そこに信玄の家臣団の総合意見のようなものが現われる結果になる。

「父の遺言をそのとおり守ろうとするならば、三年間は父の亡霊がこの武田家を運営するということになる」

勝頼はやり切れない忿懣《ふんまん》を側近の秋山紀伊守光次《みつつぐ》に洩らした。

「しばらくの我慢でございます。三月《みつき》も経《た》てば、旧臣たちの気持は落ちついて参りますれば、必ずや勝頼様を中心としてことが運ぶようになるでしょう」

秋山光次は三ヵ月という一応の期限を切った。それまでは、家臣団にはあまり抗《あらが》わないほうがよいだろうと忠告したのである。勝頼もそのことは重々分かっていた。分かっているからこそ、内藤昌豊と誓書を交わしたり、他の諸将とも求められれば誓書を交換した。だが、山県昌景、馬場美濃守信春、小山田信茂、穴山信君等は何れも、誓書のことなど口にしなかった。そのことには、いっさい触れようとはしなかった。

穴山信君が宿将を代表して勝頼に云った。

「先代様が喪を三年間伏せよと申されたことは、その間、すべてのことを先代様御存命中のとおりにせよというおぼしめしに思われる。先代様は宿将たちの意見を尊重され、これを基礎にしてなにごともなされていた」

勝頼には信君の云い分をそのまま承知できなかった。

「父信玄の遺言は尊重する。だが父の後を継いだこの勝頼は、勝頼の考え方で万事をやって行くつもりである。宿将を交えての合議制を必要とするようなときには、そうやるし、そうするほどのこともないときは勝頼自らが命を下す」

勝頼ははっきりと云った。

「それで結構です。しかし合議制を必要とするかしないかの判断はなかなかむずかしいものです。ここ当分は、すべてを宿将間の合議によって進めて行ったらいかがでしようか」

信君は勝頼に飽くまでも合議制を勧めた。

「ここ当分というと……」

「やはり、先代様の喪が明けるまでです。これは先代の御遺言である以上、まげることはできません」

「それでは三年間、武田には統領が居ないも同然ということになる。そんなことでは他の強敵を向うに回して戦《いくさ》はできぬ」

「合議制と云っても、最後の決定は四郎殿がなされることゆえ、そのような心配はいらぬことです」

信君は勝頼に対して教えるように云った。云い方も傲慢《ごうまん》であった。家臣が主君に対する礼は取らなかった。ましてや、四郎殿と呼んだのは、勝頼を武田の統領としては認めていない証拠であった。

信君の母は信玄の姉に当るから、信君と勝頼とは従兄弟《いとこ》同士になる。また信君の妻は勝頼の姉であるから、信君は勝頼の義兄に当る。穴山家と武田家はこれだけの関係ではない。過去にさかのぼると、武田家と穴山家は二本の糸で編んだ緒のように、先祖代々血縁関係を続けていた。

血筋の上から行けば勝頼は確かに信玄の後を継ぐべき人である。しかし、御親類衆第一の勢力者の穴山信君をさし置いてはなにもできない立場にいた。信君は勝頼より十八歳も年上であった。

「どうかな、四郎殿、お分かりになったかな」

そう云われると四郎はそれに反発する言葉がなかった。

四郎は信玄の後継者となったが、それは名目だけのことであって、実際に勝頼が動かすことのできる兵力はせいぜい二千か三千ぐらいのものであった。四郎の云うことを聞いて火の中でも水の中でも飛びこんでいくという宿将は今のところ一人もいなかった。

四郎は秋山紀伊守光次の言を入れて、しばらくは黙っていることにした。信玄が残した宿将の中で誰が本気になって武田の将来を心配しているかは、その間に分かって来るだろうと思っていた。

穴山信君の提唱する宿将たちによる合議制は、信玄の死後ずっと続いた。勝頼の知らないことばかり多かった。知っていることであっても、複雑な事情のものが多かった。その最もむずかしいものが論功行賞である。評議は連日続いた。感状は故信玄の名において与えられた。

遠江方面の徳川家康の攪乱《かくらん》作戦は引き続いた。次々と情報が入って来るし、山家三方衆に対して徳川家康が調略の手を延ばしていることはもはや疑う余地なき事実であった。

長篠城の副将室賀一葉軒信俊からの書状が評議の対象となった。

「このまま黙っておれば山家三方衆はことごとく徳川方に寝返ってしまうかもしれません。徳川方が調略の手を延ばしているとすればこちらはそれを防がねばならないでしょう」

と内藤昌豊が発言した。

「同様に考える。山家三方衆はもともと徳川方についていたものだ。形勢不利と見てこちらに従《つ》いたものだから、場合によっては、何時向うに寝返るか分からない。敵の調略の手を防ぐには、人質の数を増すか、こちらから目付役としてしかるべき大将と軍勢を早急に送らねばならないだろう」

跡部《あとべ》勝資《かつすけ》が発言した。これらの意見に賛成する部将が二、三あったが他の部将は黙っていた。黙っていたというよりも、発言すべき人物を待っていたようであった。部将たちの眼は穴山信君にそそがれた。

信君は幼いころ疱瘡《ほうそう》を煩《わずら》ったがため、ひどいあばた面であった。彼はめったに笑ったり、怒ったりの表情を見せたことはなかった。その醜い顔に表情が加わると、怪奇な顔になることを彼自身知っていた。だから彼は常に感情を抑え、それが顔に表われることのないように心がけていた。

「徳川勢が、諸所方々でちょっかいを出すのは武田家の出かたを見るためである。おそらく家康は先代様のことを聞き、その真否を確かめるために、そのようなことをするのであろう。うっかり敵の手に乗ってはならぬ、ここしばらくは何事もなかったように静まり返っていることだ。この際沈黙こそ、なによりの防備である」

そこまでは低い声で云ったが、それに対して不満の眼があちこちで動くと、それを予期していたように、

「しかし、これにも限度がある。何時までも放っては置けぬ、討つべき時には討たねばならぬ。それまでは、間者を増やし、敵の動きをじっと監視することである。討つべき時というのは敵が本気になって長篠城とか二俣城に攻め寄せて来たときである。先代様が三年間喪を伏せよと云われたのは、三年間はみだりに兵を動かすではないというましめでもある」

信君はそこに連なる部将等の顔にいちいち念を押すように視線を延ばして行った。自信のある眼つきであった。

「だが、徳川家康のやり方は……」

と跡部勝資が口をさしはさむと、

「徳川家康の手の内は、なにもかも心得てござる。彼がこれからなにをたくらんでいるかもよく分かっている。だからこそ家康の動きにまどわされてはならないのだ」

穴山信君は甲斐の国の南部、河内地方を領有していた。駿河とは地続きであるため、信玄が駿河進攻作戦の際には、穴山信君が駿河の諸豪を手なずける役目を引き受けて苦心した。駿河進攻作戦が何の抵抗もなく成功して、またたく間に駿河城を占領したのは、穴山信君の外交手腕によるものが多かった。北条、徳川の連合軍の攻撃を受けて、一時的に駿河から手を引いたときも、穴山信君は江尻城（静岡市清水区）に立てこもって、動かなかった。再度の駿河進攻により駿河は武田の領地となって以来、穴山信君の駿河における発言力は強大した。

江尻の城には天守閣ができた。彼の威力は東海道を圧するものとなっていた。信君の外交手腕を信頼した信玄は、信君に他国との交渉の一部を委《ゆだ》ねていた。信君は駿河、遠江の事情に精通しているばかりでなく、諸国大名とも文通をしていた。

（武田家には多くの部将や親類衆があるけれど、この穴山信君ほど、徳川家康のことを知っている者はあるまい）

という信君の姿勢に多くの部将は沈黙していた。武田信玄のもとには戦上手《いくさ》の武将が山ほどいた。だが、外交も治政も軍事もやれるという男はそうざらにはいなかった。

「もうしばらくは、家康の挑戦を知らんふりにして見ていたらどうだろうか」

信君は最後の結論を求めるように勝頼を見て云った。衆議は決したかに見えたので、一応念を押したのである。

「それでよかろう」

勝頼は、そう答えざるを得なかった。それにしても、父信玄の存命中は、部将の中心となるものは山県昌景か、又は馬場美濃守信春であったのが、信玄が死ぬと同時に信君が軍議の席上で主役をつとめるようになったのはなぜだろうか。勝頼がそうしろと云ったのではなし、他の部将たちに押されたのでもない。自然の勢いで信君がそのような位置づけをされたことは、部将たちの眼も信玄亡きあとは、信君こそもっとも頼りになる御親類衆と見ているのであろうか。勝頼にしては、少々うるさい存在であった。

父信玄が死んだからには、勝頼を中心としての、新側近勢力が出現するのは当然考えられることであった。だが、それはほど遠いことのように勝頼には思われた。父信玄があまりにも偉大に過ぎたからである。偉大なる者が作った体制をそう簡単に崩すことはできなかった。

「江尻の城は、大丈夫かな」

勝頼は信君に云った。

城主である信君が、そう長く古府中に滞在することはよろしくないと云いたいところだったが、勝頼はそうは云わずに婉曲に彼の帰城をうながしたのである。

「江尻の城には城代を置いてあります。江尻の城は難攻《なんこう》不落、敵にかこまれても、一年間は持ちこたえることができます。城内には深井戸を掘り、水の尽きることはありません、兵糧は充分にございます。矢玉もたくわえてございます。天守閣に登って一望すれば、駿河を眼下に見ることができます。江尻の城については心配はいっさい御無用でございます」

穴山信君は江尻の城の自慢をした。

「なに天守閣……」

勝頼は馴れない言葉だから聞きとがめた。

「近ごろ流行の言葉です。古くは物見櫓《ものみやぐら》のことですが、いささかこれとは違い、新しい建築法を用いて、その階を重ねること三、四階、高きこと四十尺五十尺にも及ぶものもあります」

「そのようなものを何時江尻に作ったのだ」

「いや、先代様の時代にお許しを得て目下建築中でございます」

「穴山殿は新しもの好きと見えるな」

「時代はせわしく変わっています。今や鉄砲が合戦の勝敗を決するようになりつつあります。従って城も鉄砲の攻撃に耐えられるように作らねばなりません。天守閣が初めて作られたのは天文十九年（一五五〇年）伊丹城が嚆矢《こうし》とされています。天守（主）とはバテレン達の云うところの天の神のことであり、また帝釈天《たいしゃくてん》のことでもあります。そのうちに天守閣なしの城は城とは呼べなくなる時代がやって参ります。四郎殿も眼を広く世の移り変わりに向けられるようになさらないと困りますな」

勝頼は二十七歳、義兄であると同時に従兄である信君は四十五歳、親子ほども年齢が違っていた。四郎殿と云われ、世の中に広く眼を向けよと云われても今の勝頼にはどうすることもできなかった。

（だまれ、信君、余をなんと思っているのだ、余は武田の統領である。後継ぎの儀式が終らなくとも、余が統領であることは決まっている。たとえ、義兄であり従兄であっても、主従の関係は、はっきりしている筈だ。なぜお館様と云わないのだ）

そう云いたかったが、そうは云えなかった。それまで、ずっと四郎殿と云われていた勝頼であった。信玄が死んで、一年も経たないうちに、四郎という呼名をお館様と云えとは無理なことであった。

「穴山様の御言葉とも思われませぬ。先代様の後目を相続される勝頼様に対して、四郎殿とは聞き捨てならぬ御言葉と存じます」

下座《しもざ》から発言したものがあった。

部将たちはいっせいにその方を見た。最近奥近習《おくきんじゆう》の一人に取り上げられた長坂釣閑《ちようかん》斎であった。

長坂釣閑斎は跡部勝資の推挙によって勝頼の側近に加わり、信玄の死後奥近習の一人になった人である。歴戦の勇士であり、実力は侍大将級であったが、信玄の生存中は、それほど目ざましい出世はしなかった。

跡部勝資の推挙によって奥近習に加わり、軍議の席に列してはいたが、特に求められないかぎり発言は許されなかった。資料を持って来たり、絵図を掛けたり、はずしたり、するような役をやっていた。

ところが長坂釣閑斎はその慣例を破って発言した。

「拾い馬の釣閑か」

と穴山信君は釣閑に向って吐き出すように一言云った。

長坂釣閑斎は、川中島の戦いの時出陣して、上杉謙信の乗馬を捕えた。謙信が白馬を捨て、栗毛の駒に乗り換えて逃げたあと、白馬を曳いて逃げようとする敵を斬ってその白馬を捕えたのである。上杉方の捕虜の証言によって、その白馬が謙信の乗馬であることが分かった。白馬は傷ついていた。

恩賞の沙汰があったとき、釣閑はそれを辞退して云った。

「白馬は拾い物でござる。白馬を曳いていた敵を討ち取った手柄だけで結構でございます」

長坂釣閑斎のこの答え方が話題となった。無欲の男、武士らしい武士、などとおおむね好評であった。

信玄はこの話を聞いて、首を一つひねった。傍にいた山県昌景が、長坂釣閑斎のことをどのようにお考えになりますかと訊いたとき信玄は小声で云った。

「口才にたけた者……」

信玄は論功行賞のとき長坂釣閑斎を見ていたのである。狐の顔のようにとがった釣閑の顔と、妙に光る眼が気にくわなかったのである。山県昌景は、信玄の言葉を飲みこんだまま黙っていた。

その口才にたけた男が、勝頼に召し出されて側近の一員に加えられたことを昌景はなんとはなしに不安に感じていた。

長坂釣閑斎は明らかに勝頼の御機嫌を取ろうとしたのである。いずれ近いうちに勝頼の時代が来る。その前に自分を売りこんで置こうとする釣閑斎の姿が、口才にたけた男といみじくも信玄が予告した言葉と共に大きく浮かび出したのである。

拾い馬の釣閑かと信君に一発出鼻をくじかれた釣閑はすかさず答えた。

「拾い馬の釣閑の言葉に誤りがあるならばどうぞその理由をおしめし下され」

釣閑斎の思い切った発言に居並ぶ部将たちは顔色を変えた。

「控えよ、長坂釣閑斎、奥近習は指名されぬかぎり発言の資格はない」

と山県昌景がたしなめた後をついで、跡部勝資が大きな声で釣閑斎を叱った。

「場所をかまわぬその云い分許しがたい。早々下がって謹慎せい」

推薦した手前、そうでも云わねばこの場のつくろいようがなかった。

長坂釣閑斎は平伏した。

気まずい空気がその場に充満した。

「今日はここまでにいたしたらいかがでしょうか」

と馬場美濃守信春の発言によって、評議は終ろうとした。その瞬間、穴山信君が大きな声で長坂釣閑斎に向って云った。

「そのたわけに一言云って置く。たとえ、先代様が亡くなられたとは云え、厳然として武田のしきたりが残っている。それを敢て破ろうとする者は、自らの身を亡ぼすことになるのだぞ」

穴山信君は憤然としてその席を去った。

これだけで済めばよいが、と多くの宿将たちが心配していたことが三日後に起った。穴山信君が躑躅ケ崎の館へ登城するところを見計らって、長坂釣閑斎の若手家臣十三人が斬り込んだのである。穴山信君の側近武士がこれを防いで、双方に死者や重傷者が出た。急を聞いて駈けつけた躑躅ケ崎の館の守備の侍たちに引き分けられた時には双方ともふらふらになっていた。

長坂釣閑斎の家臣十三人は前日、致仕の願いを提出していた。浪人の身になって、穴山信君を討とうとしたのである。

白昼堂々、しかも躑躅ケ崎の館の前での乱闘であった。そのとき信君は馬に乗っていたが、周囲をかこまれて脱出不可能と見ると、馬から降りて自ら大刀を取った。

武田の掟の中に家臣間の争いは双方を処分するという条目がある。しかし、この場合は私闘ではなく、明らかに遺恨《いこん》があっての刃傷沙汰《にんじょうざた》であった。長坂釣閑斎の元家臣十三人が罪を問われることになった。

目付役の坂本武兵衛が生き残った八人のうち比較的軽傷である五人に事情を聞いた。

「お館様を四郎殿と呼ぶような不忠の臣を生かして置けば武田の将来のさわりになるから斬って捨てようと思いました。第二の理由は、われ等の主人、長坂釣閑斎様をたわけと罵《ののし》った穴山殿のふるまいを許してはおけなかったからです」

五人は異口同音に云った。

ことがことだけに坂本武兵衛ひとりの判断ではどうしようもなかった。坂本武兵衛は、この問題を重臣のところへ持ちこんだ。

山県昌景と馬場美濃守信春はよくよく相談した上、生き残った釣閑斎の家来八人には切腹を命ずるしか方法はないだろうということになり、これを勝頼に伝えた。

ところが、勝頼のところに既に跡部勝資を通じて、長坂釣閑斎への救いの手が延びていた。躑躅ケ崎の館の中はこの問題で沸き返った。

（いくら穴山殿が御親類衆だとは云え、お館様のことを四郎殿と呼ぶのはもってのほかのこと、先代様が死んで、勝頼様が後を引き継いだからには、当然君臣の別はある筈、そういう根本的のことを無視した穴山殿の言動に長坂殿が怒って発言したのは当然である。その長坂殿をたわけ者と罵った穴山殿のなされ方は尋常ではない。家臣が刃傷沙汰に及んだのは当然である。それら忠義の士を讃《ほ》めこそしろ、罰するようなこ

とがあれば、将来、武田のために命を投げ出す者はいなくなるだろう）

信玄の近習衆で、そのまま勝頼の側近に移った者、新しく勝頼の近習衆に加えられた者、使番衆《つかいばんしゅう》などのうち若手の武士はこのような説を為《な》した。若い者の見方は率直であり、信玄から勝頼への切り替えに、むしろ積極的であった。旧体制から新体制に移るにはまず、主権を確立して置かねばならない。それには穴山信君のように合議制内閣の誕生を喜ばなかった。この若手武士たちの意見に賛成する部将もかなりいた。

御親類衆の中の武田信豊は、たまたま問題の起きた日は出席していなかったが、後でこのことを聞いて、

「この信豊の申すことを長坂釣閑斎が申したまでのことである。釣閑斎を罰してはなりません。また釣閑斎の家来どもをにわかに罰するべきではありません」

と勝頼に申し入れたほどだった。内藤昌豊、小山田信茂なども武田信豊と同じ考えだった。しかし部将の中には穴山信君の言動にいささか不備があったとしても、三年間喪を伏せよという信玄の遺訓を三年間は合議制にして置き、その後に勝頼の体制に切り替えよと解釈しようとする者がかなりいた。この立場になれば、長坂釣閑斎の出過ぎた言動は重く罰すべきであった。

山県昌景、馬場美濃守信春は何れの意見にも片寄らず、成り行きを静観する態度を取った。

「このまま放って置けば、武田の家中が二つに割れる、なんとかしなければならない」

山県昌景と馬場美濃守信春とは充分に打ち合わせたあとで、目付の坂本武兵衛を呼んで云った。

「あの八人の処置如何《いかん》によって武田家に内紛が起るかもしれぬ、願うことなら、あの者八人が自らの力で牢を抜け出て他国に逃亡してくれたらよいがのう」

坂本武兵衛に対して、上手に逃がしてやれという指示を与えたのである。

六月に入って間も無く、風雨の激しい夜、坂本武兵衛の屋敷の仮牢にいた八人は脱走した。脱走と知って立ち向った警備の武士たちに三人が踏み止まって戦った。戦ったというよりも、警備の武士たちの前で立腹を切ったというのが正しかった。三人は重傷を受けており、とても逃《の》がれられないと見ての自決だった。

嵐の中だから何処へ逃げたか分からなかった。翌朝になって八方走り馬を跳ばせたが五人の行方は杳《よう》として分からなかった。

五人はその夜のうちに諏訪へ走り、そのまま姿を消した。諏訪は勝頼の母の出生地である。勝頼の祖父諏訪《すわ》頼重《よりしげ》の居城であったところである。云わば勝頼の遠い故郷ということになる。此処に逃げこんだ五人の身はまずまず安全であった。

八人が脱獄し、うち三人がその場で死んだということは、真実感があった。内外に手引きをする者があったとしても、止むを得ぬことという印象を周囲に与えた。

山県昌景と馬場美濃守信春は事件のあとすぐ収拾策に乗り出した。

「勝頼様がすべての采配を振らねばならぬ事態に立ち至った。外面はともかく、内部だけでも、勝頼様をお館様にお立て申した方がいいのではないか」

と各部将を説いて歩いた。

いかに隠しても信玄の死はもはや公知の事実となっている。従って三年間喪を伏すことは事実上意味がなくなった。しかし遺言は守らねばならないから信玄の喪を出すのは三年後とし、取り敢ずは、勝頼の跡目相続の儀式を先祖の位牌の前で行なわねばならないというのが、宿将昌景と信春の切なる願いであった。

昌景と信春は御親類衆の長老逍遥軒信廉《のぶかど》（信綱）にまずこの話を持ちこんで同意を得た。穴山信君には信廉から話して貰うことにした。

だが、なかなかこの話は進展しなかった。信玄を神格化して考えている部将の中には、穴山信君の説を支持する者が多く、容易に昌景等の誘いには応じなかった。

部将間の内紛が起きそうな気配もあった。信玄の死後二ヵ月は経った。甲斐の国の上空に低迷している暗雲は次第にその厚さを増して行くようであった。

花嫁売込合戦の次第

勝頼は病気と称して引きこもるようになった。なにか重大な評議があっても代理の者を出して、自らは館にあって書見をしていた。書物に飽きると酒を飲んだ。飲み出すと、三日も四日も続くのではたの者は困り果てていた。

勝頼が評議の座に出ないというのは明らかに、穴山信君を主軸とした家臣団に対する反発だった。

三年間合議制でやるというならやって見るがいい。それならば、むしろ勝頼はその場にいないほうがいいだろうと、面と向っては云わないけれど、そう云っているように家臣たちには思われた。どうしても出席しなければならない評議には出席したが、終始無言を押し通していた。

勝頼はもともと行動型の武将であった。じっとしていることが嫌いで、寸暇を利用して馬場を駈けめぐり、ちょっとまとまった時間があると、遠駈けに出たり、狩りに出たりしていた。その勝頼が館の中に引きこもったのである。表面上は病気ということになっているから、大っぴらに馬など乗り廻すことはできなかった。

勝頼は書見に飽きた。机に向ってじっとしているのは、せいぜい一刻《とき》か二刻、それ以上続けたところで頭にはなにも入らない。勝頼は大欠伸《あくび》をして立ち上がった。外へ出たかった。歩いて見たかった。

勝頼は、小者の姿に、身を変えて外へ出た。躑躅《つつじ》ケ崎《さき》の館を抜け出すことは警戒が厳重で無理だろうから、なるべく他人の眼につかないように躑躅ケ崎の内部を歩き廻った。彼はこの忍び姿に大いに満足していた。三十歩ほど後を侍臣が一人だけつき添った。

躑躅ケ崎の館は、勝頼の想像以上に広かった。本館の北側に、眼かくしの木の繁みをへだてて、人質の館があった。このあたりは、別天地のように静かだった。

或る日勝頼は人質館の裏手の草原で、花を摘み取っている少女を見かけた。年のころ十六、七歳、色白で気品があった。ふと前に現われた人影に驚いて、あやうく声を上げようとした少女に、勝頼は被《かぶ》り物を取り、静かに云った。

「あやしい者ではない。秘かに見廻りに来た者である。心を安らかにせい」

勝頼の物腰態度で、小者の恰好はしているが、身分のある者と判断した少女は、上げようとした声を飲みこんで、そのつかえた胸をおさえるように野の花を抱いた。

なんと美しく整った顔だろう、と勝頼は思った。そして直ぐ勝頼は、信勝を出産した直後に死んで行った雪姫のことを思い出した。

（雪姫と瓜二つの顔をしている）

　違うところは雪姫よりやや背が高いくらいのものであった。

「よく似ておるのう」

　と思わず勝頼が云って、一歩前進すると少女は、すかさず一歩後退して、

「どなたさまに似ているのでございましょうか」

　一歩は退いたが、その云い方から見て少女が勝頼に敵意や悪意を持っていないことは確かだった。

「亡くなった雪姫に似ておる。まるで雪姫の再来のようだ」

「雪姫様に……はて雪姫様とはどなたのことでございましょうか」

あどけなく訊《き》く少女に、勝頼は思わず笑い出しそうになるのをこらえて、

「そちの名前を教えてはくれぬか」

　とやさしく訊《たず》ねた。

「奥平久兵衛の娘お阿和《あわ》と申します」

　少女はそう答えたが、すぐ眼を上げて、

「そういうあなた様はどなた様でしょうか」

　と訊いた。双眸には武士の娘らしい気性が覗いていた。

「そちの名前を訊いて置いて、こちらの名前を云わずに悪かった。狐だよ。躑躅ケ崎の館に長年住んでいる古狐が武田勝頼に化けて来たのだ」

娘は勝頼と訊くと顔色を変え、花をその場に棄てて、土下座して挨拶すると、身をひるがえして人質館の中に消えた。勝頼はお阿和の消え失せたあたりを何時までも眺めていた。

勝頼はお阿和のことが忘れられなかった。翌日も、そのころの時刻にその場に行ったがお阿和は姿を見せなかった。そのかわり、お阿和につき添っている老女とも見える女が、花を摘《つ》んでいた。

「お阿和殿はどうした。今日は花摘みには出て来ないのか」

勝頼の問いに対して老女は、

「ただいまお阿和様は貞昌様のところへ書状をしたためられておられます」

「貞昌というと作手城の奥平貞昌のことか」

「さようでございます。お阿和様は貞昌様の奥方になられる方でございます。祝言は今年の秋とうかがっております」

老女はそのように答えると、丁重に一礼をして人質の館に入って行った。勝頼は早速、老女の云ったことの真否を確かめた。山家三方衆から差し出した数人の人質の中に確かにお阿和がいた。そしてお阿和は奥平貞昌とこの秋結婚することになっており、その際は別の人質を差し出すことに取り決められていた。

（奥平貞昌の妻ときまっている女だとすれば、これはどうにもならぬ）

勝頼は一度はあきらめたが完全にお阿和のことを忘れ去ることができなかった。

勝頼は少年のころ身体が弱かったので、侍医たちによって女色は強いて遠ざけられていた。彼が、信長の養女雪姫（信長の姪）と結婚したのは二十歳のときであった。勝頼は二十歳まで童貞であった勝頼の前に現われた雪姫は十五歳の絶世の美女であった。勝頼は雪姫を溺愛した。雪姫は間も無く妊娠して信勝を生んだが、産褥熱で死んだ。それ以来勝頼の頭の中から雪姫のおもかげは去らなかった。侍臣にすすめられて、諏訪家の家臣千野大膳頭昌繁の女《むすめ》福《ふく》を内室に迎えて、一女真樹《まき》を儲けていた。その後、縁あって勝頼の側近、秋山光次の女美和《みわ》を内室に入れた。美和には子供がまだ生れてはいなかった。

勝頼は二人の側室の局を人並程度に訪れてはいたが、どちらかというと男女の交わりは淡白なほうであった。父信玄のように、側室たちにかけてやる愛情がこまやかではなかった。勝頼の心の中には、常に雪姫がひそんでいた。相手の女が雪姫ではないことが、女性に対する、忌避感となっていた。

勝頼は信勝を異常と思われるほど可愛がった。母の無い子が哀れであるからでもあり、信勝の顔に雪姫の面影が残っていたからでもあった。

勝頼の側近たちは、勝頼の側室が少ないことと側室等に子供が少ないことを憂えていた。政略結婚をするためには、なるべく多くの子供が必要であった。いくらあっても多過ぎるということはないのだ。側近たちは、側室等に子供が少ないのは、勝頼が側室たちの局に通う回数が少ないからだと見ていた。男女の営みに淡白なのは、好きな女が出て来ないからだとも考え、わざわざ、勝頼の前に美女を連れて来る者もいた。が、勝頼は、一言にして云えば、女よりも戦《いくさ》の好きな大将だった。長槍を小脇にかかえこみ、敵陣深く駈けこむときのあの心の疼きに似た期待感はまたとない愉悦であった。

勝頼はお阿和が貞昌の許婚《いいなずけ》であると訊くと一応はあきらめようとした。だがあきらめられるものではなかった。彼はいよいよ、酒に溺れ、時によると、酔ったままふらふらと人質の館の方へ行くことがあった。

勝頼がお阿和に懸想《けそう》していることは、やがて側近の知るところとなった。なんとかしようとしたが、これだけはどうにもしようがなかった。一つの方法として、奥平家へ使いをやって、お阿和を勝頼の内室に欲しいと申し込むことである。しかし、それには時機がまずかった。今年の秋貞昌と結婚することになっているお阿和を横取りすれば、奥平家との間に溝ができる。ましてや、現在、徳川家康が奥平一族を抱きこもうと工作しているという噂があるとき、そのようなことをすれば、相手の謀叛《むほん》をことさら誘うようなものだ。人質は大事なあずかりものである。自由にはならない。自由になるのはその人質を出した相手が叛いた時点においてであった。

勝頼の家臣たちは、勝頼自らが云い出さないかぎり、お阿和のことには触れないでいた。この際は、勝頼の気持を外に向けさせることだ。侍臣たちは宿将等に、一日も早く世継ぎの儀式を行なって、名実共に勝頼を武田の統領にして、本館に移り住むことを望んだ。

だが、宿将たちの間には依然として、信玄の遺言を楯に取って、勝頼に名実共に実権を与えることに反対する者があった。さすがの山県昌景、馬場信春も沈黙せざるを得ない状態に立ち至った。

「重臣たちがそのような気でおられるならば、こちらはこちらで別に考えたほうがよいではないか」

と長坂長閑（釣閑）斎が跡部勝資に進言した。

「別に考えるとはいかなることか」

「策がございます」

「策……」

勝資は人払いをしてから長坂長閑斎の策を聞いたが、すぐにはそれに乗らなかった。勝資としても考えがあってのことであった。数日後に、勝資は秘かに長閑斎を呼んでなにかを打ち合わせた後で、勝頼の前に伺候して云った。

「勝頼様が、奥平家の人質、お阿和殿に懸想されているという噂が、城内に流れております。まことでございましょうか」

勝頼は懸想ということばが気に入らなかった。むっとしたような顔で勝資を見て、

「ならばどうせよと云うのか」

と反問した。

「甲斐には、担《かつ》ぎ嫁《よめ》という風習がございます。その男が欲しいと思う女を、その男の朋輩《ほうばい》たちが力を合わせて担ぎ出し、しかるべき仲人宅へ担ぎこんで、二人を一緒にさせた上で、その女の親元に掛け合って、正式に夫婦にするというやり方です」

「掠奪婚をこの勝頼にすすめるのか」

「そうではございません。例えばの話です。いざとなれば、そういう方法もあるということを申し上げたのでございます」

「そちはなにを云いに来たのだ」

「武田の統領たる勝頼様が、思いを掛けた女がこの城中にあるならば、いかなる手段を用いても手に入れるべきだと申し上げたいのです。既に他人の妻となっている身ならばいざ知らず、婚約関係にある身ならば、いかようにもできるものを、自らあきらめようとなされるのは卑屈《ひくつ》に見えまする」

勝資は真正面から斬りこんだ。勝頼の答えを待たず、彼は更に言葉を継いだ。

「奥平貞能、貞昌父子はひそかに徳川家康と通じているらしいという情報が入っております。証拠らしいものも上がっております。使者を作手城へ送り、この証拠を揃えて、奥平父子を詰問《きつもん》し、身の潔白を立てるために、お阿和殿を勝頼様の内室にさし出すように申しつけ、そのかわり奥平貞昌には武田信豊様の次女おしず様を輿《こし》入れさせることを約束するのです。武田と奥平を緊密にするためには、このような方法しか無いことを強調するのです。奥平家にとっては、武田の名門、典厩《てんきゅう》武田信豊様の御息女を申し受けることになれば、この上ない名誉です。恐らく承知するでしょう。尚この件については信豊様のお許しを得ています」

「信豊も知っているのか」

「勝頼様がお阿和に懸想されて、小者に身を変え、人質館にしばしば忍んで行かれるということを知らぬ者はございません。だからこそ、意志をつらぬいていただかないと、重臣たちに笑われることになるでしょう。そしてもう一つの理由は、勝頼様をないがしろにしている重臣たちに、奥平一族の謀叛を未然に防ぐために打ったこの婚姻策を見せつけてやりたいのです。勝頼様、お気を強くなさいませ、勝頼様の母御前の湖衣《こい》姫様もかつてはこの躑躅ケ崎の人質の館におられたのでございます」

最後の一言は駄目押しであった。勝頼は、その勝資に非難するような眼を投げたが、なにも云わなかった。勝頼は考えこんでしまった。

「して、作手城への使者は？」

勝頼がそう云ったときには、腹の中では、勝資の献言を受け入れていた。

「この仕事、長坂長閑斎以外にしかるべき者はおりません。ぜひ彼にお命じ下さるよう願い上げます。実は……」

と云いかけたとき勝頼は笑顔を見せていた。

「実は、この策は長坂長閑斎が立てたものだと云いたいのだろう。長閑の奴め、いらざることを云ったものだ」

いらざる事をと口では云いながら、勝頼はほぼ満足していた。だが気になることはいっぱいある。穴山信君のあばた面がまず眼の前に浮かんだ。

「穴山殿にはどう渡りをつけるつもりか」

「なんでいちいち穴山殿にお伺いを立てることがございましょう。勝頼様は武田の統領でございます。そのことをしかと心にお止め下さるように。この件については、武田信豊殿、内藤修理亮殿、小山田信茂殿の三人以外の重臣には話してはございません」

「よく分かった。しかし、山県昌景には話して置かねばなるまいぞ」

勝資は、それを承知した。早速話しますと答えて置きながら、そのことを話したのは長坂長閑斎が三河の作手城へ出発した後であった。

「ばかなことを、そんなことをすれば、みすみす奥平家に武田の弱味をさらけ出すようなものだ」

と山県昌景は勝資の前で云った。昌景と勝資との重臣部内での格付けは信玄の生存中は明らかに昌景の方が上位にいたが、信玄が死んだ今では二人の間にはほとんど差はなかった。そのような関係にある勝資に昌景は、ばかなことをと云ったのである。よほど勝資の云い分が気に入らなかったのである。

「使者はまだ出さぬだろうな」

更に昌景が顔をこわばらせて云った。

「長坂長閑斎が使者として立ちました。今日あたりは作手城に着いている筈です」

勝資は勝ち誇ったような顔で云った。

長坂長閑斎は作手城に乗りこんで、奥平貞能と交渉を開始していた。

「拙者はお館様（信玄）の命を受けて、よい話を持って参りました」

長閑斎は最初からにこにこ顔で云った。

「お館様は、三方ケ原の戦い、野田城の攻略戦等における山家三方衆の働きを非常に高く評価されております。恩賞もさることながら、この度の働きによって、山家三方衆の誠の心が決まったので、今度、武田家と縁組をなされたいと申しておられます」

奥平貞能は長坂長閑斎を使者に迎えて内心びくびくしていた。ところが案に相違して縁談というのでほっとした顔で、

「それはそれは山家三方衆にとって名誉のことでございます。してその縁談は」

と云ってから、この話にはなにか裏があるのではないかと思った。

「御子息貞昌殿には武田典厩《てんきゅう》信豊様の次女、おしず様を輿《こし》入れすることとし、奥平家よりは奥平久兵衛殿の娘お阿和殿を勝頼様御内室として輿入れすることにいたしたい」

いたしたいと最後をしめたのは、これは相談ではなく半ば命令であるぞというところを匂わせたのである。

「それはちと困ります。お阿和は今秋、貞昌と式を挙げることになっております」

「式を挙げることになっていても、まだ一緒になったわけではない。こちらは、そのようなことはいっこうにかまわぬ」

そういう長坂長閑斎に長坂様と貞能が追いすがるように呼びかけた。

「この話は一応貞昌の意向を訊いて見ないと即答はできかねます。何分にも、貞昌とお阿和とのことは、かねてからの約束でもあり、二人は……」

双方が愛し合っているので、今更、二人を離すことはむずかしいと云おうとするその貞能の鼻先に長閑はぬっと細長い顎をさし出して云った。

「妙な風聞が入っておる。徳川方の廻し者らしい者がしきりと、奥平家父子と連絡を取っているということだ。風聞ではなく、証拠も挙《あが》っておる。かねてから徳川に心を寄せている山家三方衆の一族菅沼信濃守定高や、徳川の家臣で奥平家と姻戚関係にある夏目五郎左衛門治貞などの行動も逐一《ちくいち》、分かっている」

長閑斎は貞能の顔を凝視しながら、更につけ加えた。

「のう、奥平殿、人間である以上迷いはある。しかしその迷いを断乎処理してしまわないと、家を取りつぶすことにもなりかねない。迷うのは、迷うような状態にいるからである。今ここで武田家と奥平家が縁を結べば、もはや奥平殿の心は決まるというものではないかな。即答ができなければ一両日お待ちいたしましょう。だが、既に勝頼様のお心はお伝えしたのであるから、今更変えることはできぬ。もしこの条件を奥平家が拒絶した場合、結果はどうなるか充分お考えの上お返事を願いたい」

ていのいい脅迫であった。武力を以てしても、この縁談は成立させるというのである。

奥平貞能は進退に窮した思いだった。徳川家と奥平家との間の橋渡しをしている、菅沼定高や夏目治貞の名が挙げられているからには、武田の諜報機関はある程度の情報を握っているに相違ない。うかつなことはできなかった。

貞能は貞昌を呼んでこの話をした。目下のところ、縁談の対象に立たされているのは貞昌であった。

「その件はお断わり下され、私とお阿和殿とは祝言こそ挙げてはないが、お互いの心では、二世も三世も誓っております。もし、父上が是が非でも、お阿和殿を勝頼にくれてやるというならば、いますぐ私は奥平家を捨てて、徳川方に走り、武田勝頼を相手に戦います」

貞昌は、父のいうことを聞かなかった。処置にこまった貞能は、既に隠居しているが、依然として奥平家の実権を握っている父の奥平貞勝（道文）のところに相談に行った。

奥平貞勝は空を仰ぐようにして一息大きく溜め息を洩らして云った。

「奥平家もあとのことを考えねばならぬところまで来たのか」

そして、すぐ、貞国と孫の貞昌を呼びつけると、低いが強い語調で云った。

「まず一言訊《たず》ねよう。お前たちは、家と身を引きくらべて何れが大事だと思うか」

傍らで、それを聞いていた貞能は、やはり、父もこのようなやり方で貞昌を口説くのだなと思った。内心おかしかった。貞昌はその根本原理は分かっていても、現在の感情として承知できないのだ。

「どうだな、貞昌、まずそちに訊く、どちらが大事だと思う」

「家でございます。奥平家の家を立てるためには身を犠牲にしてもかまわないと思っております」

「私も全く同じ考えです。家あってのこの身、奥平家のためなら、この身がどうなってもかまわないと思っております」

貞国が答えた。

貞勝はよしよしと頷いたあとで、

「古来、二大勢力の境界にある小豪族が生き延びるべく考えたことは、一家が二つに分かれて双方に味方し、生き残ったほうが、家の名を継ぐという方法である。この例は数限りなくある。現に三河、遠江の小豪族が、一家を二つに分け、兄が武田に味方をし、弟が徳川の許に走るというような例は珍しくはない。この奥平家は今のところ、一族を挙げて武田に味方をしている。しかし情勢の移りかわりで、それができなくなった場合はやはり、一族が二つに分かれて戦わねばならぬことになるかもしれない。奥平家を残すためにはやむを得ないことだと思っている」

貞勝はよく光る眼をしていた。隠居したといえども天下を見る眼は濁ってはいなかった。

「わしは、信玄殿の死を半ばは信じ、半ばは疑っていた。だが、今度、武田方から奥平家と武田家との縁組の話を持ちこんで来たことによって、信玄の死は確かなものとなった。信玄が生きていたとしたら、こんなことをする筈がない。武田家から見れば奥平家は一小豪族に過ぎない、そこへ武田信豊殿の息女を寄こすというのは、話がおかしい。おそらくは、お阿和が類《たぐい》まれなる美人であるから、勝頼殿が欲しくなったのであろう。もしそうだとすれば、一方的に側室にしてしまっても、こちらは泣き寝入りするより他はないこと、ところがそうできないところに武田の内部事情があるのだろう。つまり、信玄が死んだことによって、武田の内部はぐらついている。そういう折に、奥平家を怒らせると、徳川方に走らせてしまうおそれがある。だから、縁談というもっとも安易な方法を選んで奥平家の機嫌を取り結ぼうとしたのだ。信玄は将《まさ》に死んだ。それに違いない。信玄が生きていたら、こんなばかげた縁談など持って来る筈がないのだ」

貞勝は信玄が死んだ、信玄が死んだと盛んに口にした。

貞能、貞国兄弟も貞昌も貞勝の洞察《どうさつ》力の鋭さに感心したが、さて縁談を受けるか受けないかについてなかなか言及しないので、お互いに顔を見合わせたあとで貞昌が云った。

「では、お祖父《じい》様は、こんどの件について、どうしろとおっしゃるのですか」

「貞昌、分からないのか、お前は貞能より、少しばかり血の巡りがいいと思っていたが、どうもそうではなさそうだ。武田信玄が死んだと云っても、武田が滅亡したというのではない。依然として武田の力は強大である。持ちこまれた縁談は相談事ではなく、半ばは命令である。使者が来たからには、お阿和は既に勝頼の内室になっているやもしれぬ。むしろそう考えるべきである」

まさか、あのお阿和がと貞昌は顔色を変えた。そんなことがあってたまるものか、お阿和はこのおれの妻となるべき女なのだと叫ぼうとすると、

「貞昌、お阿和がそんなに大事な女だったら、人質として差し出す前になぜ、反対しなかったのだ。今更おそい。あきらめるがいい。世の中には、お阿和以上の女がたくさんいるぞ。そのうち、きっと信豊殿の息女よりも、もっと将来性のある嫁の口がかかって来るだろう。待つのだ」

「待つとはどういうことでしょうか」

貞昌が訊いた。

「武田の使者には承知をいたしましたと答えるのだ。お阿和の儀は、そちらの都合のよいようにお取り計らい願いたい。信豊様の御息女との祝言は御息女をお迎えする新館ができ上がるのを待って、今年の秋か冬ごろとしたいと云ってやればよい。この秋か遅くとも冬まで待てば情勢は変わるだろう。待てとはそういうことなのだ」

貞勝は、そう云って笑った。

貞昌は祖父の貞勝に引っ張り廻された上、突き放されたような妙な気持でその場を出たが、貞能は、父貞勝が、この件についてなにか腹案があってのこととにらんでい

た。貞勝の隠居は名目上のことで、徳川方との秘かな交渉も、貞勝が陰で糸を引いていた。

長坂長閑斎が作手城を発ってから数日後に、貞能は徳川家康からの密書を得た。それには次のようなことが書いてあった。

武田からの縁談が持ちこまれたそうであるが、当方にもかねがねそのつもりがあったが、あまりぶしつけだと、そこもとの気にもなるだろうと思って黙っていたが、もう、そういう時期でもないと思うから、ここではっきりと所存の程を述べる。何分にも良き返事を期待する。

記

一、家康の女《むすめ》（母は築山氏）を貞昌の正室としたい、祝言は今年の九月ごろがよいと思う。

二、奥平氏の本地（本領地）の作手、日近および遠州の知行はそのまま安堵する。

三、武田に味方をしている田峯の菅沼一族の領地及び彼等の遠州における領地を全部そこもとにやる。

四、長篠の菅沼一族の諸領知行もそこもとにやる。

五、別に新知行として、三千貫を与える。これは半分が三河であとの半分は遠江である。
六、旧今川氏の一族三浦氏の所領もそこもとにやろう。
七、信長の起請文を貰ってやろう。
八、信州伊奈郡もそこもとにやるように信長殿に交渉してやろう。
右の条項については責任を持つ。外部からいかなることを云って来ても取り上げない。もしこの家康が偽りを申したならば、弓矢の冥加は尽きたものと思い、無間地獄に落つべきものであることを神々に誓うものである。（以上『譜牒余録　松平下総守書上げ』より）

奥平貞能は家康のこの書状を見て驚いた。徳川家康の女を貞昌にくれるというのである。そればかりではない。山家三方衆すべての領地を貰うことになり、他に三千貫の土地をくれるというのである。

これは、武田が信豊の女をくれるという条件とは比較にならないほど良いものであった。このような条件を家康が持ちこんで来た裏には、家康がなにがなんでも、山家三方衆の中心的人物奥平氏を味方に加えたいという気持があるからであり、三河北部の備えを固めないかぎり武田を破ることはできないと考えた結果のように思われた。

貞能は父貞勝のところへ行って、この書状を見せ、

「父上ですね、このような工作をしたのは」

と云った。しかし、貞勝は、

「なんのことだ。おれは知らないぞ。しかしこれはまた、なかなか良い条件だのう。武田信玄が死んでしまった今となれば、この書状を飲んだほうが、奥平家のためかもしれない。しかしな貞能、おれは先が短い、表面的には武田に従いておるぞ。貞国もそのようにさせたい。まさかということのために、やはり奥平家は二つに分かれねばならない」

貞能は家康に従くことを約束した。家康からは折返し返事があって、しばらくはそのまま武田に従っているように見せかけていろという指示があった。

饗《もてなし》風呂

作手《つくで》城から帰った長坂長閑斎《ちょうかん》はその結果を手柄顔に吹聴《ふいちょう》した。だが、喜んだのは勝頼とその側近だけで、多くの部将は冷たい顔で成り行きを見ていた。

(信玄公が亡《な》くなったばかりだというのに、慎しみのないことをされるお方だ)

と陰で勝頼を批判している者もいた。

(だが、なんといっても、山家三方衆《やまがさんぼうしゅう》の中心となる人物は作手城の奥平貞能、貞昌父子である。奥平父子と武田家が密接になることは、まことに結構なことだ)

という見方をする者もあった。

信玄の死はもはや周知の事実となり、三河、遠江方面では徳川家康の巻き返しが活発化していた。山家三方衆の向背《こうはい》は武田にとって重大問題だった。

勝頼はお阿和をすぐにでも新館に迎えたい意向だったが、長坂長閑斎が使者となって奥平家におもむき、一応九月という日取りを決めて来た手前、無理はできなかった。

人質は友好関係が続いている限りにおいては、表面的には客人としてのもてなしを受けていた。客人に対してめったなことはできなかった。

お阿和は父奥平久兵衛の書状を読んだ。奥平貞昌と武田信豊の女《むすめ》の婚約が成立し、同時に、お阿和が勝頼の側室に内定したことが書いてあった。お阿和と貞昌との婚約は破棄されたものと心得るようにと付記されていた。

お阿和は、その手紙を見ても涙一つこぼさなかった。女はただの道具にしか使われていない時代に生れて来た不幸を嘆き悲しんだとてどうしようもないことだった。彼女はじっとこらえた。この身はどうあろうと心だけは自分自身のものである。心まで奪い取りに来るものはないだろうと思っていた。

お阿和はめったに外には出なかった。勝頼と顔を合わせたくはなかった。つき添いの老女たちとも話をしなかった。じっと考えこんでいる日が続いた。

信玄が逝去して以来の京都方面の情報はすべて織田信長に有利に動いていた。信玄が死んだからには、甲信の大軍が西上する憂いはまず無いと見た信長は、いよいよ天下制覇の決心を固めたようであった。

信長は京都にいる将軍足利義昭の追放を計画した。将軍義昭が京都にいるかぎりにおいては、未《いま》だに将軍の権威の存在を信じている地方領主を意のままにすることはむずかしい。

信長は革命を目ざしていた。革命のためには或る程度権威を否定することが必要だった。彼は、叡山《えいざん》を焼き討つことによって、架空の権威を亡ぼした。将軍の権威は今や無用であり、害でさえあった。信長は将軍追討の機を待った。京都に流言を放って、近いうち、岐阜から将軍追討の軍が上って来るだろうといいふらした。京都の市民はそういう流言には馴れていたから、さほどの動揺はなかったが、二条城にいる将軍義昭はこれを気にした。実戦経験もないし、人を使うことも知らず、ただ人々におされて将軍の座についた義昭は信長が攻め上って来るというならば、その機先を制して、将軍自らが、織田信長追討の兵を挙げようと決心した。そうすれば将軍の命のもとに諸国の武士はことごとく彼のもとに集まって来るような錯覚を持った。義昭の最後の夢だった。

義昭は七月三日に挙兵した。信長追討の檄《げき》を近隣の諸豪に飛ばした。

信長はこの機を待っていた。

将軍義昭挙兵の第一報が岐阜に到着すると、即刻全軍に京都出撃の命を下し、信長自ら、大軍を率いて岐阜を出発し、琵琶湖を舟で渡り、坂本から一挙に京都を衝《つ》いたのである。電撃作戦だった。

七月七日に二条城は落ちた。将軍義昭は山城国槙島《まきのしま》城に逃げたが、信長の軍に包囲された。

義昭は捕えられて信長の前に引き出された。

「将軍の名を重んずるならば死を選ぶがよい。将軍の名を棄てても、ひたすらに生きたいと望むならば生命だけは助けてやろう」

信長は義昭に云った。

「生命だけはお許し願いたい。将軍の名はもう要らぬ」

義昭は慄え続けていた。

信長は義昭を殺さなかった。足利尊氏以来の二百三十余年に渡る室町幕府の歴史は閉じられた。如何なることがあろうと、二度と復活はできないと思った。義昭に止どめを刺す要はないと思った。

信長は義昭を河内若江に追放した。七月十六日のことである。

義昭挙兵の知らせと、二条城陥落の知らせは相次いで躑躅《つつじ》ケ崎《さき》の館に届いた。その報を受け取ったのは、穴山信君《のぶきみ》だった。信君は信玄在世の時代から、他国との交渉を受け持っていた。信玄の決裁に持ち込む前の段階を、信君がやっていたものも多い。駿河、遠江方面や京都方面などでは信君配下の細作《さいさく》（特殊工作員）が活躍していた。京都の武田屋敷の市川十郎右衛門も信玄の亡き後は、信君あてに情報を送っていた。

信玄の生存中は、各方面からの情報は、主として山県昌景、馬場信春などの宿老が取り上げて、これを信玄に報告し、時によっては信玄自らが、情報を運んで来た使僧や諸国御使者衆に面会して、ことこまかに訊いた。どんなに些細《ささい》なことでも他国からの情報は一応信玄の耳に入るような機構になっていた。

穴山信君からの情報は量としてはかなり多かった。信玄はこれらの情報を総合して策を建てた。

信玄は大臣に相当する者を置かなかった。彼自らが大臣であり、総理大臣でもあった。大臣は置かなくとも、大臣に近い仕事を各部将たちにやらせていた。このような見方をすれば穴山信君は外務大臣に相当する仕事を委されていたとも云える。

信玄が死んだあと、穴山信君のところに情報関係の仕事が持ちこまれたのは或る程度まで当然なことであった。

七月になっても勝頼の家督相続の儀式は未だに行なわれていなかった。その必要を認めながらも、信玄の、三年間喪を伏せよの遺言にこだわっているため、積極的に、相続の儀式を取り行なうことを主張する御親類衆がいなかったのである。その話は出たり消えたりしながら、相変わらず合議制による運営がなされていた。

七月二十日になって、勝頼のところへ、長篠《ながしの》城の副将室賀《むろが》一葉軒《いちようけん》信俊から走り馬の通報があった。

（浜松に放してある物見からの通報によると将軍足利義昭様は織田軍の不意討ちを受けて自害されたよし、また徳川家康は、京都方面の情報が一応安定したので信長の許しを得て、それまで待機していた大軍をそのまま方向を変えて長篠城へ向わせる様子にございます）

勝頼はこの室賀信俊の通報に驚いた。長篠城は父信玄が重視していた城である。その城が徳川家康の大軍にかこまれたら大変なことである。勝頼は病気だなどといって引きこもっているわけには行かなかった。勝頼は山県昌景に使いをやって、すぐ軍議を開くように云った。

「四郎殿、その後御病気の方はいかがです、御静養中にもかかわらず、緊急の軍議とはまたなにごとですか」

穴山信君が席上まず口を開いた。口の裏には鋭い皮肉が隠されていた。家督相続の儀式をしてくれないからといって、妙にすねた態度を見せている勝頼を、信君はなんとわがままな男だろう、まるでだだっ子だ。仮病《けびょう》など使って、という腹があったから、そんな言葉が出たのである。

「病気なぞしている暇はない。信長は将軍義昭を自害させたのだ。京都方面が片づいたから、信長は、家康に大軍を動かすことを許可した。家康は大軍を率いて浜松を発って、長篠城へ向って来るぞ」

勝頼は気負いこんで云った。

「だから、すぐ兵を出して徳川軍を迎え討つといわれるのですか」

信君は半ば微笑を浮かべながら云った。そんなことで狼狽する勝頼を笑っているようであった。

「そうしないと長篠城は危い。長篠城は父が特に力を入れていた城だ」

「そのことなら、拙者がよく存じております。長篠城を改築した築城奉行はこの穴山信君です。長篠城のことなら、隅から隅までよく知っております。長篠城は、そう簡単に落ちるような城ではございません」

「ではほって置けというのか」

「いえ、そうは申しません。まず敵の動きをよく見てから軍を発したほうがよいではないかと申しておるのでございます。室賀信俊からの情報にしても、曖昧《あいまい》なもの、何千の兵を誰が率いて、何月何日の何時ごろ、浜松を出発したという確報を待ってからでも遅くはありますまい。京都から浜松に入ったという情報にも、誤りがあります。京都の市川十郎右衛門よりの通報によると、将軍義昭は自害したのではなく、信長に捕えられた後、河内の国若江に追放されたのです」

「なに追放された。将軍義昭は自害したのではなく追放されたのか、その情報は何時入ったのだ」

「さよう二日ほど前のこと」

「なぜ知らせてくれなかった」

「四郎殿は御病気中でもあり……」

信君はそのあとはさすがに云わなかったが、勝頼には信君が云おうとしている言葉がはっきり分かった。

(四郎殿は病気中であり、しかも、目下のところ、武田の統領ではない。武田の統領は依然として亡き信玄公である。信玄公の実体こそないが、その実体に匹敵するものがある。即ち武田御親類衆及び部将たちである。今のところは、その集団が、亡き信玄公の実体となってすべてをおし進めているのである。おわかりかな勝頼殿、勝頼殿はその集団の中の一親類衆、一部将に過ぎないのだ。集団を代表する者の名を強いて云うならばこの穴山信君である。御異存があったら申し述べられよ)

信君の顔はそう云っていた。

「将軍義昭は追放されたのか、これで足利幕府も終ったことになる。新しい時代の夜明けに臨んで、信長は真っ先に旗を立てたというのか」

馬場信春が大きな声で云った。勝頼と信君の間の空気が険悪《けんあく》になりそうだったからである。信春の発言に続いて、次々と部将が、信長と将軍義昭との争いの終末について意見を述べた。

「要するに、今度の徳川家康の出陣は、京都の方が静かになったということが、その動機になっていることだけは率直に認めてもよいであろう。問題は、家康がどこまで本気かということである。向うが本気なら、当方に取っては思う壺、こんどこそ、家康のお首を頂戴《ちょうだい》つかまつろう」

と小山田信茂《のぶしげ》が口をさし挟んだ。

軍議は長篠城防衛を巡って集中した。

「長篠城の防衛ばかりではない、いずれ、家康は二俣城奪還に乗り出して来るだろう。お館様亡きあとの、家康のやり方は少々心憎い。このあたりで一つ、家康に痛い目を合わせてやらないと彼を増長させることになる。出兵は止むを得ないだろう」

と内藤昌豊《まさとよ》が云った。

「敵が軍事行動に出て来た以上、黙って見ているわけにはいかない。ただ、敵の動きがはっきりしないのに、大軍団を動かすのは、今のところよろしくない。敵の動きを見ながら、ここしばらくはほどよくあしらって置くのがよいであろう」

山県昌景が最終的な意見をまとめた。部将たちはこの原則に賛成した。山県昌景がほどよくあしらうといった言葉の陰にはやはり信玄の遺言を守ろうという意志がひそんでいた。三年間はじっとして天下の形勢を見ようというふうに信玄の遺言を解釈すれば、積極的な作戦には出られないのである。

軍議は終った。家康が軍を率いて浜松を出発したという情報だけでは出兵はしない。家康の軍が長篠城を包囲した時点で、出兵を考えようということになった。

その軍議が終ったころ、家康が三千の軍を率いて、浜松を発って長篠城に向ったという情報が入った。そして、七月二十二日には家康の軍は長篠城を包囲して攻撃に出た。

三河方面からの走り馬がつぎつぎと緊迫した情報を伝えた。

(作手の奥平貞能《さだよし》、貞昌父子の行動はまことに不審、家康の率いる三千の軍が長篠城へ向って北上するのをなにもせずに黙って見ていた)

という情報が躑躅ケ崎に入った。

作手城と長篠城は直線距離にして四里ほどのところにある。家康の軍が長篠城包囲作戦を取ったならば、補給路分断の策に出るのが当然である。ところが、作手城は城を閉ざして一兵も外へ出る様子はなかった。家康の軍が豊川の上流に向って追撃するのを黙視したのである。確かに、これは不審な行動に思われた。特に上部からの命令がない限り、常識的には如何ような方法であっても、徳川軍の進撃を阻害する行動に出るのが当然で、徳川軍も、このことあるを知って、一部の兵力を作手城に対して備えねばならなかった。徳川軍はこれをせず、作手城の存在など無視して前進し、あっという間に長篠城を包囲したのである。

　躑躅ケ崎の館で軍議が開かれた。

「作手城の奥平父子の行動はどうも合点が行かぬ。もし作手城の奥平父子が徳川方に寝返ったとすればたいへんなことだ。早速兵を発して長篠城の徳川軍を追い散らすと同時に、作手城には強力な目付の軍を置く必要がある」

　軍議は一決した。

　だが、出撃は更に遅れて、八月になって、ようやく武田軍は重い腰を上げた。三河方面には馬場信春、小山田信茂、武田信豊、土屋昌続等五千が向った。これに呼応して、遠江方面へは、山県昌景、一条信龍、穴山信君、武田逍遥軒信廉《しょうようけんのぶかど》等五千が向った。

家康が長篠城を攻めるつもりならば、三河と遠江の両方面から挟撃して攻め亡ぼそうとする態勢を見せたのである。

家康は武田軍出動の報を聞くと、長篠城の近くの久間《くま》、中山に付城《つけじろ》を築き、酒井忠次、松平康忠、菅沼定盈の三人に守らせ主力を率いて浜松に退いた。予定の行動だった。

家康が浜松に退いた以上、武田軍も長居の要はなかった。攻撃目標があるとすれば久間、中山に家康が築いた付城だったが、もともとこのような城は攻めれば退き、退けば再び乗り込んで来て柵を設ける砦の類であったから武田軍も本気になって攻めようとはしなかった。馬場信春と小山田信茂は軍をまとめて引き揚げ、あとは武田信豊が大将として残った。

信豊は黒瀬（玖老勢《くろぜ》—愛知県新城市）に陣をかまえると、作手城の城主奥平貞能を呼び寄せた。一城の主を陣屋に呼び寄せるということは、時が時だけに重要な意味がある。奥平貞能は使いを受けたとき、信豊に疑われているなと思った。徳川家康と密約していることは露顕《ろけん》してはいないけれど、徳川方と裏工作をしているらしいという情報が武田方に入っていることは事実と考えねばならなかった。

奥平貞能は心利いたる家来十二名を選んで黒瀬の陣屋に向った。その途中彼は家来たちに、

「いかなることがあっても刀を抜いてはならぬ、たとえ、この貞能が斬られたと聞いても動揺を見せてはならない」と固くいましめた。

黒瀬の陣屋につくと、信豊の家老の小池五郎左衛門と田峯城主菅沼定忠の家老城所《きどころ》道寿（道樹）の二人が奥平貞能と会った。

「奥平殿はなんの用で呼びつけられたと御自身思われるかな」

とまず小池五郎左衛門が訊いた。

「分かりませぬ、或いは……」

「或いはなんだと思われるかな」

「伜、貞昌の婚儀のことに関して……」

貞能はとぼけた。貞能の子貞昌と信豊の次女おしずとはこの九月に婚儀を行なうことになっていた。だが、婚儀のことなら、しかるべき仲人役が間に立って話すのが当り前、貞能がわざわざ呼ばれることはない。

「つまり、全然当てがないと云いたいのでしょう」

小池五郎左衛門が云った。

「さよう。なんのためにお呼びなされたのかとんと……」

「覚えはないと云われるならば、これを御覧なされ」

小池五郎左衛門は貞能の前に綴込みの書類を置いた。それは、奥平父子に関する調

書のようなものであった。それには、
六月十三日　夏目治貞、僧形にて訪問一刻あまりにて退去
六月十九日　三河刀剣購い人鍔《つば》屋《や》善兵衛一刻半にて退去
のように、奥平貞能を訪れた人の名がこまかく記入されていた。

「この記録によると、夏目治貞は、六月中に三回も貴殿を訪問している。しかも、この夏目治貞は徳川殿の旗本である。なぜ徳川殿の旗本が、このように足繁く貴殿を訪問されたのか」

小池五郎左衛門はやや声を高くして云った。

「手前及びわが子貞昌を徳川殿の陣営に招かんがための工作にございます。つまり、武田殿を裏切れよとすすめに参ったのでございます」

貞能はしゃあしゃあとした顔で云った。

「な、なんだと、よくもそのようなことを……」

と小池五郎左衛門が血相を変えるのを見て、貞能はまあまあと手で制して、その次を云った。

「この件に関しては、逐一《ちくいち》穴山殿に御報告申し上げております。夏目治貞が徳川殿の誘いの言葉としてなんと云ったか、逐一御報告申し上げております。もしお疑いならば、拙者を此処に止め置き、穴山殿のところへ使者を出されて問い合わせられたらす

べて分かることです。また、その際穴山殿から、徳川殿の誘いは、はっきり断わらずに適当にあしらいながら、ことこまかに向うの情報を知らせよという書状も頂いております。もしそれが必要ならば、早馬を立てれば、わけなく確かめられることにございます」

貞能はいささかも動揺したところを見せなかった。小池五郎左衛門は返すことばがなかった。穴山信君が承知の上のこととなれば、もはや何等疑うことはなかった。ただ、小池五郎左衛門は、もしそういうことならば、事前になぜ、そのことを信君から主人の信豊に知らせてくれなかったのだろうと思った。

(お館様が死んでから、いろいろと訳《わけ》のわからぬことができている。お館様の生存中は、これらの情報はすべてお館様のところに集められ、お館様のところから、これこれこのようにせよとの指令が出たのに、最近は、穴山様のところに情報が集まっているかと思うと、勝頼様のところにも、また別の筋から情報が入っている。情報の中心が、二つに分かれているから、このようなおかしなことになってしまう。これでは武田の行く末が心配だ)

小池五郎左衛門は、そう思う心が顔に出てしまって、それ以上言葉が出なかった。

「なにか訊ねることはないか」

と五郎左衛門は田峯城主菅沼定忠の家老、城所道寿に訊いた。

「はや、なにもございません。貞能殿の御言葉は信ずべきものと存じます。ただ貞能殿としてもお疑いを受けられた以上、はっきりと身のあかしを立てるため、早馬を作手城に飛ばして、穴山様よりの書状を取り寄せ、信豊様にお目にかける必要があろうかとも思われますが、いかがでしょうか」

城所道寿の申し出を奥平貞能は承知した。その場で奥平貞昌に書状を書いて穴山信君からの書状を取り寄せることにした。

信豊は、城所道寿、小池五郎左衛門と貞能との会話を襖《ふすま》をへだてすべて聞いていた。本陣に当てられた寺はそう広くはない。大きな声で話している隣室の様子はすべて聞こえた。

すべてを聞いた後で信豊は貞能に会った。

「五郎左衛門はちと神経質でこまる。つまらぬことを重大に考えて、いろいろと失礼なことをお訊ねしたようだが、これもお家のためだと思って許して貰いたい」

信豊は表面をそのように取りつくろってはいたが、内心未だに不審を抱いていた。貞能が落ちつき過ぎているからだった。穴山信君にいちいち報告していたことは事実だろう。また穴山信君からの書状も間も無く届けられるだろう。しかし、油断はならない。穴山信君にいちいち報告しているということが、徳川方に通じていることを隠すための隠れ蓑《みの》かもしれない。よくある手だ。平凡な手だが、ひっかかりやすい手だ。

「われら奥平一族ははじめは徳川殿に従《つ》いておりましたが、後、武田殿にお味方するようになりました。一族のうちで徳川方に走った者も若干はおります。徳川殿と内通しているのではないかという噂が出るのは当然なことです。身のあかしを立てるためには次の戦《いくさ》では、ぜひとも手柄を立てなければならないと考えております」

貞能はしおらしい顔で云った。

夕食の支度ができたようだから食事を共にしようと信豊は貞能に云った。そうしている間に作手城へやった使者が帰って来るだろうと思っていた。

小池五郎左衛門と城所道寿は、奥平貞能を信豊にまかせて置いて別室で相談した。

「話ができすぎているとは思わぬか」

小池五郎左衛門が云った。

「そのとおりです。落ちつき過ぎています。穴山様まで、裏切りの舞台まわしに利用しているように思われてなりません」

城所道寿は首を大きくひねった。考えてもどうしようもないという顔だった。

作手城へやった使者が暗くなってから、穴山信君が貞能にあてた書状を持って帰って来た。貞能の疑いは晴れた。

「迷惑を掛けた。許してくれ」

と信豊は貞能に口では詫びていたが、内心では、未だに疑っていた。

「今夜は遅いからこの陣屋に泊って行くがいい、夜道は危険だ。徳川方の乱破《らっぱ》が現われるかもしれないからな」

信豊は一応は泊ることをすすめたが、貞能は、このあたりの地理には詳しいから、御心配には及びませんと云った。

「さようか、では、二十人ほど人を出して送らせよう」

と信豊が云ったが、貞能は、

「いかなることがあろうとも、わが身を守るすべを心得ております」

と云った。

信豊はそれ以上なにも云わなかった。信豊は家老の小池五郎左衛門にひそかに目配せした。途中で殺せという命令であった。貞能が家康と通じているという確証はなかったが、穴山信君まで、上手に利用した深い策謀と信豊は見ていた。危険な男は殺したほうが無難と思って、かねてから打ち合わせたとおり暗殺の計画を実行しようとした。貞能主従が黒瀬の陣屋を出る前に、小池五郎左衛門の家来三十名と、城所道寿の家来三十名は、二手に分かれて途中で待ち伏せた。

黒瀬から作手に帰る道は、布里、鴨ケ谷を通る三里余であった。

奥平貞能主従は黒瀬の陣屋を出て数丁も行ったところで、馬を降り、馬に枚《ばい》を銜《ふく》ませて、森の中に連れこんで繋ぎ、主従は、月の明りをたよりに間道を夜中歩いて、夜明けごろには作手城に帰っていた。

奥平貞能主従を暗殺しようとして先廻りしていた一行はいくら待っても現われない敵に不審を抱いて黒瀬の陣屋に引き返した。

翌朝、作手城から黒瀬の陣屋に早馬があった。使者は小池五郎左衛門の前で作手城主奥平貞能の口上を述べた。

「昨夜、帰路に当って、物見を先発させたところ、徳川方の乱破が待ち伏せしている様子でしたので、馬に枚《ばい》を銜ませて、木に繋ぎ、主従、間道伝いに歩いて、無事作手城までたどりつきました。どうか御安心下さるようお願い申し上げます」

という内容のものであった。

「貞能め、味なことを……」

信豊は小池五郎左衛門からの報告を聞くと、いよいよ奥平貞能に対する疑惑を深めた。たとえ、家康に内通していなくとも将来内通する可能性のある、油断のならない男と見た。

信豊は使者を作手城に送って、副将の初鹿野《はじかの》伝右衛門に奥平父子から眼を離さぬように固く言いつけた。

初鹿野伝右衛門は本丸にいた。奥平貞能は二の丸にいた。副将が本丸にいて、城主が二の丸にいるというのはまともではなかった。このとき既に貞能は濃厚な疑いを懸けられていながらも、なんとかして作手城の城主としての面目を保っていたのである。

副将初鹿野伝右衛門は信豊の命を受けると直ちに実行に移った。

「今日中に、二の丸にいる奥平貞能等の家族を人質としてすべて本丸に移す」

副将初鹿野伝右衛門は武田信豊の命としてこれを貞能に要求した。その命令に対して貞能はいやな顔一つ見せないばかりか、なんでそのようなことをするのかとも訊かなかった。同じ城の中で人質を取るなどということは常識では考えられないことであった。それにもかかわらず、貞能は一言も逆らわなかった。しかし貞能の心の中では、その夜、作手城脱出を決めていた。

貞能は二の丸から本丸に移動する長持に鈴をつけさせた。鈴はりんりんと鳴った。それは非常事態を腹心の者に知らせる合図であった。鈴の音を聞いた者は聞かなかった同志にこれを告げた。

一日で運べと命令されたが、長持や道具の移動に手間がかかり一日では片がつかないようであった。初鹿野伝右衛門は援将土屋昌続に、どうも荷物の運搬が遅い。わざとゆっくりやっているようだと云った。昌続は与力の小笠原新弥と草間備前に調査を命じた。二人は二の丸に来て荷物を調べた。まだ一日分の荷物が残っていた。

「一日で運べと云われたのになぜ運ばないのだ。夜になってもいいから運べ」

と小笠原新弥は貞能の家老に云いつけた。それを聞きつけて貞能が出て来た。

「ごもっともでございます。だが、なんといっても、引っ越しとなるとこまごましたものが多いので、どうにもなりませぬ。どうか、一風呂浴びて、夕食でも召し上がって下さい。それまでには片がつくでしょう」

貞能は私も御一緒に風呂に入りますからといって、二人を風呂に誘い、風呂を出ると、二人の前に酒肴を出して、さかんにお世辞を述べた。

「さすが信玄様のお取り立てになられたお方だけあって、なにからなにまで隙がない。風呂場においても着物はすぐにでも身につけられるように、ちゃんと整理されておられるし、食事を召し上がるときでも、身に備えができている」

小笠原新弥と草間備前は貞能の舌先三寸に云いくるめられて、こやつ臭いぞ、臭いぞと思いながらも、つい酒を飲み肴を口にして時間を過していた。

その間に、一族及びその家来たちは脱出の準備を急いでいた。


奥平貞能が土屋昌続の与力、小笠原新弥と草間備前に風呂をすすめ、自分も一緒に入ったという話は『寛永系図伝』及び『譜牒余録』に載っている。当時は風呂が酒肴と共に饗応の一つであり、主人が客と共に風呂に入ることは最高のもてなしと考えられていたようだ。

捨てられた長篠城

小笠原新弥と草間備前は本丸にいる土屋昌続のところに帰って、二の丸から、本丸への荷物運びは今夜中にはとても無理だから明朝にしたらよろしいでしょうと報告した。

「二の丸になにか異常はなかったか」

「なにもございません。貞能様は、奥平の家族を人質として本丸へ送ることについては、あることないこと、いろいろと噂を立てる者があるから、疑いがかかるのは当然だと云っておられました」

「口ではなんとも云える。だが貞能の様子はどうだ。落ちつきを失ったようには見えなかったか」

「そのようには見えませんでした。貞能様は、新造した大風呂に入って行けとすすめられました。一度はおことわり申し上げましたが、一緒に入るから是非にということでしたので入りました。木のにおいがぷんぷんする、新しい浴槽で一度に十人ほどは入れます」

ほうと土屋昌続は唸った。

「それからどうした」

「風呂から出て、夕食を頂戴いたしました」

「酒は出たのか」

「はい、少々」

小笠原新弥はそう答えて、隣りに坐っている草間備前のほうを見た。云って悪かったかなという顔だった。

「荷物運びはどのくらい進んでおるか」

「ざっと六分《ろくぶ》……いや七分通りは終っております。明日の午前中に終るでしょう」

「そうすると、人質が引っ越して来るのは、明日の午後ということになるのだな」

土屋昌続はひとりで頷いていた。どうやら貞能は、彼の家族たちを人質として本丸に移すことに対して身を以て反抗を示すようなことはないだろうと思った。半ばあきらめているに違いない。

土屋昌続は与力の小笠原新弥と草間備前をさがらせたあとで、初鹿野《はじかの》伝右衛門のところへ行って荷物の運び入れは中止して、あとは明朝にしたらよろしいでしょうと進言した。

「終りそうもないのか、では止むを得ない、明日にするしかしようがない」

初鹿野伝右衛門はそう答えて、すぐ家来を二の丸へやって、引っ越しは明朝、奥平一族の家族の本丸移動は明日午後と云い渡した。

奥平貞能は本丸からの使者に丁寧に礼を云って送りかえすと、一族の主なる者を呼んで、すぐ風呂に入るように云った。

「風呂に……さて……」

彼等は即座に風呂に入れと云われたので、なんのことだか分からずに、眼を白黒させていた。

「いいからすぐ入るのだ。おれもすぐ後から行く」

風呂場には主なる者が十人ほど集まった。なんで貞能がこんなことをするのか分からなかったが、緊急な申し合わせが風呂場でなされるということだけは確かだと受け取った。

貞能の風呂好きは有名だった。朝風呂、昼風呂、宵風呂、寝風呂と一日四回風呂に入った。それが唯一の健康法だと心得ていた。さっと入ってさっと上がる式の風呂であって、

(思いあまることがあったときは風呂に入るといい考えが湧く)

などと日頃云っていた。

貞能は風呂に沈むと、

「ああ、いい風呂だ。これが作手城における最後の風呂かと思うと、この味もまた格別だなあ」

と云った。そのひとことで、風呂の中はしんとした。そこで貞能は彼等に、一族はこれから家族を連れて城を脱出し、徳川方に逃げる旨を告げた。

「父（奥平貞勝）と弟の貞国はこの城に残ることになっている。あとは一族を挙げて、徳川方へ落ち延びることにする。わが奥平一家が生きるにはこれしか方法はないのだ」

それに対して反発する者はなかった。彼等はいつかはこのときが来るものと、うすうすは知っていた。

奥平貞能は脱出の手立てを詳しく説明した。誰が誰に連絡し、誰がなにを運び、誰がなにをするか細かい手筈を、風呂の中で申し渡した。

「さあ、一人ずつ湯から上がって、それぞれの任につけ、おれは最後に上がる」

奥平貞能は一人になると湯の中で外に聞こえるよう大きな声で歌を歌い出した。

初鹿野伝右衛門は寝所へ行こうとしてなに気なく二の丸の方へ眼をやった。二の丸の明りが眼についた。

（いつになく明るいな）

と思った。

引っ越しは明朝に延期された。なにも夜遅くまで明りをつけて置くことはない。不審だ。二の丸が明るいのは人が動くからなのだ。

「誰かおらぬか」

初鹿野伝右衛門は声を上げた。隣室から、

「矢崎源之丞これに」

と答えて伝右衛門の前に手をつかえた。源之丞はまだ十七歳だった。少年の面影がまだ残っているような若侍だった。

「源之丞、二の丸の様子を見て参れ。不審な動きがあれば、大声を上げて呼べ」

源之丞ははっと答えて、外へ出た。夜風が涼しかった。本丸から二の丸への下り坂を駈けおりて見ると、二の丸の門の外に長持が三つほど揃っていて、まさに動き出そうとしているところだった。三つの長持が出るのに提灯はたったの一つであった。

武装した者が、そのまわりを十人ほど囲んでいた。

「引っ越しは明朝と決まっておるのに長持はどこへ行くのだ」

源之丞は、大声で訊いた。答えがないかわりに、殺気が闇の中から迫って来た。

裏切りだと思った。

源之丞は一歩退いた。叫ぼうとした。だが、その一声が咽喉に出かかったときに、奥平貞能の刀が源之丞の胸を刺していた。

「それ！」

貞能が合図した。

提灯が上下に揺れた。大手門のあたりで人のざわめきが聞こえたが、二の丸ではやっと聞き取れるほどのもので、間もなく静かになった。かねての手筈のとおりに長持の覆《おおい》がはねられた。中に鉄砲がつまっていた。鉄砲足軽が次々と鉄砲を手にして、大手門の方へ走り出て行った。

大手門は奥平の手の者によって占領されていた。武田方の門番は斬り伏せられていた。鉄砲隊の脱出の次には、奥平家の家族が脱出した。老人や、子供は屈強な武士に背負われていた。家族の後から、奥平貞能が旗本をつれて続き、最後は奥平貞昌が精鋭百二十名を率いて続いた。

初鹿野伝右衛門は矢崎源之丞の帰りが遅いので、兵二十名を率いて二の丸へ降りて行った。

二の丸の方から、なにか叫びながら走って来る者があった。

奥平道文（貞勝）だった。その後に子の奥平貞国が従っていた。抜刀した二十人ほどの郎党が昂奮した顔で従っていた。

「城脱けでございます。貞能、貞昌の城脱けでございます。兵をお貸し下され。この道文が、貞能、貞昌をこの手で成敗いたします。はよう、兵を出して下されませ」

と云った。それを云うのも息が切れてたいへんのようだった。奥平道文は、そこに倒れこんだ。

城内は騒然となった。本丸にいた武田軍の将兵は、いそいで武具を身につけて外に出た。大手門のあたりに火の手が上がっていた。

空は曇っているので、なにものも見えない。二の丸の明りは、ともったままだった。

初鹿野伝右衛門は計られたと思った。兵をお貸し下されと叫ぶ奥平道文の姿を見ながら、芝居だと直感した。一族こぞって逃げてもよいのにそうしなかったのは、将来、徳川が亡びた場合、奥平家は根が絶える。二筋かけて家系の存続を計ったのだ。よくあることだと思った。

老いた身で、一生に一度の大芝居を打とうとしている道文の姿が哀れでもあった。

初鹿野伝右衛門は歴戦の勇士であった。このような場合に動顚《どうてん》して、自分を忘れてしまうような男ではなかった。

伝右衛門は、城兵を要所要所に配った。城内に潜んでいる敵の放火を未然に防ぐ処置を取ってから、一隊を城から出して奥平父子の後を追った。

追撃隊が大手門にさしかかり、火の明りの中にその姿をさらけ出すと同時に、闇の中にいっせいに銃火が響き、弾丸に当って数名が倒れた。

貞能は鉄砲隊を城の外に配置しておいたのであった。

「敵は少数ぞ、駈け抜けよ」

追手の大将土屋昌続は、先頭になって、銃火の中を門の外に出た。敵の鉄砲隊は敵《かな》わずと見て森の中に姿を消した。

土屋昌続はその夜の責任を一身に背負っているような気持だった。与力の小笠原新弥と草間備前の報告を聞いたときは、貞能は、いかにも落ちついているように思えた。だが、こうなってみると、それは貞能の計略だったのだ。

(いやしくも一城の主とも云われる者が、与力と一緒に風呂に入るなどということは、まことにおかしい)

へんだぞとなぜその時気がつかなかったのだろうか。いまさら悔いてもどうしようもないことだが、かえすがえすも残念だった。

土屋昌続は闇の中に敵を求めた。逃げた道は一本、浜松への道である。追えば追いつける。相手は老人、子供、女などをかかえている。

土屋昌続はひたすらに追った。

十丁ほど来ると、城の方で盛んに銃声が聞こえた。物見を出して見ると、

「在家《ざいか》のあたりが火の海のように見えます。鉄砲の音は在家から本丸に向っての一斉射撃でございます」

在家は作手城の背後にあった。そこには奥平の手兵百名ほどが守備隊として置かれていた。

「さては在家の兵の反乱か」

と云ってから、昌続はおかしいと思った。在家の兵力は百人である。鉄砲も二十梃そこそこである。物見が火の海のように見えると云ったことに気がついた。

「火の海とはなにごとぞ、落ち着いてもう一度話してみよ」

「在家を中心として、火の海のように見えます。その火の数はざっと、二百か三百……」

「ばかもの、百人しかいない敵の火が二百も三百にも見える筈がない」

そう云ったすぐ後に、徳川軍の伏兵が夜襲をかけて来たのではないかと思った。

（深追いなどをしていると、城が危い）

そう思った。しかし、逃げて行く敵をみすみす逃がすのも口惜しい。躊躇する土屋昌続を嘲笑するように、狼煙《のろし》があちこちに上がった。

合計すると七つの狼煙が作手城を包むように上がったのを見て、土屋昌続の追撃の

気持はくじけた。

「退け、ひとまず城へ退け」

彼は馬首をかえした。

大手門まで帰って来ると、甘利清吉を大将とする二百人ほどの軍勢が出て来るのに行き合った。

甘利清吉は、引き揚げて来る土屋昌続に、

「敵はもはや追手も及ばないところに逃げうせたのか」

と訊いた。

「暗闇にて、敵の行方は皆目分からない。それに在家方面の敵の伏兵や、あちこちに上がった狼煙を見て引き返したのだ」

土屋昌続は答えた。

「在家の鉄砲や、火の海はすべて見掛けだけのもの、狼煙も敵の乱破《らっぱ》が放ったお味方をまどわす戦法ぞ。なにを愚図愚図しておられる。早う追跡しないと、ほんとうに取り逃がしてしまうぞ」

甘利清吉はそう云うと、土屋昌続の軍を追い越して前に出て行った。

土屋昌続は、おのれの愚かさに腹を立てた。こうなったら、生命にかけても、奥平貞能、貞昌父子を討ち取らないと腹の虫がおさまらなかった。

奥平一族は上手《じょうず》に逃げた。

大手門を出たところで、老人、子供、女はすべて馬に乗せて、勝手知ったる街道を逃げに逃げた。しかし、いくら逃げたところで、武田軍の追撃をまぬがれることはできないから、宮崎の滝山の砦で武田軍を迎え討つことにした。滝山の砦は作手城の南、二里半のところにあった。

滝山の砦の近くまで来ると、徳川軍の松平伊忠《これただ》、本多広孝、本多康重の三将がそれぞれ、手勢を率いて、奥平一族を待っていた。

徳川軍は、作手城付近の狼煙台から次々と上がった火を見て、救援作戦に出たのである。

滝山城まで追って来た甘利清吉、土屋昌続は滝山城付近に燃え上がる、おびただしい篝火《かがりび》に眼を奪われた。

甘利清吉、土屋昌続の両将は部隊を停止させて物見を出した。

「徳川軍が鉄砲隊を先頭に立てて待っています」

「徳川軍はおよそ千余と見受けられます」

「処々に徳川軍の伏兵があるように見受けられます」

次々と物見の報告があった。

夜空は依然として曇っていた。風はぴたりと止んで不気味であった。

この時、奥平救援におもむいた徳川軍の総数はせいぜい五百人ぐらいのものだったが、夜目には千人余に見えたのである。また武田方の物見が伏兵と見たのは、徳川方の歩哨の影であった。

武田の物見隊と徳川の物見隊が接触して斬り合いがあった。鉄砲の打ち合いがあったりした。武田軍は、敵がいかなる布陣をしているか分からないから、迂闊《うかつ》に前進も手出しもできなかった。

こうなると、奥平一族の追撃はあきらめて、徳川軍相手の戦闘体形に入らねばならなかった。

情況の変化が作手城の初鹿野伝右衛門に知らされた。

「ひとまず引いて夜明けを待て」

作手城からそのような命令があった。暗夜の戦いは不利であった。甘利清吉と土屋昌続の両軍は踵《きびす》を返した。

奥平一族は九死に一生を得た。

夜が明けるまでの間、武田、徳川の両陣ではそれぞれ翌朝の戦いについての策が練られていた。

黒瀬の本陣にいた総大将の武田信豊のところには夜中にもかかわらず作手城からの伝令があって、奥平貞能、貞昌父子の城脱けが報ぜられた。

「だから、云わないことではない」

あれほど監視を厳重にせよと云って置いたのに、と信豊は腹を立てたが、後の祭りだった。

徳川軍が滝山城まで出向いて来ているがどうしたらよいかという伺いに対しては、

「夜明けと共に総力を上げて攻め落とせ、作手城の後詰めには田峯城の兵を送る」

と信豊は命令した。

夜明けから雨になった。

初鹿野伝右衛門は、最小限の守兵を城に残して、滝山城に向った。兵力は二千であった。

滝山城には、松平伊忠、本多広孝、本多康重等の徳川勢五百のほかに、奥平貞能、貞昌等奥平の軍勢五百が加わって千余名となった。だが、これだけで武田軍と正面切って戦うことは不利であった。滝山城は、もうしわけのように周囲に堀をめぐらせた砦であった。包囲されて、一押しされたら、どうしようもない城だった。

本多広孝等は援兵を徳川軍本隊に求めた。

平岩親吉《ちかよし》、内藤家長が六百の兵を率いて来援した。

これに対して、武田勢は、田峯城からの援軍千名を加えて三千の軍団となった。

徳川軍は決戦をさけて退いた。

雨が止んだあと強い西風が吹いた。滝山城陣払いに際して、徳川軍は砦に火を放った。武田軍に使用されないためだった。強風に煽《あお》り立てられて、またたく間に砦は焼け落ちた。煙が風に乗って風下になびいた。

徳川軍が退くと、武田軍も引いた。深追いすることは危険だった。そこから南は徳川軍の勢力範囲であるから、大軍団でおし通るしかなかった。三千の独立部隊で深入りすれば手痛い目に合わされる虞《おそれ》があった。

初鹿野伝右衛門は浮かぬ顔だった。

(信玄公が死んだということは、これほど士気に影響するものだろうか)

と彼は考えた。信玄公が生きていたら、奥平一族が離叛しようなどという気も起さないだろうし、徳川家康も、山家三方衆の抱えこみ工作などしなかっただろう。信玄公が死んだと同時に、徳川方は調略を始め、そしてここに山家三方衆の代表ともいうべき奥平一族を失ったのである。その失い方もまことにお粗末の一言で尽きる。武田の精鋭のことごとくがまんまと一杯喰わされたのである。伝右衛門の憂鬱な顔を風が撫でて通った。

(この戦いにおいてはわが方の負けだ)

と伝右衛門は思った。いままで武田軍は不敗の記録を維持していた。だが、今回は明らかに武田は負けたのである。負けて、奥平一族をそっくり取られてしまったのである。

　奥平一族が徳川方についたことは、三河における武田勢力がいちじるしく後退したことを示す。土地こそ失わなかったが、三河北部の民心は、奥平一族と共に徳川に従《つ》いたことを物語っている。奥平一族がそうなった場合は、次に警戒しなければならないのは田峯城主菅沼定忠と長篠城主菅沼正貞の二人である。山家三方衆は古くからこの地に根を張っている豪族であり、互いに姻戚関係を持っている。奥平が離叛した以上、菅沼一族の離叛も時間の問題のようにさえ思われた。

　初鹿野伝右衛門は作手城に帰って、黒瀬の本陣にいる武田信豊の命令を待った。今度の件については、その責任者として、きつい叱りを受ける覚悟でいた。だが、信豊からは特に叱責はなかった。土屋昌続に援兵をまとめて二ツ山陣地に帰るようにその指令があっただけである。信豊は、作手城の奥平一族の脱走を知り、急に身辺が不安になり、土屋昌続の部隊を呼びかえしたのである。

　信豊は、この事件があった直後に、田峯城強化のために、信豊の旗本を入れた。長篠の菅沼正貞のことが心配だったが、ここには副将として室賀一葉軒信俊がいるからまずまず大丈夫だろうと思っていた。だが、そのもっとも大丈夫だというところに、徳川家康は調略の手を延ばしていたのである。

　家康は、戸田忠次、牧野康成、菅沼定盈の三名を呼んで長篠城主菅沼正貞を味方に引き入れるについての策を問うた。

前の野田城主菅沼定盈がそれに答えた。

「同じ菅沼一族の中でも、長篠城主の菅沼正貞はことのほかの頑固者で、いったんこうと決まったならば梃子《てこ》でも動かない男です。正貞に調略をしかけても、まず不成功に終るばかりか、かえって、こちらの手を封じられることになるでしょう」

家康が調略の手を延ばしていると知ったならば、家臣に対して監視の眼が向けられ、いよいよやりにくくなるだろうと云った。

菅沼正貞を知っている、戸田忠次も、牧野康成もほぼ同じ意見であった。

戸田忠次が答えるには、

「菅沼正貞にはいっさいのことは知らせず、この男ならばと思うような家臣に狙いをつけて、こちらへ引き寄せるのが得策と思います」

牧野康成は、

「それについては、既にわが手の者三人ほどを長篠城内に忍びこませてあります」

と云った。

菅沼も戸田も牧野も城主の菅沼正貞はそっちのけにしてその下部組織を抱きこもうという策を献じた。

「急ぐのだが……」

と家康は、それを認めながらも、一抹の不安を顔に残していた。

「急ぐならば、多少手荒い方法を取らねばならないでしょう」

と牧野康成は云った。

「菅沼正貞を暗殺するのか」

家康が訊いたが、牧野康成は首を大きく振って、云った。

「長篠城を自壊に導くのです。城内に潜んでいる味方に火を放させ、城を混乱に陥れてから攻めたらいかがなものでしょうか」

「古いな、信玄がよく用いた手だ。そうすれば城は必ず落ちるだろう。しかし、ほんとうに城を取ったことにはならないだろう」

城が焼け落ちてしまえば、城の意味は無くなる。家康は、城をそっくりそのまま頂戴したいと考えていたのである。

「手荒なことができないとならば、一年ほどもかけて、ゆっくりと調略の手を進めて行くしかないと思います」

菅沼定盈が云った。

「それはまずい。一年経てば武田は息を吹きかえす。今のうちに取らねばならぬ。今のところ、信玄の死で武田の内部はがたがたになっている。この際取らねば、後になるとどうにもできなくなる。一年後には、必ずや勝頼が武田の統領となるだろう。勝頼は信玄以上に手強《てごわ》い敵だぞ」

家康は、そう云ったあとで、あの三方ケ原での大敗北を思い出した。勝頼が率いる騎馬隊が嵐のように襲いかかって来たのは、つい八ヵ月前のことだった。

「では、いかが致したらよろしいでしょうか」

戸田忠次が三人を代表して訊いた。

「極力、調略の手を延ばせ。調略の手だけで、長篠城がこっちのものにならないというならば、手荒いこともやむを得ないだろう。九月十日までには落とせ、どうしてもそれまでに落とさないとならないのだ」

家康の言葉にはいささかのあせりが見えた。九月十日と期限を切ったのも異様だった。

「やむを得ない場合は城を焼いてもよろしいでしょうか」

牧野康成が念を押した。

「さよう。長篠を取ったら、すぐ人を入れて、城を補強しよう。とにかく、余は長篠城に運命を掛ける」

家康はもともと、きざな言葉を使わない男だった。その家康が、長篠城に運命を掛けると云った。三人は家康の前にひれ伏して、それぞれが、必ず九月十日までに長篠城をお味方のものにいたしますと云った。

奥平貞能、貞昌父子が作手城から逃げ出したことは直ちに古府中に通報された。奥平一族から差し出してあった人質は八月の末になって三河に送られて処刑されることに決まった。

勝頼の側室として迎えられることになっていたお阿和は、奥平父子謀叛《むほん》の報を聞いた夜、自決した。処刑を受けるよりも自らの命を自らの手で断ったほうがよいと考えたからであった。お阿和の他にも数人の人質がいたが、彼等はことごとく、武田信豊のいる黒瀬の陣屋に送られて処刑された。戦国のならわしとは云いながら、曝《さら》しものにされた遺骸《むくろ》は痛ましかった。

奥平一族の人質の処刑が終ったその翌日に信豊のいる本陣に徳川軍がにわかに動き出したという報が入った。徳川方の物見が作手城近傍にしきりに出没しているという報告があった。

「敵は作手城へ懸《かか》るつもりだな」

信豊はその準備を命じた。それまで作手城の城主だった奥平父子が敵方についたのだ。彼等を先方衆とすれば勝手知った城を攻め落とすのは容易だと家康は考えたのだろう。信豊はそのように判断して、作手城の防備を固くするために、その方へ兵を送った。

「敵は突然、方向を変えて長篠城へ攻めかかりました」

九月五日の朝のことであった。徳川軍の精鋭二千が長篠城に攻めかかった。

「またか」

と信豊は云った。長篠城は大野川と寒狭《かんさ》川の合流点にあった。三方が川にかこまれ、しかも川に面した崖は容易に攻め登ることはできないような堅固な地勢だった。信豊がまたかと云ったのは、七月二十日に徳川軍がこの城を包囲したときも、どうにも手の出しようがなく、武田軍来ると聞くと包囲を解いてさっさと退いて行ったことを云ったのである。おそらく今度も、こちらが押し出せば退くだけのことだと考えていた。

「長篠城よりも作手城に気をつけろ、敵は新しい手を用いて作手城を攻めるかもしれないからな」

信豊は本陣を動かず、成り行きを見詰めていた。徳川軍の長篠城包囲作戦は一種の擬態だと信豊は見ていたのである。

長篠城を包囲した徳川軍はすぐに信豊の援軍が来ないとみると、今までになく激しく連日連夜攻め立てた。しかし長篠城は、それぐらいのことでどうともなる城ではなかった。城兵二千はよく戦った。

九月八日になると徳川軍は突然攻撃をやめて、包囲を解いて引き揚げて行った。

城兵たちはほっとした。昼夜を分かたぬ攻撃だったので城兵は疲れ切っていた。兵に休養命令が出た。兵たちはところかまわず、ごろごろと寝た。

城のあちこちから出火したのは、日暮れ前であった。連日の戦いで兵たちは疲れており、城内見廻りの手がゆるんだ隙に、徳川方に心を寄せている兵が各所に火を放ったのである。気がついたときには手のつけられないようになっていた。

「裏切り者がいるぞ」

と叫ぶ声があちこちに聞こえたが、誰が裏切り者だかは分からなかった。

副将室賀信俊と小笠原信嶺の信濃の二将は、火がどうしようもないほどになると兵をまとめて城を出た。出火と同時に攻め寄せて来る徳川軍と戦うつもりだった。

だが、徳川軍は攻めては来なかった。長篠城は一夜のうちに燃え尽きて朝が来た。その一夜のうちに城将菅沼正貞と大将を守る数十人の旗本を残して、菅沼正貞の兵のほとんどは退散していた。室賀信俊が逃げ遅れて捕えられた菅沼の兵を糺明《きゅうめい》すると、

「火が上がったら徳川方へ逃げろ、徳川方へ逃げこむ者はそのまま徳川方のお味方として迎えよう。恩賞も与えられる。徳川方へ尻を向けた者は殺される。武田方では信玄公が死んだので、武田勝頼と穴山信君とが勢力争いを始めた。既に内乱が起っている。武田が亡びるのは時間の問題だ。徳川方につくには早い方がいい。今ならば直参《じきさん》として迎えられる。そのように聞かされたので逃げる気になりました」

と答えた。

長篠城は信濃の兵が千人、菅沼正貞の兵が約千人いた。その三河衆の千人が離散したのである。しかも城は焼けた。焼け跡へ戻って戦うのはきわめて不利であった。

室賀信俊は全軍をまとめて、信豊のいる黒瀬へ退いた。

信豊はいっさいを勝頼に報告して、その処置を仰いだ。室賀信俊自身も勝頼のところへ使者をやって、情況を報告し、処置を待った。もう一人の副将小笠原信嶺は穴山信君のところへ使者をやって情況を知らせた。

古府中から走り馬が二頭来た。一頭は勝頼からの使者で、

「焼けてしまった長篠城は放棄せよ、作手城も破却し、田峯城一つを強化せよ、室賀信俊、小笠原信嶺はそれぞれ自領に引き揚げて命を待て、また菅沼正貞は不審の点があるから、古府中へ連れて来るように、信豊はもうしばらく、三河にいて徳川軍の動きを見よ」

という内容であった。

穴山信君からの使者は声を高くして云った。

「長篠城は信玄公が、三河を押さえる要《かなめ》の城だと申されていた。敵の謀略にかかって焼いたのはおしいが、石垣や堀はそのまま残っている筈。全力を上げて、焼跡を確保せよ。援軍が到着したらすぐ築城にかかるように、夢々、長篠城を敵に渡してはならぬ」

という内容のものであった。

しかし、武田信豊は勝頼の命令を守った。

長篠城は捨てられた。

徳川家康は長篠城と共に運を拾った。

勝頼は長篠城を捨てた瞬間に運にも見放されていたのである。

『三河物語』にはこの時の火事で長篠城の本城、端城、蔵屋等一軒残らず焼け落ちたと書いてある。

遠州森と申す所にて負け給う

三河の長篠城が徳川家康の手に落ちたころに、もう一つの武田方の敗北が遠州森（静岡県周智郡森町）において記録された。

信玄の死の直後に起った、三河の山家三方衆の動揺を押さえる為に、武田信豊がこの方面に向ったのと時を同じくして遠州には武田信廉（逍遥軒信綱）が出陣し、この部隊が思い掛けぬ敗北を喫したのである。

信玄の死後、反撃に出て来た徳川方に対して、武田方は、御親類衆のうち実戦経験もあり発言力も持っている信豊、信廉の二将を表に立てて、この危機を乗り越えようとした。

武田信廉を総大将として遠州へ向った武田軍は一条信龍（信廉の弟武田信龍）、山県昌景の三頭三千五百であった。

もともと、この遠州出兵は、武田信豊の三河出兵に対してなされたもので、徳川軍の三河北部進撃を牽制するためのものだった。神出鬼没、今日は彼の城をおびやかし、明日はあの砦を奪うというように、最近著しい盛り返しを見せて来た徳川方の動きを破砕するためのものだった。

この作戦は武田信玄亡きあと、重臣の合議制によって進められている軍議の中心人物となっている穴山信君が主張したものであったが、山県昌景、馬場信春の二将は初めから積極的な意見は口にせず、それぞれ、遠州と三河へ出陣した。

武田信廉はどちらかというと武将よりも文人と云われたほうが当っているような男で、暇さえあれば、本を読み、詩を作り、絵を書いていた。絵は素人ばなれしていた。そういう男だから戦《いくさ》は全く下手かというとそうではなく、いざとなると、臨機応《りんきおう》変《へん》な策をつぎつぎと樹てて敵を悩ました。特に彼は攻城は得意だった。信廉が、三日睨むとたいていの城は落ちると云われたほどであった。肺患の持病を持っていた信玄は一度寝こむとなかなか起きられなかった。その信玄にかわってしばしば信廉は陣頭に立ち、信玄に比較して遜色のない智略を発揮したことが再三あった。やはりお館様の御実弟であると、人々は云い、彼も兄信玄との血の濃さを意識していた。欲のない人物で、兄信玄に云われると戦に出るが、自ら進んで、何処彼処を攻撃しようなどと云ったことは一度もないし、政治に容喙《ようかい》したこともなかった。うるさいことはいっさい嫌いで、できることなら世俗に超越してのんびりと生きたい人だった。

（お館様と血を分けたお方とも思われない）

と信廉を批判する者がいる一方、流石《さすが》信玄公の御実弟だ、人物が大きいと云われていた。この二様の見方があるほど、この信廉という男は茫洋《ぼうよう》として、摑《つか》みどころのない男だった。

信玄が死んだ直後、家臣団の一部には喪に服している三年の間に限って、この信廉を中心的存在にしようと云う者があったが、信廉自身の反対に会って中止せざるを得なかった。

信廉は兄弟のうちで信玄に一番よく似ていた。信玄が死んだ当座は、信廉が兄の身がわりとなって病床に伏し、信玄の死の真否を確かめに来た北条家の使者をまんまと欺いたことがあった。

武田信廉の率いる軍隊は伊奈路から青崩峠《あおくずれ》を経て、遠江に入り、水窪から四方に物見を出しながら要心深く南下して二俣城に入った。

ひとまず二俣城に本拠を置き、遠州の情報を集め必要に応じて行動を取ろうとした。

合戦のためではなく、牽制のための出動だから、なるべく分散せずにひとつのところに居た方が効果的であることを三将ともよく知っていた。

軍団はほとんど動かず物見活動だけが忙しく行なわれていた。

信廉の率いる三千五百が二俣城に来着したという報を聞くと、徳川軍もまた動き出した。

榊原康政《さかきばらやすまさ》がおよそ二千の兵を率いてこの方面に出陣した。

当時徳川軍は家康自らが率いる軍団と、酒井忠次の率いる軍団、そして石川数正の率いる三軍団に編成されていた。

榊原康政は家康の旗本に属していた。家康が康政に与えた命令は、

(敵をして奔命《ほんめい》に疲らしめよ)

という主旨のものであった。徳川軍は三方ケ原の敗戦以来、武田の騎馬隊がいかに恐ろしいものかをよく知っていた。まともに戦って勝てる相手ではないから、策を弄して敵をノイローゼにしてしまえと命じたのである。

榊原康政は原則論としては家康に同感だったが、彼には、この際、武田軍を痛い目に合わせてやりたいという気持が強かった。彼はその作戦を練っていた。

二俣城が武田のものになって以来、その付近の土地は二俣城主が支配するところとなっていた。各地の豪族や名主《みょうしゅ》たちは一応は武田の旗の下になびいてはいたが、武田信玄の死が知らされると同時に始められた徳川方の調略の手に少なからざる動揺を見せていた。いまのうちに徳川方へ内通して置かないと、武田が亡びてからではもう遅い、土地が取り上げられるだけではなく命も捨てることになるというようなおどし文句を云われると、つい考えざるを得なくなる。こんな場合の逃げ手は一つ、同族間で申し合わせて、一方はそのまま武田に忠誠を尽し、一方は徳川に内通して、どちらかが生き残ることによって急場を通り抜け、世の中が安定してから、再び同族相寄ろうという方法である。作手城の奥平一族が取った方法が、この地でも通用した。

遠州の各地で騒動が起きた。徳川方の調略に呼応した勢力が、表面的な反抗を示し、それに対して、武田方についている勢力が押さえに掛かった。

馴れ合いの悶着《もんちゃく》が多かった。豪族どうしが相談し合ってのやり取りだった。騒動が起きると、双方が、それぞれ武田方、徳川方に相手の非を鳴らして、自分こそ、心にいつわりはないような顔をした。

村と村の対立や、村の内部の分裂などの小競合《こぜりあい》は、徳川方か武田方の手先が乗りこめばぴたりと収まる種類のものだった。騒動が起きても人の損傷がないのは、もともと、指導層が相談した上の馴れ合い紛争だったからである。

だが、二俣城の北西二里ほどの藤平付近で起った騒動は、武田贔屓《びいき》と徳川贔屓の二つに分かれての殺し合いの事件になった。

徳川方の調略の手前、放って置くわけにも行かず、徳川方に内応するような姿勢を示した名主の下男に向って、武田贔屓の主人を持っている下人が、

「やい、てめえの主人は徳川方に寝返ったそうではないか、裏切り者の人で無し」

と怒鳴った。主人の悪口を云われた男は、そこにあった棒を取って相手の男を叩き伏せた。打ちどころが悪くて男は血へどを吐いて死んだ。殺された側の者は得物を取って、仕返しに向い、相手はこれを迎え討った。紛争は拡大され、家と家の争いが郷と郷、村と村の争いに発展した。このように煽り立てたのは徳川方の乱破《らっぱ》であった。

藤平方面の騒動を聞いた武田信廉は、山県昌景に鎮圧を命じた。

「おそらく、徳川方が背後で糸を引いてのことだろう、充分気をつけるように」

そんなことは云われなくとも昌景のほうが、万々承知のことであった。

昌景は出発に当って、

「私が帰って来るまでは、いかなることがあっても、二俣城から外に出てはなりませ

ぬ。充分御注意のほどを」

と云い置いた。徳川方の誘いに応じてはならないといましめたのである。

昌景が兵を率いて出発して三日後に、二俣城の北三里ほどのところにある犬居に敵が現われたという情報が入った。物見を出して調べると、敵は三百余の兵力であり、明らかに武田軍の補給路を分断せんがための行動のように思われた。予想されたことであったが、放って置くわけには行かなかった。信廉は弟の一条信龍にこの敵を追うように命じた。一条信龍は兵を率いて北上した。

一条信龍が犬居に着いたころ、二俣城の南東三里の飯田に敵が現われたという報があった。敵はおよそ五百余、そのうち百人ほどが軍兵であとの四百人はその辺の農民を駆り集めたような服装をした者だと報告された。物見は次々に発せられ、そして相次いで帰って来た。情報に矛盾はなかった。

五百の敵兵は森（地名）へ向って進軍しているところを見ると、そのまま北上して、犬居にいる一条信龍の軍を挟撃しようとする意図のようであった。

信廉は、更に物見を出して探らせたが、飯田から森にかけて伏兵らしきものはないし、その五百の他には目立った敵の動きはなかった。

信廉は森へ向う敵を追い上げて、これを捕捉してやろうと考えた。場合によっては一条信龍と連絡して、敵の意図を逆手で封じてやってもいいと思った。信廉は、小うるさく、あっちこっちで乱破に騒動を起させたり、百姓まで動員して、武田の新支配地の治安を乱そうとする敵の遣《や》り方にいささか腹を立てていた。ここら辺りで、痛い目に合わせてやらないと癖になると思った。

信廉は出撃を命じた。藤平にいる山県昌景には伝騎を送ってこの旨《むね》を伝えた。

信廉は夜半に行動を起した。明け方には森あたりで、敵を捉《とら》えて全滅の憂目に合わせるつもりだった。

千余の兵は粛々と遠州森に向って移動した。隠密行動だから馬には枚《ばい》を嚙ませた。

空が白みがかったころ、武田軍は、敵を捕えた。物見によると、敵兵五百は森の街里には入らず、その南側で宿営しているということだった。

武田軍は明けると同時に攻撃をしかけた。敵はあわてふためき、逃走した。

信廉は馬上から、敵の逃げっぷりを見ていた。まだ覚めやらぬところを襲われたのだから、さぞかしぶざまな逃げ方をするだろうと思っていたが、逃げ方こそ狼狽してはいたが、一人として武装をしていない者はなかった。それも完備した武装だった。

（これはあやしい）

と信廉は思った。

「退《ひ》け、追うな」

とむかで衆（伝騎）に命じたが、その時は既に全軍が突撃に移っていた。眼の前に逃げる敵を見れば追うのは当然である。情況はすべてにおいて味方に有利であった。退け、追うなと命令したところで軍の流れを止めることはできない状態になってい た。強いてそうしようとすれば、信廉の本陣のみが取り残されることになる。彼は止むを得ず、追撃の流れに入った。心の中は、不安でいっぱいだった。敵の策中に落ちたのではないかと思った。そうなったら、どうやって部隊を収拾したらよいだろうかと考えていた。

森の街里は太田川に沿って細長く延びていた。その両側は山である。武田の後尾が森の町を通り抜け天宮《あめのみや》神社の参道入口にさしかかった時、先頭で銃声を聞いた。

先頭が停止したのと同時に、後尾からも銃声が起った。両側の林の中に潜んでいた、敵の鉄砲隊がいっせいに攻撃をしかけて来たのである。

逃げていた敵が踵《きびす》を返した。両側の木立の間から、百姓や杣人《きこり》のような姿をした敵がおどり出て来て、武田軍の前後をふさいだ。あっという間に武田軍一千余は、狭間に封鎖されて自由を奪われた。馬は使えなかった。動きが取れなくなって、ひしめき合っているところへ銃砲の弾丸が降りそそいだ。

敵は高いところにいて狙い撃って来るのだから、その敵に向って坂を登って駈け向う武田軍より分がよいことになる。武田軍の死傷者が増えた。

「退《ひ》け、退け」

と信廉は叫んだ。愚図愚図していると味方の損害は増すばかりである。こういう時には犠牲を惜しまず袋の一方を切り開いて、脱出する以外に生きる道はなかった。

信廉に向って弾丸が飛んで来た。家来が人盾を作って信廉を守りながら、じりじりと退いた。次々と身がわりとなって倒れて行く味方を目の前に見ながら退いて行く信廉の気持はつらかった。口惜しかったがどうしようもなかった。この狭いところを抜け出て陣容を立て直さないかぎりどうしようもなかった。

「しんがりは、長田権之守為春が承《うけたまわ》ります」

と怒鳴る声が信廉の耳に入った。ああ、為春だなと思ったが、その声に答えてやることはできなかった。

長田権之守為春は小山田信茂の家臣だったが、小山田信茂の不興《ふきよう》を受けて、武田信廉のところに身を寄せていた。

(為春は死ぬつもりだな)

と信廉は思ったが救うことはできなかった。武田軍は一団となってようやく、危機を脱した。後に心残りがしたがどうしようもなかった。

長田権之守為春は五人の騎士と郎党二十人を率いて数倍の敵と戦った。

為春は死を覚悟していた。信廉の恩にむくゆるために死ぬのだという計算はなかった。この場合は自分が殿《しんがり》を務めねば大将の信廉を失うことになるだろう、そうなれば武田軍が完敗したことになる。そうはしたくないという意地が彼を踏み止まらせたのであった。

長田為春は第一の敵と激しく斬り結んだ。その相手は初陣と見えて、ひどく昂奮しており、早口な名乗りを怒鳴るように上げて斬り込んで来た。まったくの棒振り剣で、やがては疲れ果てて自滅を招く型であった。だが、その男には郎党が二人もついていて、主人が危うくなると、郎党が手を出した。これには為春も神経を使った。為春は冑《かぶと》を捨てた。死ぬ覚悟でいる彼に取って、冑など邪魔だった。そんなものをかぶっていると身の動きが鈍くなる。ほんとうは鎧《よろい》も脱ぎたいところだった。為春が冑を脱ぐと相手も脱いだ。為春は冑を脱いだばかりの相手の右肩に一太刀斬りこんだ。敵は深手を負って倒れ、郎党が主人をかばいながら退いた。

「大久保忠世」

と大音声で名乗って前に出た者がいた。この名乗りはまたあっさりしすぎていた。

「長田権之守為春」

と答えた為春は、相手の構えを見て、こやつ野戦の経験があるなと思った。太刀はぴたっと据《す》わっていた。緊張と恐怖で先がぴくぴく動くようなことはなかった。大久保忠世もまた冑を脱いでいた。

ほんのしばらくの睨み合いが大変長い時間に思われた。斬りこんだのは忠世が先だった。その切先は鋭かった。この合戦における最初の手合わせに思われた。為春は、その前の敵との一戦で、かなり疲労していた。一息つきたいところだが、そうもならずに、間合いを延ばすことによって疲労の恢復を計った。一気に勝ちを制するという法もあったが、呼吸が荒れていてそれはできなかった。

忠世の眼に勝利の自信のようなものが光った。忠世は為春の呼吸の乱れをはっきりと見て取ると、たて続けに斬りこんで来た。為春は防いだ。防いでばかりいてもどうにもならないから、攻勢に転じようとしても、その隙がなかった。

周囲に見物人が集まった。武田方はほとんど逃げ去り、そこにいるのは長田主従だったが、為春は、家来たちの運命がどうなったかを確かめる余裕とてなかった。周囲に見物人が増えたところを見ると、おそらく家来たちはすべて討ち果されたのだと思った。

為春は死を考えた。死に様《ざま》を綺麗にしたいと思った。この大久保忠世に討たれてやってもよいと思った。大久保忠世の名は知らなかったが、彼の身につけているものや、郎党の数から見て、徳川家ではさぞかし名のある存在だろう。どうせ斬られるにしても一太刀はむくいてやりたかった。それが武士の意地というものだ。

為春は最後の突きを試みたが、忠世の太刀にはね上げられた。その瞬間に身体がよろめいた。もう駄目だと思った。

その瞬間不思議なことが起った。

眼の前の敵が何者かによって突き飛ばされたのである。

（味方だな）

と為春は思った。有難や山県昌景隊が救援に来てくれたのだ。助かったと思った瞬間に、全身から力が抜けた。その為春に数人の男が一度に飛びかかって来た。眼の前に刃が光った。

「ばか者、人違いをするな。味方だ味方だ……」

と為春が叫ぼうとしたとき、その出かかった声を太刀が刺した。

為春の首を挙げたのは上方牢人《ろうにん》、山村五郎十郎左衛門であった。元三好家に仕えていた牢人ということになっていたが、当時、諸国を歩いていた浪人は素性をわざと隠したり、偽名を使う者がいたから、その名が実名かどうかは分からなかった。

山村五郎十郎左衛門は十八人の郎党を従えていた。たまたま大久保忠世と長田為春の死闘に出会わすと、いきなり忠世を押しのけて、為春の首を挙げたのである。

大久保忠世は、将《まさ》に為春の首を挙げようとしていた。勝利は九分九厘のところまで行っていた。だから、周囲の見物人は黙って見ていてやったのだ。手柄を立てさせてやろうとしていたのだ。その手柄を上方牢人たちにあっという間に奪われたのだから、大久保忠世も、その郎党も、たまたまそこで見物していた戸田忠次とその郎党たちもこれを黙って看過するわけには行かなかった。

彼等は一斉《いっせい》に抜刀して、上方牢人に打ちかかろうとした。

その時、伝令があった。

「退けえっ！　退け、山県隊が攻めて来たぞ、退け、長居は無用ぞ」

その伝令によって、大久保忠世と上方牢人との争いは一時預りになった。

榊原康政は、上手に指揮した。前から打ち合わせてあったように、武田の追撃を逃れて、東方に逃げ、夜陰に乗じて南下して掛川城に入った。

山県昌景は、武田信廉からの伝令を受けると、信廉の身に迫る危険を察知して直ちに、森へ向ったが、既に遅かった。信廉の軍はかろうじて、森の南部の平坦地に出て、一息入れているところであった。

この戦いで武田軍は百余名の戦死者を出した。負傷者はその三倍にも達した。

榊原康政は掛川城で、首実検と功名についての記帳を行なった。浜松城の家康のところで正式な見分を受けるための下準備だった。家康の面前で功名争いなどあってはならないから、そのためにも、これは必要だと思った。特に、上方牢人と大久保忠世との争いごとに片をつけて置きたいと思った。

康政が心配したとおり、長田権之守為春の首が最大の問題となった。

上方牢人の山村五郎十郎左衛門は、

「戦場で敵の首を取るのに、なんの躊躇《ちゅうちょ》や遠慮がいるものか、そんなことをしていれば、こっちの首が飛んでしまう。敵の首は早く取ったものが勝ちと決まっている。しかも大久保忠世は長田為春を持て余していた。放って置けば大久保忠世の方が首を取られるところだった。礼こそ云え、逆恨みなどもっての他だ」

と云った。

これに対して大久保忠世は、

「長田為春はわが手中にあり、最後の一太刀で倒すところであった。それは、周囲で見物していた、多くの者も認めているところである。そこへ飛び出して来て、敵の首を奪い取った上方牢人たちのやり方はまるで盗賊だ」

盗賊と云われたので今度は山村五郎十郎左衛門がいきり立った。

榊原康政の力ではどうにもならなかった。彼は、この問題をそっくり浜松城へ持ち帰って家康の裁断を待った。

家康は両者の云うことを聞いた上で、大久保忠世に訊いた。

「長田権之守為春の首を挙げたのは、山村五郎十郎左衛門であることには間違いないか」

忠世は家康の質問をどう解してよいか分からなかった。

「為春の首を挙げたのは確かに、山村五郎十郎左衛門ですが……」

ですが、といったところで、家康は、それ以上云わせまいとするように、両手で、忠世の言葉を押さえた。

「では、手柄は山村五郎十郎左衛門のものである」

そして、怖いような顔をしている大久保忠世に対して、

「そちの武功は、わが徳川家で知らぬ者はない。こんどのことで、そちの名が上がることがあっても落ちることはない。誉れ高き武者は謙虚であることこそ、その名に箔《はく》を付けるというべきものぞ、細かいことをくよくよ詮議《せんぎ》立てするものではない」

そして家康は、彼の傍に坐っている榊原康政に向って、

「次の者」

と叫んだ。

首実検の催促であった。夏の終りのころだから、首は桶に入れられ塩漬けにしてあった。それでも異臭はあたり一面にただよっていた。だが、その異臭に顔をしかめたり、胸を悪くした者は一人もなかった。武田に初めて勝ったという喜びの中に彼等はその異臭をかみしめていた。

首実検が終ったあとで、榊原康政は大久保忠世を呼んで云った。

「お館様の身になって考えるのだ。今のお館様にはああいうしか仕方がなかったの

だ」

　それに対して忠世は憤然と反論した。

「お館様は、牢人者にばかり厚くなされる。ちょっとの手柄でも大きく讃めるし、恩賞も多い。ところが譜代《ふだい》のわれわれには身を粉にし、生命《いのち》懸けで働いても、お讃めの言葉は少ないし、恩賞など、最近貰ったためしがない。これでは不公平ではないか。われ等譜代の家臣は、どんなに冷遇されても黙っているから、それでいいのだというのはあまりにも情けないなされ方ではないか」

　大久保忠世はそれまでの不平不満を思う存分ぶちまけた。

「そうだ、そのとおりだ。しかし、よくよく考えて見るがいい、わが徳川家には今ほど戦力が必要なときはない。われ等譜代だけではどうしようもない。あの上方牢人の山村五郎十郎左衛門という男のやり方を見ると、まともの武士ではない。三好家の家臣だなどというのは嘘で、おそらくは山賊上がりでもあろう。そういう奴でも、武力にはなる。引き留めて置かないと、他国との戦《いくさ》には勝てないのだ。これから戦は、飽くまでも数の戦いだ。数が多い方が必ず勝つ。山賊上がりでもなんでも、数だけは揃えねばならない」

「するとわれわれ……」

　譜代はいつまで下積みにされるのかと忠世が云いかけたとき、康政は乗り出すようにして云った。

「今に見ろ、わが徳川家が天下を取った場合は、それまで大きな面をしていた、牢人や外様は片っぱしから追い出してやるわ」

榊原康政が云ったことは嘘ではなかった。徳川家康が天下を取って、まず最初に犠牲になったのは、牢人上がりの大名や外様大名であった。

大久保彦左衛門が書いた『三河物語』には大久保忠世が討ち取って来た武田方の首を上方牢人数人が寄ってたかって奪い取ったので、忠世は戸田忠次を証人として家康の前に出て、苦情を云ったが、家康は上方牢人をかばって、忠世の口をふさいだと書いてある。

上方牢人の素性がどうであろうと、忠世が引っ携《さ》げて来た首を強奪したとなればそれでは強盗だ。その強盗を家康がかばったというのはおかしい。おそらくは、手柄を上方牢人に横取りされたことに対しての忠世の不満を、家康が上方牢人に有利に裁いたのだろう。大久保忠世に我慢させたのは、当時の徳川家の状態がいかに人集めに苦心していたかを裏書きするものである。戦国時代には流れ者の職業武士がどこの国にもいた。彼等は二十人、三十人とまとまった人数をつれて、全国を渡り歩き、条件のいい武士に雇われていた。この兵力がまたばかにならないほどのものだった。

遠州森の戦いで負けた武田信廉はこの敗戦がよほど応えたらしかった。彼は二俣城に帰ってから山県昌景にいった。

「お館様が生きていたときは敗戦など考えたことはなかった。ましてや敵の手中に陥るようなこともなかった。お館様が亡くなったとたんに、戦う自信さえ失ってしまった」

信廉のみならず、武田の武将のことごとくは信玄の死と同時に戦う自信を失《な》くしたかの観があった。

信廉は彼の命を救った長田権之守為春主従の死を悼《いた》んだ。

信廉は小山田信茂にこの長田権之守為春のことを告げ、

「信茂殿はいい家来を持たれた。長田権之守こそは武田武士のうちの武田武士である」

と云った。

信茂は長田権之守為春の不興を解き、その子に権之守の後を継がせ七百石を与えた。

遠州森の戦いについて書かれたものは、『甲陽軍鑑』の他、『甲陽軍鑑』から引きうつしたと思われるものが幾つかある。しかし中には『甲陽軍鑑』の引きうつしではなく、徳川方に伝えられたものと考えられるものもある。『三河物語』もその一つである。元亀四年（天正元年＝一五七三年）の夏の終りころ遠州森で戦いがあって、武田信廉が指揮していた軍が敗けたことは確かなようである。

扨亦《さてまた》、遠州もりと申所《まうすところ》にて、逍遥軒様《せうえうけんさま》、御遠慮《ゑんりよ》浅き故《ゆゑ》、家康家老の本田作左衛門、本田平八郎、榊原小平太、三頭《さんとう》に、逍遥軒負給《まけたま》ふ。（『甲陽軍鑑』品第五十一）

金箔を張られた髑髏《どくろ》

信長は豪勇果敢な武将であったが、その反面、神経質なほど慎重な行動を取る人だった。特に武田信玄に対しては徹頭徹尾警戒の念を怠らず、信玄に対しての諜報活動には力を入れていた。

信長は武田信玄の強さを知っていた。だから、彼の生存中は辞を低くし、毎年、豪華な贈物などして、信玄の機嫌を取っていた。信長の長男信忠と信玄の女《むすめ》との婚約も、最後の最後まで破談にしないで持ちこたえていた。信長にとって、信玄はもっとも恐るべき敵だった。

その信玄が死んだことによって、信長の背後を脅かす敵は去った。信長は信玄の死が絶対確実であることの結論を得てからも、更に間者《かんじゃ》の数を増して、勝頼を中心とする武田の動きを探った。たとえ信玄が死んだからと云って、信玄のもとに集まった三万の兵力がそのまま健在である以上、油断はできなかった。信長は勝頼を恐れていた。それまでに信長が得た勝頼の情報を総合すると、武勇好みの大将であり、思慮分別もしっかりしており、欠点として数え上げられるようなものはなに一つとしてなかった。名将信玄の後を継ぐにふさわしい人物であることに探索の結果は一致していた。

「勝頼の若さが恐い」

と信長は、信玄の死の確報を得たとき、ひとりごとを云ったことがある。それは、信長自身が、若かりしころ、その若さにものを云わせて、今川義元を葬り去ったあのことを勝頼に当てはめて考えていたのである。

（勝頼がもし、父信玄の弔いのつもりで、兵三万を率いて、西上の途に上って来たならば……）

それを考えると、信長は枕を高くして眠ることはできなかった。

勝頼が若いだけに、彼のもとに、三万の軍隊が結束したときは恐るべき力を発揮するに違いない。

（浅井、朝倉が健在であり、そして勝頼が西上の望みを捨てないとすれば、天下制覇の夢は依然として遠くにあるというべきである）

信長は信玄死後の勝頼とその周辺についての情報をでき得るかぎり集めさせた。徳川家康に命じて、遠州、三河方面で、騒動を起させたのも、勝頼に対して、当りを試みた一つの証左であった。

信玄死後の武田陣営の動きは静かだった。信長の諜報機関が探知したところによると、勝頼と穴山信君との間に確執を起しているらしい。信玄の死後、勝頼が、武田の実権を掌握したとは考えられないような事実が、次々と探り出されていた。

だが、信長に取って気になることが一つあった。

信玄の死は明らかである。いまさら隠したところで隠し切れるものではないのに、表面上は、飽くまでも生きているように見せかけている武田のやり方になにか重要な意味があるように思われた。信長は、それも一つの信玄流の策略かと考えていた。信玄が死んでからもう大丈夫だと、浅井、朝倉攻撃に大軍を発したその隙に勝頼の率いる大軍が、岐阜に侵入するということは考えられないことではなかった。信玄ほどの男なら、そのような作戦を遺言として残して置くことは充分考えられた。

信長は、それを警戒した。だが、六月、七月と経過しても、甲斐、信濃において、大軍団が発進する兆候はなかった。多くの間者を投入して探った結果、

（ここ当分は大きな動員の計画はない）

という結論を得た。

元亀三年（一五七二年）の十月に信玄が大軍団を率いて古府中《こふちゆう》を出発したときは、その大作戦の噂は七月、八月ごろから出ていたし、確報を得たのは九月だった。だが、今度は甲信いずれもその空気は無く、甲信の精鋭三万は、信玄の喪に服したまま時間を忘却しているようにさえ見えた。

「よし、武田が動かないとすれば、浅井、朝倉を亡ぼすのはそれほど困難なことではない」

信長は、勝頼動かずと見て、浅井、朝倉攻略の計画を立てた。

浅井、朝倉が頼りにしていた、将軍足利義昭もまた追放されている。従って、将軍の名にそそのかされて、後方攪乱を企てようとする者はいない。浅井、朝倉を料理するのは絶好の機と見るべきだった。

信長は軍議を開くこともあったが、作戦の大綱《たいこう》は彼が決めて、こまかい実戦の駆引きは部将間で討議させた。織田陣内の軍議はそのような形式のものが多かった。

信長は浅井長政の居城小谷城攻撃を開始した。攻撃に際して、浅井領の小城や砦を攻め立て、領内に火を放った。

信長が三万の大軍を小谷城に送って一気に攻め落とすつもりでいるという噂を諸方

に放った。物見が北近江一帯に放たれ、乱破《らっぱ》が暗躍した。浅井長政はそれを覚悟して、半ヵ年籠城の準備をととのえていた。いままでに二度も信長の大軍に包囲されて落城しなかった城だ。信長の思うとおりにはされないつもりだった。

浅井長政は使者を同盟国の朝倉義景に送って救援を求めた。朝倉が来援すれば、前の年と同じように、長対陣ということになる可能性があった。

長対陣になれば、信長に不満を持つ、近隣諸国の武将が必ず立ち上がってくれるだろう。彼は武田勝頼や本願寺顕如にも書状を出して信長の来襲を伝え援軍を乞うた。

朝倉義景はまたかと思った。越前から大軍を率いて北近江へ出て行くのはたいへんなことであった。こうたびたび呼び出されてはたまったことではない。しかし、浅井を助けなければ、朝倉もまた亡びるのだから、今さら嫌だとことわるわけにも行かなかった。朝倉義景は重い腰を上げた。大将自らそうだから配下の将兵たちも、まことに意気の上がらぬ出陣だった。

信長の大軍と雌雄を決する戦いをするのだという覚悟はなかった。前年のように、機を見て引き揚げるのだが、しばらくは山の上で不自由な生活をしなければならないだろうと思っていた。

朝倉義景は、前々どおり、小谷城の近くの大岳山《おおずきやま》に陣をかまえて織田軍と対戦するつもりでいた。それより他によい方法はなかった。義景は先遣隊をやって、大岳山の砦を補強した。ここには浅井家の者が守っていたが、義景の先遣隊五百人が来ると、持場を譲って小谷城に引き上げた。

信長は四方に間者を放って朝倉軍の動きを探知していた。情報は次々に届いた。義景は二万を率いていた。五百の先遣隊が大岳山に取りついた時点で、本隊は余呉、木《き》之本《のもと》あたりにあった。小谷城と余呉とは三里ほど離れていた。

天正元年（一五七三年）八月十二日、夕刻から風雨になった。暮れて間もなく、信長は突然、出撃を各部将に伝えた。彼は旗本二千を引き連れて、風雨の中を一気に大岳山に押し上った。各部将がその後を追って、大岳山におし登った時は、既に事は終っていた。

信長の旗本二千は大岳山の砦にいた朝倉方の先遣隊五百人を包囲していた。

信長は使者を立て、五百人の敵兵等に、無益の抵抗をせず、即座に引き退くなら見逃がしてやろう、だがもし、少しでも反抗の様子があったら、五百人を皆殺しにするぞと告げた。

五百人の朝倉勢は、続々と山の頂きに上って来る大軍を見て、手出しの無用なることを覚った。朝倉勢は即座に陣払いすることを使者に誓った。

「よし立ち去れ、二度と小谷城を援けに来ること無用なりと義景に告げよ」

と信長は先遣隊の五百人の大将に伝えると、彼等の立ち退くべき道を開けさせた。

風雨の中を、五百人の敵兵は大岳山《おおずきやま》の砦を去って行った。その後を信長の旗本が追尾した。山を降りて高時川を越えたあたりで夜が明けたが雨はまだ降っていた。

信長の配下の各部将が信長の本隊の後に従っていた。

田辺のあたりに来ると、朝倉軍約一千が陣を張っていた。夜明けと共に大岳山に登ろうと思って来たところが、引き揚げて来る味方五百人を見て驚いた。しかもその後には、信長自ら送り狼となって跟《つ》いて来たのである。

いったいこれはどういうことであろうか、とにかく防戦の構えをしようとしていると、信長の陣から法螺《ほら》の音が聞こえて来た。

開戦の合図である。

それまで、敵の尻について来た信長の旗本部隊はいっせいに攻撃と出た。その後に続く各部隊も次々と展開して、追撃の態勢に入った。

朝倉軍の先遣部隊合わせて、千五百は逃げに逃げた。逃げる以外に生きる道はなかった。逃げ遅れた者は首を取られた。

信長のこの作戦は水際だって鮮やかだった。大岳山の敵五百人をそこで殲滅《せんめつ》せず生かして置いて、その尻を追い、朝倉の本隊を混乱に陥れる、つけ込みの作戦が見事に功を奏したのである。

木之本から余呉にかけては、要所要所に、朝倉軍が砦を設け、相当数の戦闘員が守っていたが、信長軍に追いまくられて来る味方千五百の姿を見て、彼等もまた持ち場を離れて、余呉に向って退いた。

朝倉義景は、雨が止んだばかりの道を、算を乱して、中には武器まで捨てて逃げ帰って来る味方の姿を見て緊張した。

彼は勝ちに乗って押し寄せて来る織田軍とこの場で戦をする不利を覚ると、全軍を率いて北部の山中に退いた。この付近には、五百メートルから六百メートルぐらいの山が多かった。義景は、山岳戦にかけてはいささか自信があった。深入りした信長の本陣を取り囲んで一気に勝利を収めようと考えた。

信長は義景が山へ逃げこんでも追蹤《ついしょう》行動を止めようとはしなかった。常識からすればここで一旦は深追いを止めて、味方の軍を整え、総攻撃に移るのだが、彼はそれをしなかった。義景の呼吸を止めるまでは追いに追えよと全軍に号令した。

信長の本陣からは、引っきりなしに伝令が各部将たちのところに飛び、作戦行動が指示された。

「味方は疲れているが敵はそれ以上に恐怖に取りつかれているのだ。各部隊とも、高名手柄を挙げるのは今ぞ」

という伝令が飛んだ。

織田軍は昨夜から一睡もしていなかった。その軍団が、小休止さえせず、一日中追撃の手をゆるめずに進んで行ったのである。

朝倉義景はその猛攻に手を焼いた。踏み止まって一戦交えようとすると、その防御の陣を構築する暇もなく織田軍はまるで飢えた犬のように襲いかかって来るのである。

「首は攻撃の邪魔になる。大将首以外は鼻だけ切り取って進め」

という命令が信長の本陣から出た。

朝倉方の逃げおくれた雑兵の鼻のない死体があちこちに転がった。

夜になると共に、各部隊に合言葉が伝達され、

「部隊はまとまって行動し、落伍者を防げ」

という通達があった。

各部隊は各自が持参している兵糧を使い、竹筒の水を飲んで敵を追った。

この夜の夜襲においても、信長の旗本隊は真っ先に突進した。

朝倉軍は戦わなかった。戦う暇がなかった。二万の軍隊を一つに集めて、反撃に出ようとしているうちに部隊と部隊の間が分断された。

闇夜でもあるし、連絡のしようがなかった。

織田軍は、各部隊に松明《たいまつ》を掲げさせ、その所在を明らかにしながら進んだ。

夜が明けて朝倉軍は北へと圧迫されて行った。

戦いらしい戦いはなく、ただ無茶苦茶に押しまくられた、という恰好だった。戦いのやり方ではどうなるかまだまだ予断は許されない状態だった。しかし、精神的に朝倉軍は既に敗北していた。誰一人として戦おうとする者はなく逃げることだけ考えていた。

その朝は深い霧だった。

信長は全軍に布令を出した。

「敵は間もなく敗走する。敵の首は取り放題であるぞ、休むことなく、追え。雑兵に目をくれるな、朝倉義景とその周辺を狙って手柄にせよ」

織田軍は朝倉軍を刀根《とね》の山中に追い込んだ。このあたりからは織田軍の一方的な戦《いくさ》となった。義景を逃がすために踏み止まって戦う者が次々と討たれて行った。

朝倉軍はおびただしい戦死者を出して敦賀に向って退いて行った。その後を織田軍は休まずに追った。

刀根山の追撃戦のとき、信長の旗本金松又四郎は、朝倉の一族朝倉八郎兵衛を討ち取って、その首を信長の本陣に持参した。

金松又四郎は追撃に次ぐ追撃で、草鞋《わらじ》の予備も履きつぶして、はだしになり、その両足は血だらけだった。信長はそれを見て、

「あっぱれなる武士《もののふ》よ」

と云って、自らの腰にさしこんでいた足なかを金松又四郎に与えた。足なかというのは藁草履《わらぞうり》の一種で、草履のうしろ半分を取り去ったような形をしたものである。これを履くとかかとの部分は外に出る。足半《あしなか》とも書いた。陣中で盛んに用いられた。これを履いていると蛇に咬まれない、怪我をしない、疲労しないなどと云われていた。信長は、なぜか、この足半を好んで用いたようである。

この日の追撃は酸鼻をきわめたものであった。敦賀までの追撃中に討ち取った首は三千と記録されている。そのうち名のある大将首だけでも六十余もあった。

夕刻、敦賀に到着した信長はさすが精根尽き果てたようであった。

信長は、間者を四方に放ち、陣をかためた上で全軍に休養を命じた。十二日の夜から、十四日の夜まで丸々二日間は眠っていない将兵は泥のように眠った。

朝倉にたった一度の反撃の機会があったとすれば、十四日夜の逆襲だった。織田軍は二日二夜眠っていない。しかし朝倉方は眠っていないのは一夜だけだった。隊伍を整え、敦賀付近の支城の新手を集めて、決死の逆襲を加えたら、必ずや成功したであろう。だがこうしようと云い出す者は一人もいないし、義景自身が逃げることに精いっぱいで、反撃を与えようなどという考えはなかった。

浅井長政もまた好機を失った。

織田軍が大岳山に攻め登り、そのまま追撃に移ったと聞いたとき、直ちに兵を率いて、織田軍を追撃したら、田辺《たなべ》か木之本あたりで、織田軍を挟み撃ちにできたのだが、浅井長政もまた自分の城のことばかり考えていて、朝倉との共同作戦に思いが至らなかったのであろう。

織田信長は、十四日の夜、十五日、十六日と休養を取り、十七日の朝、全軍を率いて木目《きのめ》峠を越えて越前の国へ進攻した。

織田軍が休養している間も、織田の間者たちは活動していた。朝倉方の混乱の状態は次々と織田信長の本陣に伝えられて来た。

朝倉勢は戦意を失っていた。反撃の機を狙っている模様は認められなかった。十七日に越前に乱入した織田信長は、越前府中の竜門寺に翌十八日本陣をかまえた。

朝倉義景は、彼の居城一乗谷で防戦するつもりで諸方諸豪に檄を飛ばし、平泉寺へ使者をやって僧徒の応援を求めたりした。諸豪からは返事がなかったし、平泉寺へやった使者は追いかえされた。味方とばかり思っていた平泉寺が信長の調略に落ちて寝返り、僧徒軍が大挙して一乗谷におしよせて来たのである。

家臣や越前の豪族等は次々と織田方に寝返った。

平泉寺僧徒の反乱によって一乗谷の運命は決した。一乗谷にある神社仏閣は僧徒に焼かれた。敵は城の外郭までせまった。

朝倉義景は逃げ出すのにせいいっぱいだった。彼は活路を大野郡山田庄六坊賢松寺に求めた。混乱はその極に達した。義景の一族はほとんど身一つで城を出た。女、子供たちが阿鼻叫喚《あびきようかん》の中に、犯され、捕えられ、或いは殺された。

越前に攻めこんだ織田軍は逃げる敵を追った。捕えられて、竜門寺に連れて来られた者共は、一応身分をたしかめてから、その場で打ち首にされた。

信長は小姓たちに、その首斬り役を命じた。小姓の中には、まだ首を斬ったことのない者もいた。時々討ち損じがあった。

深手を負わされた相手が血の中にまみれながら、悲鳴を上げて苦しむのを見て、斬り手はいよいよ、逆上して、無闇と刀を振り廻す様を見て信長は声を上げて笑った。一人、二人の首を打つのは、どうにかできたが、三人、四人となると刀を振り上げる力もうせて、その場にへたり込む小姓もいた。

庭は血の池となった。血の池の中を次々と捕虜が引き出されて、そこに坐らされて首を討たれた。あまりの惨状に嘔吐を催す小姓もいた。信長はそのような小姓を怒りをこめて叱りつけ、更に次の首斬りを命じた。

信長は血を見るのをいささかも気にしてはいなかった。人の生命の価値などてんで意に介することなく、勝利即ち血の祭典とでも思っているようであった。人を無造作に斬ってしまうのも信長のやり方だった。彼に敵対する人を殺せば殺すほど、天下制覇の日がはやくやって来るものと思いこんでいるようであった。

信長を怖れている部将たちは、自ら進み出て、命乞いをしようとする者はなかった。

幼い子を連れている女が引き出された。朝倉の一門の妻女とその子であった。傍にいた佐久間信盛が、

「あまりにも、いたいけな子でもあるので助命され、仏門に入るようされたらいかがでしょうか」

と口出しをした。信長はたちまち色をなして云った。

「この度の戦いにおいて、手柄らしいものはなに一つとして立てもせずにいて、敵の命乞いなど、片腹痛いことだ。そんなことを云う暇があったら、得物《えもの》を取って、追手に加わり、敵の雑兵首の一つでもいいから取って来て見ろ」

佐久間信盛は返すことばがなかった。

大野郡の山田庄、賢松寺へ逃げた義景も、ここが安全な場所ではないことを知っていた。しかし、もはや逃れて行く先はなかった。

八月二十日の朝、義景は賢松寺を包囲する人の動きに驚いて外へ出て見た。味方の軍であった。賢松寺守備のためならば、背を寺の方へ向けているのがあたり前なのに、その兵たちは、寺の方へ向って槍をかまえていた。

「お味方、朝倉式部大輔景鏡《かげあき》様御謀叛にございます」

その声を聞いたとき義景は怒りで眼がくらんだ。

「出会え。景鏡が如き者におくれを取るな」

義景は叫んだが、得物を取って景鏡の軍に立ち向う者はいなかった。

景鏡が二十人ほどの部下をつれて入って来た。

「お館様、お覚悟めされ」

と景鏡が云った。

「お館様のお命と引き替えにこの越前の諸豪は安堵されます。朝倉の血統も断えることなく必ず残すべしと、信長様は申されております。これ以上、血を流さぬためには、お館様自らがお腹を召す以外に道はございません」

景鏡は声高々に怒鳴った。まるで景鏡が勝者で義景が敗者のようであった。

「おのれ景鏡……」

と義景は刀に手をかけたが、多勢に無勢、いたし方なしと見ると、

「景鏡、それほどまでに命が惜しいか、主人の首を信長のところに携げて行ってまで生きたいと思うのか。信長は喜ぶだろう。そして約束どおり、お前の命はしばらくは助けて置くだろう、だがその命は一年とは持たないだろう。必ず亡びるぞお前も。しかも朝倉景鏡の名は日本一の卑怯者として歴史に残るだろう」

義景はそういうと、切腹の準備を命じ、介錯を高橋甚三郎に命じた。高橋甚三郎は

見事その役を果して、その場で自害して、義景の後を追った。

朝倉氏はこの日天正元年（一五七三年）八月二十日を以て亡びた。

信長はこの地に二十四日まで止まって、諸豪を謁見し、朝倉一族と縁の薄い者は人質を取って、その所領を安堵させたが、多くは容赦《ようしゃ》なく処分した。義景の母も探し出されて斬られ、義景の子阿君丸も殺された。

八月十二日に軍事行動を起して以来十二日間で、越前の平定は終った。この間に殺された者の数はおよそ五千人であった。

信長は殺人こそ革命と信じていた武将だった。敵に廻った者はその息の根を止めねば承知できないという男だった。ほとんど見境もなく人を殺し、その血の中に新しい芽を育てようと考える武将だった。

信長は二十六日には北近江に戻っていた。彼は身も心も血にまみれていた。その血《ち》塗《ぬ》られた太刀を引き抜いて部将たちに云った。

「向う一日の間に浅井久政、長政父子の首を引っ携げて来る自信のある者がいたら申し出るがよい。その者に手柄を立てさせてやろう。但し、もし一日で落とせなかったら、その者は部将としての資格無しとして追放する。それを承知で申し出るがよい」

信長は血に狂ったようであった。彼の眼は異常に輝き、口が乾くのか水ばかり飲んでいた。

宿敵朝倉義景をたいした損害らしい損害もなく、たったの十二日間で打ち破った信長には、小谷城の浅井父子は掌中にある敵も同然だった。放って置いても自落すべき敵であったが、飽くまでも彼は攻めようとした。しかも、ただの攻め方ではなく、一日で攻め落とすという主題を提出しての攻撃だった。

「筑前めが、その役をお引き受けいたしたいと存じます」

羽柴筑前秀吉が進み出て云った。

「一日だぞ、一日で攻城ならずば、そちは追放する。それでよいのか」

「心得ておりまする」

秀吉は決然と答えた。秀吉は彼の人生をこの一戦に賭けた。一日で城が落ちねば、必ず追放されるだろうが、もし城を落とすことができたら、織田家第一の部将として認められるだろう。

他の部将は黙っていた。一日で小谷城を落とせる自信がなかったからである。

秀吉には成算があった。彼はかねてから間者を入れて、小谷城の地形をつぶさに調べていた。山の上の城は二つに分かれ、一方は浅井久政、一方を浅井長政が守っていた。

秀吉は、この城と城との中間へ攻め登って、二つの城の連絡を分断することによって、落城に追い込もうとした。

秀吉は攻撃に際して、精鋭部隊三百名を編成した。その三百名に向って秀吉は演説をぶった。

「小谷城を一日で落とさないと、この秀吉は追放される。おそらくお前たちも浪人の身になるだろう。そのかわり、小谷城を落とせば、信長様はこの秀吉をお取り立て下さるだろう。即ちお身たちも出世することになる。わしは、お前たち三百人の者の食禄を今日より三倍にしてつかわすことを約束する。お前たちがこの戦いで死ねば、その食禄はそれぞれ縁続きの者に与えられる。敵の首を取ろうと心懸けずともよい。その恩賞として既に、三倍の加俸をしてあるから、証拠の首なぞ不用である。そちたちはなにがなんでも、あの山城によじ登って、頂上にある二つの城を分断せよ、それだけが任務である」

八月二十七日の夜、秀吉は、この三百名の精鋭部隊を先頭に立てて攻撃に出た。すさまじい夜戦だった。三百名はよく働いた。三百名のうち百名は戦死、百名は傷ついたが、あとの百名はよじ登って行って、見事目的を達成した。

小谷城は分断されそこへ秀吉の本隊が攻め登った。浅井久政が切腹して果て、そして翌朝には浅井長政も切腹した。ここに浅井家は亡びた。

落城の際、浅井長政の室お市の方（信長の妹）は女児等を引き連れて織田の軍門に降った。

浅井長政の嫡子万福丸は、戦後、民家に潜んでいるところを発見されて、関ケ原で磔《はりつけ》の刑に処せられた。万福丸は信長にとっては甥であったが、敵将の嫡男だということで、このような非情な刑にかけられたのである。信長とはそういう人間だった。

朝倉、浅井は十六日間で亡び去った。

あまりにもはかない最後だった。

その報告が古府中に入ったとき、勝頼は一言云った。

「武田がこのままの状態で推移するならば、やがて朝倉、浅井と同じ運命をたどるであろう」

この言葉は、武田の重臣らの耳に次々と伝えられて行った。勝頼ひとりではなく、重臣の多くは同じように考えていた。三年間、喪を秘せよという信玄の遺言は、三年間戦をするなということではなかった。鳴かず、飛ばずの状態で居ろという教えでもないのに、勝頼と御親類衆との間がしっくりしないままに、なんとなく、過ぎて行く日々を恐ろしいと思わぬ者はいなかった。

重臣たちは、朝倉、浅井の滅亡と共に織田信長が、今や天下人たる資格を備えた事実を認めながらも、それを口に出す者はいなかった。

年が変わった。天正二年正月元旦、織田信長は、岐阜城内で、諸将を集めて、盛大な新年宴会を催した。

各部将からの新年の贈り物が、床の間にずらりと並べられた。各地から取り寄せられた美酒、美肴が膳の上に盛り立てられていた。

その肴の中に一段と諸将の眼を牽くものがあった。三つの朱色の膳の上にそれぞれ金色に輝く髑髏《どくろ》が置いてあった。髑髏を漆で塗り固め、その上に金箔を張ったものだった。膳には朝倉左京大夫義景、浅井下野守久政、浅井備前守長政と書いた白木の名札が置かれていた。

織田信長は、元旦の席に、義景、久政、長政の三名の髑髏を酒宴の肴として出したのである。部将たちは、内心恐怖におののきながらも、信長の前で辞を低くして、これはまことに面白い御趣向にございますなどとおべっかを垂れていた。

天正二年正月朔日、京都隣国の面々等、在岐阜にて、御出仕あり、各〻三献にて、召し出だしの御酒あり、他国衆退出の已後、御馬廻りばかりにて、古今に承り及ばざる珍奇の御肴出で候て、又御酒あり、去る年北国にて討ちとらせられ候、朝倉左京大夫義景首、浅井下野首、浅井備前首、已上三つ、薄濃《はくだみ》にして、公卿《くぎやう》に居《すゑ》置き、御肴に出だされ候て、御酒宴、各〻御謡、御遊興、千々万々、目出たく、御存分に任せられ、御悦びなり。（『信長公記』巻七）

「公卿に居置《すゑ》き」の、公卿は供饗《くぎよう》と解すべきであろう。

新統領の座の周辺

信玄亡き後も京都屋敷における市川十郎右衛門等を中心とする諜報活動は依然として行なわれ、次々と新しい情報が古府中に送られていた。

天正二年（一五七四年）正月元旦に岐阜城内で行なわれた新年会の催しの模様は、数日後に古府中の穴山信君に報告された。信君は十郎右衛門の書状を重臣たちの集まったところでこれを披露した。

「朝倉義景、浅井久政、浅井長政三人の髑髏《どくろ》に漆《うるし》を塗り、更に金箔を打たせて、新年宴会の肴として出すなどということは、信長自らが常人ではないことを家臣たちの前で示したようなものだ。このような男が天下人となれる筈がない。これは取りもなおさず信長自滅の兆《きざし》というべきものであろうか」

信君は大笑した。だが、座に連なる多くの部将等はそれには同意を見せず、それぞれ信長のやり方についてあれこれと思いを巡らせていた。

「昌幸はどう思うか」

と武田逍遥軒信綱（信廉）が真田昌幸に訊いた。昌幸は信玄の命令で京都へ行き、信長の叡山《えいざん》攻撃ぶりを見た経験もあるからそのように訊いたのである。

「穴山様のお言葉どおり、信長はいずれは自滅する武将と思います。彼は、あまりにも人の命を粗末にし過ぎます。ということは自分の命もまた粗末にしかねないということになります。だが、ここしばらくは、彼の身に異変はなく、むしろ彼に敵対するものが、朝倉、浅井等と同じような運命をたどるものと思われます。信長が天才であれ、狂人であれ、天下統一という目標を目ざして、まっしぐらに駈け登ってゆく勢いに抗する者は今のところございません」

「なに……」

と口を挟《はさ》んだ者があった。小山田信茂だった。

「武田家の存在を忘れてはならないぞ。信長は、甲斐《かい》に武田が健在であるかぎり天下統一はむずかしい」

「そのとおり、しかし……」

と小山田信茂の言葉に反発したのは内藤昌豊だった。

「その武田は同盟国の朝倉、浅井の亡びるのを黙視していた。つまり見殺しにしたという風評が諸国にあると聞いているがこれを御存じか」

それに対して、一度に十人ほどが口を挟んだ。朝倉、浅井を見殺しにしたのではない、われ等は、故信玄公のお遺言を忠実に守っていたのだと、或る者は怒りさえ含めて云った。

「いろいろの見方もあるし考え方もあるだろう。しかし、そのことについて、私はこう思う」

と武田信綱が云った。

武田信綱は武田信玄の弟である。母が同じということもあって、容貌は信玄ときわめてよく似ていたが、性格は全然違っていた。信玄の生きているころ、軍議の席で発言をしたことはほとんどなかった。時には軍議の席で居眠りをしていたことさえあった。その信綱が珍しくこの席で発言したので重臣たちはいっせいに信綱のほうを見た。

「私は去年の夏、遠州森で徳川の軍に破れた。危うくこの首を取られるところだった。なぜあんな下手な戦《いくさ》をしたのかと自分ながら恥しいと思っている。だが、日が経つにしたがって、負けた原因が自分でもはっきりと分かるようになって来た。戦に勝つには、兵力とか武略とかそういうことよりも、もっと大事なものがある。それは、必勝の信念だ。去年の夏、私はそれを持っていなかった。兄信玄を亡くして以来、私の心から必勝の信念が消え失せていた。お館様を失ったことで、武田家そのものさえも見失っていた。だから負けたのだ」

分かるかなというふうに信綱は重臣たちの顔をいちいち念を押すように見てから更に続けた。

「よくよく考えて見ると、お館様は亡くなったが、甲斐信濃の、三万の武田軍は、依然として健在だ。それなのに、このような気持になったのは、後のことがしっかりと決まっていないからだと思う。兄信玄が亡くなって以来、兄信玄に替わって、お館様となって武田を率いて行く、その後継ぎがはっきりしていないことが、なにか武田そのものさえ見失ったような気持にさせたのだと思う。遺言のことは守らねばならない。しかし、現実問題として、喪を三年間秘せよという遺言は無意味なものとなっている。今や兄信玄の死を知らぬものはない。兄信玄が名将と謳《うた》われている理由の一つは戦いに臨んでの兵の動かし方にある。情勢に応じて或いは攻め、或いは退いた用兵の妙にある。もし今、兄信玄が再びここに出現したとしたら……」

信綱は一瞬声を飲み込み、姿勢を正すと、両手を膝の上に置き、

「昌景（山県昌景）、信春（馬場美濃守信春）、修理（内藤昌豊）、信茂（小山田信茂）、勝資（跡部勝資）、余がそちらに日頃教えていたことをよもや忘れはしないだろう。合戦の場で、大将が倒れたら、必ずその大将に替わって采配《さいはい》を取る者が決めてあった筈。小田原城を囲んでの帰途、三増《みませ》峠で待ち伏せていた北条氏照の大軍と戦った

ときのことを思い出して見よ。中央道を攻め登っていた勇将浅利信種は敵の鉄砲の弾丸に当って戦死したが、その馬に直ちにまたがって指揮を取り、無事難関を突破したのは軍監の曾根内匠であった。みなのもの、今をなんと心得る。今は合戦中ぞ。合戦の最中《さなか》に信玄が死んだならば、その信玄の采配を取るのは勝頼以外にはない。喪を三年間秘せよの遺言は、その時に於ては重要な意味を持っていた。だが、喪を秘す必要がなくなった現在においては、それに固執することはない。常に敵の動きを見て、それに備え、それを攻めよと、余はそちたちに教えて来たことをよもや忘れはしないだろう。信綱（武田信廉）、信龍（一条信龍）、信君（穴山信君）等親類衆はなにをためらっておるのか、さっさと、跡目の式を挙げないのか。即刻、武田家の重宝御旗《みはた》、楯《たて》無《なし》の前で、勝頼が武田の統領となったことを先祖に告げ、勝頼を中心として武田の陣容を強化し、天下に武田の名を知らしめよ」

信玄と顔も似ているし、声も似ている信綱が、言葉の区切りに、はっきりと間《ま》を置いて話す言葉は信玄自身が云っているように聞こえた。声色を使っているという感じではなく、ほんとうに信玄が生き返って来て、そう云っているようにさえ思われた。

信綱は云い終ると、身体から力を抜いて、そして、ゆっくりと、信綱自身の言葉になって云い足した。

「兄信玄の遺言を消極的に解釈して、手をこまぬいていたら、やがては武田家も朝倉、浅井と同じ目に会うことになるだろう。私は一日も早く勝頼殿にお館様になって貰って、最近、まことに心憎い行動を取っている織田、徳川に、武田家健在なりとの実証を見せてやりたい」

信綱は思い切ったことを云った。信綱でなければ云えないことであった。信綱はそう云ったあとで異論の出る可能性のもっとも強い穴山信君に向って、

「おそらく信君殿も、私と同じ気持でおられるだろう。今となっては、世継ぎの式を遅らせれば遅らすだけ、不利になる。そうだのう」

こう云われると信君も、いや私は反対ですとは云えなかった。信玄が死んでしばらくの間は重臣達の合議制という形で、実際は信君自身が中心になって武田を動かして行こうと考えていたが、それが無理であることが信君にも分かって来たし、なによりも周囲の情勢が急速に動きつつあるので、やはり、武田は勝頼を中心としてまとまる以外に方法はないと考えるようになって来ていた。信君は機を見るに敏なる男であった。信綱が兄信玄の声色まで使って勝頼を推薦したということは非常に重大なことだと考え、こうなれば、むしろこの時点で勝頼に肩を入れたほうがすべて有利だろうと考えた。

「さよう、私も、これ以上、相続の儀は延ばすべきではないと考えておりました。信綱殿がそう云われるならば、この信君が使いとなって新館《しんやかた》様に会い、お迎えの儀につ

き、相談いたしたいと思います」

信君は上手に受けた。つい最近まで勝頼のことを四郎殿と云っていた信君が新館様と云ったばかりではなく、もっとも分《ぶ》のいい使いを引き受けたのだ。その変わり方を並いる部将たちは複雑な気持で受け取った。勝頼と信君との確執がこれで解消して武田は安泰だと喜ぶ者もいるし、信君のほんとうの心はなんだろうと更に疑いを濃くする者もいた。しかし全体的には、そうならざるを得ないという時勢の流れが、このようにしたのだと受け取っていた。

新館に引きこもっていた勝頼のところへ、穴山信君が御親類衆及び家臣団を代表して挨拶に行ったのはその翌日であった。

「昨日、重なる者が寄り集まって、正式御相続の日取りの儀について相談いたしましたるところ、全員一致して、勝頼様に明日にても、本館《ほんやかた》へお移り願いたいという意向と決まりましたる故、なにとぞ、お聞きとどけ下さいますように」

信君は、それまでとは打って変わって、臣下としての礼を尽して云った。

(なにを、こいつ、いままで、正式相続に反対していた癖に)

と勝頼は心の中で思っても、面と向ってはそうも云えず、とにかく、御親類衆の中でもっとも勢力のある穴山信君が、勝頼の前にひざまずいて、本館へ移転せよとすすめるのを黙って聞いていた。いやだと駄々をこねたところで、どうこうなるものではないし、おおそうか、それでは明日にでもというのも、おかしかった。勝頼は返事の言葉を探していた。

「信綱殿が申しますには、御相続の儀が終った翌日には、お館様自らが総大将となり信長撃滅の軍を発すべしということでございました」

「ということは具体的には」

勝頼はもともと合戦が好きだった。戦《いくさ》と聞いたとたんに、彼はその中に入りこんでいた。信君は内心してやったりと、思ったが、それを表面には出さず、

「まず美濃に出兵し、信長の城の三つ四つ取りつぶしてやったらどうかと考えております」

「美濃というと明智城か」

「さようでございます。明智城を攻めたら信長は必ず来援するでしょう、信長の旗本を美濃の山の中へ引っ張りこんだら、煮てよし焼いてよし自由勝手に料理ができます」

「なるほど、それも一理」

勝頼は早速、近習を呼んで、美濃の絵図を取ってこさせ、信君と共に、ああだこうだと作戦を議した。勝頼にしてみると、正式な跡目相続よりも、総大将として出征することのほうが楽しかった。

信君は新館を退出すると、直ちに武田信綱にこれを報告して、勝頼をお館様として本館へ迎える準備を始めた。

「穴山殿の言動まことに不審……」

と勝頼の側近長坂長閑斎は勝頼に向って直言したが、跡部勝資は、長閑斎の言を制して云った。

「穴山殿自らがそのような気持になられたことはお家のためにこの上となくよいことだ。おそらく穴山殿も、種々考えた末、勝頼様を一刻も早くお館様に戴くことが最良の策と考えたのだろう。いろいろと、勘ぐったようなことを云うものではない」

勝資になだめられた長閑斎はそれ以上、そのことには口を出さなかった。

勝頼は、側近の小原忠次と秋山紀伊守光次の二人にも意見を聞いた。この二人は勝頼が幼少のときから傅役《ふやく》として傍にいた。勝頼は二人を同時に呼ぶときには、両次《りようつぐ》と云った。二人の名が忠次《ただつぐ》に光次《みつつぐ》だったからである。

小原忠次と秋山光次はまことによく似た性格の男で、勝頼の側近としての任務は、勝頼の身を守ることだと考え、勝頼の行くところには両次のうちどちらかが必ずついて行った。側近の位置にある者は、必ずその立場を利用して権力の座に就《つ》きたがるものであり、実際にそうなる場合が多かったが、両次は、そのような野心はいっさいなく、ひたすら勝頼の身の安全のみに気を配っていた。政治的なことにはいっさい口を出さなかった。勝頼に下問された場合は答えたがそれ以外のときに、両次の方から口を出すようなことはめったになかった。勝頼がこの両次に下問するときは、多くの場合、彼の気持が決まっていたときだった。こうしたいと思ったとき、彼は両次に訊いた。両次は勝頼の気持を察してたいていいの場合そのようになさいませと答えた。勝頼は、そのだめ押しによって自信づけられて実行に移るようなことが多かった。両次に甘えていたのである。

「両次はどう考える」

と勝頼は、本館移転について小原忠次と秋山光次にただした。二人は声を揃えて云った。

「まことに喜ばしいことに存じます。ただ……」

と小原忠次のほうが後を濁した。

「ただ、どうしたのだ」

という勝頼の問いに、

「表面上は、先代様御存命中ということになっておりますので、お世継ぎの儀式は、できるかぎり質素になされませ。そのように家臣団に申しつけてしかるべきかと存じます」

「そうだ。余もそう思う」

勝頼は小原忠次の言を入れて、儀式はなるべく目立たぬように行なうことを家臣団の前で言明した。

天正二年(一五七四年)一月の中旬吉日を選んで、勝頼は、御旗《みはた》、楯無《たてなし》の重宝の前で、父信玄の後を継いで、武田家の統領となったことを報告した。二十人ほどの重臣が参列した。勝頼はこの日から、本館に移り住むようになった。

本館には大工が入り、手が加えられた。信玄時代のにおいは残ってはいるが、本館に仕える人々は、ほとんど変わり、奥には勝頼の側室たちが移り住み、それぞれの局は回廊を以てつながれた。

勝頼が、本館へ移った翌日に、穴山信君が、早々に訪れて、

「お館様にはとどこおりなく本館へ移られ、まことに喜ばしい次第に存じます。盛大なお祝いの宴のために酒肴などを持参すべきところですが、武田家はすべて喪中にありますので、それもできませぬから、この信君の志として甲冑《かっちゅう》を献じたいと思って持参いたしました。どうかお受け取り願います」

信君はそういうと、家来の者に持って来させた甲冑の入った漆《うるし》塗《ぬ》りの鎧櫃《よろいびつ》をそこに置いた。

「甲冑とな」

勝頼はその中身に興味を持った。信君は世情に明るい、武田家きっての京都通であ

る。或いは京都の名のある甲冑師の作かとも思った。

信君の家来が甲冑を鎧櫃から出して、用意して来た木台に据《す》えた。

「これは見事なものぞ」

勝頼は讃《ほ》めた。兜《かぶと》のほうは、鍬形といい、覆輪、檜垣、笠鞠《しころ》、吹返にいたるまで、まことに美麗に飾り立てたものであった。鍬形台を飾った金の竜はひときわ輝いて見えた。

勝頼は眼を胴丸に移した。

それは紅《くれない》の糸で威《おど》した、ひどく頑丈な感じのものであった。紅の糸で威してあるにもかかわらず全体は黒光りをしていた。鉄の小札《こざね》板をつなぎ合わせて作り上げたものであり、最上胴《もがみどう》として知られていた。出羽の最上地方で発達したもので、要所要所には蝶番《ちょうつがい》を用いてあるところなど精巧をきわめていた。

「少々重うございますが、鉄砲の弾丸さえはねかえす最上胴にございます」

信君が云った。

「なるほどこれが最上胴か」

勝頼はその甲冑をしげしげと見守った。彼の頭の中を武田の騎馬隊が駈け抜けて行った。馬蹄の響きに交って鉄砲の音がした。勝頼の周囲を取り巻いている人の盾が、次々と倒れて行く、馬上にのけぞり、声すらも上げずに戦場の露となって行く者もいた。痛ましいという気持と鉄砲という武器に対する、勝頼の懼《おそ》れが、彼の眼を最上胴にそれまでになく牽《ひ》きつけた。

(重いだろう。しかし近距離から狙撃されないかぎり、或る程度までは弾丸を防ぐことができる)

と思ったとき、勝頼は、鉄砲を重視し、鉄砲を主体とした戦争に移行しようとする信長や家康の傾向を頭の中で吟味していた。

「これはよい」

これはよいものだ。しかし、多くの将兵がこういうものを着て戦場に出るとすれば、この甲冑を射抜くような火力の強い鉄砲が発明されるだろう。こうなると際限がない。勝頼はそのようにも考えた。しかし、この甲冑は今直ぐ役に立つ。勝頼はひとり頷いていた。

「なによりも、余にとってはありがたいものだ。厚く礼を申す」

と勝頼は信君に云った。勝頼は武将である。貰うものなら武具が一番うれしい。信君はそれをちゃんと見抜いて最上胴を贈ったのである。

信君が勝頼に最上胴を贈ったという話は、すぐ伝わった。他の部将たちもそれを黙って見過すわけにはいかなかった。それぞれが、なにやかやと見計らって献上した。槍や刀や鉄砲や馬などが多かったが、なんとしても他に率先して信君が贈った最上胴は群を抜いていた。

　勝頼はその最上胴をつけて合戦に臨む前に、その強さを試してみたくなった。彼は最上胴を庭に置き、鉄砲組に狙わせて見た。二十間も離れると、弾丸を通さなかった。勝頼は満足した。

　彼はその胴丸を着けて一日も早く戦場に立ちたいと思った。

　勝頼が名実共に武田家を継ぎ、穴山信君との間の確執が表面的には消えると、躑躅ケ崎の館には一足先に春が来たように、活気が溢れた。訪問客が多くなった。馬のいななきが、ひねもす続き、館の内外での、調練も活発になった。

　信玄の時代にも調練はあったが、それは、各部将の許で区々《まちまち》に行なわれており特に目立ったものはなかった。調練というよりも、各自が武芸を練ると云ったふうなものであって、組織的に行なわれたものはなかった。勝頼の代になって、織田や徳川が、足軽部隊の調練をやっているという情報が武田方に入った。調練と云っても、それは鉄砲足軽隊を主体として行なわれるもので、それほど大掛かりなものではなかったが、既に鉄砲足軽という職業軍人の部隊が出現し、兵農分離の兆候が濃厚になって来たことは事実であった。

　勝頼も、鉄砲足軽に調練をさせた。織田や徳川の真似ではなく、天下の形勢がそのようになっていた。

勝頼がお館様になって、直ぐ鉄砲足軽の調練を行ない、馬場では早朝から騎馬隊の調練が行なわれ、常にその先頭に勝頼が立っているのを見る家臣団の多くは、信玄は死んだが、次代を担う勝頼を頼もしいと思っていた。だが、中には、信玄が死んで一周忌も来ないうちに、慎しみがないことをする人だというふうな眼で見ている者もあった。しかし、これはごく少数で、館《やかた》全体としては暗さが明るさに転じようとしていることは事実だった。

山県昌景と馬場信春が顔を合わせたとき、どちらからともなく、よかったなという声が出た。

勝頼と信君との確執を心配していたこの二人の宿将は、とくと申し合わせた上で、武田信綱のところに行って、取りなしを頼んだのである。信綱が重臣たちの前で、信玄の声色など使って、勝頼を正式統領の座に据える大芝居を打たせた影の人は山県昌景と馬場信春であった。穴山信君の方にも渡りをつけてのことだった。

昌景、信春の二大宿老は、たとえ信玄が死んでも武田の重鎮であり、この二人の動きを無視はできなかった。

勝頼も、跡部勝資の口を通じて昌景、信春等の苦心の調停工作のことを聞かされていたから、信君の訪問を快く受け、それまでのことはいっさい水に流したような気軽さで、本館へ移ることを承知したのである。

「勝頼様をお館様として戴くについてはまずまずうまく行ったが、ちと、うちうちで困ることができた」

と昌景が信春に云った。

「なにかなそれは」

信春には、なんのことだか想像がつかなかった。

「新館から本館へ移られた奥の衆と、本館から隠居館《いんきよやかた》へ出られた、元奥の衆とのことでござる」

昌景は武田家きっての武略家であったが、奥のこと、つまり、女衆のこととなるとさっぱり自信がなかった。

昌景のところに、使者を通じて、

(いかに本館の奥住まいとなったとは云え、奥の衆の目にあまるおふるまい、あまりと云えばなさけなきこと、いったい本館の奥の衆は、ただいま、館全体が喪中であることを知っているのでございましょうか、あなた様よりきつくおさとしあってしかるべきこと)

と云って来たのは、故信玄の側室里美の方からであった。信玄の正室三条氏は既に亡くなっていたが、里美の方、恵理の方、あかねの方は健在であり、それまで本館に住んでいたのが、勝頼が移り住むに及んで、それぞれが本館を離れて、俗に隠居館にかわっていた。隠居館は本館の隣にあり、信玄の母大井氏は信虎が駿河へ追放されたとき、同行をこばみ、この館に死ぬまで住んでいた。

天文十七年（一五四八年）二月、晴信が信濃の上田原で村上義清と戦い、苦戦におちいり、板垣信方、甘利虎泰の二将を失っても、尚退却しようとしなかったとき、晴信に、退却せよと命じたのは母大井氏であった。大井氏は隠居館にありながらも陰の実力者の一人として扱われていた。

その隠居館へ代が替わって、信玄の側室等が入ったのである。勝頼と血のつながりはないが、父信玄の側室であった婦人たちであり、彼女等が生んだ異母弟異母妹が現に居ることでもあるから、勝頼としても、彼女等に対しては義理の母に近い態度をとらなければならなかった。

里美の方からの苦情を昌景はくわしく聞いて見ると、それはまことにつまらないことであった。一言でいうと、本館の奥にいる女達は慎しみが足りないということであるが、これを一つずつ上げてみると、嬌声を張り上げて笑う女がいたとか、歌声が聞こえたとか、垣の外に隠居館の女たちを見掛けても挨拶をしなかったというふうなことであった。

「どうしたらよいであろうか」

と昌景に相談された信春も、

「いや、それは困った。これはどうにもならぬわい」

と兜《かぶと》を脱いだ。昌景と信春はよくよく相談した上で、この問題を跡部勝資のところへ持って行くことに決めた。勝頼にもっとも近い宿老と云えば跡部勝資であった。

「跡部殿、まことに面倒な話だが……」

と昌景は跡部勝資のところへ行ってこの話をした。どうしろ、こうしろと云うのではなく、あとは勝資自身にまかせたのである。

「考えられることだな。だが、このまま、ほって置くわけにも参らぬのう」

と勝資は腕をこまぬいて考えこんだ。

勝頼は少年のころ身体が弱かったので、当時としては結婚が遅れ、信長の姪の雪姫と結婚したのは二十歳のときであった。雪姫が信勝を生んで死んだ後に迎えた側室は、千野大膳頭昌繁の女《むすめ》お福の方と秋山紀伊守光次の女《むすめ》美和の方であった。正室の座は空席のままになっていた。側室お福の方は、真樹《まき》女を生み、美和の方は於徳を生んでいた。今のところ側室の腹には男子はなかった。

勝頼の側室等はそれまで新館住まいであった。本館と比較するとなにもかも違った。新館住まいのときは侍女たちには個室は与えられなかったが、本館に移ると、それぞれに部屋があてがわれ、侍女の下にまた侍女がつき、そのまた下に下女がつくといった具合に急に身のまわりがふくらみ、着る物も食べる物も、お館様の局にふさわしいものが支給されるようになると、それまでの境遇にひきくらべての華やかさについ気も大きくなるし、自然と笑い声も出るのである。

ところが、生垣一つ越えた向うの隠居館に移った女たちは、なにもかも縮小され、それまで五人いた侍女も二人に減らされ、膳部にしても、特別に料理人を置くわけではなく、彼女等でなにかと取りそろえるというような生活に変わったのだから、なにかにつけて、垣根の向うの本館の女衆の声が癪《しゃく》にさわることになる。

跡部勝資は昌景からこの話を聞いたときは、放って置けばそのうち落ち着くだろうと思っていたが、その後になって、隠居館の女たちの不満は山県昌景だけではなく、御親類衆の耳にも入っていることが分かって来ると、放っても置けなくなった。

勝資は、鈴の口に、お福の方、美和の方付きの中﨟《ちゅうろう》をそれぞれ呼んで、

「垣根の外を歩いていたら、大声で笑う若い女の声が聞こえた。笑うことは結構だが、いま武田家は国をあげて、先代様の喪に服しておるところだから、万事お館様の身になってつつしんで貰いたい」

と云い渡した。二人の中﨟は勝資の言を、一応は承知つかまつりましたと聞いておいて、年上のほうの中﨟まちが、

「跡部様が、その声を聞いたのは、きのうでしょうか、おとといでしょうか、そしてその刻限は」

と開き直った訊き方をした。

まさか、そんな逆襲を受けようとは思っていなかった勝資はあわてた。たじろいだ。

「跡部様、垣根の外には道はございません。そんなところを跡部様ともあろう人が歩く筈はございません。おそらく垣根の外で、女の笑い声を聞かれた御人は、お隣の館のお人だと思われます。わたしたちは局様のかねてからのおことばもあり、物事に非常に気をつけております。声も必要以上に出すことは禁じられております。笑声など立てたことは一度もございません。それなのに、大声で笑ったなどと申されるのは、身におぼえのないわたし等にとっては、まこと遺憾千万のことに存じます。しかし、わたしたちが眼を放し、心に隙があったとき、奥の者の誰かが大声で笑ったのかもしれません。そうだとしたら、それはわたしたち中﨟の責任ですから、自害してお詫びを申し上げます」

勝資はあわてた。だからこんな役を引き受けるのではなかったと思ったが、もうどうしようもなかった。云いわけをすればするほど女たちを刺戟するだけのことだった。

跡部勝資はほうほうのていで、鈴の口を辞去した。

本館奥の衆と隠居館の女衆との垣根をへだてての冷戦はこの日を契機として次第に

表面化して行った。

武田勝頼が合戦に着て出たという最上胴は現在、静岡県富士宮市浅間神社の宝物殿に納められている。また、山上八郎著『日本甲冑一〇〇選』の中に「紅糸威最上胴丸《くれないいとおどしもがみどうまる》」として詳細に記述されている。

木曾衆手強《てごわ》し

天正二年（一五七四年）正月二十七日、岐阜城へ早馬の注進があった。

「東美濃の岩村城の動きがおかしい。在野の郷士にひそかに召集令が回されたし、食糧の搬入が活発となりました」

在野の郷士に召集令が回されたというのは、合戦近きことを示すものである。合戦には二種ある。大きな作戦の一環としての出撃、又は籠城《ろうじょう》である。食糧の搬入が行なわれているということは籠城を考慮した合戦と見るべきである。だが、戦国の世には、敵を欺くために、故意に人を集めたり、城の守りを固めたりすることがある。牽制策である。うっかりひっかかるとひどい目に合う。だが、岩村城になんなりと動きがあるということは岩村城を含めての武田陣営に何等かの変化が起る前提と見るべきであった。

織田信長はこの情報に神経をぴくっとさせた。東美濃の警戒を厳重にすると共に、武田の動きを監視するように命じた。

諸国からの情報は絶え間なくやって来る。信長はその情報をいちいち聞いて、その中で特に重要と思われるものについては、直接、使者や間者や、時によると百姓、町人にも会った。正月二十七日に信長に報告されたこれらのうちで、信長が注意を向けたものは二つあった。一つは岩村城からの情報であり、もう一つは、将軍の地位を追われた足利義昭の家臣一色藤長が島津家の家臣、伊集院忠棟へ送った書状である。内容は義昭の窮状を述べたものであるが、その中には天下の情勢は依然として移り変りがはげしく、特に東国の武田勝頼の今後の動きこそもっとも注目すべきものであると書いてあった。この書状を持っていた使者が捕われて、書状が信長のところへ届けられたのである。書状の内容には、謀叛の臭いは感じられなかったが、義昭が一色藤長を通じてこのような書状を各地の実力者に出していることが窺知《きち》され、こういう行為の裏には今尚、天下に執着する義昭の野望が隠されているものと見てさしつかえはなかった。

信長は書状を一見した後で、眼を上げた。側近の者が、信長の言を待つように両手をつかえた。書き役は筆の先に墨を含ませた。だが、信長は書き役にはなにも云わず、一色藤長の書状をぽいと放り出して、

「明智城はどうなっているか」

と側近に訊いた。一色藤長の書状についてなにかの指示があると思っていた側近には、明智城と信長がいきなり云ったことが非常に重大なことに思われたので、丹羽長秀を呼んだ。長秀がこの方面のことにくわしいからだった。

「岩村城が動きがはっきりして来たそうだ」

と信長は長秀に云い、いま得た情報を彼に伝えた。

「岩村城の動き出したことは、多分、勝頼が重い腰を上げるということであろう。とすると明智城が危い」

信長は云った。

「明智城には最近人数も入れ、城の改修も終ったばかりです。信玄の生きているころならばともかく、信玄亡き今となっては、岩村城よりの攻撃を受けたとて、そう簡単に落ちるとは考えられませぬ」

長秀はひととおりのことを云った。

「勝頼が直接兵を率いて来ても落ちぬと云い切れるか」

信長はじろりと長秀を見た。その眼はすぐ側近の方へ移り、絵図をと云った。

長秀は信長の一瞥《いちべつ》を受けたとき、これはなにかあるなと思った。それは信長の感情が激しく動揺する前に見せる癖だった。一瞥の次には凝視がある。そして火のような言葉を聞かねばならなかった。丹羽長秀は信長の多くの家臣の中で、信長の近くにいる時間が比較的多い部将だった。信長の気に入りの家臣というわけでもなかった。信長お気に入りの家臣ならば木下藤吉郎や明智光秀がいた。お気に入りではないが、なにかというと長秀を呼べと云って引っ張り出されるのは、丹羽長秀の人柄にあった。

丹羽長秀という人物は、気が利くのか利かないのか、気が廻るのか廻らないのか、どことなく摑《つか》みどころのない人であった。信長が頭ごなしに叱りつけても、顔色を変えてかしこまるようなこともなく、さりとて不貞腐れた態度でもなく、お叱りごもっともと信長を立てるあたりのこつをよく心得ていた。叱られっぷりのよい家臣であった。信長もこれをよく知っていて、虫の居どころが悪いときには、丹羽長秀をよく呼んで、当り散らしていた。他の家臣なら、叱られたことを気にしたり、根に持つが、丹羽長秀にはそういうことはなかった。叱られると、かしこまって謝るが、そのことはすぐけろりと忘れてしまう。実際は忘れないのだが、忘れてしまったような顔をするところが長秀の上手なところだった。

「勝頼が腰を上げるかもしれないぞ」

と信長が云った。

「そうだとすれば、もっけの幸い、美濃に誘い出して討ち取ればよいでしょう」

「五郎左《ごろざ》、お前の眼は開いているか」

「はいこのとおり、勝頼のことなら一応存じておるつもりです」

「眼が開いていても見えぬ者もあるわい。五郎左、勝頼は信玄以上の強敵ぞ」

信長が、長秀のことを五郎左と呼び捨てにするときは機嫌のいいときである。長秀には勝頼が動き出すかも分からないというのになぜ、信長の機嫌がいいのかは分からなかった。

「信玄は合戦の神様と云われた名将ですが、勝頼がなぜ信玄以上の強敵でしょうか」

「だから、お前の眼はふし穴だと云っておるのだ。そのうち勝頼がそちのような凡将《ぼんしょう》ではないことが分かるだろう」

凡将にされた長秀は、さてなというふうな顔をした。信長はなにをもとにして勝頼の評価を定めようとしているのかと思った。

「五郎左、勝頼のもとに武田が一つにまとまったとなれば、恐るべき力を発揮するぞ。古府中よりの情報だと、勝頼は、武田の重宝、御旗、楯無の前で、武田の統領たることを先祖に誓ったそうだ。つまり武田内部の内紛はおさまったということになるのだ。そうなった場合、まず最初に勝頼がやることはなんだと思う」

「分かりませぬ、見当もつきませぬ」

「勝頼ここにあり、武田は今尚健在たりと日本中に喧伝するためにふさわしい戦をやるだろう」

「それは考えられまする。すると、今回の岩村城の動きは、やがて勝頼が攻めて来る前兆……」

「おそらくさように考えられる」

信長はそこへ持って来られた絵図に見入った。東美濃は山が多い。岩村城も明智城も山の中にある。明智城は岩村の南二里余（九キロ）のところにあって、かろうじて、岩村城と対抗はしているが、もし包囲されたら長く持ちこたえることは困難に思われた。援軍を急速に動かせるようなところでもなかった。

信長は一言も云わなかった。いつものように絵図を見ていて直観的な作戦を口に出すようなこともせずに、じっと考えこんでいた。長秀はその信長を不思議なものを見るような眼で眺めていた。

翌二十八日になって、甲斐の古府中に忍びこませてあった間者からの通報があった。

「近々、大きな合戦ありと思われる。古府中より諸地方へ走り馬が頻繁に出されている」

走り馬が出てから兵が古府中に集まって来るのは、三日も四日もかかる。信濃の奥地からだと更に日数がかかる。だから、進撃すべき場所が示され（又は集合場所が示され）、直接その方向へ兵を進めるのが常識であった。

二十九日になった。

「古府中の躑躅ケ崎の館内の人の動きが激しくなりました。勝頼殿御出陣という噂もあります」

信長はじっとしていた。勝頼はどこへ出撃するだろうか。第一に考えられることは、長篠城奪還作戦である。長篠城を奪いかえし、三河に進出して、徳川家康との決戦を求める公算は多い。そうだとすれば、岩村城の動きをなんと解したらよいであろうか。

二月一日になって、更に情報が入った。

諏訪《すわ》、安曇《あずみ》、小県《ちいさがた》、佐久《さく》などの信濃先方衆が伊奈路に向ったという情報だった。

伊奈路に入ったとすれば攻撃目標は三河か東美濃である。そのころになって徳川方からの使者が岐阜に来た。

「勝頼は大軍を率いて三河を攻撃する様子ですから、しかるべき御援助を願います」

しかるべき御援助とは牽制作戦に出てくれという依頼であった。

信長は出陣の触れを出した。信長自らが軍を率い、信忠がこれに続いた。およそ五千であった。牽制作戦だからこれ以上の兵力は必要としなかった。勝頼の出方如何《いかん》によっては更に兵力を増強しようと考えていた。

信長が陣触れをしたという報が古府中の勝頼のところへ早馬で注進されると、勝頼は、その翌日出陣した。

二月二日、勝頼は旗本二百騎を引き連れて諏訪から伊奈路に向った。二月二日を新暦に直すと三月十五日である。春の訪れがいたるところに来ていた。勝頼はネコヤナギの花芽の枝を折って箙《えびら》にさして、先頭に立った。駿馬に乗って駈け通す勝頼の後を旗本たちは懸命に追従した。足軽は遅れた。二百騎は一隊となって駈けに駈けた。沿道の者が気がついて挨拶しようとするときは通り過ぎていた。伊奈路に入ると、ずっと暖かかった。騎馬隊が通ると、濛々《もうもう》と土煙りが上がった。

諏訪と高遠には小憩しただけで、駈け通して飯田城に入ったところで、待っていた岩村城主の秋山信友の家老、座光寺宗右衛門と会見した。

秋山信友は一昨年元亀三年（一五七二年）十一月二十七日、岩村城を囲み、前の城主、故遠山左衛門尉景任の未亡人ゆうと結婚することによって岩村城を無血占領した。ゆう女は信長より年下だが信長の叔母に当る女《ひと》であり、美貌で知られていた。

秋山信友の率いる軍隊の主力は俗に春近《はるちか》衆と云われる伊奈谷の将兵であった。座光寺宗右衛門も伊奈の人である。

座光寺宗右衛門は勝頼に問われるままに、東美濃の情況を報告した。

「岩村城は、たとえ敵に囲まれても、半年は持ちこたえるだけの兵糧のたくわえがございます。明智城は最近になって城が補修され、兵糧も入れられましたから、本気に防げば、半年は持つでしょう。だが、明智城には既に手が打ってございます。城主の遠山景末《かげすえ》には部下を取りまとめるだけの才能が無く、家臣団は感情的に分裂していまず。家臣団の中の一方の旗頭飯狭間《いいはざま》右衛門は、わが方に心を寄せておりますので、お館様が城下に馬を進められたら、一も二もなく城を開け放すことになるでしょう」

座光寺宗右衛門の云うことはよく分かったが、最後の方が少々気掛かりだったので勝頼はそこを訊ねると、

「武田の統領、勝頼様が城下に現われたときを以て寝返るという約束になっております」

と宗右衛門は答えた。

それは、おかしな取り決めだったが、飯狭間右衛門にしても、降伏するにはするで、しかるべききっかけがないと、部下が承知しないから、そのような約束をしたのである。勝頼が城下に現われたら、はやこれまで、と云っても部下は納得する。そうでないと、中には云うことを聞かぬ者もいる。

勝頼は深くは聞かなかった。

「岩村城及び明智城への道筋はどうか」

との下問に対して、

「今のところ御心配はありませんが、時を失すると信長の軍勢が行手をはばむこと必定です。今すぐならば、地理にくわしい春近衆二百騎が御案内つかまつります。直ちに岩村城に御着陣なされ、後続部隊到着と同時に明智城へ攻めこんだらよいかと思います」

宗右衛門は勝頼に進言したが、勝頼の側近たちは、それに反対した。後から続々とやって来る軍を整理し、軍団を編成して進撃した方がよいだろうと意見具申をした。

「そちたちの云うこともよく分かった。だが余は座光寺宗右衛門及び春近衆の言を採用する。余は明朝美濃に向う」

勝頼は云い切ったあとで、座光寺宗右衛門に、

「春近衆の主なる者に会いたい」

と云った。

赤沢三郎右衛門、波部《はぶ》又兵衛、飯島八郎左衛門、片桐市右衛門、大島太郎兵衛の五人が召し出された。それぞれ春近衆を代表する武将であった。

「余はこの度の合戦の成否を春近衆に賭ける。岩村城までの護衛と案内を頼むぞ」

春近衆は大いに面目をほどこして座を下がった。

翌朝、暗いうちに勝頼の一行は飯田を発して一路、東美濃に向った。飯田から、岩村城までは十二里ある。平坦《へいたん》な道ではなく山道の悪路である。勝頼は春近衆二百騎と旗本二百騎を率いて、この道をたったの一日で駈け通して岩村城へ入った。

秋山信友は木ノ実峠まで勝頼を迎えた。

信長は、勝頼が想像もできないような早さで、岩村城に到着したという報をみたけ(現在の岐阜県可児郡御嵩町)で聞いた。信じられないことだった。

古府中から諏訪を経て岩村まで距離は四十三里(百七十二キロ)、岐阜から御嵩《みたけ》までの距離は八里(三十二キロ)であった。勝頼は旗本を率いて二日で四十三里の道を駈け通したのである。勝頼が古府中を出発したのと、信長が岐阜を出発したのと同じ日であったから、勝頼は信長の五倍の速度で山道を駈け通して岩村に着いたのである。勝頼が旗本二百騎を率いて古府中を出発して諏訪へ向ったという情報、更には、飯田から南下したという報告、そして途中から岩村に向ったという情報は、すべて勝頼が岩村城に到着した後で信長のところへ届いたのである。

「常識ではとても考えられぬことだ」

と信長はひとりごとを云った。それは勝頼の機敏な行動に対する讃辞でもあった。信長は、勝頼と旗本二百騎の行動に畏怖《いふ》した。自分にはとてもできないことだと思った。四十三里を馬で駈け通すなどということは肉体的に不可能だ。それを勝頼とその旗本はやったのだ。乗り換えの馬は何頭使ったのだろうか、そんなに長時間馬に乗っても、身体に異常はないものだろうか。

信長は、武田の騎馬隊の怖ろしさを眼のあたりに知らされたような気がした。

「勝頼が岩村城に入ったとすれば……」

信長は考えた。

即刻、兵を東美濃に入れて、岩村城を包囲し、勝頼の孤立化を図ると同時に、伊奈から入って来る武田の本隊を邀撃《ようげき》しなければならない。

だが信長は、それをせず、軍を中津川の西二里半のところにある高野《こうの》に進めて、ここに本陣を置いた。勝頼が岩村城に入ったと聞いた時点で、信長は岩村城攻撃をためらった。

勝頼が旗本を率いて、岩村城に入ったというのに、本隊が愚図ついているわけがない、おそらく、武田軍は続々と東美濃に集結しているに違いない。そこへ斬りこむには策が要る。

信長は変わり身の速い武将だった。不利だと覚ると、すぐ次の作戦を樹てた。

彼は織田軍を二つに分けて信長自らは二千を率いて中仙道《なかせんどう》を東進して木曾に攻め入り、信忠には主力三千を率いて、阿木川沿いに南下して岩村城攻撃の態勢を取るように命じた。

信長が木曾に攻め込めば武田軍はその方面へ兵力を配備せざるを得なくなるし、信忠の軍が岩村に迫れば勝頼はこの方の備えに兵を向けねばならない。明智城攻撃どころではないだろうと考えた。巧妙な牽制作戦であった。

信長は作戦計画を樹てるとすぐに実行に移した。軍は二分されたが連絡を密にするようにところどころに、伝騎の中継所を設け、乗り替え用の馬を用意した。

進撃前に、その方面には多くの心利いたる物見を放った。

木曾と美濃との国境の要所要所には、木曾軍の見張所があるが、兵力は微々たるものので、信長の大軍が押しよせたならば、ひとたまりもなく退散するような備えだった。

木曾軍の動く様子はなかった。木曾谷は静かに早春の眠りをむさぼっていた。

信長はできるだけ木曾谷深く侵入してやろうと考えていた。場合によっては、そこに砦を設け、更には出城を築き上げ、信濃侵略の足がかりにしてもよいと考えていた。

「馬籠《まごめ》峠を守る木曾軍はおよそ、百名あまり」

「木曾川沿いの間道には、ほとんど敵影なし」

「妻籠《つまご》には木曾軍の影は見えませぬ、妻籠から伊奈の駒場《こまんば》に通ずる清内路《せいないろ》方面にも敵の動きはございませぬ」

とつぎつぎと物見の報告が入って来た。

信長は物見の報告をいちいち聞いていた。時々首を傾げた。清内路方面は伊奈と木曾を結ぶ重要道路である。武田が東美濃作戦を行なう場合、中仙道からの敵に備えて、当然この方面には若干の兵力を置くべきである。それが無いのはおかしい。

木曾軍の態度もおかしい。勝頼の東美濃作戦に対して当然、何等かの軍事分担を命ぜられている筈であった。

勝頼が、そのような処置を取らずに、旗本だけを率いて岩村城に駈けこんだとすれば、これはもう武田の統領としての資格はない。猪突猛進型の一介の武将に過ぎない。勝頼はそんな男だろうか。

信長はへんだと思った。どう考えてもおかしいが、物見の報告によると敵影なしということだった。

（よし、もし敵に備えがなければ、清内路方面を制圧して、飯田城を攻撃してもよい）

信長はちらっとそんなことさえ考えたが、敵の備えがないことが依然として気になるので、本陣の周辺を三百人の鉄砲隊で守らせながら馬籠峠に向った。信長は先年の夏、朝倉軍を山岳戦に追いこんで大勝を得た経験があった。もともと山岳戦をやったことはないが、前年の山岳戦で自信を得た信長は、その時の体験を思い出しながら、何時どこから現われるかも知れない敵に対して不安な気持を抱きながら、馬籠峠に登って行った。

信長は途中で狼煙《のろし》を見た。一つ二つではなく、あちこちの山の頂きから狼煙が上がった。おそらく狼煙の継送《けいそう》によって織田軍来襲を本隊に知らせるものと思われた。いやな気がした。

馬籠峠を守備していた木曾軍の兵は退散して姿を見せなかった。間者を出して探ったが敵は居そうもなかった。

信長はこの不気味な沈黙を無視できなかった。側近の大将河尻与兵衛がいまのうちに妻籠まで軍を進められ、清内路方面を押さえるべきだと進言したが、信長は周囲の森に眼を配ったまま馬を進めようとはしなかった。

馬籠峠からは山また山であった。山の中に一本道があるだけである。その道をそれたら、動きは取れなかった。木の一本一本が、刀を持っていない木曾の兵に見えた。それらが動き出せば、枝が槍となり刀となって、彼に向って来るようにさえ思われた。

信長は先遣《せんけん》隊三百人をまず、先に向け、続いて二百人を後詰めとして妻籠に向けた。威力偵察を兼ねての軍行動であった。信長自身は峠からは一歩も動かなかった。

先遣隊三百人が去っておよそ一刻《ひととき》あまり経った時であった。遠く鉄砲の音が聞こえた。先遣隊が敵軍と遭遇したものと思われた。続いて、更に近いところで鉄砲の音が聞こえた。先遣隊後詰め二百人の歩いているあたりからだった。

信長は伝令を出して前の様子をさぐらせた。

その伝令は帰って来なかった。第二、第三の伝令を送っても帰って来なかった。

なにか変事があったなと思っているところへ、全身血だらけになって一人の兵が駈けこんで来た。

「先遣隊は敵の伏兵に襲われて全滅、先遣隊後詰めもまた全滅に瀕しています。御直参衆ことごとく討死し、……」

そこまで云うとその兵はばったりと倒れた。

（しまった計られた）

と信長が気が付いたときには、馬籠峠を囲む全山の木々が一度に音を立て騒ぎ出した。

森の奥に兵が見えた。兵は抜刀して、信長の方へ向って徐々に山をおりて来た。その数はにわかに読み取れないほどの多数に見えた。

鉄砲隊が一斉に射撃を開始した。だが、森の木々が邪魔して戦果は挙げられなかった。木の間洩る太陽の光に、敵の刀が光って見えた。

「退け」

と信長は命令を下した。

信長は負けたと思った。兎《と》に角《かく》、この狭い森の中から脱出しないかぎりどうにもならないと思った。

退けと云っても、道には千五百人の味方がいるから、馬で駈け抜けるわけには行かなかった。

防ぎながら退くしか方法はなかった。

森から出て来た木曾の兵は戦上手だった。森をたくみに利用して、出たり入ったりして戦った。

織田軍は数の上では圧倒的に多いのだが、森の中では木曾軍が完全に主導権を取っていた。木曾の兵はすこぶる勇敢だった。森から姿を現わした木曾の兵は鉄砲に撃たれて次々と倒れたが、その死骸を踏み越えて、信長の本陣を目掛けて突進して来た。そのすさまじい攻撃ぶりに織田軍は圧倒されて、防ぐだけがせいいっぱいだった。

信長はようやく危険地帯を脱して、美濃の領地に入った。信長は蒼白な顔をしていた。

「お館様は、ごぶじで……」

と池田勝三郎が声をかけたが、信長は返事をしなかった。信長は高野の本陣に落ち着いて初めてものを云った。

「木曾軍を指揮したものはなに者ぞ」

確かに、誰か名のある戦略家が敵中にある筈だった。その名前が知りたかった。

織田軍の損害はやがてはっきりした。先遣隊三百名は一人として生還するものはなかった。先遣隊後詰め二百人のうち百二十人は戦死した。その他に戦死した者の数は三十名ほどあった。

敵の数については、それぞれの観測がまちまちで実態はつかめなかった。千という者もあり、千五百と云う者もいたが、実際は数百人の敵が反撃に出て来たものと推定された。木曾軍は数百だが、木曾の山がそれに味方したので織田軍には二千にも三千にも見えたのである。

木曾軍に手痛い目に合わされた信長は木曾軍に対して恐怖をおぼえた。そして、武田を亡ぼすには、まず木曾を亡ぼして、この暗い森の中に道をつけねばならないと思った。

後日、信長は多額な金品と巧言をもって、木曾義昌を誘い、勝頼に叛かせてから、木曾口より信濃に攻めこみ武田氏を亡ぼしたのも、この時の経験によるものである。

『甲陽軍鑑』によると、この時の戦いで、

……信長直参加勢に置かれたる卅五騎の武者、皆頸《くび》をとられ候……。（品第三十

九)

とある。

敗けたのは信長の率いる軍だけではなかった。信忠の率いる三千の軍は阿木川に沿って、岩村城に向う途中、武田軍の春近衆と江馬衆に襲われて敗退した。

周囲は山に囲まれていた。その山の中の人が通るのもやっとのような間道を、春近衆や江馬衆は馬を使って機敏に移動した。

信忠の軍は諸方で伏兵に会って死傷者を出した。鉄砲は山の中だから、あまり効力を発揮しなかった。

このような山の中の足場の悪いところでは、密集部隊であることがかえって損害を多くした。春近衆と江馬衆は存分に首を挙げた。

信忠は途中で進軍をあきらめて、高野に引きかえした。いつもならば、信長がこの臆病者めと信忠を面罵《めんば》するところであったが、信長は黙っていた。

信長には手の打ちようがなかった。そうかと云って、明智城を見捨てて、引き上げるわけにも行かなかった。そんなことをすれば信長の信用は落ち、信長に対する陰口が全国にひろがるだろう。

信長は高野から動かず、しかも為すこともなく日を過ごした。たった一つの望みは勝頼が中津川方面に進出して来ることだった。山岳地帯を出たところで戦ったならばこっちが勝つと、信長は自分に云い聞かせていた。鉄砲隊こそ信長の頼みの綱だった。

明智城自落の報が信長に届いた。

勝頼が千余の軍勢を率いて、明智城に到着して、軍使を城内に送ると、城内では降伏か、決戦かの議論になった。

その最中に、飯狭間右衛門の率いる一隊が城内で叛乱を起した。

明智城は戦わずして、勝頼に降伏し、抗戦を主張した武将はことごとく首を斬られた。

明智城陥落によって、信長・信忠父子は戦意を喪失《そうしつ》した。

明智城を援助しようとしてそれができず手痛い損害を受けたことは、それまで日の出の勢いでのし上がって来た信長の自尊心を大いに傷つけた。脳天に勝頼の一撃を喰らった気持だった。

（武田は強い、勝頼は信玄以上の武将だ。武田とまともに戦ったら首を取られるのは、こっちかもしれない）

信長は慄然とした。そのころになって、木曾方面に出してあった間者からの報告があった。

「木曾衆軍の目付は真田昌幸、おそらく馬籠方面の指揮は昌幸自らが取ったものと思われます」

信長はそれを訊いて、側近に云った。

「武藤昌幸（真田昌幸のこと、昌幸は甲斐の名門武藤家の養子になった。後真田の姓に返ったが、他国では、武藤昌幸の名で呼んでいる人もいた）は信玄の眼と云われていた男だ。さても昌幸の采配の見事さと木曾衆の武勇、見事なものぞ」

信長が敵を讃《ほ》めるようなことはめったになかった。

信長は高野に河尻与兵衛とその兵五百余を置いて岐阜に帰った。

この戦に江馬衆が参加したことになっているが、江馬衆がまだ残雪の深い安房《あぼう》峠を越えてこの戦に参加したのは少々合点がいかぬ。江馬時盛の次男の江馬信盛は信玄の旗本侍大将として古府中にいたから、この戦に参加したのはおそらく江馬信盛及びその家来であろう。

　二月五日、信長御父子御馬を出だされ、その日は、三《み》たけに御陣取、次の日、高野に至りて御居陣。翌日、馳せ向かはるべきところ、山中の事に候の間、険難《けんなん》、節所《せつしょ》の地にて、互ひに懸け合ひならず候。山〱へ移り、御手遣《おてやり》なさるべき御諚半《なかば》のところ、城中にて、いゝはざま右衛門謀叛候て、既に落去。是非に及ばず高野の城、御普請仰せつけられ、河尻与兵衛を定番として置かれ、おりの城、是れ又、御普請なされ、池田勝三郎を御番手にをかせられ、二月廿四日、信長御父子岐阜に御帰城。(『信長公記』巻七「明智の城いいはざま謀叛の事」)

猿皮の靭《うつぼ》をつけた敵

明智城を手に入れた勝頼は城内の広間に将士を集めた。軍議を開くには多数に過ぎたし、祝宴を張るにしては酒の用意がなかった。一同は武田の新統領勝頼の発言に対する不安と期待をこめて集まった。

集められた者はおよそ二百名、主だった者ばかりだった。あたりが静かになった。側近が勝頼に集合が終ったことを告げた。勝頼の周囲には老将、宿将が並び、年齢と階級によって順次その位置は離れてゆく。将たちは勝頼の前に手をつかえて勝頼の発言を待った。信玄の時代にもこのようなことがしばしばあった。信玄は彼の直ぐ近くにいる老将、宿将たちに合戦の苦労をねぎらい、戦いの勝利はそのほうたちの努力のお陰であったと云い、そして最後に不運にも戦死した将兵の遺族に対して追悼とねぎらいの言葉をかけるのが常となっていた。

こんな場合遠くの者は、ほとんど信玄の言葉を聞くことはできなかったが、信玄がなにを云っているかがほぼ分かった。型どおりのことであり、当り前であるからなんとも思ってはいなかった。

勝頼は側近の者が将士の集合が終ったことを告げると、突然立ち上がった。なんのために立ち上がったか誰も分からなかった。みんなが坐っているのに一人だけが立ち上がるということは異例なことであり、非礼なことでもあった。なにか気に入らないことでもあってそうしたのかと思って心配そうな眼を勝頼に向けたが、そんなこともなさそうだった。

勝頼は立ち上がったままで一同を見渡していた。近くにいた側近や重臣たちの二、三が勝頼にならって立ち上がろうとした。勝頼はそれを手で制した。

「そのまま、そのまま聞くがいい」

その一言は隅から隅まで聞こえた。勝頼が一同に対してなにかを云うために立ち上がったことだけは分かったが、なぜそのような異例のやり方をしようとするのか見当がつかなかった。

工事奉行が一段と高いところから人夫たちに声を掛けることがあった。合戦の際、侍大将が馬上から配下の足軽たちに大声で命令を下すことがあった。しかし、武田の統領である勝頼が、家臣たちの前で立ち上がってものを云うなどということは考えられないことだった。

将士たちは啞然とした顔で勝頼を見た。

「余は、ここに集まった一人一人に余の言葉を伝えたいがために、このようなことをしたのだ。軽々しい行動だと余を批判する前に、まず余の声を聞いて貰いたい」

勝頼の声は凜乎《りんこ》として響いた。その一声で将士は勝頼が次に云わんとしていることに聞き耳を立てた。

「余は信長軍を撃破し、明智城を手に入れた。この大事ができたのは、まず第一に伯《ほう》耆守《きのかみ》（秋山信友）を将とする、伊奈《いな》春近《はるちか》衆の手柄である……」

勝頼はそこで伊奈春近衆の主なる者の名を上げ、次にこの作戦に参加した江馬信盛の名や木曾衆の主なる者の名を次々と挙げた。

まず先方衆を賞したあとで、本国の甲斐の国から遠征して来た将士の名を挙げてその功績をたたえた。よく人の名前を覚えていたし、その順序を間違うことがなかった。

そこまでは、立って話しているということを除けば、ごく常識的なことで、特に驚くには当らなかった。

勝頼は一般的なことを云ったあとで突然語調を変えた。

「余は、武田家の統領としてはじめてこの合戦に出て、そして輝かしい戦果を得た。戦勝の主たる原因は、若い将兵たちの果敢なる行動にあった。余は若い。智略においても、武勇においても、父信玄に比較すべくもないほど若い。しかし、やる気だけはある。織田信長がごとき成り上がり者に天下を取られたくはない。余の若さを補う者は、若い将兵の力である。時代は変わりつつある。若い時代には若い者が力を合わせて向わねば勝利は得られない。みなの衆、やろうではないか、織田信長、徳川家康、なにするものぞ、武田の団結が固いかぎり、恐るべき相手ではない」

勝頼はそう云い切って座についた。

現代的に云えば、これは演説であったが、当時にしてみればまことにおかしなことであった。宗教家は衆の前で説法をしたが、大国の統領たる者が、将士の前でこのような方法で意見表示をやったことは聞いたことがなかった。しかしこの勝頼の演説はそこに居並ぶ多くの将士に或る種の感動を与えた。

勝頼が若い世代に呼びかけたのは、そこにいる若い将兵の心を打った。これからはおれたちの時代だという認識を与えるのに充分だった。老将はまたこの演説を聞いて、信玄から勝頼へ、世代の移行が行なわれたことをはっきりと知った。これでいいのだと思った。

勝頼は明智城には長くは留まらなかった。

彼は八方に間者を放ちつつ、三河へ馬を進めた。足助《あすけ》城の存在が邪魔になった。足助城は名うての要害であり、南側と西側には香嵐渓の渓谷を配し北側には足助川が流れている。東口が僅かに開いていた。

勝頼は足助城に対しては積極的な攻撃はさしひかえて周囲を固めた。支城を落とし、領民を手なずけてしまえば、城はあって無きがごとき存在になる。そのようにして置きながらも、敢て総攻撃を加えずにいたのは、足助城救援のために家康か信長が出て来ることを望んだのである。

勝頼にとっての真の敵は信長であった。信長が大軍を率いて出て来たら、今度こそ、完膚《かんぷ》なきまで叩いてやろうと考えていた。

家康が出て来ることの方が確率は高いが、その時はその時で、第二の三方ケ原の合戦場をこの近くに選ぼうと思っていた。だが、家康も信長も勝頼の前には姿を見せなかった。

信長は手痛い目にあったばかりだし、家康は勝頼自らの出馬に対して、充分警戒していた。信玄の後を勝頼が引き継ぎ、勝頼を中心として武田が固く結束したという情報は家康の耳に入っていた。

家康は勝頼との決戦をさける方針を取った。信長が逃げ腰でいる以上徳川軍単独で武田軍に勝てる公算はなかった。

家康は、勝頼が三河へ進出して来たのを見ると、遠江の武田の占領地域、犬居城方面に盛んに兵を送って牽制した。

勝頼は家康の動きを見きわめてから、軍監として、真田昌幸を、犬居城主天野景貫のところに送った。

犬居城は二俣城（天竜市）の北方四里（十六キロ）のところにあった。

二俣城は武田方の勇将、依田信守、信蕃《のぶしげ》父子が守っているから容易に落とすことはできない。二俣城を攻撃するよりも、その北にある犬居城を落とす方が楽だと考えたのである。犬居城が落ちれば二俣城は孤立することになる。

勝頼は家康が動き出したのを見て、足助城攻撃を決意した。勝頼は下条伊豆守信氏を攻城軍の大将としてこれに伊奈衆を配した。

下条信氏の母は信玄の妹であったから、下条信氏は勝頼の従弟に当る。下条家はもともと武田から出た家柄であった。

当然武田の一門、御親類衆として、重きをなすべき位置にあったが、信氏の父は病弱であって、戦に出る機会が少なかったので、御親類衆では目立たぬ存在となっていた。下条信氏は勝頼とそう年齢も違わなかったし、武術にも勝れていたが、それまでさしたる手柄がなかったのは、機会に恵まれなかったからである。

勝頼は信氏に足助城攻撃をまかせた。足助城は攻撃すれば必ず落ちるだろうと予想されている城だった。既に調略の手が城内に延びていた。落ちる可能性のある城に信氏を向けたのは、信氏に自信をつけさせるためであった。

足助城が意外に強い抵抗を示したとしても、伊奈衆の精鋭がひかえているからには必ず落城に追い込めるだろうと考えていた。

下条伊豆守信氏は勝頼の好意を感謝した。伯父信玄の代には目をかけて貰えなかったわが身が、従兄の勝頼の代になって、攻城軍の大将となったことを喜んだ。信氏は足助城の周囲をつぶさに見て廻った。山城の典型的なもので、東口から攻める以外に方法はなかった。

攻撃を開始するに当ってまず軍議を開いた。伊奈衆の波合胤成と駒馬《こまんば》丹波の二人が口を揃えて献策した。

「この城は東口より攻め登るしか道はございませんが、東口には堀があり、その内側には幾重もの柵《さく》や空堀が設けてございますれば、その一つ一つを取り壊して進むには時間がかかります。むしろこのような城を攻めるには、逆手を突くのがよいように思われます」

「逆手を突くというと……」

信氏は絵図を見た。この城は東口三丁ほどを残して周囲を川にかこまれている。逆手と云えば香嵐渓の渓谷から攻め登るということになる。それはできそうにもないことに思われた。

「夜陰に乗じて渓谷を渡り、断崖を攀《よ》じ登り、城内に入り込み、火を掛けるのが上策かと思います。ただし人数は少なくしなければなりません。敵に気付かれたら、助けようもございません」

波合胤成が云った。

「十人ほどの心利いたる者を忍ばせたら、必ず、成功するものと思います、その者どもの心当りもございます」

と駒馬丹波が云った。

「なるほど」

と信氏は頷いた。それはよく使う手であった。誰もが考え、やったとしても容易には成功しない手であった。十人が忍びこむことができても、火を掛けることは、なかなかむずかしかった。籠城となると、防火には特に気をつける。燃えるようなものは、城内にはいっさい置かないし、火の番も厳重になる。たとえ火を掛けることに成功したとしても、忍びこんだ十人の生命のほどは保証できない。それに、城を焼いてしまうことは大きな戦利品を失うことになる。

「お館様は足助城を取れよと云われた」

と信氏はひとごとのように云った。そして自分の言葉にはげまされたように、「取れよということは、城そっくりを取れということで、焼いてもいいから落とせということではなかった」

と云った。そう云ってしまってから信氏の心は決まった。足助城は、無疵《むきず》のまま頂こうと思った。

「城をそっくりそのまま取りたいのだ」

信氏は、そこに居並ぶ者たちの顔をいちいち確かめるように見た。

春近五人衆の一人飯島八郎左衛門が、申し上げますと大きな声を上げた。

「城を焼かずに城を取るには城内の城将と交渉する以外に手はないでしょう。つまり和平の使者を送って、降伏条件を有利にして敵を誘うことです。しかし、それには前提があります。こちらの武威を城に見せることです。とても敵わぬ相手だということを敵に知らしむることが、交渉を開始する前提となるでしょう」

飯島八郎左衛門が発言すると、赤沢三郎右衛門、波部《はぶ》又兵衛、片桐市右衛門、大島太郎兵衛等四名が、これに同調した。春近衆は正攻法で城に向うことを主張した。

信氏は春近衆の意見を入れた。そうするより方法はないように思われた。

翌日から堀埋めが始められ、柵《さく》の取り除きが始まった。五日目に東寄りの強い風が吹いた。乾草が集められ、それに火をつけて、柵に向って投げこまれた。柵を守っている敵と、焼こうとする味方との間に鉄砲の応酬があった。柵は次々と焼かれ、武田軍は城壁に迫った。

飯島八郎左衛門は下条信氏に、自ら、使者となって城内におもむいて、敵将と交渉したいと申し出た。

信氏はそれを許した。

飯島八郎左衛門は城将鱸《すずき》越後に面会して降伏をすすめた。

「おそらく、あと一ヵ月もこのままでいたら城兵六百人はことごとく餓死するでしょう。そのような状態となって、降伏を求めても、許されるものではありません。降伏の条件をよくするには、充分に戦える力を持っているときでなければなりません。既に織田殿からも、徳川殿からも見捨てられたこの城で、いったい、あなたは誰がために生命を捨てようとなさるのですか」

飯島八郎左衛門は口達者だった。城将、鱸越後は、その言に引っ懸かって、ついうつかりと、

「しからば、お手前の大将、下条信氏殿の降伏条件とはどんなものかお聞かせ願いたい」

と云った。

これは失言だった。降伏の意志ありと相手に云ったも同然である。鱸越後は、あせ

っていたのである。援軍を出すから、死守せよという命令だけ出して、いっこうに援軍をさし向ける気配のない家康や信長のやり方に腹を立てていたから、ついこんな言葉が出てしまったのである。

「降伏条件は寛大ですぞ、今直ぐ開城されるというならば、城将ほか、城兵ことごとくの生命は保証されることになるでしょう」

「なるでしょう？」

と越後が、八郎左衛門の語尾について訊き糺《ただ》すと、八郎左衛門は、

「拙者は使者である。確定的のことは私の口から申すことはできませんが、それでよければ、これから帰って、そうなるように、伊豆守様に申し上げるつもりです」

と、とぼけた。

越後も、その時になって、八郎左衛門の口車に乗せられたことに気がついて、

「いや、当方も城内の多くの意見を聞いてみなければ、どうなるとも分からない」

と答えた。

その夜、会議は城内と城外で別々に行なわれた。

城外の会議では、城をそっくり貰うかわりに、城将以下すべてを見逃してやるという条件についての是非であった。

「既に戦意を失った兵は、もはや敵ではない。野に放したところでたいした禍いを招

くこともあるまい。敵の望むとおりにしてやろうと思う」

下条信氏は結論を下すと、早速、このことを書状にしたため、勝頼の本陣に知らせた。折り返し勝頼からの指示があった。

「敵将以下城兵のすべての生命を保証するという条件で足助城を申し受けることはまことに結構である。尚、城兵の中でそのまま武田に仕えたい者があれば、従前どおりの待遇で城に置いてやるという一項目を追加するように」

城内での会議は朝まで続いた。

家康か又は信長の援軍が到着するまで頑張ることを主張するものと、城を明け渡すことを力説する者とがほぼ同数だった。議論が沸騰《ふっとう》して罵り合いになり最後には城主自らが止めに出なければならないような場面が処々に見受けられた。

双方が議論に疲れ果てたころ、城主の鱸越後が結論を下した。

「この城の中には、女たちや、幼い子供たちまでいる。彼等をこれ以上悲惨な眼に会わせたくはない。城主として、開城に踏み切ることに決める」

朝の光がさしこんだころであった。

天正二年（一五七四年）四月十九日、足助城は開門した。城主の鱸越後等一族を初めとして、名のある者の多くは、その日のうちに足助を離れたが、城兵のうち約半数はそのまま城に残った。彼等に取っては、織田についても武田についてもどうでもよいことだった。できることなら、強い方について、合戦の折、手柄を立て、名実共に侍としての身分になれることが望みだった。

足助城が落ちたことによって、その付近の安城《あんじょう》、田代、浅谷《あさがい》、八桑などの出城や砦はほとんど自落した。

勝頼は下条信氏を足助城の城主として、春近五人衆をその家来として、足助城に置いた。

足助城陥落は三河に重圧を加えることになった。足助から岡崎までは僅かの六里（二十四キロ）しかなかった。

『三河物語』によると勝頼が足助城の攻撃を開始したころ家康は、自ら二千を率いて犬居の攻撃に向っていた。

攻撃路は二俣城をさけて、去年の夏武田信廉軍を相手に大勝を博したことのある周智郡の森から三倉《みくら》を経て犬居に向う信州街道を北上した。

天野景貫の居城、犬居を取れば、二俣城は孤立する。二俣城の依田父子は犬居が徳川方の手に落ちるのを黙って見てはおられないだろう。必ず城兵のいくばくかを援軍として犬居へ向わせる。頃合を見計らって石川数正が西三河衆を率いて、すばやく二俣城を囲み、城を出た依田軍を捕捉《ほそく》し、力の弱った二俣城を力攻めにして落とすつもりだった。その計画のもとに石川数正は待機していた。

岡崎に勝頼の軍が近づいているというのに、尚且つ、このように二俣城に執心した家康の腹は、戦局を有利にするには、なにをさし置いてもまず二俣城を取り返さねばならないと考えていたからである。

地形的に見て、二俣城は遠州平野の中央北部に位置しているから、この城があるかぎり、二俣城からほど遠からぬ距離にある浜松城の家康は枕を高くして眠れないのである。眼の上のこぶとはこのような城の存在だった。

家康は大久保忠世、大須賀康高、本多忠勝、榊原康政の旗本四隊と寄合い衆を率いて出陣した。

進撃は順調だった。敵からの攻撃はなにもなく、信州街道を、森、三倉と進んだころ先に出して置いた物見が帰って来て、犬居の天野軍は、動揺を起しているという報が入った。田能まで進んだとき、犬居の天野景貫以下将兵及びその家族は、犬居を脱出して、北方の気田《けた》の館に逃避したという情報を得た。

「敵は全く戦う意志がございません、ただもううろたえるばかりです」

という物見の報告に家康は頷きながら、傍にいた大久保忠世に、

「二俣の方はどうか」

と訊いた。大久保忠世の手の者が二俣城方面へ物見に出ていたからであった。

「いまのところ二俣の方にはなんらの動きもありません」

大久保忠世はそう答えながら、犬居方面のあわて方と二俣方面の落ち着き方が、あまりにも対照的であることについての心の不安を家康に述べようとすると、傍にいた本多忠勝が、

「二俣城は動かぬのが当り前だ。動くとすれば、もっと後だ」

と云った。大久保忠世は、忠勝のその言葉になにかひとこと反発したいような様子だったが、ちょっと唇が動いただけで、ついになにも云わなかった。

犬居は周囲を山にかこまれた小さな盆地であった。

天野景貫の居城は城というほどのものではなく、館に類するものであった。そこには誰もいなかった。徳川軍は犬居の周囲に布陣した。

家康は堀之内の瑞雲寺《ずいうんじ》に本陣をかまえ、各部隊は領家《りょうけ》、和田谷《わだのや》に陣を張って、天野軍を追討するかまえを見せた。その夜から雨が激しくなった。折から梅雨だったせいもあったが、激しい雨が二日二夜降り続くと、気田川が随所《ずいしょ》で氾濫《はんらん》した。氾濫した水は道路を川とした。

家康は不安になった。河川の氾濫で帰路がふさがれた場合は重大な事態が生ずる。彼は諸将を招いて軍議を開いた。

「雨が敵では戦いようがありませぬ」

というのが諸将の意見であった。勝頼が三河に攻めこんでいるのだから、長居はで

きなかった。もとはと云えば、この作戦は勝頼を牽制するためと、うまく行けば二俣城を奪取しようという考えから始まったものなので、小荷駄隊は付属していなかった。徳川軍二千はすべて腰兵糧《ひょうろう》によっていた。

「退却しよう」

家康はそう決めると、気田川の氾濫から逃れるように信州街道を遠州の森へ向って引き返した。

（いったいなんのために、大軍を率いて犬居まで来たのだ。のこのこやって来て、雨に追われるように帰る自分の姿がつくづく阿呆に見えるわい）

家康は馬上でそのように考えていた。

山の中の細い道だった。断崖の上を通ったり、渓谷に沿って伝い歩くような道だった。渓谷を音を立てて流れている濁流が恐ろしく見えた。雨のために道がくずれ落ちたために馬を降りて歩かねばならないようなところがあった。数日の間に道の様相はすっかり変わっていた。

道が川になって流れているところに来ると、馬の足は遅くなる。

（戦争どころではないわい）

と家康は何度か口の中で云った。もし、西側の山の中から伏兵が起ったら防ぎようもないなどと考えると、いますぐにでもその伏兵の鬨《とき》の声が起りそうにも思われた。

家康が三倉まで来たとき背後に鉄砲の音を聞いた。考えていたとおりのことが起ったのである。

真田昌幸は軍監として天野景貫の本陣にいたが、事実上は、天野軍の指揮を取っていた。

天野軍は山家衆の集まりで、合戦に馴れた兵ではなかった。

そのかわり、山の中の行動は猿のように敏速であった。真田昌幸は天野軍を五隊に編制した。一隊が五十人、総勢二百五十人であった。人数はもっと多かったが、山中での乱破作戦に適当な者二百五十人を選んだのである。

真田昌幸は、彼等の主なる者を集めて、何回となく地勢を聞いて、徳川軍との作戦をねった。

犬居を捨てて気田に退いたのは昌幸の指示であるし、二俣城に自重するように伝令を飛ばしたのも彼であった。

「徳川軍は長居はしない。必ず、もと来た道を引き返すに違いない。そうなったら、当分は全力を上げて追撃作戦に移るのだ」

昌幸は五隊の隊長を呼んで、その戦いのやり方を教えた。

「いいか、敵と斬り合うなどということを考えるな、木にかくれて近より、鉄砲を撃ちかけ、弓を射かけて敵に損害を与えるのだ。敵の首を争うな、恩賞は各部隊ごとに与えるであろう。そのため、各部隊にはそれぞれ、横目付《よこめつけ》を置くことにする」

手柄争いは部隊毎に行なえという指示であった。

昌幸の予想より早く徳川軍は退却を開始した。雨のためであった。

「雨になったから、鉄砲は自由には使えぬ、弓矢を主力として戦う、そのように用意せよ」

昌幸は天野軍に下知した。

天野軍は田能のあたりで、徳川軍に追いつくと、そこで、殿《しんがり》部隊の大久保忠世隊と寄合い衆に攻撃をしかけた。

大久保隊は不意に山中から現われた敵に道を断たれて立ちすくんだ。敵は軍兵の姿をしてはいなかった。猟師の姿をしていた。各自が猿皮の靱《うつぼ》（矢を入れる道具）を腰につけたり、背負ったりしていた。五人、十人と固まって樹間から現われると一斉に猟矢《ししや》を射かけて来た。至近距離だし、足場が悪いのでよけることはできなかった。怪我人が出て道がふさがると、それをいいことに、更に同じような姿をした敵が樹間から現われて、まごついている味方に矢を射かけて来た。

敵襲と見て、徳川軍がようやく戦闘準備に入ると、猟師姿の敵は指笛を合図にさっと山の中に退いた。

夢の中のことのような敵襲だったが、その後にはおびただしい犠牲が出ているのである。ようやく気を取り直して、山にいる猟師姿の敵に対して、警戒態勢を取って歩き出したころには、同じようなことが数丁先でまた起った。

猟師姿の敵は長くは止まらなかった。徳川軍を随所に撃破して損害を与え、その行進を遅くしながら、先へ先へと進んで行った。

大久保忠世は一之瀬の近くで猟師姿の敵に襲われた。防ぎようがなかった。槍も刀もとどかないところから矢を射かけて来るのだから処置なしだった。味方もこれに応戦するのだが、木立が邪魔で敵を捕えることができなかった。木立の中での矢合わせであるから、条件は同じである筈だが、損害を受けるのは、徳川軍だけだった。徳川軍は鉄砲を使おうとしたが、折からの吹き降りで思うように使えなかった。鉄砲を放って、味方に敵の来襲を知らせるのがせいぜいだった。天野軍は、雨で煙る暗い森の中にいた。徳川軍は、道の周辺にいた。道は明るかった。暗い方から明るいところを狙うのだから、矢はよく当った。

矢に当って馬から落ち、そのまま谷底にころがり込む者がいた。太股に当った猟矢《ししや》を抜き取ろうとしている者もいた。抜刀して森の中に斬り込み、胸板を射抜かれた者もいた。

大久保忠世は逃げるしか方法のない、全くばかばかしい戦をしながら退いた。供の者の多くは戦死して、兵藤弥惣《やぞう》、甚内、犬若の三人になった。甚内、犬若は元服《げんぷく》したばかりの少年であった。一之瀬を過ぎたとき、同心、松浦久蔵が、高股に矢を受けて苦しんでいた。

忠世は彼の乗馬を松浦に与えて、早々この場を逃れるように云った。

「いや、おれはもうあきらめている。大将の大久保殿こそ、早々この場を逃れるがよい。大将首を敵に与えることは三河武士の恥である」

と云った。

だが、忠世は、その久蔵を無理矢理に馬に乗せて、その危険地帯を逃れようとした。天野軍に追われて逃げて来た味方の一隊が、大久保主従を押しのけて逃げて行った。運悪く忠世が崖の下に落ちた。このために忠世主従は追って来た敵と戦わねばならなかった。

この小競合《こぜりあい》で兵藤弥惣が戦死した。

天野軍は三倉まで執拗に徳川軍を攻撃した。この戦いは徳川軍の一方的な敗北に終った。小(尾)原金内、鵜殿藤五郎、堀小太郎、大久保勘七郎等、主だった者のほか、五十騎、二百五十人余が戦死した。

徳川軍は去年の八月武田信廉軍に与えた損害とほぼ等しい損害を、場所も同じく遠州森から二里ほどのところで受けたのである。『三河物語』には四月六日のこととして記録されている。『大須賀記』にもほぼ同じ記述がある他に、同じようなことが五月にもあったと記されている。

家康の敗戦を岐阜城で聞いた信長は、

「家康も同じ目に会ったのか」

ときびしい顔で云った。

蘭奢待《らんじゃたい》切り捕らるる事

信長は足助城の陥落に続いて、家康が犬居城攻撃の帰途、一之瀬で敗戦したという報を聞いた。

「信州街道の一之瀬で徳川軍を苦戦に追い込んだ天野軍の軍監は真田昌幸でございます」

と、この戦いに参加した早川兵庫が信長に報告した。軍目付というほどの資格ではないが、徳川軍が出兵する度に、必ず何人かの織田家の家臣が同陣した。武田軍に対しては、徳川、織田が緊密に連携して戦うという盟約を実行するために、むしろ徳川家康の方が積極的に織田軍の援助を求めたのである。

信長は早川兵庫の報告を待つまでもなく、忍びの者によってそのことは知らされていたので別に驚いたふうは見せなかった。

信長は神経質な男だから、三河、遠江方面には多数の間者を放って、徳川と武田方の両者の動向を探っていた。

浅井、朝倉を亡ぼした現在において、もっとも恐るべき敵は東国の武田勝頼だった。勝頼が、甲信の騎馬隊を率いて西上して来たら、防ぎようもないように思えるのである。あらゆる情報を基にして検討して見た末、武田軍こそ織田軍にとってもっとも強大な敵であることに変化はなかった。武田軍の騎馬隊に真正面からぶっつかったら、とうてい勝味はないように思われた。騎馬隊も恐ろしいが、山岳戦に引きずりこまれた場合も恐ろしかった。

信長は木曾衆の手強さを身にしみて知っていた。

「勝頼の代になってからの武田全体の士気はどうだ」

「それについては、武田軍への兵糧輸送の人夫として忍びこませた心利いたる者が耳にした歌がございます。それは……」

と云って早川兵庫は、眼を閉じて記憶を探り出すようにしながら低い声で歌った。

代替《だいかわ》り飛鳥《とぶとり》おとす御威勢《ごいせい》は

勝頼《かつより》ほかになしと見えたり

勝よりほかにない、つまり連戦連勝だということを勝頼にかけて歌ったのである。信長は黙って聞いていた。かすかに眉間のあたりがぴくりと動いたようだが、大声は出さず、意外に落ち着いた声で、

「そちなら、どうする」

と云った。兵庫には、信長の云った意味が分からなかった。兵庫は、はっと云っただけで言葉に窮した。

「そちが総大将となって勝頼に立ち向うとすればどのようにするのかと訊ねておるのだ」

信長はとんでもない時にとんでもない質問を発することがあった。相手が大名であろうが家臣であろうが、時によると忍びの者に対しても、思ったことを口にする癖があった。

早川兵庫は一瞬戸惑ったが、もともと才覚のある男だったから、思ったままのことをそのとおり云った。

「勝ち潮に乗った相手は、そのまましばらく勝ち潮に乗せて置きましょう。潮は動きます。満ち潮の次ぎには引き潮が来ます。一つの波を例にとって見ても、波の頭と頭

の間には谷間があります。勝頼がいつまでも満ち潮に乗りっぱなしということはないでしょう。必ずや、引き潮に乗るようなことになるでしょう。そのときこそ全力を上げて叩くべきだと存じます」

よし、と信長は云った。早川兵庫のその答えが気に入ったようであった。

信長はそれからは勝頼の動静については、あまり気にかけないような素振りをしていた。

勝頼が三河から引き上げたという報を聞いたときも、たいして驚いたふうは見せなかった。

そのころ信長は京都にいた。

天下の情勢が不穏なまま小康状態にあるのは、織田の勢力が京都を中心として周囲を圧し、その勢力に抗する諸方からの反対勢力との均衡状態にあるからだった。けっして安定したものではなかった。

信長は京都に来ると、使者を皇居に送って、正倉院の御物蘭奢待《らんじゃたい》を所望した。

蘭奢の奢は麝香《じゃこう》の麝《じゃ》のことであり、蘭と麝香とを混合した名香の意味である。一般に蘭奢待と云われているのは黄熟香《こうじゅくこう》という伽羅《きゃら》に類する香木で正倉院の御物である。

聖武天皇の御世に外国から献上された香木に天皇自ら蘭奢待と命名され、東大寺に下賜されたが、その後正倉院に収められたものである。東大寺蘭奢待ともいい、香の道の人はこの香のことを東大寺と呼んでいる。

このような古い歴史に飾られた名香を信長が所望した背景にあるものは、織田信長の現在の実力を以てすれば、朝廷もこれをこばむことはできないだろうという自信と、東大寺（蘭奢香）の下賜を受けた事実を諸国に見せびらかすためでもあった。つまり、信長の威信を顕示するための手段であったと簡単に解せばいいが、それにもう一つ、信長の貴族趣味が加わったものである。

朝廷はこれをしりぞけることができなかった。天皇は日野大納言輝資を勅使として派遣し、蘭奢待を下賜する旨を伝えた。

正倉院は開かれた。名香蘭奢待は長さ六尺の長持の中に入っていた。その中から蘭奢待は取り出されて、東大寺に運ばれ、多くの家臣を率いてやって来た信長の一見に供されたのち、古来からの作法通り、長さ一寸八分ほどを切り落として信長に与えられた。

蘭奢待は足利義政（八代将軍）のときに、下賜されて以来初めてのことだった。

信長は大いに面目をほどこした。

信長が名香蘭奢待を賜わったという話は、近隣の諸将を刺戟した。

大坂の石山本願寺にこもる勢力は、信長のこの行為を僭越《せんえつ》というよりむしろ専横きわまりないことだと解した。

諸方の本願寺派集団が再び動く気配を示した。信長は、その機先を制して石山本願寺に兵を向け、その付近の寺領を荒し廻った。四月のことであった。

五月五日に賀茂の祭があった。

信長は賀茂の祭の際行なわれる競馬《くらべうま》に彼自身の乗馬二頭の他、十八頭の駿馬を揃えて参加させた。

単に参加させるだけではなく、そのことに意味を持たせるために、出場馬をできるかぎり飾り立てた。鞍や、鐙《あぶみ》や轡《くつわ》に至るまで趣向をこらしたのである。

派手好みの信長のことだから、このようなお祭りには惜しみなく金を出した。

賀茂の祭が終った五日後に早馬が京都に着いた。勝頼が大軍を率いて古府中を出発したという報であった。第一報は兵力およそ、二万五千と報告され、第二報は二万と云って来た。

第三報によって、勝頼の進撃路はほぼ明確になった。甲信に分散する武田軍は、続々と右左口《うばぐち》路目ざして進んでいた。右左口路は古府中から東八代郡右左口、柏尾坂の峠を越え、西八代郡、精進湖、本栖湖《もとすこ》のほとりを通り、富士大宮に出る道である。古府中から駿河へ通ずる最短距離の道であり、信玄が駿河進撃に先立って開いた道だった。

勝頼は五月八日に古府中を出発した。二月の美濃出兵と同じように、旗本二百騎ほどを率いての出陣であった。途中で小山田信茂の軍やその他の軍と合流して、大宮に着いたときは二千になっていたが、そこで主力の到着を待つこともなく、一気に駿河府中に兵を進めた。

そして、駿河府中の城兵を攻撃軍に加え、出迎えた駿河先方衆を先頭に、三千の軍を整えて、一気に大井川を渡った。

そこは徳川の領地である。

五月八日に古府中を出発して大井川河口の遠州小山（現在の静岡県榛原郡吉田町小山）に到着したのが十日であった。ここで勝頼は陣容を整え、四方へ間者を放ちながら海岸沿いに西進して翌十一日には相良に至り、そして十二日には高天神《たかてんじん》城を包囲した。武田軍は続々と到着した。

勝頼は塩買坂に本陣をかまえ、攻城軍とは別に、処々の高地、要所に見張り所を設け、徳川軍、織田軍の来襲に備えた。

家康は、五月八日に勝頼が古府中を出発したという第一報に接したとき、おそらく勝頼の攻撃目標は、高天神城であろうと云った。理由の第一は、高天神城が、遠州諸城のうち、二俣城に次ぐ重要な城だったからである。二俣城が遠州平野の北部に位置する要城であるならば、高天神城は遠州中南部に位置する要衝《ようしょう》であった。

二俣城、高天神城の二城が武田軍に取られたとなると、遠州における徳川の支配力は極度に縮小されたことになる。

家康は当然なこと、防がねばならなかった。だが、家康は、二俣城のときにそうであったように、高天神城よりの矢継ぎばやの救援要求を無視したままでいた。

徳川家康が武田軍を迎え撃つ意志があるならば、武田軍の先遣隊が高天神城付近に出現したときにこれに打撃を与える以外に方法はなかった。

武田の大軍が布陣してからでは手の出しようがなかった。

家康は味方を失いたくなかった。武田軍とまともに戦えば負けるに決まっているから、残念ながら、じっとしている以外に方法はなかった。武田と戦って勝つには、武田軍の少なくとも倍ぐらいの兵力を集めねばならなかった。織田軍が総力をあげて後詰めに来てくれないかぎり、徳川軍の出番はなかった。

家康は京都にいる信長に連日早馬をさしむけて来援を乞うた。

「またか……」

と信長は書状を見て云った。明らかに、高天神城救援については乗気でない様子だった。が、家康の使者に会うと、

「大儀であった。早速兵をまとめて、高天神城救援に出向くであろうから、いましばらくは全力を上げて武田軍を防ぐように、徳川殿に伝えてくれ」

などと体裁のいいことを云っていた。書状にも、そのようなことは書いたが、遠江

出兵の準備はいっこうにしそうにはなかった。

信長の胸中は複雑だった。武田の存在は信長の天下制覇の大いなる障害となっている。だが武田と鎬《しのぎ》をけずっている徳川の勢力も、近ごろ油断できないほどに成長していた。もし武田が亡びたとすれば、必ずや徳川は現在以上に伸びるに違いない。

信長は常に先の先を考えていた。できることなら、武田と徳川が泥沼の戦争を続けていてくれたほうがいい。その間に西方諸国を平定して、その強大な武力を挙げておし出せば、武田は一も二もなく織田の旗の下になびくであろう。信長にはこのような打算があった。

(今は武田と雌雄を決すべきときではない)

信長は自分自身にそう云い聞かせていた。

武田と決戦すべき時期でないという理由の最大なるものは、本願寺派が依然として信長に抵抗しているからだった。この宗教を背景とした武力団体は容易なことでは、討ち亡ぼすことはできなかった。

信長が大軍を率いて高天神城へ出征した場合、その後のことが心配だった。

信長は石山本願寺よりも、伊勢長島の本願寺派教団のほうを恐れていた。これまで、兵を向けるごとに手痛い敗北を喫《きっ》し、多くの将士を失っていた。

伊勢長島の本願寺派教団の中心となっている、顕証寺法真の子法栄と、信玄の女於《むすめお》菊《きく》御寮人とは許婚の仲であった。つまり、武田と長島本願寺派教団とは、親類づき合いをしていた。今回の勝頼の高天神城攻撃作戦に対して、長島本願寺派がどう動くかすこぶる問題であった。

信長は長島本願寺の動きを探るために、以前から、この地に数名の間者を置いた。長島方面の情報を持って佐々木武州が京都へ出て来た。

信長は佐々木武州に直接会った。武州は、長島の本願寺派教団の動きを探るために派遣された間者たちの肝煎《きもい》りであった。

その夜は真夏のように暑かった。信長は二条の妙覚寺を宿所としていた。信長は佐々木武州を寺内で引見した。

「長島の動きはどうか」

信長の問いに対して、

「容易ならぬ情勢にございます」

武州に限らず、諜報活動にたずさわる者は、容易ならぬとか、非常にとか、きわめてというような言葉はめったに使わなかった。情報を正確に伝えるために誇張された報告は厳禁されていた。しかし、実際に、情況が容易でないときは、容易ならぬと云うのは当然である。

信長は武州が容易ならぬ情勢と云ったとき、やっぱりそうかと思った。武田の動きと長島の動きはつながっているのだ。

「申せ」

と信長は身体を乗り出した。

「長島衆がいままで大きな戦いを始める前に行なわれて来たとおりのことがすべて行なわれています。武器の搬入、弾薬の準備、旗の用意から兵糧に至るまで、多くは海路を通じて為《な》されています。そればかりではありません。長島ではいままでにないようなことが行なわれております」

武州はいままでにないことと云ったとき信長の眼を見た。

「なんだそれは」

「一種の学習のようなものでございます。主だった者を集めての軍学の指導のように思われますが、内容までは分かりません」

「軍学の指導とな……いったい、その指導者は誰なのだ」

「それが真田昌幸でございます」

おおと、信長は声を上げた。真田昌幸は二月には、木曾衆を指揮して、信長を窮地に陥れ、四月には、遠州森の一之瀬で徳川軍を痛い目に合わせた。その昌幸が長島に潜入して、軍学の指導をしているというのである。

信長の顔から血が引いて行った。

「真田昌幸は顕証寺法栄と於菊御寮人との縁談をまとめた人でございますから、長島衆とは親しく、長島衆も、昌幸の才能を充分に理解しておりまする」

武州は余計なことまで云った。

「そんなことはそちが云わないでも知っておる。昌幸はいったい、なにを教えようとしているのだ」

「よくは分かりませんが、伝え聞いたところによりますと、新しい乱破《らっぱ》作戦を教えているふうに思われます。特に火薬の使い方を丁寧に教えているらしいのです。これは拙者の想像ですが、従来の長島衆は、小教団毎に南無阿弥陀仏の旗を立てて、強引に押しかけ、押し倒すというやり方でしたが、今度は、教団は更に更に細かく分けて、その教団の一つ一つに、目的を持たせて戦わせるというやり方のようでございます」

詳しくは知らないと云っていながら武州はほぼ要点を摑《つか》んでいた。

「よくそこまで調べた。ほめてつかわす。それで、現在の長島衆の動員力は」

「それが……二千にもなり一万にもなるような仕組みになっております。つまり、働ける者はすべて戦力に加えようというのが、真田昌幸の考えのようでございます。昌幸という大将は恐ろしい大将でございます」

相手をほめたことが気になったのか、武州はそこで頭を垂れた。

「下がってよい。引き続き監視を厳重にするように、それからもう一つ、真田昌幸が長島へ潜入した経路が分かったらすぐ知らせるように」

「それは分かっております。海路です。武田水軍に加わった伊勢水軍の舟が彼を連れて来たのでございます」

信長はそれ以上聞く必要はなかった。彼は膝に手を置いたままじっと考えこんでいた。信長がなにか考え始めると、側近は遠慮した。彼の思考を中断すると、ひどく叱られるからであった。

信長は微動だにせず考え続けていた。

信長が家康の求めに応じて、大軍を率いて高天神城救援に向ったならば、真田昌幸は伊勢本願寺派を率いて、後方攪乱に乗り出すつもりでいることは間違いなかった。

新しい乱破作戦という言葉が信長の頭の中で何回となく繰り返された。

火薬を持った長島衆が、小集団となって岐阜城下に潜入して、火を放って歩く様子が目に見えるようだった。乱破部隊が次第にその数を増して行くので、城内からは大手門を開いて、三百人ほどの兵が城外へ出ると、それがたちまち真田昌幸の指揮する乱破部隊に捕捉されて手痛い目に会って、城に逃げ込もうとする。その後を、付近に潜伏していた千人余の長島衆が追蹤して城に乗り込み、あっという間に岐阜城は敵の手に落ちてしまう——このような悪い想像が信長の頭の中に次々と浮かんで来るのである。

(真田昌幸をなぜそれほど恐れるのか)

信長は自分でも分からなかった。木曾の山中でひどい目にあったから、ただわけもなく、彼を恐れるのではなかった。昌幸の戦術を恐れているのである。

古来から乱破作戦はあった。乱破を上手に使う大将は名将と云われていた。だが、乱破はどう使っても乱破でしかなかった。小規模の後方攪乱や、流言を飛ばしたり、埋言《まいげん》を放ったりする類だった。

(昌幸はその乱破を組織して、まとまった兵力として使っている)

だから、木曾の敗北、遠州森の敗戦があったのだ。その昌幸の用兵術が新しい乱破作戦だと考えられないことはなかった。

「まずい、高天神城出兵はよくない」

信長はひとりごとを云ってから、大きな声で側近を呼んで云った。

「書き役をこれへ、そして、越後への使者を用意せい」

書き役が現われると信長は、

「越後への書状だ、心して書けよ」

と云った。上杉謙信あての書状だとことわって置きながら、すぐにはその文句が出て来ないようであった。

(この際は、自ら兵を進めるより、謙信に頼んで、信州、上野方面に出兵して貰うの

が良策）

と思って書き役を呼んだが、さて、その気持を文章にするとなると、うまくは行かなかった。手の裏を謙信に見すかされてしまいそうで不安だった。

信長は三度書かせて、読み返してみてからその書状を破いて捨てさせた。四度目にこれならばというような書状ができ上がったので、それを使者に持たせて越後へやった。

「これでよし」

と信長は云ったが、そう云った彼の心の中では、それとは正反対なことが、しきりに彼に問いかけていた。

この書状は、早馬で北陸路を通って、越中に運ばれ、更に越後の春日山城へ運ばれた。

謙信は軽い中風を患《わずら》って以来、健康には特に気をつけていた。往年のように酒に浸るようなことはなかったが、年のせいか感情に激しやすく、喜怒哀楽の差がはげしかった。侍医はすべてそれを病のせいにした。

謙信は信長から来た書状を読み終ると、信長の使者に向って、

「御苦労であった。返書は宿舎までとどけるから今宵はゆっくり休養するがよいぞ」

とやさしい言葉を掛けた。

しかしその使者が座を下がると、机上に置いた書状を見詰めながら、

「信長という人間はどうも分からない」

とつぶやいた。

書状は、高天神城の急を告げ、勝頼の野望を破砕するために、共同作戦を取ることを希望したものだった。

信長自身は総力を挙げて高天神城救援におもむく心算《つもり》だから、謙信も、信濃か上野に兵を入れてくれと書いてあった。文章はすこぶる丁寧なものであった。

書状は謙信の手から側近の手に渡った。お前たちも、この手紙に対して、どう答えるべきかを考えて置けと云い置いて、謙信は自室に入って行った。午睡の時間だった。

それも侍医から強くすすめられたものであった。謙信が午睡から覚めたころ、もう一人の客が待っていた。客と云うには当らない人物だけれども、側近のものは、怪しき者とも云えず、一応客として、その者のことを謙信に伝えた。

「妙心寺派の若い僧で鉄以《てつい》と申すもの、もと鉄砲商人の山本勘助のせがれだと申しております、お館様に直接会って、申し上げたき儀があって参りましたと申しております」

いかが致しましょうかという家来に、謙信は、

「鉄砲商人の山本勘助のせがれと申しているのか……」

謙信は遠い日のことを思い出すように眼を閉じた。天文二十年（一五五一年）ころのことが思い出される。たしかに鉄砲商人の山本勘助が、親しく春日山城に出入りしておった。四角い顔の面白い男だったという思いが先に立って、その後、山本勘助がどうなったのかは忘れていた。

「直江景綱をこれへ」

と云った。或いは山本勘助のことをよく覚えているかも知れないと思って呼んだのである。

「山本勘助なら、私より父実綱のほうがよく存じておりました。山本勘助は駿河の男でこの城には鉄砲商人として出入りしておりましたが、その後、武田信玄に仕えて、諸国御使者衆の一人として活躍していましたが、川中島の戦いで戦死したと聞いております」

景綱は頭脳明晰《めいせき》な男だった。一度聞いたことはどんなことでも覚えていた。

「その勘助の子が余に会いたいと云って来ておるのだ」

謙信はどうしたらよいかなという顔で景綱を見た。

「勘助の子というならば、おそらくは、武田勝頼の使者でありましょう。とにかくお会いになってみたら如何《いかが》でしょうか」

勘助の子という僧に景綱自身が会いたくなった。

僧、鉄以は謙信の前に出たが、特に緊張した様子もなく、さりとて、傲慢《ごうまん》な風も見せなかった。彼は静かに物を云った。

「かつて父勘助がお引き立てを受けましたことを心から感謝しております、今度お目通りを許されたのも、今は亡き父の導きかとも考えております」

鉄以の挨拶は折目正しかった。謙信が、その当時のことをいろいろと尋ねると、父から聞いたこととして、断片的ではあったが、かなりよく知っていて答えた。

「して、用向きは」

直江景綱が問うと、鉄以はふところから勝頼の書状を出して、

「この書状をお館様に直接にお渡し申し上げたうえ、御下問があればなんなりと答えよと申されて参りました」

と云った。

勝頼の書状には父信玄以来の越後との確執についてちょっと触れた後で、

「天下は父信玄の在命のころとは急速に変わりつつあります。私は新しい時代には新しい考え方で行きたいと思っております」

と、新しい武田の統領としての姿勢を示した後で、織田信長の非行を、きびしい筆調で羅列《られつ》した末に、

「このまま放って置けば、わが国は通常の人でない信長の統《すべ》るところとなることは火を見るより明らかなことです。これも日本の将来にとってきわめて危険なことです」

織田信長が非常識なことを平気でやる武将であることを強調したあとで、

「もし、貴台がわが国の将来のことを考えられるならば、織田信長とのやりとりも充分御用心なされることこそ肝要と思い、かねて貴台に御面識のあった山本勘助の子、鉄以をさしむけたる次第でございます。よろしく勝頼の胸中をお察し下されたく願い上げます」

と結んであった。

「通常《なみ》の人でない信長という言葉についてもっと具体例を上げて、説明してみよ」

と謙信が鉄以に云った。

鉄以は今年の一月元旦に岐阜城内で行なわれた新年宴会の席上、信長がなにをしたかを、力をこめて語った。

「織田殿は、去年の夏戦死した、朝倉義景の首、浅井久政、浅井長政父子の首を髑髏《どくろ》として持ち来り、これに漆を塗って磨き上げ、更にその上に金粉を塗りつけて、黄金色の髑髏に仕立て上げ、それぞれを膳部の上に飾り立て、諸将に、余はこの上なき酒の肴をしつらえたりと申したのでございます」

謙信にとってその話は初耳だった。まさかと思った。まさか信長がそんなことをと思いながら、側近の景綱に眼で問うた。

「その話は越前方面から越中方面にまで聞こえております。織田殿は、その髑髏を持って自ら舞ったという噂もあります」

直江景綱は鉄以の話に裏付けをした。鉄以はそれに力を得て更につけ加えた。

「死せば敵も味方もございません。死者にまで、そのような侮辱を行なうは、通常《なみ》の人間だとは思われません。即ち狂人というべきでしょう」

謙信の前で、信長を狂人と云い切った鉄以の眼は澄んでいた。特に言葉を飾ったのでも誇張したふうもなかった。平然として云い切り、驚いている謙信に対して、

「織田殿が通常《なみ》の人でない証拠はまだございます。つい三月の十七日のことでございます。織田殿は兵三千を率いて、京都に乗りこみ、天皇に対し奉り、正倉院の御物、蘭奢待《らんじゃたい》を要求なされました。武力を以て天下の名香、東大寺蘭奢待を割愛せよと迫ったものは未だかつて、わが国の歴史にはございません」

「なんと、信長が東大寺の蘭奢待を要求したとな、してその結果は」

「三月二十八日に正倉院の御蔵が開かれ、六尺の長持から取り出されましたる蘭奢待は、古式により一寸八分切り落とされて、織田殿の拝領するところとなりました」

謙信の顔に朱が走った。午睡して静かなおだやかだった顔が、次第に紅潮して眉間のあたりに青筋が見えた。それでも謙信は激情を懸命に押さえつけていた。口から出

そうになる決定的な言葉を云うまい、云うまいと努力して押さえているようだった。

謙信は天皇に対して古武士的敬虔《けいけん》さを持っていた。彼が朝廷に献じた黄金の量はそのまま彼の天皇に対する忠節の表現であった。東大寺蘭奢待のこともよく知っていた。それは日本歴史の中の夢物語のような存在であった。その蘭奢待を信長が武力を背景に強要したということは許すことのできないことだった。

謙信は怒りで全身を震わせた。ものを云おうとしたが言葉が出なかった。

「鉄以とやら、追って沙汰のあるまで休養するがいい」

謙信に代わって、直江景綱が云った。侍医が謙信の傍に駈けつけた。鉄以は勝頼の使者として役目を充分に果した。謙信はこの時以来、織田信長に対する考えを一新した。信長に嫌気がさしたのである。

蘭奢待切り捕らるる事

三月廿八日、辰の刻、御蔵開き候へ訖《をは》んぬ。彼《か》の名香《みやうがう》、長さ六尺の長持《ながもち》に納まりこれあり。則《すなは》ち、多門へ持参され、御成の間、舞台において御目に懸《か》け、本法に任せ、一寸八分切り捕《と》らる。（『信長公記』巻七）

高天神城落《たかてんじん》ちる

高天神城は自然の要塞であった。

遠州平野の中にまるで突然変異でもあったかのように突出した高天神山は、高さ四百五十尺（約百三十メートル）そこそこの山ではあるが、山城としての性格をすべて備えた城であった。

東西に尾根が続き、東側の頂きに本丸があり、西側の頂きが西の丸になっていて、東西の頂きを結ぶ尾根の中央が鞍部《あんぶ》になっている。本丸と西の丸は大声で呼べば鞍部をへだてて話ができるようなところにある。東西の長さ約二丁半（約三百メートル）である。

鞍部の南側には追手門《おうて》があり、鞍部の北側に降りて行けばそこに裏門（搦手門《からめて》）があった。この城は周囲が断崖絶壁で、とうてい攀《よ》じ登れるようなところではない。特に北面には礫岩《れきがん》質のほとんど垂直な岩壁がそびえ立っている。

この城を攻撃して成功する可能性があるのは西の丸方面である。ここは山続きの比較的ゆるやかな傾斜地になっているから、ここから攻め登れば、西の丸を落とすことは可能である。つまり、高天神城の唯一の欠点は西の丸西方に断崖絶壁が無いということである。従って攻城軍はその弱いところを攻めようとするし、守備軍は、その弱いところを全力をあげて守ろうとするのである。弱いところを狙って集中する敵に、多大な損害を与え、攻撃をあきらめさせることができるのもこの曲輪《くるわ》であった。

高天神城主、小笠原長忠はこの城の弱点を補うために、西の丸方面に幾重にも堀を作り、塁《るい》を設け、木戸や柵《さく》を作って敵を防ごうとしていた。

勝頼は武田軍の総大将であるから、高天神城攻撃の指揮は取らなかった。彼は高天神城を取ることよりも、やがて来援するであろう、織田、徳川連合軍と如何《いか》にして戦うかということで頭がいっぱいだった。多くの間者を放って、織田、徳川の動きを見守りながら、高天神城攻撃を見守っていた。

勝頼は高天神城攻撃を穴山信君に命じた。信君は駿河江尻の城主でもあり、武田軍の中では駿河、遠江方面にもっとも通じていた。彼の配下には、以前今川家に仕えていて、土地の事情に明るい者が多かった。

勝頼は、高天神城攻撃の采配を穴山信君に任した以上、彼の作戦に口をさしはさむようなことはなかった。刻々、報告されて来る情勢を本陣で聞きながら、時折、鋭い眼を高天神山の方に向けるだけだった。

穴山信君は高天神城を厳重に包囲してから、西の丸方面攻略作戦を始めた。城兵が、堀と塁と柵を幾重にも設けて、進撃を阻止しようというのに対して、攻撃軍は、鉄砲玉避けの竹束の盾を立て並べて、徐々《しずしず》と近づいて行った。双方が射程距離に入ってから、激しい鉄砲の応酬があった。弾丸が竹束の盾に当ると、乾いた音を立てた。

城内からの狙撃は、武田軍にかなりの被害を与えたが、武田軍は、小刻みに竹束の盾を前進させ、堀に掛かればそれを埋め、柵に近づくとそれを引き倒した。そうされまいと抵抗する城兵との間に斬り合いがなされ、日に、二十名、三十名という損害が双方共に出た。

兵力をたのんで、一気に攻め登れるような地形ではなかった。そんなことをすれば、味方の損害を増すばかりだから、信君は正攻法を取ったのである。兵を使うには、兵の生命の安全を守ってやるという考え方を大将が示さねばならない。兵が将を信じてこそ、そこに戦闘力が生れる。将が兵を弾丸《たま》避《よ》けぐらいに考えていたら、兵は絶対に進むものではない。兵が生命掛けで働くときは、戦わねば、自分自身が危いと理解したときであった。攻城の当初から生命を捨ててかかれと号令はできない。そんな無茶な作戦に兵は同意できないことを、攻城軍の大将、穴山信君はよく知っていた。

信君は、一日、二日、三日と日が経つに従って攻撃力を増加させて行く方法を取った。

最初は昼間だけしか攻撃はしなかったが、次の日は、朝早くから攻め、その次の日は、朝から夕刻まで間断なく攻め、そしてその次の日は、夜間攻撃に出るというように、攻撃力を増強し、攻撃時間を延長して行った。

兵を目まぐるしいほど交替させた。城兵は、日を経るに従って圧力を増して来る攻撃力に恐怖を抱いた。

武田軍は必ず西の丸を落とす。その次は、井戸の曲輪《くるわ》を落とすだろう。そして、いよいよ本丸に攻め込むに違いない。城兵はそのように考えていた。自分が死ぬ日を数えるようで嫌だった。

城主の小笠原長忠は匂坂《さきさか》牛之助を使者として浜松へ送って至急援軍をさし向けるように懇願した。

武田軍に厳重に包囲された高天神城から抜け出ることは困難だったが匂坂牛之助は、闇にかくれて城の北方の絶壁を綱に伝わって降りた。その絶壁はほとんど垂直に近く、人が登ったり降りたりはできないから、武田の見張りも手薄になっていた。匂坂牛之助は敵の裏を搔いたのである。

高天神城から浜松までは十里（四十キロ）である。匂坂牛之助は途中馬を得て、翌朝には浜松城についていた。

家康は小笠原長忠からの書状を読んだあとで匂坂牛之助に云った。

「くわしくはそちに聞いてくれと長忠の書状には書いてある。高天神城の攻防戦の模様を話して見るがよい」

牛之助は匂坂《さきさか》村の郷士であった。小笠原長忠に親の代から仕えていた。身が軽く、口才もあるので、このような緊急の使者にしばしば使われていた。

牛之助は高天神城の絵図を前にして、西の丸へ武田軍がじりじりと攻め上って来ている模様をくわしく話した。

「毎日、顔見知りの者が二十人三十人と死んで行きます。今は城を挙げて、防戦に務めておりますが、あと十日を持ちこたえることはできないでしょう。至急、援軍をさし向けるようお願い申し上げます」

牛之助は、涙を流さんばかりに懇願した。

家康は牛之助の話を聞き終ると、

「城内の者が苦労していることはよく分かるが、織田殿の援軍を待たずに、わが軍が救援に向ったところで、圧倒的に優勢な武田軍に勝てるわけはない。救援は、飽くまでも、織田軍と同陣でなければならない。織田殿の方には毎日のように使者を出してある。近日中に織田殿自ら、二万の大軍を率いて、来援されることになっている」

そして家康は声を大にして牛之助に云った。

「いいかな牛之助、織田殿の軍が浜松に着いたら、掛川の青田山の狼煙《のろし》場において一番狼煙を上げることにする。それから、織田徳川連合軍が、浜松を出発して見付（現在の静岡県磐田市）に着いたら二番狼煙を上げることにしよう。それから念のために、三番狼煙も用意して置こう。それは織田信長殿自身が浜松に着いたときである。分かったな、この合図のことを、間違いないように覚えて行って、長忠に申し伝えよ」

牛之助は家康のその言葉を胸に抱いて、高天神城さして引き返して来た。

牛之助は夜になるのを待って、ほとんど匍匐《ほふく》同然な格好で、断崖に近づいた。上から綱が垂れ下がっていた。引っ張って見ると、応対があった。牛之助は綱を腰に巻きつけ、周囲を見廻して、人がいないのを確かめてから綱に伝わってゆっくりと断崖を攀じ登って行った。急いで石でも落として敵に気付かれないように注意した。

匂坂《さきさか》牛之助が持ち帰った家康の言葉は、城内の者に伝えられた。

「やはり、われ等は見捨てられたのではない。織田徳川連合軍は間もなくやって来る」

城内の者は喜びの声を上げた。戦うのに力が入った。

「もう一日か二日頑張れば青田山に狼煙《のろし》が上がるぞ」

城兵は口々に叫びながら、間断なく攻め寄せて来る武田軍と戦った。本丸、西の丸の楼上には常時見張りが立ち掛川城の方に向って、合図の狼煙をいまやおそしと待っていた。

匂坂牛之助が浜松から帰って五日目に青田山に狼煙が上がった。

「織田軍が浜松に着いたぞ」

城兵は踊り上がって喜んだ。

西の丸直下まで押し寄せて来た武田軍の進攻がそこで止まった。城兵の守りが固くて、そこからは一寸たりとも進めなかった。城兵の士気がそれまでとは見違えるように旺盛となった。

更に二日経った。第二の狼煙が上がった。

「織田、徳川の連合軍は見付に到着したのだ。おそらく明日あたりには先遣隊が到着するだろう」

城兵は小躍《こおど》りして喜んだ。

そして更に二日経った。第三の狼煙が上がった。

「織田信長様御自身が浜松に到着されたのだ」

城兵はそう信じた。織田、徳川連合軍が見付まで来て動かないのは、総大将の信長の来るのを待っているに違いない。おそらく織田信長は武田軍を全滅させるべく、用意周到な作戦計画を立てているに違いない。だから動きが遅いのだ。城兵はそう考えていた。城兵は頑張った。明日こそ、援軍が現われるぞ、明朝こそ味方の旗を見ることができるぞと待っていたが、二日経っても三日経っても、戦況に異常はなかった。第三の狼煙が上がってからとうとう五日経ったが、味方の姿は見えなかった。

城兵は匂坂牛之助を疑い出した。

「いい加減な出まかせを云ったのではないか」

「もし浜松のお館様（家康）に会ったのなら、その書状を携《たずさ》えて来る筈だ。まさか書状にいつわりはないだろう」

と云う者があった。

家康から長忠あての書状は牛之助が持ち帰っていた。だが、家康から長忠に宛てた返書には、城兵一同の勇気を讃めちぎり、

「もうしばらく城を持ちこたえてくれ、織田殿はもう間もなく岐阜を出発される筈だ。織田軍が来れば、わが軍は浜松城を出て、織田軍ともども、そちらへ馳せ向うつもりだ。尚くわしいことは匂坂牛之助に伝えてあるから聞いてくれ」

と書いてあった。

そのくわしいことと云うのが狼煙の合図のことであった。牛之助が途中で、武田軍に捕えられた場合、書状が敵に奪われる。そういう場合のことを考慮して、書状には

一般的なことしか書かず、重要なことは、使者の口上を以て伝えるということは、戦国の世にはしばしば行なわれていることで、何の不思議もない。ただおかしいのは、約束通り狼煙が上がったのに味方が来ないことだった。

小笠原長忠は牛之助を呼んで云った。

「おかしいではないか」

「全くもって、おかしいことだと思います。まさか、浜松のお館様が……」

嘘を云う筈はないでしょうと、云おうとしたのを牛之助は危うく飲みこんで、

「もう一度浜松城へ行って参ります。織田軍が来たか来ないか、この目で確かめて参ります」

牛之助とすれば、そうするより仕方がなかった。織田、徳川来援の真偽を確かめぬかぎり、彼は高天神城に居られない気持だった。武士が嘘つきにされるのは、殺されるよりつらいことである。

牛之助は二度目も上手に城を抜け出して、浜松城へ行った。

家康は牛之助の顔を見て、

「狼煙にはいつわりはない。織田殿は、浜松まで来られたのだが、伊勢の本願寺派教団が乱を起したので、それを取り鎮めるために引き返されてしまったのだ」

その言葉で牛之助は眼を上げて、家康の顔を見て、はらはらと涙をこぼした。

牛之助は浜松に来る途中、見付を通って来た。織田徳川連合軍が見付に来たということは嘘であることを確かめたのだ。つまり、家康は嘘をついたのだ。一つだけではない。三つも嘘をつき、そして、いま家康は第四の嘘をついているのだ。牛之助は、それが悲しくて涙を流したのである。

「牛之助、そちの涙の味は余にもよく分かる。白々しい嘘をついてまで、高天神城を持ちこたえさせようとする余の気持を察して貰いたい。な、牛之助、いまの場合、織田軍が来ない限りどうにも動きが取れぬのだ」

そう云われると牛之助もまた返す言葉が無かった。

牛之助は追って沙汰があるまでと云われて、御前を下がったところで、酒肴のついた立派な膳の前に坐らされた。相伴《しょうばん》役に出て来た若侍が、しきりに牛之助の武勇を讃めた。

「間も無く、よいお達しがあるでしょう」

とも云った。

食事が終ったころ酒井忠次の家来が牛之助を呼びに来た。

酒井忠次は、牛之助に向って、現在、徳川家が置かれている情況を詳しく述べた。それは家康の云ったことのむし返しであったが、そのあとで忠次はきびしいことを云った。

「高天神城は、いかなることがあっても持ちこたえて貰いたい。それはそちの胸三寸にある」

そうことわって置いて、急に語調をやわらげて、

「匂坂牛之助の再度にわたる使者の功を賞するため、お館様は百貫文の土地をそちに下賜されることになった。謹しんでお受けするように」

酒井忠次はそう云って、百貫文の土地を与えるという書き付けを牛之助に与えた。百貫文の土地というと、石高に換算すると、二百石か三百石にはなる筈だった。使者の功績とすれば破格に過ぎた。牛之助はそれを率直に喜んでいいかどうかを危うんでいた。内心警戒するものがなきにしもあらずだった。

「牛之助、高天神城に帰着したら、長忠に、狼煙については、当方の手違いであったと述べ、現在浜松には織田殿の先陣が既に到着したと伝えよ」

「本当に、織田殿の先陣が到着したのですか」

「いや到着してはいない。だが、到着したものと信じながら高天神城へ帰るのだ、浜松へ織田殿の先陣が着いたのだと一所懸命になって思いこめば、口から出る言葉もやがて真実に聞こえて来るものだ」

「嘘を伝えよと仰せられるのですか」

牛之助は色をなした。

「嘘ではない。味方を救うためには、いまのところこうでもするより他に手はないのだ。なんとかして織田軍到着まで、高天神城を持ちこたえるには手段は選ぶべきではない。そう思って、お館様はこの役をそちに命じ、百貫文の土地をくだされたのだ」

「だが……」

嘘をつくのは厭だ。なんとしてもそれはできないことだと牛之助は心の中で云った。この百貫文はお返しいたしますから、それだけはごめんくだされ、と云おうとして顔を上げると、いつの間にか酒井忠次は居なくなっていた。

牛之助は高天神城に向った。こんな嘘を伝えるぐらいなら、いっそのことどこか遠くの国に逃げてしまいたいと思った。しかし彼は百貫文の土地にこだわった。このまままく行けば、百貫文の知行高を貰う武士になれるのだ。そうなれば家族にも楽をさせることができる。

牛之助は再び、城の北側の絶壁を攀《よ》じ登った。

真夜中であったが、小笠原長忠以下主なる者が、牛之助を待っていた。

「浜松城に行って参りました。そして、お館様にお会いしました」

そう云ったとき、牛之助はそこに居並ぶ者たちの冷やかな視線を感じた。

(彼等ははじめからおれを疑っているのだ)

そう思うと言葉がでなかった。

「三つの狼煙の合図があったのに、味方が到着せぬのはいかなる理由によるか、まずそれを申せ」

長忠の言葉は牛之助の心を刺した。

「それは手違いだったということでございます」

「なに手違いだと」

頭に負傷して繃帯《ほうたい》をしている渡辺金太夫が云った。彼だけではない、そこにいる者すべての声だった。手違いだと簡単に済ませることができるようなことではなかった。

「織田様の軍勢が浜松に到着いたしましたので、よき知らせをと思って、第一の狼煙を早々に上げましたが、その翌日、伊勢の門徒衆が乱を起したので、織田軍はその取り鎮めに向われました。しかし、第二、第三の狼煙の合図を待っている、この城のことを思い、すぐ引き返して来る織田軍を予想して、第二、第三の狼煙を上げました。手違いではありましたが、現に、織田殿の先陣が浜松に来たところを見ると、あれが、全然でたらめの狼煙だとも云えません」

牛之助は苦しい嘘をついた。

「ほんとうに、織田殿の先陣は浜松についたのか、さらば、その先陣は誰で、その旗差物はなんであったか云って見よ」

長忠の言葉は牛之助の心臓に槍を突きつけたようにきびしかった。

先陣は誰で、その旗はと云われたとき牛之助は、すぐ返事ができなかった。そこまでは考えていなかったからである。彼はまごついた。あきらかに狼狽を表情に現わした。

「牛之助、なにか隠しているな、どうもお前のいうことはおかしい。浜松でなにがあったか知らないが、ここにいる者は、すべて生きるも死ぬも一つと考えている人たちばかりだ。ほんとうのことを云ったらいい、嘘を云ったり、隠し立てしたりすると、いよいよ自分自身が苦しくなるものだ」

伯父の匂坂加賀が云った。

身内の者が云ったその一言で牛之助は首を垂れた。もはや、それ以上嘘を続けることはできなかった。

牛之助は洗いざらいそこにぶちまけた。百貫文の書き付けもその場に出した。

「よくぞほんとうのことを申してくれた。織田殿の救援なしというならば、この城は吾等の手だけで防がねばなるまい」

長忠は悲愴な顔でそう云ってから、

「牛之助がいま申したことは、聞かなかったことにしよう」

と云った。牛之助が秘密をばらせば後に処刑されることは分かっていたから、長忠はそう云ってかばったのである。

そこに集まっていた主なる者は十三名で、城を守る足軽大将格の男たちであった。長忠が、云うなと云えば絶対に云わない男たちだった。しかし、織田軍の援軍が望みなしということは、翌日のうちに城兵のすべてが知るところとなった。彼等は自分たちの生命に直接関係あることだから、こういうことには敏感だった。牛之助が帰って以来大将たちが、力を落として浮かぬ顔をしているのを見れば、そう考えるのは無理もないことだった。

その夜、塔尾曲輪《とうのおくるわ》（三の丸）を守っていた一人の兵が脱走して武田軍に降った。この兵には、以前から武田の調略の手が延びていたのである。

その兵は穴山信君に、城内のただならぬ様子を告げた。牛之助が浜松へ行き、織田軍の救援は絶望という情報を持ち帰ったので、城兵は戦意を喪失《そうしつ》していると告げた。

「ようし、ついに城を落とす機会が訪れたぞ」

信君は大きな声でそう云うと、夜にもかかわらず、勝頼の本陣を訪れ、敵の情報を告げたあとで、

「明朝より、我責《がぜめ》にて高天神城攻略にかかり、ころ合いを見て、軍使として駿河先方衆の岡部丹波守真幸を向けたいと思います。もともと岡部は小笠原長忠と知り合いの仲ですので交渉は成功すると思います」

信君は、その降伏条件について勝頼に相談に来たのである。

「よく分かった。攻城の采配のすべて玄蕃頭《げんばのかみ》（信君）殿にお任せしてあるゆえ、よきようにせられよ。又、降伏条件についても、いちいち相談に来られずともよいから思うように進められたい」

勝頼は大きなところを見せた。勝頼を統領として武田は統一され、次々と戦勝を上げている矢先に、信君との間に、もめごとを起したくなかった。信君は御親類衆の中の最高の実力者である。とにかく、今のところは、すべて丸くおさめる方向に舟を進めねばならないと思った。

勝頼にすべてを一任された信君は上機嫌であった。

「四郎殿も変わった。やっぱり、いざとなると貫禄がでるものだわい」

幕内における彼のひとりごとであった。

穴山信君は帷幕《いばく》の諸将を招いて、我責《がぜめ》戦法についての軍議を行なった。

我責とは味方の損害を無視しての力攻めのことである。そうしばしば行なえるものではない。ここ一番というときに打つ手であった。これをやれば、味方の将兵に犠牲が出る。それでもやらねばならないという戦略上の理由があるときにのみ実行されるのである。

「我責の攻撃を掛けたあと、おそらく明後日あたりには使者を出すつもりである」

信君のその一言で、諸将は我責の戦闘実施に賛成した。

翌朝、明けるを待って武田軍は総攻撃を開始した。西の丸目がけて、間断なき果敢な攻撃が繰り返された。

一塁が落ちるとすぐそこを拠点として新手の軍勢が、注ぎこまれた。

信君の采配ぶりは鮮やかであった。敵に休む暇を与えずに入れ替わり、立ち替わりの攻撃に、その日の夕刻、西の丸は落ちた。

城兵は井戸曲輪《いどくるわ》に退いて防戦に務めたが、武田軍は、攻め手をゆるめず、夜間攻撃を繰り返し、夜明けには、井戸曲輪を落とした。

城兵は本丸に集まった。

高天神城がなかなか落ちないのは、城内に井戸があるからだった。この山城は礫岩《れきがん》の上に建っていた。表土を除くとすぐその下は固い岩であった。それは岩を掘り抜いた深い井戸で、耳をすまして聞くと、垂水《たるみ》の音が聞こえる。地下水の井戸ではなく、岩からしみ出て来る水を集める井戸であるから、水量はそう豊富ではなかった。

この井戸を武田軍に取られたことによって、城兵の運命は決まったようなものであった。

信君はその段階において、降伏勧告《かんこく》の使者を小笠原長忠のところへ送った。

岡部丹波守真幸は長忠に会って云った。

「与八郎（小笠原与八郎長忠）、痩せ我慢は止めて武田に従ってはどうかな。そうすれば、武田家では、そこもとだけではなく、城兵のすべてを含めて現在以上の待遇で迎える用意がある」

開口一番、こう云ったあとで、

「浜松と此処とは十里しか離れていない。たとえ織田の援軍が到着せずとも、この城を助けたい気があるなら、当然、乱破《らっぱ》をさしむけるとか、大物見部隊で、わが武田の前哨を襲うとか、そのような牽制策がある筈だが、徳川殿は、なにもせぬ。兵を惜しんで、ただふところ手をして、織田殿の援軍を乞うているだけだ。そこもとは、徳川殿にも織田殿にも随分と尽している。姉川の戦いが大勝利となったのは、徳川軍の先方衆、小笠原軍の働きにあると云われているくらいだ。三方《みかた》ケ原《はら》のときも、小笠原軍はよく戦っている。その他、多くの戦いに出て手柄を立てている小笠原一族とその城を徳川殿は見捨てようとしているのだ。織田殿もまた武田軍と戦う意志は全くなく、既にこの城は棄てた気持でいる。主君がその臣下を見捨てた場合、いや臣下が主君に見捨てられた場合、なんでその主君に忠節を尽す必要があろうぞ。与八郎、ここのところをよくよく考えることだな」

岡部真幸はまた明日来ると云って帰って行った。交渉が始まると、一時休戦状態になった。攻城軍と守備軍は睨み合ったまま動かなかった。

交渉はなかなかはかどらなかったが、三日目になった。降伏についての具体案を示せと長忠の方から云って来た。武田方はそれに答えた。

「もしこのまま降伏すれば、小笠原長忠には駿河国下方《しもがた》の一万貫の地を与えよう。そして降伏した将兵にはそれぞれの分に応じた知行を与える。また、どうしても武田に従うのが厭だというものは、何処へ行こうが勝手次第とする。但し、この一両日に返事がない場合は、今後いかなる交渉にも応じない。城兵ことごとく殺すつもりである」

岡部真幸はそう云った後で、これが最後だ。悪いようにはせぬから降伏せよと一所懸命に説いた。

天正二年（一五七四年）六月十七日の朝、高天神城は一ヵ月余に渡る攻防の末に落ちた。城兵は徳川につく者と武田につく者と二手に分かれた。

小笠原一族も二手に分かれて、家名の存続を計った。

高天神城主と岡部真幸との間に降伏についての交渉が始まったという情報は、いちはやく、織田信長の耳に入った。それを聞くと信長は、

「ではそろそろ人数を出そうか」

と云って、重い腰を上げた。武田と戦うつもりではなかった。高天神城が間もなく、落ちると見て、徳川家康に対する義理立ての出兵であった。

信長の予想は当っていた。

六月十九日、今切の渡しまで来たとき、高天神城が落ちたという知らせを受けた信長は、さっさと吉田へ引き返してしまった。

高天神城が落ちると共に城兵は二つに分かれた。徳川方に従いたいと思う者は、浜松の東にある飯田まで来て、家康の命を待った。ほとんど許されて浜松内において家屋敷まで与えられた。家康はよくこれまで頑張ってくれたと賞讃した。高天神城からやって来たが、許されなかった一人の例外がいた。

匂坂牛之助はその場で捕えられ、翌日、打ち首となった。武田に通じていたという理由だった。使うだけ使い、不用になると、反逆の汚名を着せられて処刑された牛之助ほどこの合戦で貧乏くじを引いた者はなかった。

武田方に従った小笠原長忠は、約束どおり七月九日付で富士下方《しもがた》一万貫の知行地を得た。だが、長忠はその後ちっともいいことはなかった。天正十年武田が亡びると、彼は北条氏政を頼って小田原に逃げたが、家康は北条氏政に対して長忠を引き渡すか、処刑するように要求した。氏政は家康の申し出を受諾して、天正十年四月に鎌倉において、長忠に切腹を命じた。

高天神城の攻防戦において、小笠原長忠は立派に戦い、力尽きて武田軍に降ったのである。高天神城が落ちた原因はむしろ救援しなかった織田、徳川の側にあるのに、家康は、一方的に小笠原長忠を憎んでいたようであった。

匂坂牛之助と云い、この小笠原長忠といい、家康が表面に出したくない弱点を握っていたから殺されたのである。

匂坂牛之助については『諸家系図纂』その他に書かれている。高天神城史についての権威藤田清五郎氏は名著『高天神の跡を尋ねて』において、

「匂坂牛之助が処刑されたのは、青田山烽火の合図が偽りに終わったことの生証人となる事を恐れたものと思われる」

と論じている。

高柳光寿氏は著書『長篠之戦』の中の「勝頼高天神城を奪う」の項で次のように述べている。

「牛之助は家康不信の生き証人である。それで消してしまいたくなったかも知れない」

右の参考文献に見られるとおり、高天神城の匂坂牛之助に関する限り、徳川家康という人はまことに非情な人間に見えるけれども、家康を責めるよりむしろ、そうせざるを得なかった当時の徳川家康の苦しい立場を認めてやるべきであろう。

慰藉料金貨一駄

天正二年（一五七四年）六月十九日、信長は今切の渡し場まで来たところで、高天神城が落ちたという知らせを受けた。

「そうか、落ちたか。残念なことをした」

信長は口ではそう云ったが内心ではほっとしていた。実はその知らせを受ける前に、ほぼこの日あたりに落城することを知っていた。落城を見越しての行軍は徳川家康に対する義理立てだった。徳川家康が強大になることは欲してはいなかったが、将来とも、家康が信長の盾としての存在であることは強く期待していた。その盾に傷つかせたり失望させたりしたくはなかった。

信長には勝頼を総大将とする武田軍とまともに衝突して勝てるという自信はなかった。織田の総力と徳川の総力を挙げて向えば、数の上では有利だが、いざ合戦となれば、その結果がどうなるか全く分からなかった。もし万一負けたらと考えるとうっかり手出しはできない。信長は機を見るに敏な男だった。敵の隙を見たら遠慮なく突き込んで行って勝利を収めたが、その時が来るまではじっとしていた。短気な男と一概には云えない、神経質なほど深慮遠謀型の武将の反面があった。

今切の渡しで高天神城落城を聞くと信長は全軍に退却を命じ、吉田へ引き返して吉田城の城主酒井忠次と会った。

忠次はこの足で岐阜に帰るという信長を引き止めて云った。

「間もなく浜松からお館様も御挨拶にお見えのことと存じますればおゆるりとなさいませ」

家康へは早馬をやって、信長が吉田城へ入ったことを告げた。

家康は信長に云いたいことが山ほどあった。あれほど何回も出兵を頼んだのに、なんだかんだと云って出兵を遅らせ、落城してからやっと来たところでどうにもしようがないではないかと不平を云いたかった。しかし、それは家康の心の中のことであって、いざ信長と会った家康は、

「遠路わざわざお出でを願いましたのに、高天神城を敵の手に渡してしまい、まことに申しわけない次第です」

と低く出た。高天神城を失った責任はすべて家康にあるかのごとき云い方だった。

家康にそう低く出られると信長も、高い調子でものが云えなくなった。

「まあよいではないか、城の一つや二つのこと、そう気にかけることはあるまい。本

気になって取り返そうと思えば何時なりとも取り返すことができる」

　信長はそう云って家康をなぐさめた。家康が信長の不信行為を責めなかったから、信長もまた、援軍を遅らせた理由について、いちいちこまかい云いわけの必要はなかったのである。

　それからの二人は高天神城のことも武田のことも語らず、茶や能の話にふけったあとで、酒宴になった。

　酒宴半ばにして信長が、

「そうそう、忘れていたことがある。いま思い出した……」

とひとりごとを云った。

「なんぞ忘れ物でもあれば、使いの者を走らせます」

と家康が云うと、

「いや、その忘れ物というのは、そこもとへの土産《みやげ》だが、それをさし出すのを忘れてしまった。いまさら、土産を出すというのもおかしいから、このまま持って帰ろうかな」

　信長はあとのほうをつぶやくように云った。

「お土産なら、なんなりと喜んで頂戴いたします。御遠慮は御無用に存じます」

　家康の言葉に信長は、

「そう云われると、ちと困ったことになる。その土産物というのが、ちょっとした手違いで、まことに粗末なものを用意してしまったのだ」

と云ってから信長は側近の丹羽長秀に、

「どうしようかな」

と問うた。

「さよう、あれはまことに粗末なものです。なんの飾りがあるでなし、重いばかりで、とても徳川殿のお気に入るような品ではありませんから、こんなところで、御披《ごひ》見《けん》願うわけにはまいりませぬ。やはり、お持ち帰りになったほうがよろしいかと存じます」

丹羽長秀は神妙な顔で答えた。

「飾り気がないと云えば、この徳川家康こそ、全く飾り気がない人物、ぜひそのお粗末と云われるものを頂きたいと存じます」

信長が出し渋るような様子を見せたのは、その裏になにか隠された趣向があると見た家康は、是非それを賜りたいと云った。

「ではこの場へその粗末な品を持ち込んでもかまわぬかな」

と信長は最後の念を押した。

「かまいませぬ」

いた。

「いっこうにかまいません」

と家康は答えたが、この期になって内心不安になった。信長のことだから、とんでもない戯《ざ》れ事《ごと》でも仕込んで来たのではないかと思った。忠次の顔もいくらか青ざめていた。

家康と忠次がしゅんとなってしまったからその座に連なる徳川家の主だった者は一様にこれはなにか容易ならぬことが始まるぞと思った。

丹羽長秀が座を立ってしばらくすると、二つの重そうな革袋が運び込まれて来た。それほど大きな袋ではないのに、一つの袋に二人ずつかかるのは、中身が重量物であることを意味していた。

(ははあ、鉄で作ったなにかだな、さては南蛮鉄で作った置き物か)

(中身は鉄だが、二つあるところを見ると一対の置き物だろう)

などと徳川家の人たちは勝手なことを考えていた。

「徳川殿の前で、その袋の口を開き、中身をそこへ出してお目にかけるように」

信長が命じた。

革袋は家康の前に運ばれ、袋の口が開かれた。中から出て来たのは目をあざむくばかりの金貨であった。人々は声を飲みこんで、その黄金の山を見つめた。

黄金の二つの山は、家康の面前にうず高く盛り上げられた。

「まことに粗末な土産物だが受け取ってはくれぬか、な、徳川殿」

という信長の声に家康は、はっと吾に返った。

「忠次、そちからも、徳川殿に、その粗末な土産物を受け取るよう、口添えをしてくれ」

その声で酒井忠次もまた自分を取り戻していた。家康にしても忠次にしても、それほど多量な金貨を見たことがなかった。それが何万両になるのか見当もつかなかった。これほどの大金をなぜ信長が家康に与えようとするのだろうか。そこまで考えた。二人はどうやら、完全に自分を取り戻していた。

「このお見事なる黄金の山二つ、有難く頂戴いたします」

と家康は挨拶した。その声はややふるえていた。

家康は、信長の心を知った。

その金貨は高天神城の代価であった。

(高天神城を救援できなかったかわりに、これだけの金貨をやろう。これで、そっちは損得なしということになるだろう。家康、これでいいのだな)

と信長に云われているようだった。

物質的な信長の考え方が家康の心の隅にかちんと当った。金銭で処理しようとするやり方が気に食わなかった。しかし、今それをちょっとでも口に出したら、たいへんなことになる。家康は、心の中のものをすべて押さえつけて、怒りを喜びの色に塗りかえて、

「これほどたくさんの金貨は見たことがない。のう忠次、そちも見たことはあるまい」

と云いながら、両手で金貨を掬《すく》い上げてはこぼし、掬い上げてはこぼしながら、満悦そのものの顔で坐りこんでいた。

　黄金を家康公へ進められ候

六月十九日、信長公御父子、今切の渡り、御渡海あるべきところ、小笠原与八郎逆信を企て、総領の小笠原を追ひ出し、武田四郎を引き入れんとなすの由、申し来たり候。御了簡《れうけん》なく、路次《ろじ》より吉田城まで引き帰させられ候。家康も、遠州浜松より吉田へ御出候て、御礼申すのところに、今度御合戦に及ばれざる事、御無念におぼしめされ候。御兵糧《ひやうらう》代として、黄金皮袋《きがねかはぶくろ》二つ、馬に付けさせ、家康公へ参らる。即ち*坂井左衛門尉が所にて、皮袋一つを、二人して持ち上げさせ、御覧候ところ、事も生便《おびただ》しき様体《やうてい》、貴賤御家中の上下見物致し、昔も承《うけたまは》り及ばざるの由《よし》にて、各〻《おのおの》耳《じ》目《もく》を驚かし、御威光斜《ななめ》ならざる次第、諸人感じ訖《をは》んぬ。家康公の御心中は計《はか》らひがたき御事な

り。（『信長公記』巻七。＊坂井左衛門尉は酒井忠次のこと。）

『信長公記』の筆者太田和泉守牛一は、金貨二袋は信長が高天神城の攻防戦に参加できなかったことの代償として、兵糧代名義で家康へ贈ったものだとその理由を述べているが、要するにこの金が、家康を慰撫《いぶ》するための物であったことには間違いがなく、またこの公記にも見られるように、あまりに莫大な金貨だったので、徳川方の者が驚いたということもまた事実であろう。

この金貨については、『信長公記』の他に、徳川方の資料としては『当代記』に黄金一駄が信長より家康へ送られたと書いてある。

黄金一駄（二袋）というと、黄金二十貫二袋のことで四十貫の黄金が贈られたことになる。黄金の内容がもし十両大判だったとすれば大判一枚が四十匁《もんめ》だから、四十貫となると大判千枚ということになる。もし一両の小判だったら、一枚四匁として、四十貫で一万枚つまり一万両ということになる。この金を当時の米に換算すると、二万石ぐらいになるだろう。

家康は三河、遠江《とおとうみ》にまたがる大名である。これだけの金額で驚くことはないが、驚いたのは、信長が馬にそれだけの金貨をつけてやって来て、ぽいと彼の前に、その金貨を積み上げて見せたことだった。

(おれは何時《いつ》だってこれぐらいの金貨はあるのだ)

と信長に見得を切られたと同じことだった。

信長は自由貿易港・自由都市の堺をその掌中に収めることによって、多額の金貨を得ていた。堺の商人が貿易によって得る金の何割かは税金として信長のふところに入ったばかりではなく、堺における鉄砲の製造によって得られる利益の何割かもまた信長をふとらせていた。

米本位の経済から、金流通経済に移行しようとしている時代に、信長はいち早くその経済の中心地堺を手中に収めたのである。

徳川家康は金山を持っていなかった。金を得る方法とすれば、領地内の米を輸出して金を得るしかなかった。それだけの米の余分はなかった。だから徳川家にしても、他の地方大名にしても、上杉家のように金山を持っている大名は別として、多くの大名は金貨を欲しがっていた。金さえあればなんでも買える。それがなければ、どうにも動きが取れぬ時代になっていた。

家康は信長に金貨の山を見せつけられたとき、今後信長がなにを云って来ても聞かねばならないだろうと思った。黄金によって飾り立てられた信長は、もはやどうにも近づきがたいほどの権力者に見えた。

翌朝、信長は家康を呼んで云った。

「ちとたのみがある、聞いて貰いたい」

きのう黄金を貰ったばかりである。さてはあの黄金には紐《ひも》がついていたのかと思ったが、そんなことは、おくびにも出さずに、家康は、

「なんなりと仰せられませ」

と云った。

「舟を借用したいのだ」

「はっ、舟でございますか」

家康は異《い》なことをという顔だった。兵を出せ、馬を貸せなら話が分かるが、舟とはいったいどういうことか全く見当もつかなかった。

「さよう舟だ。軍船でなくてもよい、ただの舟でよい。余はその舟が一隻でも余計に欲しいのだ、集めてくれぬかな」

「はっ、はっ、承知いたしました。いったいその舟がどれほど御入用でございましょうや」

一応数だけは聞いて置く要があった。

「なるべく大きな舟を五百ほども揃えて貰いたい」

信長の言葉は、命令口調に変わっていた。

家康は、それだけの舟が領地内で調達できないことはないと思ったが、信長がそれ

をなんの目的に使用するのかすぐには想像できなかった。家康は特に水軍と名のつくようなものは、持ってはいなかった。今川義元時代にあった水軍のことごとくは武田側のものとなってしまった現在、舟を集めろと云われたならば、漁師の舟や渡し場の舟を集めるしか方法はなかった。しかし、たとえ舟を集めることができたとしても、その目的の如何によっては、出るのを渋るだろうし、いざ出ても、途中で逃げる舟でもあるとかえってまずいことになる。

「もし、おさし支えがなければ、それ等の舟の使い道についてお聞かせ願いとうございます」

と家康は頭を低くして云った。

「高天神城を取った勝頼はひとまず、甲斐へ引き上げるだろう。そうなったときこそ、かねてからの問題だった坊主退治の大作戦を実施するときだと思うが、徳川殿はどう考えるかな」

そう云われると家康は更に分からなくなる。坊主と云えば、本願寺派のことを指すのだが、その対象は、大坂かそれとも長島かと、そこまで考えが及んだところで家康は、やっと信長の意中が読めた。

「長島へ出兵なされるのですか」

「出兵ではない。余が自ら長島へ乗り込んで坊主どもを一人残らず退治するのだ」

そのとき信長は恐ろしい顔をしていた。大きな戦争を決意したときの顔だった。

「舟は五十艘ずつ組んで、伊勢湾を北上し、それぞれ目的地に集結するようにせよ。水先案内は当方より派遣する」

信長はおおよそのことを云った。

「して、舟は何時までに集めればよいのでしょうか」

「両三日以内に」

「なんと仰せられましたか」

「三日以内に必ず五百艘の舟を集めて貰いたい」

それは命令であって、それに対してとやかく云う余裕は残されてはいないようだった。家康は、それに応えざるを得なかったのである。『信長公記』に、

六月二十一日、信長御父子、濃州岐阜に御帰陣

と書いてあるから信長は吉田城に二晩泊っただけで岐阜へ帰ったようである。その時彼の胸中には長島本願寺派殲滅《せんめつ》作戦の大要ができ上がっていた。

長島は、伊勢湾に流れこむ木曾川と長良川の河口近くにできた文字通り細長い形をした島である。この長島を中心として付近一帯に勢力を張っている本願寺派武力集団

は、それまでにしばしば織田軍を打ち破っていた。信長の実弟織田彦七の居城河内小木江《おぎえ》の城を襲って彼を自刃せしめたこともあった。

織田軍と浅井朝倉両軍との交戦中のことであった。長島本願寺派集団の統領は顕証寺法真であった。この法真の子法栄と勝頼の妹於菊《おきく》とは婚約中であったから、武田家と顕証寺とは親類づき合いを続けていた。長島本願寺派が織田軍を向うに廻してこれまで勝って来たのは、兵力のバランスの上に立っての合戦であったことと、長島という地形そのものが織田軍を押さえるのに便利であったからである。

それまで信長は、彼自らが総大将となって、全兵力を挙げて長島攻撃に出掛けたことはなかった。周囲を敵にかこまれているから、長島だけに大軍を集めることはできなかった。長島を制圧するというより、長島を囲んで、本願寺派の勢力が他に波及することを防いだ。そのために派遣した軍団が本願寺派兵団に負けたのである。負けたのは本願寺派兵団のほうが戦《いくさ》が上手だったからだ。長島の付近は、一言にして云えば、水郷である。当時の資料によると、長島付近にある河川は、長良川、木曾川の他に、岩手川、大滝川、今州川、真木田川、市の瀬川、くんぜ川、山口川、等がある他、大小無数の掘割、運河があった。本願寺派はこれらの川や運河を舟に乗ってたくみに移動し、集中的に武力を使用したのである。織田軍は本願寺派の武力に負けたのではなく、長島付近の水に負けたのである。進むにも退くにも舟を利用しなければならない。それをうまくできないと、軍は各所で孤立化して、そこを伏兵に襲われ、思わぬ損害を出すのであった。

信長は、高天神城を奪った勝頼は意気揚々と凱旋《がいせん》し、しばらくは出ては来ないだろうと見た。武田が動かぬという仮定のもとで、信長はかねてから気になっていた、長島征伐を実行しようとしたのである。高天神城へ援兵を向けられなかったのも、一つには長島の存在だった。長島に入りこんでいる真田昌幸が、本願寺派兵団を率いて、積極的行動を起した場合のことを考慮したからであった。が、武田軍は引き揚げにかかっている。やるならば今だ。信長はそう思った。

両三日以内に五百艘の舟を用意せよと云われた家康は、直ぐその準備にかかった。八方に人が飛んだ。

五百艘の舟が遠州、三河から伊勢湾へ向うということになると、当然のこといろいろと噂が流れる。

「徳川方の舟が集められて、伊勢湾に送られています」

「徳川方の手によって集められた舟の数はおよそ五百艘、伊勢湾北部の港に集結中です」

「織田信長は尾張、伊勢の舟ばかりではなく三河、遠江の舟まで集めております。その数はおよそ二千」

　というような情報が、古府中へ向って引き揚げ中の武田の本営へ届いた。信長が新たな作戦を開始することは明らかであった。しかし、今度は、陸上ではなく海上である。信長はいったいなにをしようというのであろうか。情報を分析した結果、二様のことが考えられた。

　一つは信長が長島の総攻撃をするに当って、海上封鎖を考えていること。もう一つは、中国地方征伐の作戦を実行するに当って大船団を用意して食糧を輸送するということであった。しかし、強敵武田を放って置いて、遠征などいくら信長でもできるはずがないということになれば、あとは一つ、

「するとやっぱり……」

「そうだ。信長はいよいよ長島へ自ら兵を進めるつもりなのだ」

　武田の本陣の諸将の考えはほぼ、正しい見方に落ちついて行った。

　問題はこうなった場合、武田としていかなる行動を取るかということだった。長島を救うためには、信長の軍事行動を何等かの形で牽制しなければならない。それにはどんな方法があるだろうか。

「六月二十三日織田軍が長島へ向って進撃を開始しました」

「おびただしい舟が軍兵を乗せて伊勢湾をおし渡り長島に向っております」

　という報告が届いたのは、武田の本陣が甲斐の国に入った日であった。

「とうとう信長は長島攻撃を始めたのか」

武田の諸将は呆然となった。まさか、そんなに早いとは思わなかった。信長が今切で高天神城が落ちたことを聞いたのは六月十九日である。十九日には吉田城へ引き返して泊り、岐阜城へ帰ったのは二十一日である。ところが二十三日には長島攻撃の先頭に立っているということは、岐阜城へは帰らず、今切からの帰途、その兵力をそのまま長島へ向けたと見るべきだった。

身延にほど近いところで軍議が開かれた。

「こうなると高天神城救援と見せかけ実は長島征伐がおそらく信長の本心だったように窺われます」

と穴山信君が云った。それに異論を唱えるものはなかった。

「さて、このような情勢下において、わが軍はいかなる行動を取るべきかをここで充分に審議しようではないか」

と信君は云った。諸将はそれに頷いたが、では拙者がと、進んで意見を申し出る者はなかった。各部将は自分が率いて来た将兵たちがどのような状態にあるのかよく知っていた。故郷を出たのは五月の初めであった。既に五十日近くは経っていた。兵の多くは自作農出身である。農事のことが心配だった。長い出征で疲れてもいた。とにかく、一度は家へ帰って家族の顔を見たかった。

特に穴山信君の部下の将兵の者の多くは甲斐の南の地方出身が多い。歩いて、一日とはかからないようなところに、女房、子供、親兄弟がいるのに、このまま廻れ右をして再び戦いにおもむくことは心情としてまことにつらいことだった。それらの兵の気持を無視しての軍事行動は士気に影響した。

「まず、各頭の荷駄隊の兵糧、矢、弾丸《たま》についての現状を聞かせて貰えぬかな」

信君は云った。

「そのことなら荷駄隊にいちいち聞かずとも分かっています。わが隊は、あすの兵糧にもこと欠く始末です」

と小山田信茂が云った。

信茂の発言と共に、各頭の将たちが同様のことを云った。手持ちの食糧は底をついていた。新たな軍行動を起すとすれば、まず、兵糧をどうやって確保するかが問題である。行く先々で、むやみやたらと徴発行為はできない。そんなことをすれば、住民の恨みを買い、必ず何時かは仕返しを受ける。占領地内に敵を抱えこむことは上策とは云えない。現地調達の方針で進むとすれば、それに見合うだけの金銭の用意がいる。上納米前借は一度はできるがその借りを返済しないかぎり、二度三度と続けてできるものではない。

諸将は沈黙した。苦汁を飲みこんだような顔だった。長島救援の手段はいろいろある。美濃へ急遽出兵することが第一である。武田軍が岐阜を目ざしたら、信長は即刻兵を退いて帰城するだろう。美濃へ出兵しなくとも、このまま廻れ右をして、遠江に出撃して、浜松城を囲めば、信長は長島攻撃をあきらめて浜松城救援にやって来るであろう。だがしかし兵糧はどうしたらいいのだ。兵たちに夜盗の真似ごとは断じてさせたくはない。しかし、食べる物がなくなれば、兵たちはなにをするか分からない。

「長島には真田昌幸が行っておる。彼を呼び戻して意見を聞き、その上で適当な処置を取ったらどうか」

　と武田信豊が云った。

「その昌幸から先刻意見具申の書状が届いた」

　とそれまで黙っていた勝頼が云った。

　勝頼は山県昌景の方へ眼くばせした。昌景が勝頼の意を受けたように真田昌幸の書状を読んだ。

　書状には、信長が、勢州、尾州、三州、遠州の舟を集めて、長島封鎖作戦に出て来たことを告げ、このまま放置すれば、長島の本願寺派勢力は信長の武力の前に踏みにじられ、壊滅《かいめつ》の痛手を受ける可能性がある。浅井、朝倉の亡びた後、武田にとってたよりとなるのは、本願寺派だけである。その長島本願寺派が負けたとなれば、大坂の石山本願寺派の運命もまた決まったようなものである。

もし長島本願寺派が壊滅したら、信長に天下制覇の野望をかなえさす絶対的な手懸りを与えてしまうことになる。まさに長島合戦の成り行き如何は天下の動きを決めるものだ。なんとしてでも長島本願寺派を支援しなければならない。昌幸は熱っぽい口調でこれを説き、そして、

「だからと云って、高天神城で勝利を収め、いま帰郷の途上にあるお味方衆を、そのまま長島救援に向わせることは無理である。だいいち、兵糧のことが気にかかる。本隊はそのまま帰国して静養するのが宜しかろう。そのかわり、武田家取って置きの水軍を伊勢湾に投入して、織田軍の海上封鎖線を破っていただきたい」

昌幸はこのことを勝頼に向って強くすすめるとともに、現在における、織田水軍と武田水軍とを比較した一覧表を掲げていた。

武田水軍				織田水軍		
間宮衆	軍船	十五艘	うち安宅《あたけ》船三艘	尾州の軍船	二十艘	うち安宅船三艘
小浜衆	軍船	十五艘	うち安宅船二艘	勢州の軍船	二十三艘	うち安宅船四艘
向井衆	軍船	十三艘	うち安宅船二艘	三州の軍船	五艘	うち安宅船一艘
伊丹衆	軍船	五艘		遠州の軍船	五艘	うち安宅船一艘

岡部衆　軍船　十二艘　うち安宅船三艘	他　小舟　千五百艘余
他　小舟　千五百艘余	
軍船の合計　六十艘	軍船の合計　五十三艘
安宅船の合計　十艘	安宅船合計　九艘

この表に見られるとおり現時点では、武田水軍の方が優勢であった。昌幸の書状は更に続いていた。

「武田水軍は数の上で有利であるのみならず、いざ海戦となったときいやいやながら織田水軍に従っている伊勢水軍が、戦線を離脱したり、或いは武田方に寝返ることも考えられます。既にその裏工作も進めております。なにとぞ、すみやかに、武田水軍へ出動のご下命あらんことを願い上げます」

昌幸の書状はそれで終っていた。

「昌幸からの書状がとどいておったのか」

と穴山信君はひとりごとのように云った。武田の情報関係から外交問題にわたってその多くを、先代信玄から任されていた信君は、このような重大時における昌幸からの情報については当然、横の連絡があってしかるべきだと思った。緊急の場合だから、昌幸から直接勝頼へこの書状が届けられたのは当然のことながら、この軍議前にひとことでいいからその内容について知らせてくれてもよかったではないかという気持が、勝頼に対して当てつけを含めて、ひとりごとになったのである。だが、信君は、それについて勝頼を責めようとはしなかった。時間的に余裕がなかったのだと好意的に考えてやりたかった。それよりも、昌幸の意見具申をどう取り上げるのか問題だった。

「武田水軍は亡きお館様の上洛に備えて準備なされたものだ。武田の軍旗を京都に立てるとき、武田水軍もまた海路京へ向っておし上るのだとかねがね仰せられていた。武田水軍は、先代様の遺されたもっとも大事なかたみのようなものである。夢々軽々しく使ってはならないと心得ているがみなの者はどう考えるかな」

それまで黙っていた逍遥軒武田信廉が云った。信廉の発言はちょっと的はずれの感がないでもなかったが、信玄の名を出されると、それに抗してものを云える者はない。

「だが、しかし、いまは緊急時、武田水軍が動かないと、長島が亡びるかもしれぬ」

と勝頼が云った。

「四郎殿、言葉を慎しまれい。長島を救うために、武田水軍を亡ぼしてもいいのか。昌幸の報告によると、織田徳川連合水軍と武田水軍との軍船の差は僅少、絶対に勝てるとはいえない。もし武田水軍に万が一のことがあったら、先代様にどのようにおわび申し上げるつもりです」

信廉の言葉は激しかった。勝頼はむっとしたような顔で信廉の顔を見た。困った叔父だと思った。誰かが、自分にかわって信廉を説き伏せてくれる者はないかと思って周囲に眼をやったが、誰もその役を引き受けるのを嫌ったように眼を伏せていた。たった一人長坂長閑斎だけが勝頼の眼を待っていた。長閑斎は勝頼の眼に応えた。

「武田水軍が伊勢湾に出撃して、織田水軍を打ち破ることは、上洛の路を武田水軍が開くことであり、京都に武田の旗を立てよという先代様の御遺言にいささかなりともそむくものではございませぬ」

多くの部将はほっとしたように顔を上げた。よく云ってくれたと思っている者が多かった。

「言葉をすりかえてはこまる。先代様の御遺言は武田軍が総力を挙げて上洛作戦の途上についたときこそ、武田水軍が出撃するときだと聞かされておるのだ。いまはその時ではない」

穴山信君が長坂長閑斎の言葉を封じた。

室内が急に暗くなった。雷雲が発生したらしく、電光と共に雷鳴が聞こえた。

武田水軍伊勢湾に現わる

信長が津島（現在の愛知県津島市）に本陣をかまえて長島の本願寺派勢力打倒の作戦を始めたことは、長島付近の本願寺派はもとより、その周辺の反織田信長勢力に大きな動揺を与えた。

いままで信長は長島の本願寺派に対して、弟の織田彦七と柴田勝家を大将として二度の作戦をこころみたが、いずれも失敗に終っていた。その失敗に懲《こ》りて今度は信長自らが大軍を率いての出撃であった。

信長が津島に着陣したと聞いた本願寺派はかねて打ち合わせてあったとおり、それぞれの持ち場に分散して織田軍を待ち受けた。いままでのように、織田軍を、迷路、水路に誘い出し手痛い目に合わせようという方針だった。

だが信長は津島に本陣を置いたまま、軍を積極的に動かそうとはしなかった。そのかわり、諸方に人を飛ばして舟を集めた。舟を持っている者は、その持ち数にかかわらず、そのすべてを織田軍に提供するように命じた。

「長島付近の兇徒共を退治したら、舟は即日返すし、恩賞も与える。しばらくの間のことだから我慢をしろ」

と云って、舟とともに人質を取った。この付近は本願寺派の勢力が浸透しているから、寝返ることを警戒したのである。

津島は長島から北東二里余（約八キロ）のところにあった。そこへ信長自身が本陣を設けて、舟の取り集めに掛かったことは、本願寺派にとって全く予期しないことだった。

「信長が舟を集めるということは、長島攻撃に先立ってその足を確保しようというつもりだろうか」

「戦いを始める前にまず水路をかためて置かないと、前のようにひどい目に逢《あ》うからな。前車の轍《てつ》を踏むまいという信長の気持は分かるような気がする。しかしこんなことで、わが本願寺派が頭を下げると思ったら大間違いだ」

本願寺派は笑っていた。

信長が舟を集めにかかったと聞くと、本願寺派はいち早くその対抗策に出た。本願寺派に属するものは信長の手を逃れて一族を率いて、舟ごと、長島へ移動した。本願寺派に好意を寄せている者で、いち早く舟だけを長島へ廻航するという事態も起った。

「そちは五艘《そう》の舟を所有していたはずだ」

どこへ隠したかと、信長の家来に問い詰められると、その船主は、

「たしかに五艘持っておりましたが、たまたま織田様の御布令が出たとき五艘ともちょうど海上におりました。そしてそのまま戻って参りません。おそらく、本願寺派の者につかまって長島へ連れて行かれたのでしょう」

と答えてはばからなかった。信長としても、無いものを出せとは云えなかった。

騒然とした中で舟の奪い合いが続いていた。信長の舟集めの作戦もあまりはかばかしくないようだった。

「それ見たことか、信長も本願寺派の結束の固さが分かったであろう」

と長島本願寺派の重だった者が話しているところへ、伊勢湾を五十艘ずつ隊を組んで北上する舟の集団があるという情報が入った。

そして間も無く、本願寺派の物見によって、

「伊勢湾を五十艘ずつ隊を組んで北上するのは三河の船である」

という確報が届いた。船団は伊勢湾の奥深く姿を消した。

三河の船が伊勢湾に入って来てから、それまでほとんど動きを見せないでいた尾州の船が、活発な行動を開始した。隊伍を整えて南下して来て、木曾川、長良川の河口封鎖にかかったのである。

そして、この海上封鎖作戦に呼応するかのように、織田軍が動き出した。部隊は長島を陸上から包囲するように配置され、本願寺派の集団とおぼしき寺や村を焼き、本願寺派門徒衆の狩り出しに掛かった。城砦に拠って抵抗する本願寺派武力集団は包囲された。

いままでにない大軍の投入であり、そして前三回と違うところは、決して急がずに、じわじわと包囲圏を縮めて行くことだった。信長はこの付近の本願寺派門徒衆のことごとくを長島へ追いこもうとしているようであった。

「信長は軍船で長島を包囲して飢餓作戦に持ち込もうというのでしょうか」

長島本願寺派の総帥顕証寺法真が、真田昌幸に訊いた。

「そのとおりだ。時が経てば経つほど、船は集まって来るであろう」

「どうすればよいでしょうか」

「長島へ人が集まらないようにすることだ。信長は更に包囲を強化して、本願寺派を長島へ追い込む作戦を取るであろう。長島は逃げこんだ人で食糧不足に陥る。それに加えて海上を封鎖されて、外部から補給が絶たれるとなると、もはやあきらめるより仕方がなくなる」

「降参するということでしょうか」

「降参しても許すまい」

昌幸は冷たい顔で云った。

「ではどのようにしたらよろしいでしょうか」

顕証寺法真は周囲の形勢が日に日に悪くなって行くのを見て心細くなったようである。

こうなったら、ひたすらに昌幸の智恵にたよっていきたい顔だった。

「いま申し上げたように、長島へ多くの人間を抱えこんではならぬ、むしろ、北伊勢方面の山中へ逃げるように指導することだ。そして海上封鎖される前にできる限り多くの食糧をたくわえることも大事だ。また、自らも水軍を組織して敵の海上封鎖を破らねばならないだろう」

そうは云いながらも、それがすこぶる無理なことを昌幸はよく知っていた。長島はこの地方の本願寺派の中心地だった。宗教的中心地であるばかりでなく、地上の極楽であった。浄土真宗を信ずる者たちは、長島へ行きさえすれば救われると思いこんでいた。その長島へ来るなとは云えなかった。食糧を持ちこむこともこの期になると非常に困難になっていた。できることは食糧を節約することぐらいのものだった。

本願寺派の主なる者は連日集まって策を練ったが、日が経つに従って不利な情報が重なって行くばかりだった。

信長が伊勢湾周辺の舟持ちの豪族の舟を押さえ、次々に味方につけているという話が伝えられた。信長の命に伏《ふく》さなかった内海《うつみ》五郎左衛門と桑名三郎兵衛は、信長がさしむけた河尻与兵衛の手の者に殺された。この変によって、内海、桑名の一族は信長に忠誠を誓い人質を出し、持舟のすべてを提供した。

同じようなことが処々で起った。長島本願寺派に好意を持っていた伊勢水軍も、信長の武力の前には如何ともなす術がないようであった。

蟹江《かにえ》、大高、寺本、大野、野間、白子《しろこ》、平尾、高松、阿濃津《あのつ》、鳥屋、野尻、大東、小作、田丸、坂奈井等の諸豪が夫々《それぞれ》水軍を率いて長島封鎖作戦に加わることが明らかになった。

長島は孤立しようとしていた。

そして信長の本願寺派追い込み作戦は、このころになって目に見えて活発化した。本願寺派とみなされる者は、老若男女を問わず殺せという信長の徹底した追及にたまりかねて善男善女が、長島へ長島へと逃げこんで行った。

顕証寺法真は急使を石山本願寺へやって救援を乞うたが、石山城を守備するのにせいいっぱいである石山本願寺派には手の貸しようがなかった。こういう場合、力となってくれていた浅井、朝倉が亡びた今となっては、頼れる勢力は武田勝頼以外になかった。

顕証寺法真は真田昌幸に向って武田の実《じつ》を問うた。

「長島の窮状はよく分かっている。だからお館様あてに、既に三度も使者を立てて長島救援の策を立てるようお願いした。しかし未だに確たる返事がないのは……」

昌幸はそこで考えこんでしまった。

「未だに確たる返事がないというのは、勝頼殿はこの顕証寺法真を見殺しになされる御所存でしょうか」

法真はかなり激《げき》した口調で云った。当るところがないから昌幸に当ったのである。彼はさらに、

「真田殿、わが家と武田家とは親戚関係にございます。勝頼殿の御妹於菊御寮人は、わが子法栄の嫁としてお迎え申すことになっております。御存知でしょう」

「だからこそ拙者もかなり強い調子で、武田水軍の出撃を勝頼様にお願い申し上げておるのだ」

「なに武田水軍の出撃……」

法真は声を上げた。

「さよう、織田水軍の海上封鎖を打ち破って、長島を安泰に置くのは武田水軍以外にはない。今となって残された手はそれだけだ」

「ではなぜ勝頼殿は躊躇《ちゅうちょ》なされておられるのです」

「分からぬ、おそらく勝頼様は理解されているだろう。しかし、勝頼様お一人で武田

を動かすことはできない」

昌幸は最後の方を小さな声で云った。多くの家臣団の中にあってひとり苦労している勝頼の心中を察しながら、武田水軍を動かさないかぎり、この長島は亡びるだろうし、長島が亡びたら、武田の将来もまた危ないと考えていた。

「勝頼殿を動かす手段はございませぬか」

法真はすがりつくように云った。

「一つだけ残っている。それは御子息、法栄殿が正式な御使者となり、古府中におもむき、勝頼様のお袖におすがりすると共に、諸将に、長島の窮状を訴えて、輿論を武田水軍出撃の方向へ誘うことだ」

「昌幸殿が同道してくだされば きっと成功するでしょう。どうぞ法栄を古府中へ連れて行って下さい」

法真はそう云って涙をこぼした。法栄はまだ十歳だった。法真にとっては、一粒種である。手放したくはなかった。だから昌幸も、いままで、この話を持ち出し兼ねていた。

法栄を古府中に連れて行ったからと云って、必ず武田水軍が伊勢湾に出撃できるとは決まっていない。しかし、多くの人たちが、幼い法栄の姿を見て同情するだろうし、その法栄を親もとから離してまで、武田の力にすがろうとする長島の窮状を理解して貰えるだろうと思った。

昌幸のところには、武田信豊から書状が届いていた。武田水軍出撃に反対したのは武田信廉であった。その信廉に反駁《はんばく》した長坂長閑斎の発言を、かねてから長閑斎を嫌っている穴山信君が満座の中で否定した。結果的には、御親類衆の二巨頭が武田水軍出撃に反対したことになったのである。信豊はそのあたりをくわしく述べたあとで、〈そこもとが一日も早く帰って、実情を説明しないかぎり、今の情勢に変化はないだろう〉

と結んでいた。

「法栄を正式使者として古府中へ向わせるとすれば、一日も早いほうがいい、今のうちなら、なんとかなるでしょう」

と法真が云った。昌幸も同感だったが、いますぐというわけには行かなかった。昌幸は必要方面と秘かに連絡を取って出航の日を決めた。

いよいよ法栄が長島を脱出する日が来た。

あわただしい最中に、親と子の別れが行なわれた。法真は涙を隠したが法栄の母は声をおし殺して泣いた。法栄も母の涙に誘われて泣いた。

長島から脱出するとしても、木曾川、長良川両河口は警戒が厳重で容易に舟を出すことはできなかった。

昌幸は一策を用意していた。

宵の口から長良川に十数艘の船を浮かべた。船には武装した兵が乗っていた。対岸からの鉄砲の攻撃を除けながら、舟は徐々に河口に近づいて行った。

本願寺派の兵船が長良川を河口に向って進行中、という報告はいち早く、河口を警備している織田の軍船に伝えられた。

織田の軍船は長良川の河口へ集められた。木曾川の河口の警備は手薄となった。

夜になった。本願寺派の軍船は更に河口に近づいた。沖は敵の軍船の火が昼のように明るかった。

本願寺派の軍船は白鶏《はくけ》のあたりで集合すると、船内高く篝火《かがりび》をかかげた。これに呼応して、白鶏付近に一度に数千の篝火が上がった。織田軍はおびただしい篝火を見て、本願寺水軍の伏兵と見た。

法栄と昌幸は八丁櫓《ろ》の早舟に乗った。選り抜きの漕ぎ手が揃っていた。織田水軍が白鶏の篝火に驚いている時を見計らって、舟は木曾川の流れに乗って無事沖に出た。舟は暗い海を滑るように走った。風がないので帆が使えない。夜中漕ぎ続けても伊勢湾から外海に出るのはむずかしかった。朝になって、織田水軍の見張りの舟に発見されたらおしまいだ。

水夫《かこ》たちは懸命に漕いだ。

昌幸は先の先が見える男だった。当然このことあるを見越して、江尻湊《みなと》（現在の清水港）にいるもと伊勢水軍の統領であり、今は武田水軍に属している小浜景隆に書状を送っていた。

書状は私信として書かれていた。長島の窮状を報告し、古府中へ顕証寺法栄が公式使者としてなぜ行かねばならぬかを述べたあとで、

「無事伊勢湾を脱出したとしても、江尻湊に着くまでに織田水軍に捕えられるかもしれません、そうなればすべては水の泡となります。その時は御慈悲をもって、ことの次第を古府中のお館様に言上くださるようお願い申し上げます」

と結んだあとで、出発の日時を追而《おって》書きして置いた。

正式に援助依頼は、できないからこのような形で、小浜水軍の袖にすがったのである。

小浜景隆は、昌幸の書状を見て、すべてを理解した。海のことならなんでも知っている水軍の将が長島を中心として現在なにが起っているか知らない筈はなかった。おそらく近いうちに勝頼から武田水軍出撃の命令があるだろうと心待ちしていたところへ昌幸からの書状であった。

小浜景隆は、昌幸の書状を水軍奉行の土屋貞綱に見せた上で小浜水軍が航海演習のため伊勢湾へ行きたいが許可して欲しいと云った。

「わが水軍はここしばらく遠出の航海練習はやっていない。ちょうどいい機会だから武田水軍すべてを上げて伊勢湾へ向おうではないか」

と土屋貞綱が云った。景隆は驚いた。それはあまりに大げさ過ぎる。真田昌幸等の小船一艘を助けるのになにも、武田水軍がこぞっておもむくことはないだろうと云いたいところを、

「それはまた急に、なにか特別な理由でもあるのですか」

と訊いた。

「いや、特別のことが起ってはならないからだ。伊勢湾には織田水軍がいる。もし、織田水軍が、理不尽にも航海演習中の小浜水軍に対して攻撃して来た場合はどうする。小浜水軍だけでは手に負えないだろう。まあまあ、そのようなことはあるまいと思うが念に念を入れたほうがよい」

と貞綱は云った。

「しかし、武田水軍がこぞって伊勢湾におもむくことは無断ではできないでしょう。一応お許しを得ないと、あとでおとがめがあるかもしれませぬ」

小浜景隆は常識的のことを云った。

「そのような心配はいらぬ。先代様が土屋の姓と共に武田水軍の指揮権を拙者にわたされる時、海上のことはすべてそちに委《まか》せると云われた。それだけではない。委せる

という意味をはっきりさせるために、海上のことは思い通りにやるがよい。武田のためになることならば、いちいち余に聞くまでもない、そちの判断でやるがよいぞとはっきり申されている。先代様亡き後も、この御約束は変わっていない筈だ」

土屋貞綱は自信あり気に云った。

「その話はよく知っています。拙者も、その信玄公の御信頼にこたえて武田水軍に加わったのです。しかし、いま武田水軍が大挙して伊勢湾に乗りこめば、織田水軍との間に海戦が起るでしょう。そうなると分かっていながら、勝頼様になんの報告もなさらないのは、行き過ぎのように思われます」

景隆は一応は勝頼の許可を得た方がいい、せめて伊勢湾方面へ演習航海に出かけるという報告だけでもしたほうが後々のためによいではないかと云った。

「小浜殿、古府中にそんなことを云ってやったところで、既に御親類衆の反対によって、長島救援のために武田水軍を動かすなという方針が決まっている現在、彼等をいたずらに刺戟するだけのこと、やめたほうがよい。むしろこの際は、海軍奉行の判断でやるしかない。そうでないと、昌幸様と顕証寺法栄殿を見殺しにすることになるかもしれない」

貞綱はすべての形勢を頭の中に入れての上でさらに結論的のことを云った。

「いっさいの責任はこの土屋貞綱が取る。航海演習中に敵が攻撃しかけて来たら打ち亡ぼせばよい。拙者は、そうなることを願っている。しかし、敵がわれらの姿を見て逃げ失せた場合も、しいて追うようなことはしない。よいかな小浜殿、この辺のところはきわめて微妙だ。敵から仕掛けて来たら戦うが、こちらから積極的に攻撃はしない。そのような航海演習をやろうと云うのだ」

小浜景隆は了解した。貞綱のいうとおり、昌幸と法栄の身柄を完全に保護するにはそれだけの覚悟が必要だと思った。

武田水軍は出航の準備を整えた。

昌幸の指定した日の前々日に武田水軍は江尻を出航した。天気は上々だった。武田水軍の各大将には土屋貞綱から厳重な指令が行き渡っていた。織田水軍との一戦は覚悟の上だった。

伊勢湾は奥深い。長島を出て伊勢湾の外に出るには海上二十里（約八十キロ）の距離がある。法栄と昌幸を乗せた舟はいくら舟足が速くとも夜明けまでに伊勢湾を抜け出ることはむずかしかった。風はほとんどなく、凪《な》ぎの時刻になるとまったく風は止んだ。

夜のとばりが開け放された。そこには、やはり予期したとおり、織田方の見張りの舟がいた。一艘や二艘ではなかった。小さな舟に混って明らかに軍船らしい船も見えた。

「思い切って漕ぎ抜けるより手はない。とても無理なようだったら陸地へ逃げるより方法はないだろう」

と船頭は云った。だが昌幸は、

「心配は無用ぞ。あわてずに漕ぐがよい。武田水軍はわれわれを見捨てるようなことはない。必ず迎えに来るであろう」

昌幸は、その朝になってはじめて武田水軍が来援することを明らかにした。

朝靄《あさもや》が薄れて行く。

付近の海域にいた見張りの舟は一斉《いっせい》に昌幸の舟を目ざして近寄って来る。先廻りして行手をさまたげようとする舟もあった。

見張りの舟から鉄砲が放たれた。これが、合図となって見張りの軍船の目はすべて法栄の乗っている一艘の舟に寄せられた。

「かまわずに真っ直ぐやれ」

と昌幸は船頭に云った。船頭はそれには答えず、真っ直ぐやれと昌幸が指したほうを見詰めていた。沖にかかった靄を突き破って舟足の速い舟が五艘ほどこちらへ向って漕ぎ寄せて来る。

「敵か味方か」

と船頭は云った。それに答えるように、いままで見張りを続けていた敵の舟が、近寄って来る舟に対して迎え撃つ態勢を整えた。と、第二の快速船集団が水平線上に現われた。そして、それに誘導されるように、安宅《あたけ》船がはっきりとその勇姿を現わしたのである。軍船は次々と姿を現わした。軍船と軍船の間を、快速船が漕ぎ廻っていた。陸上戦にかける伝騎にかわるべき船である。

伊勢湾内の見張りと警戒に当っていた織田水軍が申し合わせたように伊勢湾の奥へ向って退《ひ》き始めた。

それを武田水軍は追うように北上した。

武田水軍の行進は壮観だった。安宅船を二隻ずつ五段に並べ、それぞれの安宅船の周囲を十艘の軍船が取り囲んでいた。遊撃船とおぼしき十艘の軍船団は、快速船を先頭に、大船団の右翼を走っていた。

安宅船の檣《ほばしら》高く日の丸が掲げられ、一段下がったところに、それぞれの海将の紋旗が掲げられていた。日の丸は御旗として武田家重代の宝物の一つになっている。信玄は武田水軍結成に際して、日の丸を武田水軍旗として掲げるように土屋貞綱に命じていたのである。

武田水軍は真田昌幸と顕証寺法栄の乗っている舟にはまるで関心がないように、そこに置き去りにしたまま伊勢湾を堂々と北上して行った。

安宅船は左右の舷にそれぞれ数十丁の櫓《ろ》を備えていた。その櫓が揃って水を掻《か》くと軍船は、巨大な生き物のように波を切って前進して行った。

昌幸と法栄は、土屋貞綱の乗っている安宅船に収容された。

「御苦労であった。あとはごゆるりと観戦あれ」

と貞綱は云った。

「観戦あれと云われるからには、勝頼様から出撃の命令があったのでしょう」

と昌幸は声をはずませて訊いた。そうだとすれば、わざわざ、法栄をつれて古府中まで行くことはないと思った。

「いや、そうではない、織田水軍が手向って来たら、海戦になる。それを見なされと云ったのである」

「織田水軍が手向って来なければどうなされます」

「敵に戦意がなければ海戦にはならないでしょう。だが、きっと奴等はやって来ますよ。どの国の水軍にも意地はありますからね」

土屋貞綱は海戦になることを期待していた。そうならないと嘘だと思っているようだった。

武田水軍は北上を続けた。伊勢湾を完全に制圧しながら長島沖に迫って行った。

不思議なことに織田水軍は一艘として、武田水軍を迎え撃とうとするものはなかった。それまで海上にあった軍船のことごとくは、伊勢湾の奥へ奥へと遁走《とんそう》した。

長島沖の封鎖は解除された。

「これは驚いた織田水軍は戦う意志なしと見える」

土屋貞綱はそう云って口惜しがった。

これは最初からの信長の作戦であった。武田水軍が来たら戦ってはならぬ逃げろ、もし武田水軍が港に近づき、上陸のかまえを見せたら、それを防げと命ぜられていた。

長島の顕証寺法真は、武田水軍の突然の来援を驚き且つ喜んだ。海上封鎖がとけたから、食糧のことも心配がなくなったと思った。

だが、武田水軍の伊勢湾滞在は、たったの一日だった。沖に三角波が立ち始めたのである。台風来襲の兆候であった。台風が来るとなると海戦どころではなかった。いざという時、逃げこむ港がなければたいへんなことになる。

武田水軍は全軍帰途についた。

武田水軍が見えなくなると、あちこちに隠れていた船が出て来て再び長島の海上封鎖を始めた。たったの一日で、もとの状態にかえってしまったのである。

「長島を本格的に救うには、武田水軍が総力を上げて織田水軍の撃滅にかかり、敵の軍船を打ちこわし、港を奪い取ってそこに根拠地を設けねばならないのだ」

と昌幸は水軍のあり方の難しさを言葉に出して云った。

昌幸は古府中へ水軍奉行の土屋貞綱を同道しようと考えた。古府中の御親類衆に貞綱の口から緊急事態を説明させようと思いついたのである。だが、土屋貞綱は首を横に振って、

「拙者は水軍奉行ですからみだりに海から離れることはできません。そのかわり小浜景隆をやりましょう。景隆がうまく話を進めてくれるでしょう」

と云った。

昌幸にとって江尻湊から古府中までの旅ははらはらするほど長い旅だった。幼い法栄には目に見えるもの、耳にするものすべてが新鮮だった。小浜景隆は、武田の部将たちを前に、水軍とは如何なるものかを説かねばならない責任の重さに、固くなったままだった。

古府中に着いた日に昌幸は勝頼のところへ伺候《しこう》した。一刻も早くという気持がそうさせたのである。

昌幸が帰ったと聞いて、勝頼は急に明るい顔になった。直ぐに会いたいと云った。しかし、側近の秋山光次が、

「そのお気持はよく分かりますが、この際、昌幸殿との会見は明朝に延ばし、御親類衆様ほか重なる人たちと共に迎えられたらいかがでしょうか」

と云った。秋山光次がこの際と云ったのは武田水軍の問題について、御親類衆と部

将との間がうまく行っていないことに触れたのである。このようなとき、勝頼が昌幸に先に会ってなにか決定的なことを云ったりすると、それが信君と勝頼との溝を深める結果となることをおそれていたのである。秋山光次はそこまで考えていた。

「そうか明日でないと面会は許されぬか」

勝頼は残念そうな顔であったが、強いてその日のうちに昌幸に会って話を聞きたいとは云わなかった。勝頼は昌幸に酒肴を贈って慰労するように光次に命じた。

昌幸が、顕証寺法栄と、小浜景隆を伴って来たことは一夜のうちに諸将の間に知れわたった。また、武田水軍の総力を挙げて伊勢湾へおもむいたことも既に最新の情報として届いていた。諸将は昌幸の話とその成り行きに期待していた。

しかし、その朝早く、勝頼のもとに、武田信廉と穴山信君の両者から、急病だから昌幸の報告会には出席できない旨の通知があった。

仮病《けびよう》であることは分かっていたが、自ら病気だと称しているものにぜひ出席せよとは勝頼としても云えなかった。勝頼は、二人の親類衆の気持を推し測りながら腕をこまぬいていた。

穴山信君は高天神城攻撃の指揮を取った。高天神城を落城に導いたのは、この俺の力だという自信があった。云うならば、この時点では武田家中においてもっとも輝かしい存在であるべき彼が、昌幸が帰って来て、長島のことを報告に及べば、

（高天神城が落ちたのは信長が参戦しなかったからだ。そうさせたのは、長島の本願寺派の信長牽制策が功を奏したのである。そのように考えつめて行けば、高天神城を落とした陰《かげ》の功労者は真田昌幸ということになる）

と諸将の多くは理解するようになるだろう。

穴山信君はそのようなことになるのが嫌であった。真相はそうであっても、今は高天神城奪取の功労者の座に居たかった。第二の理由は、昌幸が熱弁をふるえば、諸将の多くは、彼の説に耳を傾け、武田水軍出撃の方向に勢揃いするかもしれない。多数決の形で、信君の意見が否定されることは我慢がならなかった。この際、病気だと云えば軍議は延期されるに違いない。信君はそう考えていた。

武田信廉が仮病を使ったのは、武田水軍に反対を唱えたがために、折角まとまりかけていた武田軍の内部に再び対立的雰囲気が醸成《じょうせい》されようとしていることに彼自らが驚き、この際、表面に立つのをさし控えようと思っての欠席だった。しかし人々はそうは見なかった。信廉と信君の欠席は心を合わせてのものと見たのである。

その日の予定は無期延期された。御親類衆の大物二人が欠席のままで、昌幸の話を聞き、引き続き軍議に移るということはできなかった。

「困ったことだ」

と武田の将来を憂慮してつぶやく者はあったが、二人の御親類衆をなだめて、兎に角、昌幸の話だけは聞こうではないかと云う者はなかった。昌幸は諸将を訪問して危機を説いた。誰も彼も昌幸の云うことはもっともだと云ったが、進んで二人の御親類衆との間を取り持とうという者はいなかった。長島の本願寺派の存亡が武田の興亡と深いつながりがあるということを心の底まで感じ取っている者はいなかった。水軍については、諸将は興味程度の関心しかなかった。山の中に育った彼等に水軍の必要性を納得させようとしても無理なことだった。昌幸は天を仰いで泣きたい気持だった。こうしている間にも長島は危機に追いこまれて行くのだ。

血の河

真田昌幸が顕証寺法栄を伴って長島を抜け出し、海路江尻湊におもむき、古府中へ行ったという情報が入ると、信長は快心の笑《えみ》を浮かべて云った。

「昌幸が去ったか、これで長島の運命は決まったようなものだ。これからは遠慮なく攻め立てよ」

と長島を包囲中の諸将に命じた。それまでも激しく攻め立てていたが、それは専《もっぱ》ら、本願寺派を長島へ追い込むための作戦であって、長島そのものに手をつけてはいなかった。しかし、遠慮なく攻め立てよという命令が出た七月中旬の状態は長島包囲作戦は完全に終っていたと見るべきだろう。

東方よりの攻撃軍の指揮は織田信忠が握り、津田、斎藤、簗田、森、坂井、池田等の諸将がこの攻撃に加わった。兵力およそ三千であった。

西の攻撃軍は佐久間信盛と柴田勝家の二将がそれぞれ分担し、兵力合わせて四千である。

信長は北東口より木下小一郎（秀長）、丹羽長秀、氏家左京助、前田又左衛門、河尻与兵衛等、諸将十七人の率いる合計五千の軍を率いて攻め入った。

小さい島を三方から包囲してじりじりと攻めこんで来る織田軍に対して、長島本願寺派は、敵を水際まで引き寄せて叩くという、従来の方法を取って戦った。

長さ四里、幅は一番広いところでも一里とはない細長い島を守るのに、もっとも頼りになるのは島の両側を流れている木曾川と長良川の二大河川であった。この自然の堀があるから、強敵を向うに回して戦えて来たのである。

活発な攻撃に転じた織田軍はまず、木曾川の中にある前ケ須《まえす》島、加路戸《かろうと》島の砦《とりで》にこもって、木曾川の見張り的役割を演じていた本願寺派を襲った。この作戦を実行するに当って、信長は、木曾川の上流に多数の舟を集め、それに軍兵を乗せて、前ケ須島と加路戸島に上陸作戦を行なった。

木曾川、長良川の河口から海にかけては織田水軍が海上権を握っていたが、長島をかこむ水域は未だに本願寺派の勢力圏内であった。信長はそのバランスを崩すために、まず前ケ須島と加路戸島を攻めたのである。

木曾川の上流からおびただしい舟が軍兵を乗せてやって来たのを見て前ケ須島と加路戸島を守る本願寺派の兵は砦の門を固く閉ざして、対岸からの援軍を待った。

だが来るのは、すべて敵の舟ばかりで味方の舟は、一艘もなかった。

本願寺派は前ケ須島と加路戸島を見捨てたのではなかった。木曾川上流からの敵の舟が一息ついたところを見て、逆襲しようと待機していたのだが、織田軍はその隙を与えずに続々と上流から舟で軍勢を送りこみ、休むいとまもなく、砦に向って攻めかかり、盛んに鉄砲を打ちこんだ。

前ケ須島と加路戸島の砦は夜になって落ちた。燃え上がる火が夜空をこがした。一兵の生存者もなかった。砦の兵は皆殺しにされたのである。

前ケ須島と加路戸島が織田軍の手に落ちたことは木曾川の制水権を織田軍に取られたことになった。従って、本願寺派の舟は木曾川から、長島内部の掘割や入江に逃げこまねばならなかった。長島は細長い島であり、もともと両河川に挟まれてできた島だから、島を東西に横断する水路があちこちにあった。

こうして木曾川の制水権を得たところで、信長は本陣を長島の対岸五明（『信長公記』には五妙と書いてある）に進めた。

木曾川の堤に立てば、長島にうごめく人の姿がよく見えるほどのところだった。

それまでに長島に追いこめられた人の数はたいへんなものだった。できるかぎり多くの人を追いこめという信長の命令によって、長島へ追いこまれた者は本願寺門徒衆ばかりではなかった。戦乱のまきぞえを喰って、なにがなんだか分からないうちに、着のみ着のままで家族ともども長島に逃げこんだ者が多かった。避難民は早速食に窮した。彼等は顕証寺法真に食を乞うた。

法真は長島へ避難して来た者には、粥《かゆ》をふるまっていたが、その粥の配給量も日に日に細って行った。

難民の増加のための食糧不足は当然長島守備のための兵糧に影響した。半年間は戦えるだけたくわえていた兵糧が底を尽きかけていた。守備兵も難民も同じ門徒衆であった。食に差はつけられなかった。

飢えに耐えかねて島を脱出する者の数が日増に多くなった。彼等は織田軍の兵によって情け容赦なく斬り殺された。逃げれば殺され、島に残れば餓死するしかないという立場に立たされた島民の絶望感は怒りとなって諸方で爆発した。喧嘩が起り、盗みが流行した。信長は次の作戦を命じた。長良川、木曾川河口を封鎖していた軍船がこぞって、河をさかのぼり、本願寺派の舟に向って攻撃をしかけた。

織田の軍船は島陰、掘割、入江、運河、あらゆるところに入りこんでいる長島本願寺派に属する舟を襲った。和を求めて来る者があると舟を取った上で、乗っている者はことごとく殺した。

信長の皆殺し作戦はいよいよその本質をはっきりさせて来た。

(これは合戦ではない。門徒衆を殺すことである。もともと殺すことが目的だから、降参したところで許されるものではない)

と信長は家臣を通じて彼の意志を明らかにした。

七月二十日になって、信長は本陣を長島の殿名《とのみよう》(『信長公記』には、との妙と書いてある)に移した。伊藤助左衛門の屋敷が本陣に当てられた。

長島へ信長の本陣が移動したことで、戦局は更に変わった。四方から長島を囲んでいた織田軍はいっせいに上陸した。無差別な殺しが始まった。

飢え疲れた者は逃げる気力もなく、織田軍の槍に掛かって死んで行った。まだ逃げるだけの力がある者は、島内の五つの城に逃げこんだ。

しのばせ、大鳥居、屋長島、長島、中江が長島本願寺派、最後の拠点であった。

しのばせ城は大筒《おおづつ》の一斉射撃によって、塀櫓《へいやぐら》を打ちこわされた。

城主の田代源右衛門は、攻城軍に和を請うた。

「いかなる条件でも受け入れるから、内にいる老人、女、子供の生命だけは助けて欲しい」

と申し入れた。しのばせ城攻撃の大将津田大隅守は、このことをそのまま信長に告げた。

「老人、女、子供は何人ほど城内にいるか」

と信長は訊いた。

「老人が三百人ほど、女子供合わせて、六百ほどおります」

「それらの者を許せば、他の城でもまた同じように許さねばならないだろう。たとえ許してやったとしても、その者等は恩義など捨て去り、時あらば必ずまた刃向って来るであろう。根は徹底的に刈り取らねばならぬ。一人も許すことならぬ、殺せ」

と信長は命じた。

酸鼻きわまる殺戮《さつりく》が行なわれた。抵抗する者を殺すことはできても、両手を合わせ、南無阿弥陀仏を唱えている、いたいけな幼児を殺すのはなかなかできないことだった。槍をかまえたまま、突けずに立ち尽している兵もいた。その手を合わせている子が、自分の身内に似ている場合などことさら良心がとがめた。皆殺しにしろという信長の命令は、そのとおりには実行されなかった。津田大隅守は、やむなく城に火を掛けた。信長の命令は絶対である。こうしなければ彼自身の身が危なかった。

柴田勝家は大鳥居城を攻めた。死にもの狂いで抵抗して来る敵の勢いは尚あなどり難いものがあった。

八月二日の夜暴風雨にまぎれて、大鳥居城内にこもっていた門徒衆はいっせいに逃亡をくわだてた。落城は時の問題であった。みな殺しにされるのもまた間違いなかった。それならば思い切って脱出しようということになったのである。明け方まで、二千余人が殺されたが、ごく一部の者は闇にまぎれて逃げた。

長島城は周囲に堀をめぐらせた城で、長島本願寺派五城のうちではもっとも城らしいかまえのものだった。

ここは顕証寺法真が大将となって守っていた。信長はこの城を落とすのに、虚言を使った。軍使を送り、抵抗を止めて長島を退散するならば命だけは許してやる。城から立ち退くまでの間いっさいの攻撃はしない。但し、休戦の有効時間は一刻（二時間）の間に限る。軍使はこれだけの口上を述べて帰って行った。

法真は信長を疑っていた。

「いままでの信長のやり方を見ていると、その言葉は信用できない。城を出たところを襲って殺すつもりかもしれない。もうしばらく城を支えていたらきっと、武田水軍が助けに来てくれる。昌幸様と法栄が古府中へ行ったのだから、勝頼様がこの長島を見殺しにすることはあるまい」

法真はそう云ったが部下は承知しなかった。

「昌幸様と法栄様が島を出てから、かれこれ一ヵ月にもなるのに、武田水軍来援どころか、たよりさえない。城内には毎日餓死者が出ているような始末、これ以上戦えと云っても無理です。たとえ信長の云うことが嘘であろうとも、城を出てみたい。城にいても死、外に出ても死というならば、外へ出て死にたい」

そのように主張する者が多かった。法真はそれを制するだけの力がなくなっていた。

法真は信長のところへ使いを送って、長島城を引き渡すことを承知した。そのかわり城にいる老若男女一万人の命だけは助けて貰いたい。約束の一刻の間は、絶対に手を出さないようにくれぐれもお願いすると云ってやった。

長島城は水に囲まれた城であった。信長との講和が成立すると、城内に用意してあった舟に老人子供を乗せて、長良川を渡って対岸への移動が始まった。そして最後の舟に顕証寺法真が乗って長島城を離れたとき合図の狼煙《のろし》が上がった。それまで遠巻きにしていた織田軍がいっせいに攻めかけた。

「やっぱり、おれの云ったとおりだ。信長は約束を破った」

顕証寺法真は舟の中でそう云った。彼は目を閉じ、両手を合わせて念仏を唱えた。

法真の首を取ろうと舟を寄せて来た敵があった。法真の傍にいた、立田八郎が立ち上がった。痩せ衰えて、刀を持ち上げる力もないように見えた八郎は織田の兵とさし違えて川へ落ちて行った。

南無阿弥陀仏の名号があたりに満ち満ちていた。仏にすがりながら死んでいく門徒衆たちの声であった。長良川は血で真っ赤に染まった。

舟に乗っていた者も、既に対岸に行きついていた者も織田軍によって殺されて、川に投げこまれた。一人残さず殺せという信長の厳命は此処《ここ》では血の河をつくった。

最後に残された中江城と屋長島城にはそれぞれ一万人ずつの門徒衆がいた。

信長は、全軍に命じて、一人一束の燃える物を用意させた。枯草でも、枯れ木でも藁束でもよかった。それらの燃える物を舟に乗せて、中江城と屋長島城へ運ばせて、城の周囲に積み上げさせた。二つの城は周囲に積み上げられた枯れ草や薪によって埋もれてしまいそうだった。

信長の命令によって、一斉に火が放たれた。火はたちまち城を包み、うず巻きながら燃え上がった。火の燃え盛る音にまじって、人々の怨嗟《えんさ》の声が聞こえた。

全身火に包まれた一人の男が火の外に飛び出して叫んだ。

「やい信長、われは怨霊《おんりょう》の父となって、何時の日にか、必ずきさまの身を焼き殺してやるぞ」

男は焼け死んだが、その声は風に乗って空を走り、床几《しょうぎ》に坐って火を見物していた信長の耳に届いた。

長島本願寺派は亡んだ。だが、一人残らず殺されたのではなかった。何人かは信長の魔手から逃れて、長島でなにが起ったかを人々に告げた。

信長が長島本願寺派に対して取った行動は常識では考えられないことであった。ただ殺すだけに眼目を置いての作戦は、たとえ成功したからと云って世人の許容するものではなかった。長島は壊滅した。餓死者が何万あって、殺されたものが何万あったかを数え上げることができないほどだった。おそらく五万人は死んだものと推定される。

中江城、屋長島の城、両城にある男女二万ばかり、幾重も尺《さく》を付け、取り籠り置かれ候。四方より火を付け、焼きころしに仰せ付けられ、御存分に属す。（『信長公記』巻七、河内長島一篇に仰せ付けらるゝの事）

古府中にあった昌幸と法栄はこの間なにごともせず時間を過していたのではなかった。昌幸は勝頼に会って長島の実情を述べ、武田水軍の伊勢湾派遣を強く要請した。

「武田水軍が伊勢湾に現われただけで、織田水軍は姿をかくしてしまいました。武田水軍に正式な出撃の命が出て、伊勢湾深く北上すれば織田水軍は止むを得ず、反撃に出るものと思われます。海戦となれば、わが方は絶対に有利です。織田水軍が負ければ、制海権は武田水軍のものとなり長島は救われます。そしてこの機に、わが水軍の基地を長島付近に設ければ、織田信長の咽喉《のど》に短刀を擬《ぎ》したと同じような効果になるでしょう。こうなれば、信長が苦境に陥ることは間違いないことでございます」

昌幸が熱っぽく説くと、勝頼も、つい昌幸の説に引き込まれて肩を張り、時には声を出すほどの熱心さで聞いた。

「長島における陸上の戦力は重要です。ここに水軍基地を設ければ、陸上から攻撃を受けずに済みます。長島衆に取っても、武田水軍が滞在するかぎり、海上封鎖をされることがないから安心です。このようにして置いて、いよいよ第二の目的のために帆を上げるのです」

と昌幸は云った。

「で、第二の目的とは」

勝頼は話の先を急いだ。

「かねがね堺衆は織田信長のやり方に対して、けっして快《こころよ》く思っておりません。今のところは信長の武力の前に手も足も出ないでいますが、彼等がいつまでも黙っているということはございません。機会があれば、何時でも信長と敵対するつもりでいます。その機会というのは、わが武田水軍が堺港に進出した時のことです。武田水軍が大坂湾の海上権を掌握したとき堺衆は武田につきます。そうなれば信長は金蔓《かねづる》を失うことになり、坂を転がり落ちるような勢いで破滅に向って直進するでしょう」

ううむと勝頼は唸った。話を聞くだけで昂奮していた自分に気がついた勝頼は、大きく深く呼吸《いき》をついてから云った。

「その話を穴山殿に聞かせてやって欲しいものだのう」

「穴山様には既に話しました」

「それで……」

勝頼はさすがに驚いた。公式の場で昌幸の話を聞こうと誘ったときは仮病を使って置いて、非公式に昌幸と会って、その話を聞いているとは油断のならない男だと思った。

「話としては面白いが、実現性はとぼしいと云われました」

「穴山殿に話したならば、信廉様にも話したであろう」

「信廉様からはお召しがあって伺いました。話としては面白いが実現性はないと云っておられました。信廉様は、先代様の御遺言を楯に武田水軍を愛蔵することにのみ心をくだいておられます」

「愛蔵とはなにか」

「愛蔵がふさわしくなければ、死蔵です。信廉様は武田水軍が生き物だということを忘れておられるのです。いかなる名刀でも飾って置くだけでは意味がないのと同様に、武田水軍を先代様の遺した宝物のような気持で温存しようというお考えには納得できません」

昌幸は御親類衆の長老信廉を勝頼の前で批判した。こんなことをうっかり云えば切腹ものであった。それが云えるのは、昌幸は信玄公存命中に余の眼であるという言葉を賜ったほど群を抜いて優秀な使い番衆（参謀将校）であり、今尚無視できない位置にあったからである。信廉、信君ばかりではなく多くの部将は若くて頭の切れる昌幸には一目置いていた。このような有能な士を自分の配下に置きたいと思っていた。穴山信君や信廉が昌幸と会ったのも、先々のために彼の意見も一応は聞いて置こうと思ったからであった。

「山県昌景様にも馬場信春様にも会って、この話をいたしました。御二人とも、感心して聞いておられましたが、いざ武田水軍を長島へ出撃させる話になると黙りこんでしまうのです」

「小浜景隆の話はどのように聞いたか」

「非常に興味深げにお聞きになられましたが、やはり水軍そのものが分からないから、思い切ったことは口に出されないでいるというふうにお見受けいたしました」

昌幸はそこまで話したところであたりを見廻した。そこには勝頼の側近が二、三人いるだけだった。

「お願いがございます。昌幸、一生一代のお願いがございます」

「なんだ。云ってみるがいい」

と勝頼は云ってから、おそらくその願いには応えられないだろうと思った。

「武田水軍に出撃の命令を出していただきたいのです。誰がなんと云おうと、お館様が武田の統領であることはすべての人が認めています。このような重大事には、御親類衆や家臣団の意見に左右されることなく、お館様御自身の気持を率直に出されたほうがよろしいかと存じます。武田水軍出撃を断行すれば武田の将来は約束されます。そうしないと長島が亡び、やがてはそれが武田の運命に響いて参ります。御決心の時です。武田水軍出撃の御下命をお願い申し上げます」

だが勝頼は黙っていた。勝頼の頭の中には複雑な武田の内部構成図が掲げられていた。信玄が死んで間もない今、独断で武田水軍出撃を下命したらどうなるかの解答はきわめて明瞭であった。

(勝頼公乱心)

ということにされて、おし込められ、嫡子信勝を名義上のお館様として、穴山信君が権力をふるう時代が来るであろう。それは間違いないことのように思われた。

「できぬ、それはできぬ。そうしたいが、余はその力が与えられてはいないのだ」

勝頼の言葉は泣いているかのごとく細々と聞こえた。

昌幸としてもそれ以上どうすることもできなかった。

長島から昌幸が連れて来た法栄は賓客《ひんかく》として、山県昌景がしばらく預ることになった。長島の情勢がどうあろうと、法栄は信玄公の五女於菊《おきく》の方と許婚《いいなずけ》の仲にあった。粗略な扱いはできなかった。

法栄は顕証寺法真の代理として古府中におもむくに先だって剃髪した。可愛らしい少年僧となっての正式使者である。

法栄は古府中に到着すると、まず第一に勝頼に会いたいと云った。いくら正式使者だからと云って、たった十歳の少年に勝頼が会うわけにも行かなかったので側近の秋山紀伊守光次が勝頼の命を受けて法栄に会った。

「私は勝頼様に会うために、わざわざ長島からやって来たのです。代理の方ではなく、直接勝頼様にお会いしたい」

と云った。十歳の少年とも思えぬ、きりっとした口のきき方だった。光次は法栄の気持を汲んで勝頼との面会を取り持ってやった。法栄は勝頼の顔を真っ直ぐ見て云った。

「勝頼様、長島本願寺派門徒衆は、織田の大軍を引き受けて戦っております。このままでは全滅してしまいますから、かねてのお約束通り、しかるべき御援助をお願い申し上げます」

とはっきり云った。かねての約束というのは於菊と法栄との縁談が整ったときに結ばれた相互援助の条約のことである。このように頭から云われると勝頼は言葉につまった。

「われら長島本願寺派はあれ以来一度たりとも武田殿のお誘いに首を横に振ったことはございません。三方ケ原の合戦のときも、この度の高天神城攻略合戦のときも、織田軍を牽制して、武田軍勝利のきっかけを作りました。今度はわれらがそのお返しを受けねばならぬ時です。明日と云わず、今日にでも、武田水軍に伊勢湾出撃の命令を出されるようお願いいたします」

筋の通った云い分に勝頼は返す言葉がなかった。

「よく分かった。できるだけ早急にそこもとが望むように、取り計らいたい」

と勝頼は答えたが、法栄の澄んだ大きな目でじっと見詰められると冷汗が出る思いだった。

法栄が勝頼の次に面会を求めたのは許婚の於菊姫だった。

於菊姫の母恵理の方は先年死去したので、彼女は恵理の方につかえていた中﨟《ちゅうろう》たちと共に躑躅ケ崎の館内に建てられた家に住んでいた。

法栄が於菊姫と会うという話を聞きこんだ勝頼の側室お福の方は、於菊姫のところへ使いを出して、その会見の場所は、こちらで都合したいがどうでしょうと云ってやった。於菊姫の周囲の者も会見の場が本館の奥ならば申し分ないから喜んで承知した。それまで、なにかと云えば角つき合っていた女たちが法栄の来訪で急に近づいたように見受けられた。

その日於菊の方は将来の夫となる男と初めて会うというので朝から化粧やら着物の着付けやらで大騒ぎをした。

法栄は清楚ななりをしていた。剃ったばかりの青い頭が痛々しかった。僧衣は着ず、肩衣《かたぎぬ》に袴《こ》をつけていた。肩衣の張ったあたりが、少年にしてはかしこまり過ぎて見えた。

法栄は美少年だった。色白で面長で眼は大きくて澄んでいた。鼻すじが通っていて、男にしてはやや小さなきりっとしまった口をしていた。

「なんておきれいな方でしょう」

と女たちが囁き合ったほど法栄は立派な少年に見えた。

「於菊どの、頼みがあるから聞いて貰えぬか」

法栄が最初に口にした言葉だった。

頼みといきなり云われたので於菊は驚いて顔を上げた。彼女は一つ年上だが、着飾ると二つも三つも上に見えた。

「頼みとはなんでございましょうか」

於菊は落ち着いて答えた。

「於菊殿の兄君の勝頼様にお口添えが願いたい」

そう前置きしてから法栄は、長島本願寺派がいかに苦境に陥っているかを説明した。そして長島を救うには武田水軍の出撃を仰ぐ以外に方法はないことを説明した。

於菊には戦《いくさ》のことは分からなかったが、長島が織田勢に攻められて困っていることだけはよく分かった。

「於菊殿、あなたと私は将来夫妻《みようと》となるように約束した仲である。だが、長島が織田勢に亡ぼされたら、私はあなたを迎えることができなくなる。於菊殿、私はあなたを長島へ迎えたい。どうしても迎えたいのです。そのためには……」

法栄は自分の言葉にはげまされたように、次第に膝を進めて行って、ついに於菊の手を取って、

「於菊殿、お願いします。今となればあなた以外におすがり申す人はおりません」

法栄の目に涙が光った。

「法栄様……」

と於菊に付添っている中臈が言葉をかけたので、法栄は、われにかえって、もとの

座に戻ったが、それからは一言も発せずうなだれたままでいた。於菊は、法栄の悲しみが実感としては応えて来なかったが、法栄という美少年が自分に対して、全身で願いごとをしているというぎりぎりの心情は通じた。彼女もまたもの悲しい気持になった。

そこには多くの女性がいた。法栄と於菊の面会を奥で行なったのは、ひとつには、この幼い許婚者同士が初めて会って、どんなことを話し、どんな恥らいを浮かべるか、そんなことを見たかったからであった。その期待は見事にはずれた。女たちは泣いた。声を上げて泣く者もいた。法栄に同情したのである。

この話はやがて女の口から女の口へと伝わった。戦国時代の女は道具としての存在でしかなかったが、その道具は口もきくし、結構理屈もこねた。法栄をあのまま帰すのは気の毒だ、なんとかならないものかという女達のことばが上層部の人たちを揺さぶった。

法栄は穴山信君に会いたいと云った。それを聞いた信君は、江尻の城の改築工事見分の理由にかこつけて、古府中を去った。

信廉は法栄に面会を求められたが仮病を理由に会わなかった。法栄に会えばおそらく自分の心は変わるだろうと思った。ここまで来て、いまさら、前言をひるがえしたくなかった。

昌幸の努力も法栄の苦心も無駄に終った。だが、諸将の多くは武田水軍に関係なく、武田は再び三河に兵を進めるべきだと主張した。長島を見殺しにすべきではないという常識論がたかまった。

八月末になって、武田勝頼は一万五千の兵を率いて三河へ向った。

だがこの時は既に長島本願寺派は亡んでいた。

法栄は父顕証寺法真及びその一族の死を聞くと声を上げて泣いた。

「もはや、この世に神も仏もない。人もないし、信義もない」

と云って、その日から食を断った。とても十歳の少年とは思えぬようなふるまいだった。かわるがわる人が行って、食を摂《と》るようにすすめたが、一途に武田を恨んでいるこの少年の心を温めることはできなかった。於菊姫からのお見舞いだと云って、菓子や果物を贈っても食べようとしなかった。法栄は骨と皮のように痩せ衰えて死んだ。

武田水軍はこの絶好の機会に終《つい》に動かず、武田の宝としてそのまま武田の亡びるまで温存され、そして、徳川家康の手にそっくりと移され、徳川が天下を取るための推進力となった。

女駕籠一梃

伊勢長島の本願寺派宗徒が織田信長の総攻撃に会って壊滅同様に立ち至ったという報告は、武田の陣営にかなりの衝撃を与えた。

(やはり、真田昌幸や水軍の将小浜景隆の言を入れて武田水軍を伊勢湾に派遣すべきだった)

と勝頼は思ったが後の祭りだった。

「長島を見殺しにしたのは残念だった。しかし、ただ手をこまぬいていたのではない。その間に次の作戦の準備をしていたと思えばあきらめもつく」

勝頼は側近に対して強がりを云ってみせた。御親類衆の反対に会ったがためにこうなったのだというような、嫌味は云わなかった。彼も武田の統領としての立場をよく知っていた。

蒸し暑い夏の最中《さなか》に、躑躅《つつじ》ケ崎の館にちょっとした異変があった。駿河国から女駕《か》籠《ご》を守って三十人ほどの一行が到着したのである。女駕籠には小笠原信興の女《むすめ》和可《わか》が乗っていた。小笠原信興は元高天神城の城主小笠原長忠の同族である。小笠原長忠が高天神城を武田方に開け渡し、その代償として駿河国富士下方《しもがた》に一万貫の領地を貰ったとき、長忠と共に下方へ移った人である。小笠原一族の中では豪勇の名が通り、和可は麗人の名が高かった。

高天神城落城直後のことである。

武田側に降伏した小笠原一族は、攻城軍の大将穴山信君の陣所に伺候した。女子供は男たちの後に従って小さくなっていたから、通常ならば信君の眼にはとまらぬ筈だったが、かねてから小笠原一族の中に天女といわれるほどの美人がいると聞いていた信君は、主なる者との面接が終った後で小笠原長忠に云った。

「そこもとの一族の中に天女がいるそうだがぜひ見たいものだ」

信君は四十代の男盛りだった。この年齢になると女に対しては図々しくなり、人によると色好みがはげしくなる年齢だった。信君は幼少のころ疱瘡《ほうそう》（天然痘）を煩《わずら》ったがために、かなりひどいあばた面になっていた。気の弱い女、子供ならば思わず叫び声を上げるほどの異相であった。信君は自分の顔のことをよく知っていた。女に好かれないことも充分わきまえていた。だから正室奈津（信玄の女、勝頼の姉）を貰ってからしばらくは側室も置かないでいた。子供は奈津が生んだ勝千代一人だった。これだけでは心もとないので、家臣が側室を置くようにすすめた。以来彼はいわゆる女の味を覚えて、次々と女に手をつけ、天正に入ると四人の側室を養うようになっていた。側室を置いても女ばかり生れて、男子が生れないのはまた妙な巡り合わせであった。

〈絶世の美人を側室に迎え玉のような男の子をもうけたい〉

信君は日ごろ心の奥でこのようなことを考えていた。自分の容貌をよく知っているからこそ、どうしても絶世の美人を妻にして、世間の者をあっと云わせたいと思っていた。穴山信君が和可を見たいと云ったとき、小笠原長忠は困ったことだと思った。和可の美貌の噂は、以前から高かった。徳川方でも高天神城の天女という呼称で呼んでいたほど和可は有名だった。この噂を聞いて、徳川家康が、

「その和可とやらを一目見てみたいものだ」

と小笠原長忠に云って来た。

女を見たいということは、見て気に入ったら側室に申し受けるぞ、それでよろしいだろうなということであった。もしさしさわりがあれば、実は、何のなにがしと近日中に婚儀の式を挙げることになっていると答えねばならなかった。だから、美しい顔立ちをした娘を持った親たちは、常に娘の嫁入り先のことを考えていた。しかし、先走ったがために、玉の輿《こし》に乗りそこなうということもある。

和可の場合はまさに玉の輿の話であった。家康の側室に和可が出れば、小笠原と徳川との間は密着する。だから、小笠原長忠は、

「有難きおことば、よい日を選び早速参上いたさせます」

とその話を承知した。その直後に高天神城は武田軍の包囲を受け、終には武田に降伏せざるを得なくなったのである。

その和可を今度は穴山信君が見たいというのである。

「はっ、まことにもって光栄至極のことと存じますが……」

長忠は後の方を濁した。そして、なんとかして、この話を引き延ばす策を考えた。

(家康が欲しいと云ったほどの女だ、穴山信君なんかにはもったいない。売り込むならばもっと高く――たとえば勝頼の側室――)

そんなことが長忠の頭の中にちらっとひらめいたのである。

「なにかさしさわりのことでもあるのか」

と信君は長忠の沈黙を見て云った。

「さしさわりというほどのことではございませんが、和可に御引見いただく日は改めてお願いいたしとうございます。なにぶんにも本日は……」

後は云わなかった。本日は降伏に際しての一族挙げての挨拶であるから、ここのところは、主だった者だけに御引見を給わって、すんなりと閉会にいたしたいものだと

いう気持を明らかにしたのである。

「さようか」

と信君はそれに素直に応じた。一人の女のことでこれ以上無理押しするのはまずいと思った。

信君は、小笠原一族を一人一人引見した。

小笠原信興には、

「天女を娘に持っているそうだがいろいろとたいへんだろうな」

と言葉を掛けた。信興は恐縮した。信君という大将は顔とはかかわりがなく意外にやさしい人かもしれない。それにしても、彼が笑うと怒った顔に見える。この人は顔で随分損をしているのだなと思った。

小笠原一族の引見が終ると、信君は席を立った。小笠原一族は全員がその場にひれ伏して、彼の退出するのを待った。寺の本堂がほぼいっぱいになるほどの人数だった。

信君は退出しながら、ひれ伏している小笠原一族に目をやった。男たちの後に女が並んでいた。引見の前には一族の名簿が提出され、名簿の中から人質が決定される。そういうこともあるので、男、女の別なく一堂に集められたのである。

信君は女たちのほうになんとなく眼が牽《ひ》かれた。そこに華やかな色彩を感じたからであった。女たちの集団の中心に肩すその小袖（肩とすそだけに模様のある小袖）を着た若い女が坐っていた。顔は伏せているから分からないが、背の半ばにとどくほどの長い髪が印象的だった。

（あれが和可であろう、きっと和可だ）

信君はそう思ったとき足が止まった。天女と云われている女の顔が是が非でも見たかった。そうせずにはおられないような、魅力がその女のあたりにただよっていた。

「和可、面《おもて》を上げよ」

と信君は云った。こんなことをしてはいけないと心の中では思いながらも、口に出てしまったのである。

小笠原一族の間に異常な動揺が起ったが、それは表面には現われなかった。彼等は顔を伏せたままで下を向いていた。

和可の隣にいた老女が顔を上げるように小声で云った。

和可は顔を上げて信君を見た。一瞬彼女の顔に恐怖の色が走った。恐ろしい、怖い、そんな感情が彼女の白い顔を青くした。

信君はその和可を見た。まさしく天女にふさわしい美貌がそこにあった。化粧はしていないようだったが、天性の白さが化粧をした以上に彼女の肌をつややかに輝かせていた。賢こそうで可愛いらしい眼だったが、その眼は恐怖に引きつっていた。

（この女もか）

信君はそう思った。和可女もまた、信君の顔を初めて見たときたいがいの女が示すような拒絶反応を現わしたのである。信君は失望と同時に湧き上がって来る悲しみと怒りをおさえつけながら云った。

「高天神城の天女と云われるだけの女子《むすめご》だ。……いや、これは、つまらぬことを申してすまなかった。いや座興《ざきよう》じゃ、座興じゃ」

信君はそう云いながら、その場を去った。座興じゃ、座興じゃと云いながら和可女と対面したのである。見事に小笠原長忠の裏を掻《か》いたのであった。

こうなると、事は面倒になる。信君は和可を見たのだから、明日にも使者を寄こして、和可を側室に欲しいと云われるかもしれない、そうなったら断わる術がなかった。

小笠原長忠は小笠原信興と相談して一策を案じ、人を通じてこの日のことに少々尾《お》鰭《ひれ》をつけて勝頼の耳に入れた。

〈高天神城の天女と云われている和可に穴山信君が引見の場において声をかけた。そのふるまいはまことに常識を失していることで、小笠原一族は内心怒っている。また近日中、信君から、和可を内室に出せという使いが出るらしいが、その噂を聞いて和可は寝こんでしまった。あんな恐ろしい顔の男のところへ行くくらいなら自害すると

云っているそうだ〉

という内容のものであった。

勝頼はその噂を聞き流していた。信君は高天神城攻略の大将であり、城を落としたのは信君の才覚であった。勝者が弱者に多少の無理を云うのは当然であると考えていた。その勝頼のところに第二の噂が入った。

〈小笠原信興のところへ、和可を申し受けに穴山殿の家来が使いに行ったところが、小笠原家では、勝頼様が和可を見たいと云っておられるから、その結果次第にしていただきたいと答えたそうだ〉

結果次第というのは、勝頼が和可を見て、側室に欲しいと云ったならば、勝頼へやるし、もし勝頼が気に入らなかったら、信君へやるということである。

〈穴山殿はそれを聞いて非常に怒っているそうだ〉

ということまでまことしやかに伝えられているというのである。

「余は和可を見たいと云った覚えはない、もし小笠原がそんなことを云ったとすれば、許しては置けぬ」

勝頼は小笠原長忠を呼んで、この噂について問い糺《ただ》した。

「そんな噂があるのですか、これは驚きました。玄蕃頭様（信君）が和可を見たいと申されたのも事実ですし、引見式の後で和可の顔を確かめたのもほんとうですが、それ以後、まだお迎えの使者もいただいてはおりませぬ」

と長忠は云ってから、人の噂というものは口から口と伝えられてゆくうちについに大げさになるものですなあと、ひとりで頷いていた。

「玄蕃頭が和可を見たいというのは、下心があってのことと思うか」

という勝頼の問いに対しては、

「なんとも察しかねますが、和可は家康殿からぜひ見たいというおおせ出しがあったほどの女ですので、玄蕃頭様もお心を動かされたのでございましょう」

と云った。

「なに、家康が？」

勝頼の顔がにわかに引きしまって、そこのところをくわしく話せと云った。長忠は、家康が和可を見たいから浜松へつれて来いという正式の使者があった直後に、高天神城を武田軍に包囲されたことを話した。

（さようか、和可という女はそれほどの美人か……）

勝頼はしばらく考えていた。見たいと云いたいところだったが、穴山信君との確執を恐れて、すぐには口には出せなかった。家康が狙っていた女ということが、勝頼の興味を引いた。家康は彼が欲しがっていた女を勝頼が取ったと聞けばどんな顔をするだろう。そんなことが頭にふと浮かんだ。

「今、余が和可を見たいと申し出た場合、玄蕃頭の顔をつぶすことになるだろうか」

勝頼は小笠原長忠に直接訊いた。

「玄蕃頭様は引見の席で和可をごらんになりましたが、それ以後なんのお話もございませんし、正式に招いて顔を見たいというお話も今のところございません。今のところでは白紙と見るのが至当と考えます。縁談というものは早いもの勝ち、いまお館様が和可を召したいとおおせられるならば直ぐにでも連れて参ります」

長忠は心の中で、計画が見事に成功したことを喜びながら云った。

「では、そのことについては追って沙汰する」

勝頼はそう云って長忠を帰した。そのことについて追って沙汰するというのは、和可を引見する日について後刻伝えるぞという意味に、長忠は取った。彼は帰ると、その向きを信興と和可に云えた。

〈勝頼様が小笠原長忠に対して、小笠原信興の女《むすめ》和可を見たいと申し入れなされた〉

という噂が拡がった。

信君はそれを聞いて耳を疑った。小笠原長忠に一応は内意を伝えて置いたのに、それを無視して、勝頼と約束したのかと内心怒ったが、ひとまず噂の真意を確かめるために使いを長忠のところへやった。

「お館様は高天神城の天女と云われている和可をどうしても、見たいと申されるので承知いたしました」

と長忠は信君の使者に答えると同時に、その使者の後を追うように長忠自身が信君の陣所を訪れて云った。

「お館様からの強い要望でしたのでお断わりすることはできませんでした。小笠原長忠の胸中お察しください」

とまことしやかな顔で云った。こう云われれば信君の方でも、

「和可はこの前の引見の席で確かに見た。見ただけでそれ以上のことはなにも考えてはいなかった。和可が欲しいならば、すぐその翌日でも、差し出せという使者をやった筈だ。いらざることを心配するものではない」

と、言葉を飾らねばならなかった。体裁を重んずる時代だった。よかれあしかれ恰好がつけばまずそれで一件落着と見做《みな》すべきであった。だが、信君の心の底には、勝頼に玉を奪われた怨念が深く沈んだ。惜しかった。あの翌日にでも使者を、と何度思い返しても今更どうにもならなかった。

「玄蕃頭様との間には、面倒を起こさないほうがよいと思います。和可殿のことは断念されてしかるべきものと思われます」

奥近習の安部五郎左衛門勝宝が勝頼に諫言した。

「だが、見るだけならよいであろう。高天神城の天女と云われたほどの女の顔をそち

は見たくはないか」

と反問した。

「見るだけならかまいませぬが、見た結果欲しいと仰せ出されると、ちと困ることになります」

安部五郎左衛門は一本釘をさした。勝頼は、そんなことはない、見るだけでよいのだからというので、日を選んで勝頼の陣所に和可が連れてこられた。

「おお、そなたは……」

勝頼は和可を見て、呆然自失の態であった。高天神城攻略作戦を、織田、徳川連合軍誘い出しに転じようとしての長陣だった。この間、女とはいっさいかかわり合いがなかった。だから和可が美しく見えたのではなかった。勝頼は彼女を見て、すぐお阿和のことを思い出した。お阿和は、山家三方衆の奥平久兵衛の女で奥平貞昌の許婚者であった。人質として、躑躅ケ崎の館にいたころ、勝頼に見初められ、側室に求められている最中に、奥平一族の謀叛《むほん》があった。お阿和はそれを聞いて自害したのである。和可はお阿和とよく似ていた。お阿和が一段と美しくなって再来したように見えた。

そなたは……と勝頼が声を掛けたとき、和可は、勝頼の眼の中に引きずりこまれそうになるほどの輝きを見た。いけないと自省しても、ずるずると牽かれて行きそうだった。

武田の統領と云われている人だから、さぞかし、穴山信君を上廻るような怖い相貌《そうぼう》をした人だと思っていた。それが全然違っているのである。勝頼は若かった。鼻筋が通り、切れ長の大きな眼で、男としては幾分か口は小さいほうだったが、凜乎《りんこ》と引きしめた口許は頼もしげだった。太い眉がびくりと動いた。

「和可と申すのだな、年齢はいくつだ」

と勝頼が訊いた。

「はい、十六でございます」

和可の言葉は震えていた。権威者からの言葉に震えたのではなく、貴公子然とした美男武将から声を掛けられたので震えたのであった。

「戦《いくさ》は嫌《いや》か」

和可はちょっと驚いたような顔をしたがすぐにそれに応えた。

「はい、戦《いくさ》は無いほうがようございます。ただ……」

「ただ……どうした」

「戦争があったから、勝頼様にお目にかかることができました。和可は心から喜んでおります」

これは賢こい女だ。そして気の強い女だと勝頼は思った。これだけのことを、こういう場所ですら云えるのは並の女ではない。しかも天女の美を備えている。勝頼は欲しいと思った。こういう女に、強い男の子を生ませたいと思った。勝頼には長男の信勝の他、男子がなかった。お福、美和の二人の側室にそれぞれ、真樹《まき》そして於徳、貞の三人の女の子があったが不思議に男の子が生れなかった。この点は信君とよく似ていた。

「古府中に参られよ」

と勝頼は云ってしまった。なにか顔がほてって声が上ずっているような気がした。和可に自分の心をさとられはしないかと思った。

和可は小さな声ではいと答えた。その瞬間彼女の運命は決まっていた。

古府中に来た和可は館の中に局《つぼね》を貰って、勝頼の第三番目の側室となった。勝頼は和可を熱愛した。毎夜のように和可の局に通った。

高遠以来の老女の長池が勝頼に云った。

「お館様は、和可殿を可愛がられるのは結構ですが、たまには他の局へも足を運ぶようにお気遣いあそばしたほうがよろしいかと存じます」

「お福や美和が嫉妬《やきもち》をやいておると申すのか」

「やかないと云えば嘘になります。しかしお二人とも心ができておりますから、それを表面に出すようなはしたないことはいたしません。しかし心の中ではせつなく思っていることは事実ですから、そのことをよくお察しになって、適当におはからいにならないといけませぬ」

勝頼は長池には勝てなかった。女たちのことに関してはよく分からないし、また深入りすべきではないと家臣たちにも云われていたから、

「では今宵からそのようにしよう」

と云った。

勝頼はその夜、お福の方の局を訪れたが、四半刻（三十分）もすると、その局を出て、さっさと和可の方の局へ行ってしまった。

「申し上げたいことがあります」

次の夜、勝頼が奥へ行こうとするのを老女長池が鈴《すず》の口《くち》で待ち受けていた。またかと思ったが素通りはできなかった。

「お館様のなされ方に、私が口をさしはさむことはまことにおそれ多いこととは存じますが、武田家のために敢て申し上げます」

老女は膝を進めながら、

「先代様にお仕えしたことはございませぬが、先代様にお仕えした女どもの話を聞きましたところ、先代様は局に入ると、次の朝まではそこから外へはお出になりません

でした」

老女は勝頼の顔をじっと見詰めて、

「ところがお館様はいままで局にお泊りになったことはほとんどございません、長くて半刻（一時間）、普通は四半刻で局をお出になり、お寝間にお帰りになられます。人それぞれに流儀はございますが、夜の道の流儀は一つでございます。即ち深く交わることによって良き子が得られるという、定め以外にはなにものもございません。お館様のように浅い交わりばかり続けられているといつまで経っても男の子は得られません。これは武田家にとって容易ならぬことだとお考えになりませぬか」

これには勝頼も参った。そう云われてみれば確かに浅い交わりだった。彼は局におもむき、側室たちの出迎えを受け、そして床に伏す。火のようにはげしい交わりが、ほとんど一方的に行なわれて、そして一方的にそれが終ったとき、彼は側室たちの傍を離れるのである。営みとはそういうものだと考えていた。誰も教えてくれる者もなかったから、それでいいのだと思っていた。相手が燃え出したころ、こっちの火が消えてしまうことがあった。そういうときは可哀そうだと思った。だからと云って、相手の身を主体と考えての交接はあり得なかったし、女は男のためにのみあるものと考えている彼にとっては、女に対する思い遣りというものがほとんどなかった。

「深く交わるということがよく分からぬ」

と勝頼は云った。

「一夜を同じ衾《しとね》でお過しになれば、すぐお分かりになります。はじめのうちは煩わしいとお思いでしょうが、やがてそれがほんとうの交わりだということが分かるようになります。今宵からはぜひそうなさいますように」

勝頼は老女の言を入れた。

その夜は美和の方《かた》の局に行った。

「今宵はこの局をお出にならぬように」

美和の方が云った。長池の手がこちらにまで廻ったなと思った。勝頼はあきらめの眼を閉じたが、近くの局にひとりで待っている和可のことを思うと、落ち着けなかった。美和は勝頼の気持を察した。

「しようのないお館様だこと、心はここになく和可殿のところにあるのだから、これ以上はお引き止めできませんわ」

美和は勝頼を和可の局に送った。

和可が駕籠に乗って古府中にやって来たその同じ月の終りころ、もう一梃の女駕籠が躑躅ケ崎の館の前で止まった。その駕籠には九歳の少女が乗っていた。少女の名は由利、勝頼の祖父武田信虎が七十歳のときに侍女に生ませた最後の子供であった。

由利のことは京都武田屋敷の市川十郎右衛門から知らせがあったから別に驚くこと

はなかったが、勝頼にしては、この幼い由利を父信玄の末の妹、即ち叔母として迎えねばならないことにいささか困惑を感じた。

「由利殿、欲しいものがあったら、なんなりとも申されるがよい、できることならかなえて進ぜましょう」

　勝頼はこの小さい叔母に辞を低うして云った。

「なにも欲しゅうはない」

　由利は固くなったままでいっこうに気を許そうとはしなかった。

「ここは、由利殿の故郷だ。なにを云ってもいいのですぞ、ここにはあなたを叱る者はありません、みんなあなたの味方です」

　と勝頼が云うと、

「いいえ、私の故郷は母の墓がある京都です。ここでは私の父さえも受け入れようとはせず、とうとう父は故郷に帰れずに死んでしまったではありませんか。ここは味方どころか敵地です。まわりはみんな敵ばかりです」

　九歳の少女とは思えないような言葉だった。由利の云うことはまんざら嘘ではなかった。信虎は信玄が死んだと聞くと、故郷に帰りたいということを、京都の武田屋敷を通じて勝頼のところへ申し込んだ。その当時信虎は信虎の第十七女の嫁ぎ先、今出川大納言時季の屋敷の離れにいた。経費はすべて古府中から届けられているから、なに不自由はなかったが、年とともに望郷の念に取りつかれ、是が非でも帰りたいと云い続けていた。

信虎を受け入れるかどうかについて会議が開かれたが、

「信虎様を受け入れることは先代様の御遺志にそむくものである」

と云う者が多くて、結果的には否定された。

「しかし、相手は老衰の身、せめて、武田の領地内にまでは入れてやってもいいではないか」

と云ったのは武田信廉であった。信廉にしては、父の身があまりにも不憫《ふびん》であったからそう云ったのである。長い会議の末、信虎についての責任は一切信廉が負うということを条件に、信廉の居城高遠城に入ることを許された。信虎は京都を発って高遠に向った。そのとき由利とその母は、追って迎えを出すことにして京都に止め置かれた。いい年をして妾や子供までいるのを信虎は恥じたのである。

信虎が高遠に落ち着いたと聞くと、勝頼は、名代として安部五郎左衛門をやって慰問した。

「長いこと、遠い国でお暮しになりさぞかし御不自由なことだったと思います。これからはなにとぞ、お心を安らかになされて、養生なさいますように。また、御用がございますればなんなりとお申しつけくださいますように」

五郎左衛門は勝頼の言葉を伝えたが、信虎はそれに答えず、五郎左衛門の顔をじっと見詰めていていきなり云った。

「そちは安部市郎左衛門となんぞつながりがある者か」

「はっ、市郎左衛門は拙者の伯父に当ります」

「市郎左衛門は健在か」

「去年、身まかりましてございます」

「そうか死んだか、市郎左衛門は余が古府中に帰ったみぎり手討ちにすべき、第一番目の人間だったのに、残念なことをした」

この話が躑躅ケ崎に伝わったことによって信虎に対する武田家臣団の態度が硬化した。信虎が甲斐へ足を踏み入れることは絶望となった。

信虎は天正二年（一五七四年）三月高遠城で死んだ。急性肺炎だった。急を聞いて信廉がかけつけると、

「父を生れ故郷に連れて行くこともできない愚《おろ》か者めが、こういうことになるならばお前の首も切って置けばよかった」

それが信虎が残した最期の言葉である。天正二年三月五日、享年八十一歳であった。信虎の死が京都に伝えられて、間も無く、由利はひとりぼっちになった。信虎の死の後を追うようにして彼女の母が死んだのである。

「由利殿、云いたいこともあろうが、いまはただ身体を休め、父母のとむらいに心を傾けることだ。日が経てばいろいろのことが分かってこよう。そうだ、由利殿が嫁ぐ日が来るころには、そなたの父はなぜこの地を離れねばならなかったか、そして、そなたの父の高遠でのおふるまいも追々と分かって来るであろう」

勝頼は由利を武田信豊に預けた。

天竜河原の小競合

天正二年（一五七四年）の八月の末になって、武田勝頼は一万の軍勢を率いて遠州に入った。

武田軍の進撃の先触れのように、遠州の諸方に風説が流れた。

「武田軍は掛川城を囲んで力攻め《ちからぜ》に落とすつもりらしい」

不落の堅城といわれていた高天神城が落ちたばかりだから、その隣の掛川城が狙われるのは当然のことだった。そんな噂が立つ前から徳川方では掛川城の兵力を補強していた。もし掛川城が落ちれば、天竜川の東側、つまり遠州の半分は完全に武田方のものになるからであった。

だが、武田軍は掛川城には目もくれなかった。その存在すら忘れたかのごとく、その城下で宿営した。宿営とは宿舎に泊ることである。実際には一万におよぶ大軍が泊るような宿舎はないから民家に泊ることになる。

掛川は徳川方の領地だから、武田側にとっては敵地である。敵地内のしかも城下で宿営など、考えられないことであり、露営を原則としての出征であるのに、武田軍は、戦火を避けて逃げ出した民家へ泊ったのである。全部が泊れたわけではなく一部ではあったが、この人も無げな行動は掛川城を守る徳川勢をひどく刺激した。だがいかんとも為すことはできなかった。うっかり城門を開いて武田軍に向おうものなら、それこそ、武田軍の思う壺となり、つけ込まれる（城内に侵入される）ことは明瞭だった。

「いかなることがあっても、城門を開けてはならない」

という徳川家康の命を守って、掛川城主石川家成は、はやる部下たちを押さえていた。やがて、武田軍が城を包囲して攻撃に出て来たら、どうやって迎え討つかはすべて手筈が整っていた。まず、武田軍掛川城包囲の一報、続いて攻撃開始の報は、城外にいる徳川方の物見によって浜松に知らされる。そして城兵は浜松よりの援軍を待ちながら城の防備に専念するのである。兵糧は三ヵ月分備蓄してあった。三ヵ月の間には必ず織田、徳川連合軍が救援に来るだろう。だが、高天神城の場合も、必ず救援に来ることになっていた織田、徳川連合軍は来なかったのである。掛川城も、武田軍に包囲された場合、織田信長の考え次第でどうなるか分からなかった。

武田軍は掛川城の守備兵のそのような心配をよそに、掛川城へは攻めかける様子もなく、城下に悠々としていた。

悠々としているように見えていて、実際には、武田の細作部隊（一種の特殊工作部隊）は掛川を中心にして活発な行動をしていた。

武田の諜報機関は諸国御使者衆と呼ばれており、その中には幾つかの組があった。遠州方面の諸国御使者衆の組頭には奥山庄兵衛が当り、その配下に数十人がいた。これ等の中でも、遠州北部では天野安兵衛、遠州の南部は川井助九郎、向坂《さぎさか》陣太夫などが活躍していた。

武田軍が掛川付近に進撃して来る前から、遠州の各地では諸国御使者衆が徳川に属している地侍や地方豪族を甘言で武田陣営に誘っていた。

「二俣城、高天神城の要城が武田の手に落ちたのだから、掛川城なぞあったところでなんの役にも立たぬ。武田軍が次に狙っているのは浜松城だ。浜松城が落ちれば、遠州一帯は武田の支配下となる。そうなってから、武田に忠誠を誓っても、それは証文の出しおくれというもの、今のうちに武田に心を寄せているという心の証《あかし》を立てて置けば将来一族は繁栄すること間違いない」

心の証とは実質的なものでなければならぬ。大きな豪族となると人質の提供ということになり、地侍程度になると、以後徳川の味方はしない、武田のために尽すという誓紙を出して、武田軍に加わるか、さもなければ、実質的に武田軍の利益になるような働きをするということになるのである。

もともと遠州は今川の領地であり、徳川の領土となってから数年しか経っていない。未だに民衆は徳川になじんではいないし、さりとて武田になじんでいるというわけでもなく、ほんとうの心は、どっちでもよいから税金を安くしてくれたほうがいいと考えていた。

このような不安定な民情だから、工作員の活躍の舞台となるのである。工作員の口のきき方一つで地方の実力者がころりと徳川から武田に叛《かえ》るものがいた。

掛川付近の工作は、遠州の地侍出の、川井助九郎と向坂陣太夫が先に立ってやっていた。

「浜松城陥落はまず年内であろう。浜松が落ちれば、次は岡崎、そしていよいよ、勝頼様御上洛ということになるだろう」

などとまことしやかに宣伝して廻っていた。

武田に対して徳川は単独では歯が立たないということを誰一人として知らぬ者はな

かった。圧倒的な戦力の差もあるが、武田の騎馬隊の勇猛さがひとたび話題になると、それはもう神秘的なものとなって伝えられ、まず現在のところ日本中探しても、武田の騎馬隊に勝てる者はないだろうということに話が落ち着いて行った。

たとえ掛川城が健在であっても、掛川城の周辺がすべて武田に心を寄せることになってしまうと、徳川にとってはその後の処置がたいへんなことになるというので、気はもんではいるが、武力を背景に進めて行く武田軍の調略工作には手の出しようがなかった。

「このままだと、戦いを交えずして、遠州の民心は徳川を離れて武田についてしまいます、何とか手を打たねばならない」

徳川家康は、次から次と入って来る情報を聞いて苦慮していた。

徳川軍の総力を挙げて武田軍一万と戦って必ず勝てるという自信はなかった。やはり信長の援軍を待って戦うことに終局的にはなるだろうが、いままでの経過から見て信長の援軍はあまりあてにならなかった。

それでも、武田軍をそのまま野放しにして置くわけには行かないから、しきりに信長に実情を訴えて援助を乞うた。

「勝頼には取り合うな、城の守りのみ厳重にして時を待て」

信長からは何度援軍を要請しても、同じ答えしか返って来なかった。

「武田軍は兵糧の現地調達を始めました。いままでと違って、本腰を据《す》えての取り立てでございます」

その報告が家康のいる浜松城に入ってからは、家康もじっとしてはおられなくなった。それまで武田軍の兵糧は荷駄隊によって、本国（甲信地方）から運ばれていた。時には現地徴収をやったがそれほど本格的なものではなかった。

しかし、今回はいささか違っていた。九月の遠州侵入と同時に、武田軍は、まず掛川付近の宣撫《せんぶ》工作から始まって、民心を武田につけ、続いて、食糧の現地調達の方式を示したのである。無闇に徴収するのではなく、年貢名義で広く浅く取り立てるという方針を実行し始めたのである。そのかわり、武田軍が土地の者に乱暴狼藉《ろうぜき》はいっさいしないし、もしそのような者があれば、軍規に照らして厳重に処分することを明らかにした。つまりこの地方を武田の領地としての取り扱いにしたのである。

掛川城があるというのに、それを無視して、このようなことを始めたことは、誰が見ても、この地方は既に武田領であるという感がした。

浜松城では軍議を重ねた結果、武田軍とは正面切っての戦いを避けながらも、遠州の民心を徳川から離反させないための作戦を行なうことになった。

理屈はどうつけようが、初めっから逃げ腰の作戦だった。これでも出兵したほうがしないよりもよいだろうと考えていた。

掛川城主の石川家成は気が気ではなく、何回となく浜松城へ使者を出して、出陣の許可を乞うたが許されなかった。

石川家成としては、城下で人も無げな振舞いをしている武田軍を奇襲して、痛い目に合わせてやろうという腹があったからである。

家康は八方に物見を出して、武田の情報を探りながら、小天竜川を越えて、天竜川の西岸にまで進出した。家康の麾下《きか》およそ五千であった。当時徳川の総力を挙げると八千の兵力を動員できた。此処は味方の領地内であるから、武田一万に対して徳川八千では、徳川軍の方が有利に戦うことができる。それなのに、家康は全戦力をもって武田と決戦することを避け、三千は浜松城に残して置き、家康自ら五千を率いて天竜川の西岸に陣を敷いたのであった。勝頼は一万の兵力を持ってすれば、必ず徳川軍に勝てる自信があった。それ以上の兵力、例えば、一万五千とか二万の軍勢を率いて来れば、徳川方は城にこもって出て来ないだろうと思ったから、わざと味方の兵力を一万にして徳川との決戦を求めたのであった。勝頼は徳川と雌雄《しゆう》を決した上で、信長と戦うべきだと考えていた。

だが徳川方は勝頼のこの気持をちゃんと見抜いていた。

「家康は戦うつもりはないな」

家康の率いる五千が天竜川の西岸に陣を張ったという物見の報告を聞いたとき、勝頼は苦々しい顔でいった。

おそらく、武田軍が天竜川の東岸に達するか達しないうちにさっさと引き上げてしまうだろうと思った。

「逃げ腰の家康をうまく捕える策はないか」

勝頼は進軍に当って軍議を開いていった。

「ただ一つだけございます」

真田昌幸が進んでいった。

「いって見よ」

勝頼の期待の眼に応えるように昌幸は微笑を浮かべながらいった。

「お館様自らが旗本の精鋭五千を率いて、天竜川を押し渡り、家康に決戦を求めるしかございません」

「他の味方五千はどこに置くのだ」

勝頼はすかさず問うた。

「五千は動きません。このままここにじっとしていなければ、敵を戦いに引き込むことはできません」

「ばかな、そんな手があるものか、もしお味方が負けたらどうするか、負け戦になってから駈けつけても間に合うまい、掛川から天竜川までは四里もある」

と小山田信茂が反論した。

「味方も五千、敵も五千、もし敵に戦う気があれば五千と五千の合戦ですから五分五分の戦いになり勝負は容易に決しないでしょう。しかし後詰めの五千が戦場に到着することによって、結局は味方が勝ち、敵は敗走するでしょう、後詰めの五千はその敵を追って、浜松城へつけ入るのです」

昌幸は自分の掌《たなごころ》を指すように説明した。

「そんな作戦はない。味方の総大将を先方衆として敵地に送りこむなどという愚かな戦いがあってなるものか」

馬場信春が真っ向から反対した。そこに居並ぶ部将たちはいっせいに山県昌景の顔を見た。ここで昌景が同じことをいえば、信玄公の両腕といわれた二将の発言だから、議論は進まないだろうと思われた。しかし、昌景はなぜか発言しなかった。

「お館様が先方衆になるのではございません、五千の軍団の中心にお館様がおられるということです。もし敵将、徳川家康が将来天下を狙うような器量人ならば、この一戦に賭けて来るでしょう。五千対五千の戦いとなると、地理的に有利な徳川軍に勝味があると考えるのは武将として当然なことです。きっとこの機会をとらえようとするでしょう」

長坂長閑斎がいった。

「さよう、そこまではそれでよい。しかしお味方五千は苦しい戦いを強いられることになる。損害も大きいだろう」

内藤昌豊がいった。

「さよう、一時はお館様の本陣近くまで敵がおし寄せて来るようなことになるかもしれません。だが、武田は必ず勝ちます。なぜならば、武田は負けることを知らぬ軍隊だからです。逃げることを知らない軍隊だから、いくら味方に損害が出ても引かないでしょう。戦《いくさ》は長びきます。敵はもう少しで押し切れる、打ち破ることができると信じて攻め寄せて来るでしょう。そのようなところへ後詰めの騎馬隊が駈けつければ形勢は逆転し……」

長坂長閑斎が昌幸の作戦計画を自ら案出したかのごとく弁じ立てるのを、

「川中島の戦いをもう一度天竜の河原でやろうというのか」

と、穴山信君が押さえた。

「さよう、結果はそのようになるでしょう。だが、川中島とは大いに違います。敗走する徳川勢を浜松に追い込むと同時に、わが軍も浜松城につけ入ってこれを乗っ取ります。家康の首を上げることも不可能ではないでしょう」

長閑斎は強気一点ばりの主張を貫いた。

「問題は家康がこの策にかかるだろうか、つまり、五千対五千の軍隊の決戦に持ちこむことができるかどうかということだ」

と武田信豊がいった。

「だから、お館様自らが兵を進められないと、この戦いは始まらないと申し上げているのでございます」

真田昌幸がふり出しに戻ったような口をきいた。

昌幸の案に対しては、かなり多くの反発があったが、絶対反対の空気ではなかった。この策の可能性ありやなしやになると、議論よりも技術的な問題になり、使番衆（現在の若手参謀に相当する人たち）が絵図を持って来たり、資料を読み上げたり、員数について答えたりした。

提案者の昌幸はつとめて発言を控え目にしていた。こうなれば、自然のいきおいで、彼の提言が用いられるだろうと思ったからであった。天竜川の西岸に布陣した徳川方五千についての物見の報告が入っていた。布陣が絵図に書きこまれて掲げられた。

「一応、三方ケ原で手合わせはした相手だな」

とそれまで黙っていた山県昌景がいった。いよいよ昌景が決定的なことをいうべき段階が来たようであった。部将たちは昌景の言葉を待つような姿勢で彼のほうを見た。徳川の五千と武田の五千が戦った場合、絶対に勝てるという結論は出なかったが、一敗地にまみれるということも絶対にあり得なかった。とすれば、昌幸のいったとおりに、敵を戦いの中に引き摺りこみ、無我夢中にさせて置き、そこへ、後詰めの部隊の投入による勝利の可能性がないでもなかった。

「だが、戦というものはやってみないと分からぬものだ」

と昌景は一言いった。軍議の結論を求めていたのに、昌景のこの言葉は全くの期待はずれだった。昌景はさらに続けた。

「先代様はたったの一度戦に負けたことがあった。砥石崩れの時だった。なに一つとして負けるような条件がないのに、負けてしまったのだ。だが先代様は負けたことによって、一段と強くなられた」

昌景はそれで言葉を止めた。

「余が家康に負けるというのか」

勝頼が訊いた。

「いえ、そのようなことをいっているのではございません。戦は勝たねばなりません。だが負けることだってあることをお考えの中に入れての上で、真田昌幸の策を取り上げるかどうか御決意のほどをお願いしたいと存じます」

昌景は勝頼の前に手をついていった。結論を勝頼にいわせようとしたのは、武田の新統領勝頼に対する気兼ねであり、勝頼の権威を高めさせたいという配慮でもあった。一同は水を打ったように静かになった。

勝頼は一瞬緊張した顔になったが、ゆっくりと一息つくと、

「信長は天下統一を急いでいる。従って、我等としても急がねばならない。このことをまず第一に頭の中に入れて置かねばならない。家康は明らかに時間稼ぎをしている。決戦を避けながら、なんとか急場を持ちこたえているうちに、信長が大軍を率いて応援に来るものと信じている。これが第二。第三は、父の代に布石されていた、浅井、朝倉等の遠い力がそれぞれ亡び去り、つい最近は、もっとも力にしていた伊勢長島の門徒衆が信長に一人残らず殺された。いまや信長と戦う場合、力になる外界の勢力は皆無であることを考えに入れねばならない」

勝頼は、その一般論を述べた後で、

「余は真田昌幸の提案を採用する。この際、なんとかして、家康を城から引っ張り出して息の根を止めてやりたい」

勝頼のその言葉によって方針は決まった。

作戦会議は細部に渡ってなされ、その翌日、勝頼は五千の兵を率いて天竜川に向い、残った五千は掛川城の包囲に取りかかった。掛川から天竜川までは四里の道である。並足で二刻（四時間）、急げば一刻半（三時間）で行ける。

だが勝頼の率いる軍隊は半日を費して、ゆっくりと天竜川の東岸に到着した。すぐ

に川を渡る気配はなく、部隊を河原に止めて、野宿の用意を始める一方、天竜川のあちこちに物見を出して、渡河点の調査を始めた。

徳川方は大物見（現在でいうところの将校斥候）の他に多くの物見を八方に放って武田軍の動向を監視していた。高天神城や二俣城の動きまでちゃんと家康の本陣に報告されていた。

勝頼が一万の軍を折半し、五千で掛川城を包囲し、五千を勝頼自らが率いて決戦を挑んで来たことは、あらゆる情報を綜合して明らかだった。

「敵は決戦を求めています。五千と五千なら五分の戦い、いや、地の利を得ているわが軍の方が勝てるでしょう。しかしながら、敵は後詰めの五千を持っています。天竜川の河原で合戦が始まると同時にこの五千は掛川城の囲みを解いてやって来るでしょう。そうなれば味方の勝味はありません。敵が渡河作戦を開始したら、さっさと退くのが良策と思います」

酒井忠次が進言した。

これに対して、家康の旗本の本多忠勝は、

「敵が決戦を求めて来たら、まことにさいわい、敵の軍勢が天竜川を半分ほど渡ったところを見計らって総掛かりで、川の中にたたき落としてやりましょう。なんとかして、敵が天竜川を渡り切ったとしても、この渡河作戦でかなりの損害を出すことは必定です。なにしろ、天竜川はこの水量《みずかさ》ですから……」

たまたま、上流で集中豪雨があって、天竜川の水量は多かった。よほど、上手に渡らないと損害を出すことは間違いなかった。

本多忠勝は、天竜川の水量が多いのは天が徳川の味方についたのだとまでいい、更に声を強めた。

「もちろん、武田軍をあなどってはいません、三方ケ原の合戦で、武田軍の強さは充分身にこたえております。だが、五千と五千ならこっちの勝ちです。五千と五千が戦を始めたら、おそらく、掛川から武田軍の後詰め五千が駈けつけて来るでしょう。だから、こっちも浜松城に残っている、三千の味方兵力を繰り出すのです。ここから掛川までは四里、浜松城までは一里、この距離の差が八対五の戦いの結末をつけるでしょう。この勝負は絶対にお味方の勝利です。いまここで、武田軍を叩いておかなければ、敵はいよいよ図に乗って、掛川城はおろか、浜松城までも危うくなるでしょう」

本多忠勝の言葉は熱を帯びていた。

「いかなる合戦においても、合戦の前に絶対の勝利だなどといい切れるものはない。ましてや敵将の中には、山県昌景、馬場信春、などの名将がずらりと顔を並べている。四里と一里の差のことなど、ちゃんと心得ての上の誘いの手である。乗ってはならぬ」

酒井忠次は東三河を代表する大将であった。徳川家康の家臣団のうち、石川数正と並んでの実力者であり、家康自身も、忠次には勝手なことはいえなかった。しかし、本多忠勝はその忠次の面を冒《おか》して云った。

「誘われたように見せかけ、はかられたような顔をしながらその裏を掻く手もございます。いまここで、武田勝頼を前にしながら一戦もせずに退くことは、武門の名折れであると同時に、民心が徳川から離れるきっかけを作ることにもなります。勝負は別として、戦わずして退く手はありません」

本多忠勝はたった一人であっても武田軍と戦いたいような素振りであった。

家康は忠勝の言葉にかなり動かされた。完全な勝利を得ることはむずかしいだろうが、痛撃を与えることは可能だと思われた。忠次の説はあまりにも消極的である。敵の姿を見て逃げて帰るようならはじめから出て来なければよかったのだ。

「忠勝のいうことはしかるべき筋ありと思われるが、いまここで決戦の腹づもりになるのも少々はやり過ぎたことのように思われる。兎《と》に角《かく》、浜松城へは、いつでも出兵できるように準備を命じ、一夜敵の動きを見ようではないか、のう」

と家康は忠次にいった。内心は忠勝の意見に賛成しているのだが、表面上はそのようにいって忠次の前を取りつくろったのである。

「お館様がそのように仰せられるならば、そのようにいたしましょう。だが、武田勝頼との決戦など夢々考えてはなりませぬぞ」

だめ押しの一手で来る忠次に、家康は少々むっとした。

「それは分からぬ。さきほど、そちが絶対勝てると予言できるような戦はあり得ないといったが、その言葉の裏を返せば、絶対に負けると予言できる戦もないことになる。とにかくいつでも迎え討つ用意だけはして置かねばならぬぞ」

家康は忠次にいった。

その夜は雲が低く垂れこめ、一晩中小雨が降り続いていた。夜が明けると共に風が出て来て、空は霽《は》れた。

「対岸に一夜に十一の物見の櫓《やぐら》が組み上がっております」

と家康の本陣に報告があった。

家康は幕外に出た。三丈五尺（約十メートル）ほどのかなりしっかりした物見櫓が対岸に点々と配在され、その上には既に見張りがついていた。銃砲の射程外だった。

（こちらは、敵に備えてなにをやったか。なにもやっていない。敵の動きを探るための物見を放ったぐらいのものだ。その物見さえ、気がつかないように、敵は一夜にしてこれだけのものをこしらえたのだ）

家康は対岸の櫓を望み見たとき、互角の勝負のできる相手ではないことを思い知らされたような気がした。

（とてもかなわない）

そう思ったとき、家康は撤退の考えを決めていた。家康の勘の鋭さだった。

家康は忠次を呼んでいった。

「敵はおそらく、暗夜を利用して渡河点までも決めており、間もなく、河を渡って攻めて来るだろう。わが軍はその時を以て撤退開始を始める。この場合、殿《しんがり》こそ大事、わが徳川の名をけがさないような大将を当てねばなるまいが誰がよいであろうか」

本多忠勝だと心に決めていたのを、わざとそういって、忠次にその名をいわしめようとしたのである。忠次が忠勝を指名したとなれば、あとあと、忠次と忠勝の間がうまくゆくだろうと考えたのである。家康は幼少のころから苦労を重ねた人だったから、このような細《こま》かい神経をよく使った。家康の良いところであり、また家臣団に気を使いすぎる弱点につながる一面でもあった。

「本多忠勝を殿にいたしましょう。彼に千ほどの兵を率いさせて、存分にさせましょう」

忠次は、家康が撤退を決意したので気を楽にしていった。本多忠勝は撤退と聞いて不平面《づら》をしたが、殿を命ぜられ、

「思う存分あばれるがよい」

と酒井忠次にいわれて、家康からは、

「命を無駄にしてはならぬ」

といましめられると、

「立派に殿《しんがり》をつとめてごらんに入れます」

と手をつかえていった。

武田軍が動き出した。五千の兵は河原に沿って展開し、それぞれ渡河点を目ざして進んで行った。

物見櫓からは渡河部隊に盛んに伝令が飛んでいた。一斉に渡河しないと、先に渡河した部隊の損害だけが多くなるからだった。

家康が率いる部隊もまた動き出した。本多忠勝に一千の兵を預け、後の四千は隊伍を整えると、廻れ右をして天竜川に背を向けた。

「それっ、徳川軍は逃げるぞ」

武田軍は渡河地点に向って走った。河を越えて、追撃に移るつもりだった。だがそこには、本多忠勝の率いる一千が残っていた。

忠勝は鉄砲隊を各渡河地点に先廻りさせて、射程距離に入ったところで狙撃させた。武田軍の足並が乱れた。渡河部隊は徳川方の鉄砲隊に対処するため、迂廻《うかい》部隊をずっと上流に走らせねばならなかった。武田側の鉄砲隊も河の中に入って本多隊に向って、撃ちかけた。

この日の合戦はまず鉄砲で始まり、やがて武田軍の迂廻部隊が上陸すると、それに対して本多忠勝の部隊が立ち向い、そうしている間に鉄砲隊が上手に退いた。

忠勝は思う存分に戦えといわれたが、命を無駄にしてはならぬともいわれた。

また命を捨てねばならないほどのさし迫った戦でもなかった。

天竜川は水量《みずかさ》があるので、武田軍の渡河は安易なものではなかった。武田の全軍が渡り切るころには、味方の主力は浜松城の近くまで退いている筈だった。

本多平八郎忠勝は千人の兵を上手に使った。鉄砲隊を退かせると、隊を分散させて、各所で河を渡って来る武田軍の出鼻をくじいた。そしていよいよ武田軍の本隊が河を渡り終えたころは本多隊の大部分は戦場を退いていた。最後に本多平八郎忠勝以下三十八名の騎馬武者が残った。三十八名がことごとく唐《から》の頭《かしら》の兜《かぶと》をかぶっていた。

唐の頭というのは南方から輸入したヤクの尾毛を兜の飾りとしたもので、白色のものは白熊《はくぐま》、黒色は黒熊《こくぐま》、そして、赤色のものは赭熊《しゃぐま》と呼んだ。

唐の頭は当時流行の最先端を行く兜であり、首を振ると長い毛がふわりとなびいた。若武者が欲しがる兜だった。徳川方へは、貿易港の堺を通じてかなりの数が輸入されていたが、武田方で唐の頭をつけている者はいなかった。三方ケ原の合戦で、武田方は五つ六つの唐の頭の兜を取った。それが甲信武士を刺激して、爾来、徳川勢と戦うときにはなんとかして唐の頭の兜首を上げたいと考えている者が一人や二人ではなかった。

その唐の頭の兜首が三十八も揃って、天竜川の河原をうろちょろしているのだから、武田勢は、

「それっ、あそこに唐の頭をつけて敵が集まっているぞ」

とそちらへ向って駈け寄せた。

忠勝等三十八人の騎馬武者は追って来る武田勢をたくみに翻弄《ほんろう》しながら天竜河原から退いて行った。まことに見事な殿の戦い様であった。

武田軍は深追いをしなかった。敵が戦う意志がないかぎり、追っても無駄のことだった。

三河奥郡《おくごおり》二十余郷の代官

勝頼は浜松城を出て決戦する意志のない徳川軍を尻目に遠州一帯をのし廻った。人家を焼いたり、暴行を働いたりというやり方ではなく、徳川に心を寄せている地方豪

族の前に武田の武威を示して味方につけんがための行動だった。住民を痛めつければ、やがてこの地が完全に武田領になったとき治めにくい、それよりも恩を売って置いたほうが有利であった。

武田軍が来ればその前に手をつき、徳川が来れば忠誠を誓わねばならないような宿命になっている戦国の地方豪族の首根っ子を強引に引っつかんで武田方へ向けさせることはできなかった。しかし、勝頼自ら大軍を率いて、遠州一帯に示威行為を続けることは決して無駄ではなかった。戦《いくさ》では勝目がないと決めこんで浜松城に逃げこんだまま、貝のように黙っている家康よりも、いつでも相手になってやるから出て来いと、悠々と歩き廻る勝頼のほうが第三者から見れば勇ましく見えた。

（どうも、この調子だと、結局徳川は、武田に亡ぼされるのではなかろうか）

というような考えを持つ者も中にはいた。武田軍に取ってはそれがつけ目だった。

武田軍の諜報機関はこの時とばかりに、活発に動き廻った。やはり、一万の大軍が背後にいたほうが工作は楽だった。

天野安兵衛、川井助九郎、向坂《さぎさか》陣太夫などはもともと遠州の出身であるからこの地方の細作《さいさく》を指揮するのは上手だった。武田家の諸国御使者衆の組頭の一人奥山庄兵衛もまた遠州通として、二百人近くの手下を使って工作活動を続けていた。また、三河通の諸国御使者衆には、胡桃《くるみ》（または胡桃沢《くるみざわ》）伝兵衛がいた。この下《もと》には山家三方衆の多くの細作がいた。

武田信玄が生存中、よく口にしていたことがある。

〈手立てが尽き果てたときにこそ、兵を進めるものぞ〉

この場合の手立てとは、外交交渉を含めた調略を云うのである。調略を以て敵をがたがたにして置いて兵を進めれば、ほとんど戦いらしい戦いがなくて勝利を収めることができる。そのために信玄は金を惜しまなかった。兵を動かすより金を動かしたほうが、よっぽど安上がりである。

この信玄以来の伝統的作戦は勝頼の時代になっても依然として生きていた。

「家康に戦う意志がないならばそれでもよいと思います。そのかわり遠州、三河の豪族を、ことごとく武田につけるよう調略をすすめることこそ、良策です」

と勝頼に云ったのは、跡部勝資であった。跡部勝資は山県昌景や馬場信春のような実戦型の人ではなく強いて云えば文治派に属する人であった。信玄の時代から重く用いられていたが、勝頼の代になると、勝資の発言力は急に強くなった。

勝資の進言は確かに実《じつ》があった。家康が決戦を避けているならば、その間に、その領土につばをつけて置いたほうが将来のために有利であった。

天正二年（一五七四年）の夏から天正三年五月の長篠の合戦に至るまでの間、武田方の調略活動は実にめざましいものがあった。

調略の方法には種々あった。欲張りには欲の餌を、義理で生きようという者には、のっぴきならぬような義理を作り上げて押しつけ、どうにもならぬような石頭には鉄《てっ》槌《つい》を喰わせた。

相手の欲を利用して味方に引き込むのは最も簡単だったが、当然のことながら、こっちよりいい条件を敵方が示したら叛《かえ》る可能性のあることを頭に入れて置かねばならなかった。

餌として使われたものには、

一、直接に金、銀を与える。

二、ことが成功した場合は、土地をやるという証文を与える。

大きく分けてこの二つになるが、この二つを複合したものもあるし、家康が作手城主の奥平貞昌を叛らせるときの条件のように土地のほかに自分の女《むすめ》をやると約束した場合もある。重要な人物になるほど、付帯条件が多くなるのも当然のことであった。

直接に金、銀を与えて、相手を味方に引き入れる方法は非常に能率的だが、それには金、銀の蓄えが充分になければならなかった。当時武田の財政はそれほど裕福《ゆうふく》とは云えなかった。武田の金は主として黒川金山に負うていたが、その産金もいちじるしく少なくなり、その後手に入れた安倍金山だけでは、戦費を賄《まかな》いきれなかった。従って、その皺寄せは甲・信・西上野・駿河等の住民が税金として負担しなければならない。

「調略には金がいる。その金がかからないように上手にやる方法はないか」

勝頼は、跡部勝資に問うたことがある。

「それは相手に与える証文状の重さでございます」

と勝資は即座に答えて、更に証文状の重さとは如何なるものかについて説明した。

「ただ単に徳川を亡ぼした時点において、何処何処の土地、何百貫をやるというような証文では相手は信用しない。それこそから証文というのでございます。その証文に重みをつけるには或る程度の真実を相手に伝えねばならないと思います。即ち、この次は浜松城を包囲して、武田軍得意の土竜《もぐら》作戦を実施する。隧道《ずいどう》を掘り城の内部に爆薬をしかけて、一挙に粉砕するというようなことを相手が納得するように話してやらねばならないでしょう」

「そんなことを云っていいのか、それは軍の機密に属することではないのか」

「そうではございません、既に武田軍は、この方法を松山城攻撃のときにも、野田城のときにも用いています。小田原城のときにも、そうしようかと考えたほどです。味方が浜松城を包囲すれば、敵は、武田の土竜部隊が間もなくやって来るだろうことを予想するでしょう。当然のことです。だが、いまお館様が、それは軍の機密に属することではないかと仰せられたように、このことを耳打ちされた相手も、びっくりするでしょう。驚ろかせ、信じさせ、そして証文を与えるのが、証文に重さをつけるということでございます」

勝資はこの証文に重みをつける方法について諜報機関に所属する重だった者を呼んで指導した。

証文に重さをつけることは、一方では、証文の重さが噂となって流れ出し、敵に不安を与えると同時に民心の離反を促進するものだった。

菅沼伊賀守政武は山家三方衆の菅沼一族の一人であったが、浜松にて百貫文の地を与えるという証文を与えられ、勝頼に忠誠を誓った。

浜松城には現に家康主従がいた。それなのに勝頼は、その浜松で百貫文の土地を与えるという証文を書いたのである。

勝頼は必ず浜松城を攻め落とし、家康の首を上げるか、追放するか何れかにするつもりでいた。菅沼伊賀守政武もまたそれを信じていた。三河通の諸国御使者衆胡桃伝兵衛の口車に乗せられたのである。

この菅沼政武が三河奥郡《おくごおり》（現在の渥美半島一帯をさす）に住む小谷甚左衛門を連れて勝頼の本陣に面会を求めて来た。そのころ勝頼の本陣は井伊谷《いいのや》にあった。

「大事のことゆえ、直接勝頼様に御引見願いたい」

と菅沼政武は云った。

こういう云い方に馴れ切っている武田の家臣は、まずこのことを跡部勝資に告げた。お館様以外で知っている大将はいないかという問いに対して、政武が、跡部勝資の名を出したからであった。

勝資は菅沼政武と小谷甚左衛門の顔を見て、これはなにか重大な情報だなと思って、勝頼と同席で会って見ることにした。

勝資は菅沼政武と小谷甚左衛門を、勝頼が宿所としている寺に招いて、勝頼に直々会うことは、無理である、もしどうしてもということになると、三、四人の重臣が同席するがそれでいいかどうかを訊ねた。政武はこれを承知した。

勝頼は跡部勝資、山県昌景、長坂長閑斎の三人を引きつれて、会見の場に出た。菅沼政武は、どちらかと云えば口下手の方であった。それが、勝頼の前で緊張したせいか、言葉につまり勝ちであった。くわしくは、どうぞ小谷甚左衛門にお聞き下さいと、小谷に話を譲ってからはほとんど口をきかなかった。

小谷甚左衛門は一癖ありげな顔をしていた。勝頼の前だったが、いっこうに臆《おく》するふうがなく、云うべきことはきちんと云った。

「私は三河奥郡《おくごおり》二十余郷《よごう》の代官大賀弥四郎の手代小谷甚左衛門と申します」

と既に身元については菅沼政武の口から伝えられているにもかかわらず、もう一度名乗った。そうしたほうが、あとの話のつなぎがうまくゆくと考えたからである。

小谷甚左衛門はまず主人大賀弥四郎の言葉として次のように述べた。

「主人弥四郎が申すには私はかねてから武田信玄公を尊敬しておりましたが生前お目にかかることはできませんでした。勝頼様の代になっても武田殿に心を寄せる気持は全く変わっておりません。今度菅沼政武様のおすすめもありましたので、喜んでお味方つかまつる所存でございます。お味方に加えていただくについては、城を一つ土産にしたいと思っております。それについてお聞きとどけいただければ、結構なことと存じます……」

主人の弥四郎はこう申しておるのでございますと云って、甚左衛門が示した献策は岡崎城乗っ取り計画であった。

大賀弥四郎は奥郡二十余郷の代官であるから、岡崎城で顔を知らない者はない。弥四郎が先頭に立ち、家康によく似た者に、鎧兜《よろいかぶと》を着せて馬に乗せ、これを武田の強者、四、五百人に守らせ、岡崎城の城門に立って、家康を案内して来たと大声で云えば、城兵は必ず門を開けるだろう。

武田の精鋭は直ちに城門を取り、城郭の一部を占領する。当然城兵との激しい戦いとなるであろうが、武田の本隊からはつぎつぎと騎馬隊の応援をさしむければ、勝頼の本隊が岡崎城に到着する以前に、城将徳川信康《のぶやす》の首は挙げられているだろう。

大体このような作戦であった。

「尚、岡崎城から逃げ出したものは、海路、浜松へ行こうとするでしょうが、その点は海上にて網を張り、一人残らず、捕えてしまいます」

と補足した。

これは、いわゆるつけ込み戦法であって、古来から、館攻撃などにはしばしば用いられた方法である。急使を装って門を開けさせ、門に入ってあばれ廻っているうちに隠れていた味方が乱入するのである。しかしこういう方法が、そうたやすく岡崎城のような大きな城で成功するとは、考えられなかった。

第一に、前触れもなくいきなり家康が岡崎城へ行くことはない。第二に、奥郡の代官が家康の案内に立つようなことは考えられないし、たとえあったとしても、城門を開けろと命ずるのは旗本の大将でなければならない。第三には、五百人もの将兵を徳川の軍勢に偽装《ぎそう》することのむずかしさであった。

勝頼も跡部勝資も長坂長閑斎も山県昌景も同時にこのことに疑問を持った。

（こやつ臭いぞ）

と思った。ひょっとすると徳川方の策かと考えた。しかし、その子供でも考えそうな計略をいかにももっともらしくべらべらしゃべっている小谷甚左衛門を見ていると、

（ひょっとしたら、こいつらは本気でこんなことを考えているのかもしれない）

と思った。

長閑斎がまず質問した。

「よく分かった。なかなか良い策だと思うがもう少し慎重に考えてみる必要がある。ところで、無事、岡崎城を取ることができたら、そちの主人の大賀弥四郎は恩賞として何を望むか」

小谷甚左衛門はその言葉を待っていた。

「そのときは岡崎城主にお取り立てのほどをお願い申し上げます」

甚左衛門は当り前だという顔で云った。勝頼は危うく吹き出すところであった。

(愚か者め、そう簡単に城が取れるものか、たとえ取れたとして、たかが二十余郷の代官風情《ふぜい》に岡崎城などまかせられるものではない)

そうは思ったが、あまりにも、現実ばなれした計略とその恩賞の要求に、正面切って取り合う気もなくなった勝頼は、

「よし、よし、首尾よく岡崎城が取れたら、大賀弥四郎を城主にしてやるぞ、帰ったら、主人にそう申し伝えよ。なお念のために云って置くが、かようなことは余人に洩らすではないぞ。そのうち、なんらかの沙汰があるまでは、なにごとにも気をつけて、静かにしておることだ」

と云って勝頼は席を立とうとした。すると小谷甚左衛門は、大きな声で、

「お忘れものでございます。証文を賜りとうございます」と云った。勝頼はむっとしたような顔をしたが、傍にいた跡部勝資が勝頼にかわって云った。

「いまそちの申したことは重大事である。充分に策を練らねばならないし、これからも細部について打ち合わせを重ねずばなるまい。証文や誓書を取り交わすのはしばらく後になると心得て置くように」

跡部勝資の鋭い口調に小谷甚左衛門はようやく、自分の置かれている立場に気がついたようであった。

勝資は、その日のうちに三河奥郡二十余郷の代官大賀弥四郎の身元調査を胡桃伝兵衛に命じた。

胡桃伝兵衛がおおよそのことを調べて来たのはそれから十日後であった。

「大賀弥四郎の先祖は松平家に代々仕える被官でありましたが、弥四郎の父弥市郎の代に功があって取り立てられ、その後家康の代になって奥郡二十余郷の代官となり、弥四郎はその後を嗣《つ》いだのでございます。代官としての評判は可もなく不可もなくまあまあというところでございます」

伝兵衛は跡部勝資に報告した。

「その可もなく不可もない奥郡の代官が、なぜ岡崎城乗っ取りなどというようなことを考え出したのであろうか」

　勝資が首をひねった。

「それがよく分かりませぬが、弥四郎と申す男は、今までも、時々妙なことを云うことがあったそうでございます。去年の春には、信長様が迎えに来るからその用意をしろなどと家人に云ったことがあります。家人は、そのようなことがしばしばあるから、相手にはしないでいたとか……」

　伝兵衛は、これですべてがおわかりでしょうと云ったふうな眼で勝資を見た。

「つまりその弥四郎と申すものは、陽気病みと見えるな」

　陽気病みというのは、春先の芽吹《めぶ》きどきになると、妙なことを云ったりしたりする軽度の精神障害を持っている人のことで、たいして人に迷惑を掛けるわけでもなく、季節の移るとともにけろりと治るから、それほど問題にはされなかった。どこの村へ行っても一人や二人はいるもので、特に近親結婚の多い僻村《へきそん》には必ず居た。

「さよう、陽気病みと云えば、そのようにも思われますが、弥四郎の母者なるものの死に様からすると、また別のようにも考えられます」

　伝兵衛の話によると、弥四郎の母は、彼が三歳のとき、近くの池に身を投げて死んだ。

「池の主が、夜毎にやって来て、私に不倫を迫る。とても苦しくて生きてはおられないと云って死んだのでございます」

「つまり弥四郎はその母の血を受け嗣《つ》いでいるというのだな」

「さようでございます。しかし、それも特に目立つほどのことはなく、これまで大過なく来たのですが、なにかの刺戟で、突然、途方《とほう》もない夢を見るようになったものと思われます」

胡桃伝兵衛の云うところのなにかの刺戟というのは菅沼政武との接触だった。政武は、武田の味方になるべき者をひそかに探していた。その最中に大賀弥四郎に会ったのである。

「これはちと面倒なことになるかもしれないぞ」

勝資は考えこんだ。大賀弥四郎という男が普通の男ならいいが、少々頭がおかしいということになれば、なにをしでかすか分からない。それが心配だった。徳川方に迷惑がかかることとならかまわないが、武田の方に不利になるようなことになっては困る。

「まあいまのところ、たいして心配することはあるまいと思いますが」

と胡桃伝兵衛は云っているが、気にかかることは菅沼政武がその大賀弥四郎に、三河において既に武田に通じている者はなんのなにがしと、その名を告げていはしないかということだった。菅沼政武もそういうことには慎重な筈だが、なにかのはずみで菅沼政武の勧誘によって、武田方へ味方しようと約束した者の名の一人や二人洩らしたかもしれない。弥四郎が常人ならいいが、少々頭がへんだとすればなにかの折にその名を云いふらすおそれがある。勝資はそのことを心配していた。

「とにかく菅沼政武を呼んで、もう一度くわしい話を聞こう」

勝資は胡桃伝兵衛の労をねぎらって帰した。

勝資が菅沼政武のところへ使いを出そうとしているところへ、その政武が大賀弥四郎について話したいことがあると云ってやって来た。彼は悲痛な顔をして云った。

「実はまことに容易ならぬ事態が起りそうでございます」

と前置きして政武が話したところによると、もともと政武が大賀弥四郎のところへ、武田の味方になるように誘いに行ったのではなく、大賀弥四郎の家来の小谷甚左衛門が政武のところへ来て、実は私の主人があなた様に会いたいから是非来てくれというから行ったところが、弥四郎の方から先に武田の味方につきたいといい出したという話を始めた。

「いろいろと話した後で、徳川方についての重大な秘密を教えるから、直接勝頼様に会わしてくれと、云われましたので、つい口車に乗せられて」

と頭を下げた。政武はまさか、小谷甚左衛門が、岡崎城乗っ取りなどと、あの夢のような話を持ち出すとは思ってもいなかったということであった。

「いったいこれはどういうことなのだ」

勝資はかなり不機嫌な顔をした。

「小谷甚左衛門という男が仕組んだものか、或いは大賀弥四郎の手代蔵地平左衛門、山田八蔵なども一緒になってたくらんだ芝居ではないかと考え、探って見ましたが、どうもこれには、もっともっと奥深いものがあるように思われます」

政武の言葉には次第に緊張が加わって行った。

「というと、背後に徳川の……」

勝資は徳川方の手が動いているのかと訊こうとした。

「徳川家ではあせっております。高天神城が落ちて以来遠州はもとより、三河一帯に渡って武田家の手が伸び、人心が動揺していることを非常に気にしております。このまま放って置けばなにが起るか分かりません。これはおそらく徳川方が民心を押さえるために考え出した一つの方策ではないかと思います」

「よく分からない。そちの考えを云ってみるがよい」

「つまり、裏切り者を作り出し、それを極刑にすることによって、人心の統一を計るというまことに無残なやり方です」

政武にそう云われて、勝資ははっと気がついた。

大賀弥四郎という代官は居てもいなくてもいいような代官である。しかも弥四郎の頭は少々、おかしい。その弥四郎をおだて上げ反逆者に仕上げたところで、徳川の腹は痛まない。

（だがしかし、そのような非道なことが果してできるであろうか、少なくとも武田の領内ではいままでかつて、そのような例はない）

勝資は考えこんだ。戦国だから裏切り者は罰せられるのは当然であった。信玄も、降伏した者は許して、武田の戦力として使い、手柄を立てればどんどん取り立てて行った。そういう例は多い。また一度降伏して置いて寝返ったものは徹底的に攻め、その一族を亡ぼした。この例も枚挙にいとまがないほどである。

だが、なんの罪もない領民を反逆者に仕立て上げて殺すというようなことはいまだかつてないことであり、今後もあってはならない。それは非道を超えた鬼の行為である。

「政武、そちの考え過ぎではなかろうか、徳川家康ともあろう者が、そのような人道を無視したことを考え出すとはとても思えない」

勝資は疑っていた。

「家康が考え出さなくても、家来の中に、そういうことを考え出す者があり、その策を強く薦《すす》めたら、家康としても承知せざるを得ないでしょう。極端な云い方をすれば、現在の徳川家は東三河の勢力を代表する酒井忠次と、西三河の勢力を代表する石川数正の二大勢力の間に立って息をついているような状態です。家康も酒井忠次と石川数正の二人には頭が上がりません、その二人のうちのどちらかが考え出した策であったら、かえって通りやすくなるでしょう」

政武は自信あり気に云った。

「なにか、これに近いような例があったのか」

勝資の問いに対して政武は膝を進めて云った。

「高天神城の攻防戦の真っ最中のことでございます。城内から匂坂《さきさか》牛之助が忍び出て浜松城へ救援を乞いに行きました。この牛之助に家康は恩賞として領地を与えることを約束した上、高天神城に帰って織田の援軍が浜松の城下まで来ていると報告せよと命じました。つまり嘘を云えと云ったのです。牛之助はそのとおりにしました。そしてその牛之助は、高天神城落城後に、浜松城へ帰ると、裏切り者の汚名の下《もと》に斬られたのです。口をふさぐためです」

「それはひどい、そんなことがあったのか」

「徳川家康という人は、勝つためならば、手段を選ばない人のように思われます。私が武田殿へついたのも、匂坂牛之助の話を聞いたからでございます」

勝資は政武の話をそのまま勝頼に伝えた。その席には、山県昌景と長坂長閑斎、真田昌幸がいた。

「まさか、それは菅沼政武の考え過ぎであろう。もし徳川殿がそのような心の狭い人であったならば、あの若さで、現在のような地位に立てるわけがない」

昌景は徳川殿と殿をつけた上、はっきりと、家康不信論を否定した。

長坂長閑斎は、いや、そういうことはあり得ることだと前置きして云った。

「匂坂牛之助の件は、おそらく事実だろう。それに近いことを聞いたことがある。しかし、匂坂を斬れと命じたのは家康か忠次か数正か、分からない。一番可能性のあるのは酒井忠次である。しかし誰が斬れと云ったにしろ、家康が非難の的から逃れるわけにはいかないだろう。問題は徳川方や織田方には、戦《いくさ》に勝つためには手段を選ばないという、非人道主義が平然として横行《おうこう》していることだ。われわれはそれを直視しないといけない。信長は、天下平定のために、叡山《えいざん》を焼き、五千の人を殺し、伊勢の長島では三万の善男善女を焼き殺した。目的のためには平気で人を殺すまことに恐ろしい男だ。徳川家康が信長の真似をしていることは或る程度考えられる」

長坂長閑斎は智将と云われるだけのことはあった。ものごとを大局から見て考えようとしていた。

昌景はそれには抗弁しなかった。昌景の頭の中には、信玄を通じて見ていた天下があった。合理の上に立つ領主があり、国があった。そうでなければならないという彼なりの理論があった。真田昌幸が身動《みゆる》ぎをしてから口を開いた。

「世の中は変わって行く。信長の考え方は、古い物をすべて打ち毀《こわ》してその後に新しいものを建てようという考え方だ。徹底して、焼き、破壊し、殺し、そしてその焼野原の上に理想国家を造ろうというのが、彼の考え方である。恐るべき思想である。いままでの日本になかった考え方である。家康はその亜流である。それほど気にすることはないが、信長の影響下に伸びて来た彼の行き方には警戒が要る」

真田昌幸はそこで言葉を切った。

「そちたちのいうことはいちいちもっとものことに聞こえる。して、大賀弥四郎に対しての処置はいかにしたらよいというのか」

勝頼がいささか堅い調子で問うた。それぞれが一口ずつ答えた。

昌幸「手出しは無用、静観すべきだと思います」

長閑斎「敵が弥四郎を極刑に処することによって、民心を統一しようというならば、その策を妨害するために弥四郎を斬り捨てるべきだと思います」

昌景「たとえ弥四郎が徳川殿の策に乗ぜられた者であったとしても一度は武田に従うと申し出た者である。斬るなどということは断じてしてはならぬ」

勝資「弥四郎は証文を欲しがっているが、これは与えぬほうがよい。与えれば、敵はそれを悪用せぬとも限らぬ。しばらくこのままにして、大賀弥四郎、小谷甚左衛門、倉地平左衛門、山田八蔵など大賀弥四郎の重だった家来の動静《どうせい》を探ることにしたらどうであろうか」

四人の意見が出揃ったところで勝頼は、跡部勝資の提案を採用した。

然処に、天正三年乙亥に、家康御普代久敷御中間に大賀弥四郎と申す者に、奥郡《おくごほり》二十余郷の代官を御させ給ひて、なにかに付て不足成事なく、ふつきにくらすのみならず、あまりの栄花《えいぐわ》にほこりて、よしなきむほんをたくらみて、御普代の御主を討奉りて、岡崎の城を取て、我が城にせんと企《くはだて》けり。(大久保彦左衛門忠教著『三河物語』原文通り)

竹鋸にて引き殺す

三河奥郡《おくごおり》二十余郷の代官大賀弥四郎は小谷甚左衛門の話を聞くと、もはや岡崎城主となることは既成の事実のように思いこんで、妻のおたけに云った。

「おれは近いうちに岡崎の城主になる。そうなれば、お前はお方《かた》様、み台《だい》様と呼ばれて、多くの侍女にかしずかれるし、子供たちは子供たちで城主のお子様としてみんなに大切にされるようになる。田舎代官の暮しとは全く違ったものになるだろう」

おたけはまた例の病気が始まったのだと思った。陽気病みは春と決まっているのに、なぜ秋の末に出たのか、そこらあたりが分からなかった。春先になると、必ず妙なことをいったりする彼には馴れていたが、いまごろ、そんなことをいうのが気になったので、

「なんの手柄も立てないお前様がなぜ、岡崎城の城主になるのです。私にはどうしても納得できません」

と云った。すると、弥四郎は、声をひそめて、これは内緒だがと前置きして、

「実は武田勝頼様のお味方をして、岡崎城を乗っ取ることが決まったのだ。先日小谷甚左衛門を勝頼様のところにやって、その打ち合わせをした結果、岡崎城主になる内諾を得て来た」

と真顔で答えたのである。

「あなた様は、御謀叛《むほん》を……」

とおたけが声を上げるのを、弥四郎は懸命におさえて、

「これ声が高い。そういうことは迂闊《うかつ》に口にするものではない」

と云った。

おたけは、心の底から冷々とするほどの恐怖を味わうと同時に、謀叛を平気で口に

している夫を見直した。

（やはり夫は病気なのだ。病気に間違いない）

春になるときっと出る、あの陽気病みがなにかの間違いで秋の末に訪れたのだと思いたかったが、陽気病みと今度の病とはいささか違うようにも思われた。春先にかかる病は、とりとめもないことを大声で口走るし、だいたい目つきが違う。ところが今度は、目つきはちゃんとしているし、声を落としていうあたりは常人である。ただ彼が云っている内容が、常識ある者の云う言葉には聞こえないのである。

（夫がなにをどうたくらもうと、たかが奥郡二十二郷の代官の力で岡崎城を乗っ取ることなどできる筈がない）

おたけはまず情勢を判断し、次には、小谷甚左衛門が勝頼のところへ使いに行ったということに疑いを持った。小谷甚左衛門は、大賀弥四郎の代官手代であったが、身内でもなければ、従来からの主従の関係でもなかった。岡崎のお城の方から派遣されて来た、云わば目付手代のような存在であった。大賀弥四郎のやり方に不都合があれば、岡崎のお城へまず第一に報告しなければならない小谷甚左衛門が、武田勝頼と会って岡崎城乗っ取りを相談して来たなどということはまことにあやしいことだと思った。

（これにはなにか容易ならぬ秘密があって、人のいい夫の弥四郎はうまく利用されて

いるのではなかろうか）

おたけはそう考えた。

人がいいというよりも、少々抜けていて、しかも陽気病みの弥四郎をもし誰かがだまそうとすればわけのないことであった。おたけは身震いをこらえながら云った。

「あなたは、誰かにだまされているのですよ。よくよく考えてごらんなさい、いくらあなたがじたばたしたところで岡崎城乗っ取りなんかできる筈がないではありませんか。これはきっとあなた様をおとし入れる罠です。それに違いありません」

と云ったが、弥四郎はせせら笑って云った。

「やっぱりお前は女だ。女に男の大志なんか分かるものではない。こんな話をするのではなかった。しかし云ってしまったのだから、お前も身辺に気をつけて、怪しい者の出入りには気をつけるように」

怪しい者こそ、弥四郎その者であり、小谷甚左衛門であるのに、他に怪しい者でもいるようなことを云っている夫を見ているとおたけは、今のうちに自分の力でなんとかしなければならないと思った。

だが、おたけはすぐには動かなかった。もう少し模様を見たいという気持もあったが、本心は、弥四郎がそんなことを云ったのは、やはり季節の病気のせいだと思いたかったのである。もしそうなら寒くなればきっとよくなるだろうから、もう少し待ってみようと思ったのである。

おたけはそれとなく弥四郎を監視したが、弥四郎は別に、人を集めたり、出て歩いたりもせず、家にいて、酒ばかり飲んでいた。そして酔っ払うと、使用人に、

「間もなくおれは殿様と云われるような身になるのだから、そうなったときにまごつかないように、いまのうちに殿様と呼んでおけ」

と云った。使用人はへいへいんな顔をしながらも、おたけと同じように、陽気病みが、なにかの間違いで秋の末になってやって来たのだろうと思って別に問題にしなかった。しかし、殿様と呼べという癖は、冬になっても、年を越してもいっこうにおさまらず、

「三月になればおれは岡崎の殿様となる」

などと、とんでもないことを口にするようになったので、陽気病みではなくて、こんどこそほんとうに狂ったのではないかと顔を見合わせる者や、中には、あんなことを他人に聞かれて咎められたらと心配する者もあった。おたけはその使用人たちの前では、

「うちの旦那様の陽気病みは今度は少々重いようですが、やがてはきっと治るでしょうから、内聞にして置いてくださいね」

と云った。だが内聞にしてくれというようなことは自然に洩れるもので、やがて、

人の口から口を伝って、

（大賀弥四郎は近いうち岡崎の殿様になると云っているそうだ）

というような噂が付近の村々に流れるようになった。

蔵地平左衛門はおたけの義兄であり大賀弥四郎の代官手代であった。蔵地平左衛門は、妙な噂を耳にしたがと、前置きをして、おたけに、弥四郎の身になにがあったかを訊いた。

おたけははじめは隠していたが、とうとう、隠し切れなくなって、弥四郎から聞いたことをそのとおり話した。蔵地平左衛門は顔色を変えて、

「なぜもっとはやく云わなかったのか」

と云って、考えこんだ。おたけがなにを訊いてもしばらくは答えなかったが、ややあって、

「これは小谷甚左衛門とその背後にある者が仕組んだ罠《わな》で、もはやどうにも逃げられないことになっているかもしれない」

と云った。

「その背後の者って、いったい誰ですの」

と訊くおたけに、蔵地平左衛門は、

「おそらく服部半蔵《はっとりはんぞう》であろう」

と云った。平左衛門は小谷甚左衛門が徳川家康の下で、伊賀衆の組頭として諜報《ちょうほう》活動をしている、服部半蔵の下にいたことを知っていたのである。

「なんとかうちの人を助けることはできないでしょうか」

拝むようにいうおたけに対して蔵地平左衛門は、ひとこと云った。

「今となったら、どうしようもない。既に噂は流れている。やがて弥四郎殿は捕われ、処刑されるだろうし、お前も子供たちもそして、このおれも謀叛者の同類として殺されるであろう。一族がみな殺しにされずに、なんとか生き抜ける道は唯《ただ》一つ、気の毒だが、弥四郎をおれが斬って捨てることだ。勿論《もちろん》このおれは私恨のために殺したという遺書を残して切腹して相果てるつもりだ。そうすれば、お前や子供たちにまでお咎めはないだろう」

平左衛門は云った。だが、おたけはそれを承知しなかった。そんなことをしないでも、なんとかして逃れる道があるだろうと思った。こっちが悪いのではなく、悪いのは向うなのだからという単純な罪悪観でものごとを考えようとするおたけには、平左衛門が、

（謀叛者を仕立て上げ、その者を極刑にすることによって、世間に対する見せしめとし、武田へなびこうとする人心に歯止めをかけようという徳川方の政策である）

と云って聞かせても無駄だった。

おたけは二重の不安におびえた。謀叛という廉《かど》で捕えられはしないかという不安と、義兄の蔵地平左衛門に夫の弥四郎が殺されはしないかという心配だった。だからどうしたらよいかと考えてみてもいい思案は浮かばなかった。おたけは一晩考えた末、代官手代山田八蔵のところへ相談に行った。大賀弥四郎には三人の代官手代がいた。小谷甚左衛門は目付手代であり、蔵地平左衛門は姻戚《いんせき》関係の代官手代であった。山田八蔵の先祖は大賀家に代々仕えていた。両家は主従の関係にあった。八蔵は学問がよくできたし、人柄がよいので取り立てられて、代官手代となった。支配地の住民には慕われていたが、いささか小心者であった。

おたけは山田八蔵にすべてを話してしまった。彼なら、他言はしないだろうし、主家のためなら、なにかよい思案を出してくれるだろうと思った。

山田八蔵は話を聞いているうちに慄《ふる》え出した。慄えは話が終ってもとまらなかった。

「なにかよい思案がないでしょうか」

とおたけに訊かれても思案はおろか、そのことを口にさえできないほどの恐怖におち入っていた。山田八蔵が頼り甲斐のない人間だとはじめて知ったおたけは、秘密を話してしまったことについて悔いたが、もはやどうしようもないことであった。

「黙っていては分かりません、ひとことでいいから、どうしたらよいか云ってください」

とおたけがややきつく云うと、八蔵は唇をぶるぶるふるわせながら云った。

「こうなったら死ぬしか仕方がありません」

それだけ云うと泣きだしたのである。どうしようもなかった。

その山田八蔵がその夜こっそり家を抜け出して、岡崎に走った。

蔵地平左衛門が、おたけから、山田八蔵と会ったという話を聞いて、いそいで八蔵の家へ行って見ると、既に彼の姿はなかった。

「ああ、すべては遅きに過ぎた」

と蔵地平左衛門は天を仰いで嘆いた。平左衛門は八蔵がなにをやろうとしているかよく知っていた。小心ものの八蔵は、おたけから聞いた話を自分の心の中にしまいこんでは置けない。彼はまず自分の助かる道を考えた末、訴人の方法を思いつくだろう。訴え出れば、少なくとも彼と彼の家族は助かる。それに気がつかない彼ではない。

蔵地平左衛門は、大賀弥四郎に会って、すべてを話した。おそらく山田八蔵は岡崎城へ訴え出たに違いない。追手が来ないうちに、遠州へ逃げるようにすすめたが、弥四郎は平然として云った。

「いざというときには勝頼殿が助けに来てくださることになっている。なんで逃げる必要があろうぞ」

しかし、その弥四郎をそのままにして置くわけには行かなかった。蔵地平左衛門は、まず小谷甚左衛門を斬り捨ててから、大賀弥四郎を連れて遠州の知人の許に逃げようと考えた。

蔵地平左衛門は数名の手下をつれて、小谷甚左衛門の家へ向ったが、既に逃亡した後だった。こうなったら、一刻も先を急がねばならなかった。その夜蔵地平左衛門は、大賀弥四郎に酒を飲ませて、酔ったところを駕籠に乗せて、遠州の森へ向った。おたけと五人の子供も同道した。だが、この動きは、すべて、小谷甚左衛門の手の者が見張っていた。一行は伊古部というところまで来たとき、岡崎城から来た追手の者に捕えられた。蔵地平左衛門はその場で殺された。

岡崎城の徳川信康は山田八蔵の訴えを聞いて驚いているところへ、大賀弥四郎逃亡の報が入ったから追手をさしむけたのである。

信康は大賀弥四郎を取り調べた。山田八蔵が訴え出たとおりであったが、悪びれもせず、べらべらとなんでもしゃべるし、謀叛についての道義もいっこうにわきまえがない大賀弥四郎に不安を感じて訊いてみた。

「この岡崎の城へ武田の軍勢を案内して、やすやすと入れると思っていたのか」

「入れますとも、現にいま入っているではないか、こうしている間も、勝頼様は拙者を助けるため、三万の軍を率いて、足助城のあたりまで来ておられる」

弥四郎は平然と答えた。信康はこの男は頭が少々おかしいのではないかと思ったので、そのまま、彼と家族たちの身柄を浜松城へ送った。

浜松城では大久保忠世が大賀弥四郎の取り調べに当った。

大賀弥四郎は小谷甚左衛門、蔵地平左衛門、山田八蔵等と計り、武田勝頼と気脈を通じて、岡崎城を奪取しようと企てたが、山田八蔵が密告したために、ことは破れ、小谷甚左衛門は二俣城へ逃亡し、蔵地平左衛門は逃げる途中討手に斬られ、大賀弥四郎は捕えられたという罪状が明らかにされた。

また、小谷甚左衛門については、遠州の国領（浜松の北）まで逃げて来たところで、服部半蔵の手の者に追いつかれて、一時は捕えられそうになったが、天竜川に飛びこんで姿をくらまし、とうとう武田方の二俣城へ逃げこんでしまったと、ことこまかく発表された。

大賀弥四郎の妻おたけと五人の子供はろくろく取り調べることもなく、大反逆人の妻子ということで、念子原《ねんじばら》（根石原）で磔《はりつけ》にかけられた。

おたけは捕えられたときに観念した。まさしく蔵地平左衛門が云っていたように、罠《わな》にはまったのだと思った。

弥四郎がへんなことを云い出したとき、すぐ蔵地平左衛門に告げたら、或いはことなく済んだかもしれないし、或いは平左衛門の云ったように、夫の弥四郎を殺すことによって、家族が助かったかもしれないが、今となってはどうしようもないことだった。できることならことの真相を知りたかった。しかるべき者から、実はこれこれしかじかだ、気の毒だが死んでくれと云われたら、同じ死ぬにしても楽な気持で死ねるのに、大罪人の妻子という名のもとに殺され、多くの人の目にさらされることはなんとしても情けないことだと思った。

おたけは処刑される前に一言だけ云うことを許された。許されたというよりも、猿《さる》轡《ぐつわ》を取り去られたから自由にしゃべることができたのである。

「私の夫の大賀弥四郎はばかな男でした。しかし、謀叛人ではありません。謀叛人に仕立て上げたのは徳川家康その人です。みなの衆、よくよくお聞きなされ、徳川様は罪なき者を謀叛人にしてまで、人々の心を徳川に繋ごうとしているのです」

最後の言葉が終らないうちに、おたけは血に染まった。そして、いたいけな子供たちが次々と非情の槍にかかって死んで行った。

おたけとその子供が殺された直後に浜松城の牢に入れられていた大賀弥四郎が妻子に会わせると云って、念子原に連れ出された。

処刑を見に来た見物人は弥四郎を見て足を止めた。

弥四郎は死んだばかりの妻子の姿を見て、さすがに驚いた様子だった。

「なぜ、なぜこのようなむごいことをなされるのだ」

馬上に縛られたままでいる彼はできるかぎりの声を上げて云った。

「知れたことよ、反逆の罪を犯した者は一族ことごとく殺されるのが、掟ではないか」

その声に弥四郎は大声を上げて云った。

「反逆の罪ってなんだ。反逆の罪をでっち上げたのは、いったい誰なんだ。そして、なぜそいつの罪を咎めないのだ」

弥四郎は寒風に吹き曝しになっている妻子の無残な姿を見て、ぼんやりと濁っていた頭の中が一瞬はっきりして、反逆の罪に追いこまれた自分の姿を見たのだ。しかし、それはごく短い間のことだった。妻子の姿を涙を流して見ている弥四郎の眼からやがて光が失われ、そして以前よりも増して濁って来ると、彼は突然、げらげらと笑い出したのである。

「おい、おたけ、お前は死んだのか、子供たちも、一足先にあの世とやらへ行ったのか、やれ目出たいことだ、目出たいことだ」

そして、その後が歌になった。誰が見ても、弥四郎が狂ったとしか見えなかった。

弥四郎は刑場から連れ去られて再び牢屋に入れられた。

おたけと五人の子供が磔《はりつけ》にかけられた念子原にその翌日高札が立てられていた。

大賀弥四郎は岡崎城を乗っ取ろうなどと企てた事実はない。すべてこれは、徳川家康の命によって行なわれた作りごとである。わざと罪人を作り上げて処刑し、これを見せしめにしようとしたものである。大賀弥四郎は人のいい代官だったが、少々愚か者であった。その弥四郎を謀叛者に仕立て上げたのは、小谷甚左衛門である。小谷は二俣城に逃げこんだと発表されたがそれは嘘である。彼は伊賀衆の服部半蔵のもとに隠れている。

徳川の家を康（やす）けく置くために
無実の人を殺す狂言

達筆で書かれてあった。やがて、役人に見つけられて撤去されるまでに、字が読める何人かの目に止まり、それは言葉となって人々の耳から耳に伝えられて行った。徳川方はこの立札を重視した。立てたのは武田方の乱波《らっぱ》か透波《すっぱ》に間違いがない。おそらくこれから先もこのようなことがあるだろうから警戒を厳重にするようにと、各地に触れが出された。

弥四郎は高手《たかて》小《こ》手《て》に縛られたうえ、後向《うしろむ》きに馬に乗せられ、縛った縄の端を馬の鞍にくくりつけられた。これだけではまだ不充分と思ったのか、彼の身体と鞍とを鎖でつないだ。弥四郎の背には謀叛人と大書された旗差物がつけられた。馬の前後には、鉦《かね》や太鼓や笛などの楽隊がつき添って、はやし立てた。沿道の人々はなにごとならんと見物に出て来たが、大賀弥四郎の周囲には、武田の乱波を考慮しての警戒の人々がついているので容易に接近することはできなかった。

大賀弥四郎はこのような姿で浜松の城下とその周辺を引き廻された末、岡崎へ送り返されることになった。

来る日も来る日も彼は馬上にあった。雨が降ってもそのままにされた。死なない程度の食物と水とが与えられた。

人々の多くは大賀弥四郎の姿を見ても黙っていた。うっかり口をきけなかった。どこに武田の透波がひそんでいるか分からなかった。

将来、領主が武田になった場合のことを考えると下手なことは云えなかった。

「やあい、この極悪人、てめえなんか地獄へ落ちろ」

と叫んで、弥四郎に石を投げつける者があった。そういう者が出て来ると、あちこちから罵声が飛んだ。しかし、その罵声も群衆の叫びにはならなかった。周囲に集まった人々は、弥四郎に石を投げたり、悪罵を投げかける者が、ついぞこのあたりで見掛けた顔でないので、おそらく、見せ物行列にはじめから付き添っている一群のおはやし衆と見ていた。

見せ物の一行が通過した後には、きっと高札が立てられた。文章はところによって多少は違っていたが、おたけと五人の子供たちが処刑されたとき、念子原に立てられたものと大同小異であった。

見せ物が通過した後ばかりではなく、見せ物が行く先にも掲げられた。

大久保忠世は躍起《やっき》となって立札の犯人を捕えようとした。立札は見せ物を否定するばかりか、大衆に徳川不信の情を起させるに効果的だった。鉦や太鼓で、大賀弥四郎の反逆罪をはやし立てれば、立てるほど、その翌日、その付近に出現する立札の前には人だかりがした。

服部半蔵がその手の者を率いて立札の犯人を捕えるために派遣された。餅は餅屋という考えからであった。服部半蔵の間者たちが、見せ物行列の前後に配置されると、立札はぴたりと止んだ。そのかわり、高札は、ずっと先へ立てられた。しかも、その場所はすべて予定されていたところである。

「見せ物行列の予定先が武田方の間者に知られているところをみると、或いは……」

服部半蔵は大久保忠世の前でそこまで云ったが、味方の中に敵の廻し者が潜んでいるとはさすがに云えなかった。忠世は頷いた。

「なるほど味方の中に敵の間者がいるとも考えられないことはないな、だとすると、その者を捕えることが先決かな」

「いえ、そうやすやすと尻尾を出すような相手ではございますまい。そうするよりも、この引き廻し行列の可否について、もう一度お考え直しいただけないでしょうか」

半蔵は、更に言葉をついで、こうなったらなるべく早く岡崎へ移送して処刑したほうがよいと進言した。

弥四郎は岡崎城内の牢へ送りこまれた。三月末になって、浜松城の家康から処刑の指示があった。

弥四郎は、逃亡を防ぐため、足の筋を切られたあとで岡崎の町辻に穴を掘って埋められた。彼の首には首板をはめられ、その上に、彼の手の指《ゆび》十本が切り揃えて並べられた。

その傍に高札が立てられた。大賀弥四郎の罪状を並べ立てた上、この憎んでも余りある大罪人をこらしめるために、通行人は、ここに置いてある竹鋸《たけのこぎり》と金鋸で罪人の首を一人ひと引きずつ引いてやれと書いてあった。

人々はそれを見て恐れおののいた。遠くで見ていて近づく者はなかった。やむを得ず、罪人警護の者が、次々とかわって、弥四郎の首を鋸で引いた。弥四郎の悲鳴が四丁四方に聞こえた。やがて声もでなくなって死んだ。

鋸引きの処刑方法は信長が狙撃《そげき》犯人に対して行なったものである。この残酷きわまる方法を、家康自身がやれと命じたのか、或いは処刑を命ぜられた信康が考え出したのか、取り調べから引き廻しを指揮した大久保忠世が決めたものか誰も知らなかった。処刑の翌日には岡崎城内の各所に張り紙があった。

大賀弥四郎は生れながらの暗愚な代官であった。多少頭もおかしかった。それにつけこんで、目付手代の小谷甚左衛門が服部半蔵の指令を受けて、弥四郎をだまして、謀叛人に仕立て上げたのである。わざわざ罪人を作り上げて、むごい殺し方までして、徳川にそむく者はこうなるのだという宣伝はまことに見えすいた芝居である。これは徳川家康が考え出した苦慮の民心引き締め策以外のなにものでもない。——という意味のことが書かれてあった。

この事件の結果は胡桃《くるみ》伝兵衛によってことこまかく古府中に報告された。

「まさかそうせよと徳川家康自らが命じたのではあるまい」

と、その処刑の方法について勝頼が云った。そのような残酷きわまる処刑の方法は、残酷好みの信虎の時代にもなかったことだし、ましてや信玄の時代にはそのようなことが行なわれる筈がなかった。大罪人でも磔刑は稀れなことで、謀叛者の多くは打ち首であった。むごたらしい殺し方は信玄は好まなかったし、家臣達も好まなかった。そんなことをして民心を摑《つか》むことができるとは考えなかった。

家康自らがその方法を示したのではないだろうと、勝頼がつぶやいたのは、その時点における敵の総大将家康に対する一種の思いやりであった。もし、家康が、そのような残忍《ざんにん》な処刑を自ら命じたとすれば、家康という人間は信長と同じように、どこか気狂いじみたところのある、神経質な男だと見なければならない。それならそうで、そのような男として、対処《たいしょ》しなければならないだろうと、勝頼は云いたかったのである。

勝頼の頭の中には武将の理想像があった。彼自身がその理想像に近づくためには、彼と拮抗《きっこう》する敵の大将もまた理想の武将であったほうが戦う意欲が出るのである。勝頼はそのような一種の理想主義を持って自らを飾ろうとする武将であった。天下を取るためならば、手段を選ばないとする、信長とはかなりのへだたりがあった。

「いや、鋸引きの刑を命じたのは徳川家康自身だと思います」

と側にいる真田昌幸が云った。

「なぜそのように考えるか」

と反問する勝頼に昌幸はゆっくりと答えた。

「家康は信長のすべてを真似しようとしています。兵、農分離を信長がやると、とてもそこまで国力が延びてもいないにもかかわらず、それをやろうとし、鉄砲に重点を置く戦いに急速に変えようとしているのも、信長の真似に過ぎません。当然、人の殺し方も信長を真似るでしょう」

「信長の真似か……」

勝頼は家康に向ってつばでも吐きかけたいような軽蔑をこめて云った。それは、家康よりも、その背後にある信長に対しての、より多くの憎悪を示したものであった。

「家康が信長の真似をしようがしまいが、そんなことは、たいして問題にすることはあるまい。要は家康が、大賀弥四郎という謀叛人まで仕立て上げて、徳川から離反する民心に歯止めをかけようとした事実である」

と跡部勝資が云った。それに対しておことばではございますがと曾根内匠《たくみ》が発言した。

「大賀弥四郎事件そのものより、家康が信長の真似をしていることのほうに問題があると思います。家康がなにもかも信長を真似るということは、彼が意識的に信長との接近を計っていることです。これは模倣ではなくて追従《ついしょう》です。武田対徳川の戦いを武田対織田徳川連合軍の戦いに移行させようという家康の考えが窺われます。いままでの武田、徳川の戦いには、信長は援軍しか出さなかったが、今後の戦いには、織田の本隊を引っ張り出して武田に当てたいという家康の魂胆が、徹底的な信長追従となったとも考えられます」

曾根内匠が云うまでもなく、近いうちに織田の本隊との決戦は避けられない武田の運命だった。

大賀弥四郎をば岡崎の辻に穴を掘り、頸板をはめ、十のゆびを切り、目のさきにならべ、足の大筋を切りて、掘りいけ、竹鋸と鉄鋸《かねのこぎり》とを相揃へておきければ、通り行の者共が、さてもさても御主様の御ばちあたりかな、憎き奴ばらめかなとて、鋸を取かへ、取りかへ、ひきけるほどに、一日の内に引ころす。（『三河物語』）

伊賀者奥入り

武田勝頼の率いる軍団がしばしば三河に侵入するようになったので、徳川方も三河北東部の防衛について真剣に考えざるを得なくなった。

もともと三河北東部地方は山家三方衆《やまがさんぽうしゆう》と云われる三家の土豪によって治められていた。即ち、北設楽《しだら》郡田峯《だみね》城の菅沼氏、南設楽郡長篠の菅沼氏、および南北設楽郡の西部に勢力を持ち、作手《つくで》城に拠って覇をとなえている奥平氏の三氏であるが、この三氏の間には古来、二重三重の婚姻によって深いつながりができていて、尋常一様のことでは結束は乱れないようになっていた。

この山家三方衆は土豪が生き延びるための一般的習慣どおりに、時勢に応じて権力者に従って生きて来た。今川義元が優勢なときには今川義元に属し、今川氏が亡びた後は家康に属すべき運命になったのだが、武田信玄が駿河、遠江に侵入し、そして武田信玄の部将、秋山信友が元亀二年（一五七一年）二月、伊那衆を率いて三河に侵入した際は、山家三方衆はこぞって信玄に従属することを誓ったのである。

家康は遠江に触手を伸ばしたものの、三河の山家三方衆が武田に押さえられたので背後に敵を受けた形となり、苦しい戦いを強いられることになった。家康は失地挽回《ばんかい》の機会を狙っていたが、たまたま信玄が死んだ直後の武田陣営の乱れに乗じて、天正元年（一五七三年）九月、まず作手の奥平貞能《さだよし》、貞昌《さだまさ》を好餌を以て誘い、次いで、長篠城の菅沼正貞をも誘いこんで開城させ、長篠城を手に入れた。

天正三年の勢力分布図から見ると、山家三方衆の勢力のうち田峯《だみね》の菅沼氏だけが武田に属し、他の二氏は徳川に属しているという形になっていた。

武田勝頼にしてみれば、かつては自分のものであった長篠城を取り返したいと考えるし、家康にとっては、田峯の菅沼氏をなんとかして味方に加え、三河一国を完全に徳川のものとしたいと考えていた。武田方の調略が露骨になって来れば来るほど、その根拠地となっている田峯付近の菅沼勢力を叛《かえ》らせたいと考えるのは当然のことであった。

奥郡二十余郷の代官大賀弥四郎の事件のときも、裏切り者の末路はこうなるものぞと、設楽郡の近くまで弥四郎を後ろ前の恰好よろしく鞍にくくりつけるように乗せて連れ歩いたほどであった。一方ではこのようなことをして、武田に従属しようとする者を牽制《けんせい》しながら、一方では、既に武田に従属している田峯の菅沼一族に手をかえ品をかえて武田にそむき、徳川につくように働きかけていたのである。このような情況のもとで、奥平貞昌の存在が大きく注目されるようになった。田峯の菅沼一族を叛らせるには彼等と婚姻関係にある奥平一族に表面に立って貰わねばならなくなったのである。

奥平一族が徳川についたのは三年前の天正元年（一五七三年）の九月である。この時、徳川家康が提示した起請文の内容は次のとおりであった。

㈠九月中（天正元年九月）貞昌に家康の女《むすめ》を与える。
㈡奥平氏の本領を安堵させる。
㈢田峯の菅沼氏の領地をやる。
㈣長篠の菅沼氏の領地をやる。
㈤別に新知行として三千貫をやる。
㈥三浦氏（今川家の旧臣）の知行地をやる。

(七)信長と了解して貰った上で、信州伊奈郡をやる。
もしこの誓約に家康が違犯することがあれば弓矢の冥加はつき、無間地獄に墜《お》つべきことを諸神に誓うものである。

貞昌はこの好条件に動かされたのである。全部を全部ほんとうだとは思わなかったとしても、第一条の家康の女《むすめ》を与えるということだけ守ってくれたらそれでよいと思った。そして、危険を冒して、作手城を抜け出して家康に従ったのである。

だが、その後、家康からはなんの音沙汰もなかった。誓書の第一条を除いて他の六条は、その時点ではかなえられるものではないにしても、第一条だけは実施して貰いたかった。

奥平貞昌は酒井忠次を通じて婉曲《えんきょく》に、縁談の履行を家康に迫った。それに対して家康から、すぐ返事があった。書面ではなく、忠次の口を通じてのことだから、ほんとうに家康がそう云ったのかどうかは分からぬが、一応奥平貞昌としても納得できるものだった。

「そこもとにむすめをやると約束したことは今でも忘れてはいない。むすめは信康の妹亀でその母は関口氏（築山殿）である。いますぐにでもやりたいのだが、このように戦乱が続いては婚礼をする暇もないから、気になりながらも延期している。亀もそのつもりで待っているから、安心して貰いたい。どうせ婚礼を上げるならば、なにかめでたいことがあった後のほうがよいし、そのめでたいことがそこもとがやったことならばこれほどよいことはない、亀もきっと喜ぶだろう。話はそれるがこのごろ、勝頼の調略工作は目に余るものがある。そのもとをただして行くと、調略の根は田峯あたりにあるようだ。そこもとはもともと、山家三方衆の一方の旗頭であり、田峯の菅沼一族とも深く縁につながれていることだから、この際、田峯の一族を味方に加えるよう、働いて貰いたいものだ。味方についたというなにかしらの証《あかし》のようなものを掴んで来るだけでもよい。それこそ、今の徳川家にとってはこの上もない手柄というものであろう」

酒井忠次は家康の言葉としてこう伝えた後で、なにかしらの証という言葉について補足的説明をした。

「そこもとたちは、命がけで作手城を脱出した。だが、現在の田峯の城主にそれをしろと云っても無理であろう。味方についたというなにかしらの証というのは、現在はそしらぬ顔をしているが、いざというときには徳川のお味方になりますという誓書を取って置いてもよし、秘かに敵の情報を伝えるというやり方を以てしてもいい、その方法はいくらでもある。兎に角、この際、武田方に従っている山家三方衆の一人でも多くが、徳川方について貰わないと困るのだ」

いいかな分かるかなと、忠次は貞昌の顔を見て、

「田峯の菅沼氏の一族のうち大物は狙わず、むしろ、小物を数多く味方に抱きこんで置くこともまたよい方法かもしれない。上の者ほど武田の監視の目が届いているだろうから、まず、下から固めて行けば、やがて上も自然にこちらの味方につくだろう」

貞昌もそれには賛成だった。彼はしきりに頷いていたが、ややあって、おそれながらと前置きをして云った。

「相手を誘う手立てはどうしたらよいでしょうか」

領地持ちならその所領を安堵させると約束すればいいことだが、小物はそんなものはない。金で誘うか、それとも将来の恩賞を約束するかどちらかであった。貞昌はそれを訊《き》きたかったのである。

「それはわかりきったること、金品で誘うのが第一、第二は武田が亡びたあとの恩賞は思いのままという条件を売ることだ」

「思いのまま?」

と貞昌が訊き返すと、忠次は笑った。

「思いのままというのは語呂である。まさか一介の浪人者や被官が、一国をくれと云ってもやれないだろう。思いのままとは、その時になって、彼にふさわしい限度内での思いのまま、つまり、もっとよくしてやろうということである。実際はそうだが、

恩賞思いのままと云われれば気は動くものだ。そこはそれ、よろしくやるがよい」

貞昌は忠次の前を辞した後もしばらくは、なにかこううまくいなされたという感じでいた。なにもかも、しごくもっともなことではあるが、うまく目先をかわされているような妙な気持だった。

「田峯を抱えこむのはむずかしいことだ」

彼はつぶやいた。

田峯の菅沼一族の主なる者には、武田方の見張りが二重三重についていた。いままで何度か忠次の命を受けて工作をしたけれども、近づくことはむずかしかった。貞昌自ら出向くわけにはいかないから、部下を使う場合が多い。その部下が向う側についてしまったこともある。

「だがやらねばならない。そうしないと栄達は望めない」

家康がむすめをほんとうにくれるかくれないかは、やってみなければ分からないことだ。あきらめるよりまず実行することだと彼は考えた。しかし、いざとなるとやはり気おくれがした。なにからどのように手を出していいのかさっぱり見当がつかないのである。

忠次に会った数日後に、忠次に云われて参りましたと云って服部半蔵が二人の商人風の男をつれてやって来た。

「作手の殿様がこんなところではさぞ御不自由でしょう」

と服部半蔵は貞昌の屋敷を見て云った。彼の屋敷は浜松城の外郭にあった。旗本屋敷の区劃の中にあったが、一城の主をしたことのある彼にとってはまことに小さな家であった。服部半蔵は貞昌の気持を汲んで、さぞ御不自由でしょうと云ったのである。

「いや別に、たいしてすることもないこの身故に、ここで充分でござる」

「いやいや、これからはたいしたことを為さらねばならないお方です。間もなく、ここが手狭《てぜま》となり、広いところへ移らねばならなくなるでしょう」

そう云って直ぐ半蔵は、

「実は、そのたいしたことですが……」

と云って、彼が連れて来た二人の者を貞昌に紹介した。二人とも、連尺《れんじゃく》を背負えば生れつきの商人に見える、まことに平凡な顔をした男たちだった。

「こちらが佐原権兵衛、そしてこっちが気賀又四郎、いずれも伊賀衆です。御自由にお使いくださるように。尚、二人で足りねば、いくらでも応援をつれて参ります」

権兵衛と又四郎は半蔵に紹介されても、別に固くなることもなく、微笑を浮かべながら今後ともよろしくお願い申し上げますと丁寧な挨拶をした。

「この二人はかねてから山家三方衆の皆様には顔が売れておる者ゆえ、なにかと便利かと存じます。或いは殿様は既にこの二人の者をお見知りかとも思いましたが……」

服部半蔵にそういわれてみると、貞昌も、どこかでその二人を見掛けたような気がする。佐原権兵衛が膝を進めて貞昌に一礼し、傍に置いた箱らしいものから、なにやら取り出すような手付きをした。両手で捧げるように前に差し出すその様子を見て、

「ああ刀屋だったか」

と貞昌は思わず声を上げた。作手の城にいたころ、年に何度か刀を持って来たことがある。古刀も扱ったが、権兵衛と又四郎は新刀についての造詣《ぞうけい》が深く、刀の流行についても敏感だった。諸国を広く渡り歩いているから、世間話にこと欠くことはなかった。

権兵衛と又四郎は常に二人で組んで仕事をしていた。

権兵衛と又四郎が作手の城に出入りを始めたのは、永禄九年（一五六六年）のことである。松平家康が徳川家康と称するようになった年である。貞昌は頭で年を数えた。九年は経っている。

「この刀屋権兵衛と又四郎が伊賀者だったのか」

と改めて驚く貞昌に権兵衛は云った。

「いえ、私たちは相変わらずの刀屋でございます」

その後を継いで、

「決して伊賀者などではございません。以前同様に御愛顧のほどを願います」

と又四郎がつけ加え、権兵衛と顔を見合わせて笑った。

「まさしくこの二人は刀屋でございます。そう思って使っていただかないと、とんだしくじりをすることになるかもしれませぬ、御用心くださいますように」

服部半蔵はそれだけ云うと帰って行った。

二人を適当に使うようにと半蔵に云われても貞昌にはその使い方が分からなかった。だいいち伊賀者とはいかなる者かも、概念だけでほんとうのことは知らなかった。

「まことに済まぬが、少々訊きたいことがある。答えにくいことは云わずともよい。拙者は俗に云う伊賀者についてなんにもしらぬ、まずそのことから話してくれぬか」

弱りましたなあと、佐原権兵衛と気賀又四郎は互いに顔を見合わせていたが、権兵衛が話し出した。

「世に伊賀者というとすぐに黒装束を着て変幻自在《へんげんじざい》に立ち廻る忍者を想像するようですがそういう者ばかりではございません。われわれのように地道に基礎を固めていながら、その機会を待っている者もおります。われわれの間ではこういう者を奥入りと総称しています。奥入りには文字通り、目当てとするところへ使用人として入り込み、十年、二十年、時によると父子二代に亘って探索《たんさく》を続ける者もあり、私たちのように商人としての信用を築き上げながら、そしらぬ顔で動静を探り、機会があれば荒仕事をする者もございます。黒装束に身をかためて、敵の城内に忍び込む、いわゆる忍者というような者は実際には数は少なく、伊賀者と云えば多くはこの奥入りに属する者です。この仕事は忍耐がだいいち、使う方も使われる方も充分に信じ合っていないとよい結果は上がりません。十年、二十年とかかってようやく基礎を固めたころ、世の中が変わってその目的を失ってしまう者もありますし、五年も経たないうちに思わぬ手柄をたてる者もございます。われわれは、別に忍びの術を心得ているわけではなし、腕が立つわけでもございません。そんなものを身につけているとかえって、相手に警戒されますから、われわれは他人様より少々足が早いこと手先が器用なことぐらいで、ただひたすら、刀の商売以外のことはなにも知らないほんとうの刀屋になりきっているのでございます」

権兵衛が言葉を切ると、すぐ又四郎がその話を続けた。

「十年間われわれは刀屋として諸国を歩きました。三河、遠江、駿河、相模、信濃、甲斐、美濃、伊勢、近江、大和、山城、堺等随分広く歩いておりますが、特に足しげく通っているところは、三河と信濃、甲斐の三国でございます」

「なぜ、三河、信濃、甲斐の三国に特に力を入れたのだ」

「それは服部様からの命令でございますので、そうしたまでのこと、理由のほどは分かりません。つまり、奥入りの縄張りのようなものだと考えていただければ結構だと思います」

なるほどと貞昌は頷いた。どうやら伊賀者の奥入りという役割がなにか分かりかけたような気がした。

「つまり酒井忠次様が服部殿を通じて申し入れた用向きは田峯の菅沼一族の重だった者にそちたちを通じて工作せよということだな」

貞昌はようやく服部半蔵が二人の伊賀者をよこした真意が飲みこめた。

「それにしても、この日のために、そちたちは永い年月、よく待機していたものだ」

貞昌は感じ入った。

「ところで田峯の菅沼一族を叛《かえ》らせる手段はないであろうか」

あったら聞かせて貰いたいという貞昌に、権兵衛は云った。

「田峯城の城主菅沼刑部少輔《ぎようぶしようゆう》を叛らせるのは、非常にむずかしいと思います。刑部少輔は一徹な人だから、一度武田方に従った以上、武田が亡びるまではおそらく節は変えないでしょう。そのような頑固者にはなるべく触れないようにして、いざというときに、役に立ちそうな者を狙ったらいかがでしょうか」

そう云いながら権兵衛は、田峯の菅沼衆の重だった者の名前を書き連ねた名簿をそこに出した。

「この者たちを全部知っているのか」

「全部というわけではありませんが、だいたい存じております。知っているから近づくことは簡単です。ただ用件をどのような形で持ち出すかそれが問題だと思います」

権兵衛が云うとおりだった。うっかりしたことをすれば、刀屋に化けた徳川方の廻し者ということになってしまう。

「わたしたちは飽くまでも刀屋でおし通し、単に奥平貞昌様に頼まれて、中立ちをしたというふうにしたいと思います。そのほうが相手も気安く話ができるでしょう」

権兵衛が云った。

貞昌はただただ感心するだけだった。

「つまり、拙者に書状を書けというのだな、その返事をそちたちが貰って来てくれるということだな」

「まあだいたいそのようなことでございますが、わたしたちは刀屋ですから、できることなら、刀でらちが明くようにしていただけると、たいへん助かります。今の武家衆で刀の欲しくない者はいません。みんなよい刀を欲しがってうずうずしています。そういう方々になにか理由をつけて刀を贈ればそれだけでもう八割方は成功とみるべきでしょう。そのなにかの理由を殿様に考えていただかないとなりませぬ。例えばずっと以前に先祖が厄介になったお礼だというようなことを考え出せばいいのです。菅沼家と奥平家とは深い縁につながっていますから、そこはなんとか融通《ゆうずう》が利くというもの、それを利かせるのが殿様の仕事でございます」

権兵衛のいうことはいちいちもっともだった。刀を贈る理由を考え出せばないことはなかった。だが相手がそれを、はいありがとうございますと云って受け取るかどうかが心配だった。それについて権兵衛に訊くと彼は、そんなことが分からぬかという顔で、

「それは書状の書き方です。刀を贈るから徳川様のお味方につけなどと書いたら、それこそおしまいです。敵と味方に別れて以来久しくなるが、そちらは無事かどうかの冒頭の書き出しから始まって、当方は徳川様のもとで平穏無事に働いている。さきほど刀屋権兵衛、又四郎を浜松で見かけたので邸に招いて刀を買った。その折、田峯のことが話に出た。私はふと貴公の顔を思い出した。実は、貴公に対して、以前から申しわけないと思っていることがある。それは、私の父が南設楽の菅沼一族と領地の境界線のことで争いを起したとき、そこもとの父上が仲介の労を取ってくれたことに対して御礼らしい御礼がしてないことである。そのことが気に掛かったままで敵味方に分かれてしまったが、やはりなすべきことは、ちゃんとして置かぬと寝覚めが悪くてならない。権兵衛に託してこの手紙と共にその折のお礼をいたしたいから受け取って貰いたい。尚念のために云っておくが、これは旧恩にむくいるためであっていささか

なりとも他意はござらぬ。さよう心得て、素直に受け取っていただきたい。勿論このことは他言はしないいし、権兵衛は口が固いからその点は心配はない。そこもとからの返書は特に求めはしない。双方ともに達者でいると分かっているだけで幸いである」

権兵衛はその書状が手もとにあるかのようにすらすらと読み上げてから、

「まあ、だいたいこんなふうに書いたら如何でしょうか」

と云った。権兵衛が作手の奥平家と長篠の菅沼家とが領界争いをしたことまで知っているのに驚いている貞昌に、

「では二、三日中に参りますから、四、五通の書状の用意をお願いいたします。また、殿様が作手から連れて来られた御家来衆の主なる者にも、同様の趣旨《しゅし》を伝えて、この者なら大丈夫という者に十名ほど書状を用意していただきたいと存じます。合計、十五もあれば、もはや田峯はこちらのもの……」

権兵衛はにっと笑った。それは商人の笑顔でも武士の笑顔でもなく、伊賀者独特の既に相手を飲みこんだ、むしろ残忍なにおいのする笑いだった。

武田家諸国御使者胡桃《くるみ》伝兵衛のところに、

「最近、田峯の菅沼一族の者のところに刀屋が頻繁《ひんぱん》に出入りする」

という情報が入った。

詳しく調べてみると、刀屋権兵衛、又四郎の両名が菅沼一族の間を廻っていることが分かったが、これは年中行事のようなことであり、特に怪しいというほどのことはなかった。刀屋権兵衛、又四郎は十年も前から出入りしているばかりではなく、この両名は遠く甲斐や信濃へも行っている、素性の疑わしい者ではなかった。

胡桃伝兵衛は特別な措置《そち》を講じなかった。

「田峯の菅沼一族の者の中で、二、三、身分不相応な刀を買った者があります。売ったのは刀屋権兵衛と又四郎です」

この報告を持って来たのは田峯の城に置いてある、胡桃伝兵衛の配下の深沢弥吉郎であった。田峯の菅沼一族の一人、菅沼勝兵衛という侍が備前吉房、菅沼秀則という侍が備前宗忠、そして城主菅沼刑部少輔の小姓頭小野田八郎が、備中直次の刀を買ったというのである。

胡桃伝兵衛はこの情報を重視した。備前吉房、備前宗忠、備中直次は古刀の中でも可然物《しかるべきもの》として、珍重《ちんちょう》せられて来たもので、その言葉のいわれは、将軍足利義満が、備前、備中の名刀六十種を撰んで、これを可然物として、功績があった家臣に与えたという故事から出たもので、武士たる者、誰でも欲しがる名刀だった。当然値が張って、普通の武士には手が出ない。それが三人の手に入ったとなるとその背後になにかあるとみるのは情報機関として当然のことであった。

胡桃伝兵衛はその話が真《まこと》かどうかを確かめに入った。菅沼勝兵衛が朋輩《ほうばい》の間で得意げにその刀を見せたという新事実が入ったが、菅沼秀則と小野田八郎の二名については、そういう噂はあるが、その刀を見た者はなかった。

菅沼勝兵衛は城主菅沼刑部少輔の縁に続く者ではあるが、いささか聊爾者《りょうじもの》のそしりをまぬかれない男であった。人におだて上げられていい気になる男で、もともと悪気はないが思慮分別に浅い男だった。

胡桃伝兵衛は熟慮の末、忍びの者を菅沼勝兵衛の家に入れたいと思ったが、この男なら大丈夫と信用を置ける程の男がたまたま出払っていたので、彼自らがその役をすることにした。武田と徳川の関係が緊迫しているので腕のいい忍びの者は多忙をきわめていて、おいそれとは間に合わなかったのである。

胡桃伝兵衛は、充分な下調べをすませた上で、嵐の夜に忍びこみ、梁上に潜んだ。書状の隠してある場所はだいたい決まっている。しかし、夜だと行動に不便があるから、夜のうちに忍びこんで朝を待って在り場所に見当をつけ、家人が家屋を出たり便所に立ったちょっとした隙を見計らってそれを探す。首尾よくそのものを盗み取っても梁上でじっとしていて、夜になって抜け出る。これには、飲まず、食わず、出さず、洩らさず、しかも眠らずにじっとしていなければならない。忍びの者にとってはこの修行が第一であって、武術は二のつぎである。

胡桃伝兵衛は三日三晩かかってとうとう、奥平貞昌から菅沼勝兵衛に宛てた書状を手に入れた。

(永禄五年に作手の奥平家と長篠の菅沼家が領地の境界争いをしたとき田峯の菅沼勝十郎が仲介の労を取って、紛争を解決した。そのお礼をしてないのが気がかりになっていた。まことに永いこと放って置いて悪かった。お詫びの品として備前吉房を贈る。他意はない)

と書いてあった。菅沼勝十郎は菅沼勝兵衛の父に当る人であって既に故人であった。

「いかにも筋が通っているが、これは明らかに懐柔策《かいじゅう》だ。この手を使って、田峯の菅沼一族を骨抜きにされたら困ることになるぞ」

胡桃伝兵衛はその書状に向ってつぶやいたが、その処置を勝手にすることはできない。取り敢ず、古府中に走り馬を出してこれを報告した。

山県昌景から勝頼の代理としての返書があった。

「田峯の菅沼一族は徳川からの誘いがかかることは予期されていたことだ。そちの云うとおりに刀を貰った者は他にもいるであろうが、今、その一人一人の吟味を始めると、思わぬ動揺が起き、中には、本気になって徳川へ走る者が出るかもしれないから、荒療法はしない方がよい。敵の手が城主の菅沼刑部少輔に及んだら、容赦《ようしゃ》することはできないが、今のところは、もうしばらく模様を見よう。ひとまずは書状の運び屋と目される刀屋権兵衛と又四郎を遠ざけることである。場合によっては斬り捨ててもよい」

胡桃伝兵衛はその回答は不満だった。田峯城に副城主として派遣されている土屋昌続に命じて徹底した糾明《きゅうめい》策を取るからもっとよく調べて疑わしい者の名を知らせてよこせという書状を期待していたのに意外であった。

「これでは遠慮が過ぎる」

と伝兵衛は口に出したが、どうしようもなかった。武田にとっては、山家三方衆のうち、南設楽の菅沼氏と西設楽の奥平氏が徳川についてしまった現状では北設楽の菅沼氏が唯一の足掛りである。多少臭いところがあっても、見て見ぬふりをしていようという武田家上層部の考え方は昌景の書状の中にもはっきりと現われていた。

胡桃伝兵衛は部下たちに菅沼刑部少輔の身辺を見張るように云いつけると同時に、手分けして刀屋権兵衛と気賀又四郎の行方を探した。その二人は、田峯から伊奈街道を北上して、伊奈の根羽《ねばね》にいた。

胡桃伝兵衛は浪人姿になって二人が根羽の宿から出たところを待ち伏せしていた。

「こら刀屋権兵衛と又四郎、そちらは刀の売買だけではなく、書状の持ち歩きもしているようだが、再びそのようなことをしたら命を貰うぞ、よろしいかな」

おどかして見ると、二人は顔色を変え、地べたに張りついて、額《ひたい》を土にこすりつけ、勘弁して下さいませ、お得意様から頼まれると、ついおことわりもできずに、運び役をやりましたと答えた。

「奥平貞昌から頼まれた書状は何通で、どことどこへ持って行ったか正直に答えろ」

へいと二人は答えてから、

「菅沼勝兵衛様お一人でございます」

と声を揃えて答えた。菅沼秀則や小野田八郎の名を出したが、刀を売りに行ったが、買っては貰えなかったし、書状を届けた事実はないと答えた。

「この嘘つきめ」

というと同時に胡桃伝兵衛は刀屋権兵衛を峰打ちにした。権兵衛は避ける余裕もなく、頭を抱えてそこにぶっ倒れた。又四郎は恐ろしさのために腰を抜かしたのか立つこともできなかった。

(どうやらこの二人は、本物の刀屋らしい)

胡桃伝兵衛はそう思ったが、念には念を入れるために、持っている商品の刀から、彼等が着ているもの等にすべて当った。その道の専門家が身体検査に当ったのだから、なにか持っておれば必ず発見される筈だった。二人は疑わしい物はなにも持ってはいなかった。

「二度と田峯に近づいてはならぬ。そのときこそ命はないと思え」

胡桃伝兵衛はそう云って二人を許してやった。

二人が立ち去った後、付近に隠れていた胡桃伝兵衛の組下の者が二人顔を出した。何《いず》れも商人に変装していた。

「胡桃様、あの刀屋権兵衛が峰打ちにあって倒れたあと、お調べを受ける間中、ずっと左手で傷口を押さえておりましたが、あの手の下になにかが隠されていたのではないでしょうか」

大月平造が云った。彼はもと諸国御使者衆の組頭大月平左衛門の子であった。父の後を継いで、この道に入ったのである。

「そう云えば、確かにそうだった。なぜその時出て来てそれを云わなかった」

と伝兵衛が云うと、大月平造は困ったような顔で答えた。

「多分知っておられて知らぬ顔をしておられるのだと思いました。二人を泳がせるためにわざと見逃したのだと存じましたので……」

胡桃伝兵衛はすぐ刀屋権兵衛と又四郎を追ったが、二人の姿は見えなかった。二人の背負っていた荷が路傍にほうり出されていた。

「やっぱり、あいつ等は伊賀者か。敵ながら、天晴《あっぱれ》というほかはないが、さてあいつらの行く先だが、いったいどっちへ行ったと思う」

伝兵衛は大月平造に訊いた。

「おそらく浜松へ帰ったのでしょう。刀屋の正体がばれた以上、彼等の任務は一応終ったと同じです。もう二度とこの辺りに出没することはないでしょう」

大月平造はなにもかも見透したような口の利き方をした。

境目の城

天正三年（一五七五年）二月二十八日、家康は奥平貞昌を呼んで云った。

「そのほうの最近の働きはまことに見るべきものがあると聞いておる。どうやら、あとは、わからずやの山家三方衆唯《ただ》一人ということになったようだな」

家康は傍に控えている酒井忠次になにか云うことはないかと催促するような目をした。酒井忠次は、

「詳しいことは服部半蔵から聞いた。田峯は、城主の菅沼刑部少輔《ぎょうぶしょうゆう》だけを残して、多くはわれらに味方つかまつるという形勢になったようだな。いろいろと御苦労であった。お館様はその功を充分認めておられるぞ」

酒井忠次が刑部少輔の名を出したから、貞昌は、家康が、わからずやの山家三方衆唯一人と云ったことの意味が読めた。それにしても、たいした功も立ててはいないのに、たいへんな手柄を上げたような云い方をされると、なにか妙な気持がした。しかし、家康の前で私のやったことは、唯《ただ》、数通書状をしたためただけのことで、あとのことはすべて服部半蔵の手のものがやったことでございますとも云えずに黙っていた。

「この度の功によって、そのほうに長篠城を与える」

家康が云った。奥平貞昌は、そう云われてもすぐにはぴんと来なかった。もともと長篠城は小さな城だったが、武田の手から徳川の手に落ちてからは、多くの人手が入って増強され、いまでは、境目の城として非常に重要な存在になっていた。城主は城番制を取り、徳川家の中で、この人ありというような人が選ばれて送りこまれていた。貞昌は家康に城を与えると云われたとき、城番として行けと云うべきところを、家康が云い違いをしたのだと思った。長篠城のような重要な城をこの自分にくれるわけがない。

貞昌が、うろたえた顔で家康を見上げて答えを云いしぶっているのを見た忠次に、

「なぜ、お受けしないのか」

と睨まれて、貞昌は、その場にひれ伏して、

「ありがたき幸《しあわせ》に存じます」

と型どおりのことを云った。

「だが貞昌、長篠城には必ず勝頼はやって来るぞ、分かるかな……」

と家康は貞昌にさとすように云ってからすぐその後を続けた。

「勝頼が見棄てたころの長篠城はたいした城ではなかった。しかし、その後、堀を深くし、塁《るい》を高くした現在においては、ちっとやそっとでは落ちない城になった。こうなると、勝頼は放っては置けなくなる。きっと取りに来るぞ、そうなったらどうするかな」

家康はごく当り前のことを訊《き》いた。

「戦います。敵が何万来ようとも、戦います。死守いたします」

貞昌はそう云ってしまって、はっとした。死守とは口で云うのは簡単だが実際はたいへんなことだと思った。貞昌は古い長篠城しか知らない。徳川家の手に移って増強された長篠城を見たことはないが、およその規模は想像できた。千人、二千人という軍勢がこもれる城ではない。せいぜい三百人か、つめこんだところで五百人ぐらいしか守備兵を入れることのできない城であろう。そういう小城だからこそ自分が城主に任命されたのである。また、武田の大軍に攻められたら、ひとたまりもなく落ちる可能性がある城だから、徳川家の直参《じきさん》を城主にせず、自分を城主にしたとも考えられる。

（これは明らかに先方衆だ）

と考えると、城主にされたその時点で死守を要求され、それを受諾せざるを得なくなった自分の身があわれに思えて来るのである。家康に長篠城を与えると云われたときの感激とは裏腹に、戦いがあるたびに、先方衆として、盾がわりに使われる地方豪族のつらさが身にしみた。

「死守する覚悟か、あっぱれである。だが余はそのほうを死なせはしない。余ばかりではない、信長様だってそのほうを無駄死させるようなことはないだろう。もしも、武田の軍が長篠城を包囲したら、必ずや大軍を率いて助けに来られるであろう。安心して戦うがよい」

家康は、そこまで云うと、あとを忠次に任せて席を立った。

「情況は切迫しているのだぞ」

と忠次は貞昌にさとすように云ってから、長篠城の図を前に置いて開いた。が、すぐ城の説明にはかからず、

「最近、長篠城を探りに来た武田側の間者が、次々と捕えられた。間者の口から敵の作戦を聞き出すことはできないが、武田方から多くの間者を送りこんで来るということは、敵が長篠城を狙っている、なによりの証拠である。二俣城の時もそうだった

し、高天神城の折もそうであった」

忠次はそこで言葉を切った。高天神城を取られた時の口惜しさが彼の顔に表われていた。

「高天神城は援軍が行かなかったから落ちたのではない。城主の小笠原長忠が敵の甘言に負けたのだ。だが、長篠城が敵に囲まれた場合、そちは再び叛《そむ》くわけにはいかぬ、たとえ徳川に叛いて城を明け渡したところで、そちは必ず殺される」

忠次はそう云って貞昌を睨んだ。怖い顔だった。人情のひとかけらも無いような顔だし、云い方もきつすぎた。忠次は嘘を云ってはいない、彼の云うとおりだと思っては見たが、貞昌の心の底にしこりが残ったこともまた事実だった。

(再び叛くことはできないという境遇だから、城主にされたのだ。人格とか武勇とかいうものではなく、ただ、便利主義、ご都合次第の徳川の作戦の具にされようとしているのだ)

そうも思った。しかし、今となっては、それを承知で城主を引き受け、もし武田が来たら、文字どおり死守する以外に生きる道はなかった。運よく生きることができたならば、その時にはじめて自分の運命は開かれるのだ。

貞昌は昂《たか》ぶる気持を押さえた。

「敵は何時攻め寄せてくるか全く分からぬ。要は、いまのうちに、城の固めをできるかぎり厳重にすることだ。ところで、その城の固めだが、従来は城番制であったので、思い切ったことができなかった。云わばごく平凡な城の構えでしかない。これではいけない。もっともっとしっかりした城にしないと、それこそ城を枕に討死ということになってしまう」

忠次は長篠城の絵図を開いて、ここをこうしろ、あそこをああしろと指示を始めた。

「長篠城はそちのものとなった以上、どこをどう攻められても落ちないようにすることだ」

はっ、はっといちいち答えながら聞いていた貞昌も、このへんに来ると少々不安になった。責任だけ負わされて、実質的なものはなにを与えてくれるのだと訊きたいところを我慢していた。

「食糧は常時二ヵ月分はたくわえて置くようにせよ。築城の人夫は、付近の者を使うようにいたせ……いろいろと経費もかかろうが万事について才覚いたせ」

と云って置いて、

「原則はそうだが、何もかもそち一人でやるわけにも行かないだろうから、困ったら云って来るように」

忠次にそう云われても、貞昌には、突然、気も遠くなるような重荷を背負わされた気持で、ただこれから先どうしたらいいのか、おろおろしていた。

「よいかな、困ったら云って来るがいい」

と忠次は最後にもう一度同じことを云ったが、貞昌はその一言さえ上の空で聞いていた。

貞昌は城主として長篠城に入った。作手の城を脱出したとき、一緒だった家来と山家三方衆にゆかりある者を集めると約三百人はあった。

長篠城は大野川と寒狭川《かんさがわ》とが合流する地点にあった。南東面は大野川に臨んだ断崖であり、南西面は寒狭川に臨んだ絶壁だった。北西面には寒狭川に通ずる堀を作り、北東面には大野川に通ずる堀があった。つまり、長篠城は周囲を水にかこまれた城であった。このうち大野川方面と寒狭川方面は断崖と絶壁であるから容易には登れないし、取りつくにしても川を渡らねばならないから、南方側の守りはまず大丈夫であった。問題は北方だった。堀はかなりの幅があったが、もともと掘り開いて上流から水を引いたものだから、上流の水の向きを変えて、埋めにかかれば埋められないものではなかった。堀を埋められると、土塁で防ぎ、土塁が破られたら、城壁で防がねばならなかった。

ざっと見たところ、本丸に相当する城の面積は東西三十五間、南北二十五間ほどのものであった。城は戦国時代の代表的な平城である。城内に三つの櫓台《やぐらだい》があった。

貞昌は忠次が増強せよと云って渡された絵図面と実際とをくらべて見た。本丸の西側の堀をへだてたところに曲輪《くるわ》を設け、外側に土塁と塀を作る。本丸と北部を流れる掘割との間に二の丸曲輪を作り、更にその外側に三の丸曲輪を設けるようになっていた。これは大工事であった。本丸の工事を上廻る経費も要するし、日時もかかると考えられた。

奥平貞昌が長篠城に到着した翌日、浜松城から急使があった。

「さきに酒井忠次をとおして指図して置いた長篠城の補強工事は一ヵ月以内に終るように固く申しつける」

という、家康からの書状であった。

使者の平岩源八郎は、

「近いうち米三百俵が当城へ送られて来る。これは織田様より境目の城に置くように申されて送られて来た米二千俵のうちの三百俵である」

と口頭で伝えた。

貞昌は尻を叩かれる気持で家康の命令に答えた。一ヵ月の間に工事を完了しろと云っても、無理なことであったが、そうしなければ、この城も、身の存在も危うかった。

貞昌は長篠を中心として二里以内に住んでいる十六歳以上五十五歳までの男子全員に夫役を命じた。病人以外は何人《なんびと》といえども、この夫役を逃れてはならない。もし違犯するものは斬るという達しが村々に廻った。そうして集めても長篠城付近は山が多く、人はそれほど住んではいないから、更にその周辺の村々に、一戸一人の夫役を命じた。二里以内に住んでいる者と云えば、どうやら歩いて通える範囲であって、それより遠いところからやって来る者は普請《ふしん》小屋を建てて宿泊させた。

山家三方衆のうち、田峯の菅沼氏の勢力圏以外の設楽郡東部、西、南部の者が多く徴発された。長篠城主奥平貞昌の支配下の住民はすべてがこの工事に駆《か》り出されたと云っても過言ではなかった。

夫役に呼ばれた農民はそれぞれ仕事を割り当てられた。この地方には木樵《きこり》が多かったが、彼等は主として曲輪の建設の方に廻された。

既に浜松城からさしむけられた、作事奉行服部河内《はっとりかわち》が工事の技術的指導を取り、工事目付としては本多広孝が来城していた。

城主の貞昌はもっぱら人集めと、人のふり分けに当ったが、もっとも困難な問題は、集めた人たちの手当てをいかにするかということであった。

もともと夫役は手弁当が原則であったが、一ヵ月間、毎日毎日ということになると、食に窮するような農民がでて来る。なんとかしてくれという訴えが出ると、

「村全体で助け合うようにせよ」

と一応ははねつけるが、それが長く続くわけにはいかなかった。ましてや普請小屋を建てて、そこに住まわせてある者には、当然のことながら或る程度、食の方を考えてやらねばならない。それを見て、通いの者が、おれたちにも食わせろというのは当然のことだった。

旧暦の三月と云えば、新暦の四月である。農事が多忙なときである。この時期に田畑の土をおこし、種を播かねばならない。農家にとって一番大事なときに働き手をすべて城作りに徴発されてしまったら、農家はやって行けなくなる。農民が奥平貞昌を怨嗟《えんさ》する声は大地を覆った。

貞昌は工事目付の本多広孝に、

「通いの農民たちに、せめて粥《かゆ》なりと支給してやりたいと思います」

と了解を得ようとしたが、

「あなたは城主、拙者は工事目付、なにもそんなことをいちいち私にことわることはないでしょう。それでよいと思ったら、どうぞ御随意におやりなされ」

と、本多広孝は冷たく答えただけであった。顔色や語調から見て、反対であることは間違いなかった。

一ヵ月間と工事期間を限定されると必然的に突貫工事の様相を呈して来る。それなのに腹が減っていてはろくな工事はできない。

貞昌は彼が率いている部下三百名の食を減らして、夫役者たちに一日一回、粥の雑炊を与えた。工事目付もこれには文句を云うまいと思ったが、

「城主殿、いまここに武田の軍がおしよせたら、なんとなさる」

と本多広孝が貞昌に訊いた。城主殿などと云ったあたりから、腹になにかがありそうだった。

「防戦するより致し方ないでしょう」

「働けますかな、……いや、腹を減らして敵と充分に渡り合うことができますかと聞いているのです」

と本多広孝は云った。

「ついでに一言云わせていただこう。貴殿は城兵を工事の応援に向けておられる。それはそれでよいことだが、城兵としての調練の方はどうなっておりますかな」

苦言であった。そんなことは分かっている。城兵に土いじりなどさせたくはない。朝から晩まで武技を練り、防城の調練に走らせたい。そう思っていても、一ヵ月以内に城の増強を完成させろという命令だから、やむを得ない処置であった。

が、貞昌は堪えた。云いたいことは山ほどあったが、云ってはならないと思った。彼は、黙ったまま頭を下げていた。

「城主殿は米蔵の米をなんと心得ておられる。米は百姓どもに食わせる米ではない、あれはあくまで兵糧である。いざ籠城となった場合の大切な米である。築城のために要する米は別途考えられい」

と云われても、米の都合ができないからそうしたのである。貞昌は、困ったときには云ってまいれと云い残して行った酒井忠次の言葉を思い出した。

奥平貞昌は家臣の菅沼十郎勝重を呼んで、苦境を話し、酒井忠次宛の書状を持たせて、吉田城へ走らせた。菅沼十郎勝重は奥平久兵衛定光の甥であり、元野田城主菅沼定盈《さだみつ》の一族であった。勝重は、貞昌が長篠城主になる以前からここにいて事情をよく知っているし、酒井忠次とも面識があったから使者にしたのである。

酒井忠次は貞昌の書状を読み、勝重の報告を聞くと、

「工事は急がねばならない。夫役の者たちの昼一回の給食はさし許す」

と云った。そして、勝重の後を追うように信長から送られた米三百俵が長篠城へ送られた。

酒井忠次からの書状は昼一回にかぎって給食はさし許すということであり、その量や質については制限はなかった。

貞昌は夫役に当る者に一人米二合に相当する給食をした。その日から能率が上がった。それまでの、倍の速さで仕事は進んだ。

貞昌は毎日工事場を巡って歩いた。粥を支給していたとき、一人一椀しか与えられぬ粥を半分残して竹筒に入れて持ち帰る者がいた。事情を聞くと病の床に伏している母のために持ち帰るのだと分かって、以後その者には二人分の粥を与えるように命じたことがある。同様の例が他にもあった。粥ではなく米の飯になってからも食べずに持ち帰る者があったので、充分に調査させて、貧に迫っている者には、別途若干の米を支給するようにした。

仕事は急速に進んで、四月に入って間もなくほぼ予定通りの工事は終った。まずまずのできばえであった。

浜松城から工事落成を聞いて、検分のために内藤家長がやって来た。ついでに、米蔵の在庫量も調べて行った。米百俵が追送されて来た。

短期間に城の増強が終ったことについての讃め言葉は届かなかったが、さりとて不都合をとがめて来るようなこともなかった。検分は内藤家長だけではなく、次々とやって来ては、銃眼をもっとつくれとか、塁が低すぎるとか文句をつけて行った。工事は更に増強された。

作事奉行によって、完成した城の絵図が作られた。家康に送るためのものである。

本丸の東隣りに出来た曲輪《くるわ》には野牛曲輪、その門が野牛門、二の丸は帯《おび》曲輪、三の丸は巴《ともえ》曲輪、そして本丸西の曲輪には弾正《だんじょう》曲輪と名付けられていた。菅沼弾正貞俊が住んでいたところだからであった。弾正曲輪の外の曲輪は服部《はつとり》曲輪と命名された。曲輪の数は本丸とも大小合計九つになっていた。

奥平貞昌にとっては日々の移りかわりがあまりにも目まぐるしかった。その中ではっきりしていることは、長篠城が必ず武田軍の来襲を受けるであろうということだった。

浜松からは鉄砲百梃と弾薬が送りこまれて来た。弾薬庫を拡張せざるを得ないほどであった。貞昌の配下が持っている鉄砲と合わせると百五十梃になった。貞昌は、急遽、部下のうちから人を選んで鉄砲の扱い方を教えこまねばならなかった。

このようなあわただしい日々を送っている最中に、三河御油《ごゆ》（現在の豊川市内）の領主、松平景忠が兵二百人を率いて加勢として長篠城に現われ二の丸に入った。貞昌にとっては全く予期しないことであった。ひとことくらい云って寄こしてくれてもいいと思ったが文句は云えなかった。貞昌は本丸に兵をまとめた。

松平景忠が家康の軍目付《いくさめつけ》として派遣されたことは確実だったが、なにか疑われているようで気持がよいことではなかった。武田軍と一戦を交えるならば、山家三方衆の総力を上げて戦いたかった。だが、松平景忠は副将の資格ではなく、飽くまでも加勢であり、指揮権は奥平貞昌に一任されていたのは、指揮権不統一のための混乱を避けようとしての配慮に思われた。だが貞昌にして見たら、松平景忠は軍目付であって、うるさい存在だった。苦労して増築した二の丸の、まだ木の香がぷんぷんするような曲輪に人もなげに入りこんで来た二百人の新入りに対して、短い期間だったが、夫役者と共に泥まみれになって働いた山家三方衆を主体とする城兵は面白くはなかった。

「まあいいさ、そのうち武田軍がやって来た場合、あいつ等がどんな働きをするか見てやろうではないか」

城兵はそのような陰口を叩いていた。

補強工事は尚続けられていた。手直し程度のところが多かったが、常時、二百人ほどの夫役が動員されていた。

四月の半ばを過ぎたころ、走り馬が長篠城の門外に立って大声で呼んだ。浜松からの伝令であった。

「武田勝頼、一万五千の軍を率いて、古府中を出発、伊奈街道に向う」

というのが第一報であった。それから矢継ぎ早に武田軍の行動は走り馬によって知らされた。

「武田軍は三隊に別れ、一隊は足助《あすけ》口から作手を経て吉田に向い、一隊は遠州平山越え(静岡県浜松市三ケ日町平山、宇利峠を越えて三河へ出る道)をして三河へ向い、勝頼が率いる本隊は伊奈街道を三河鳳来寺方面へ向って進行中」

という報が入ったのは四月の二十日であった。

「武田勝頼の率いる本隊はおよそ五千、鳳来寺より、長篠に向って南下中」

という報が入ってすぐ長篠城は戦闘態勢に入った。

それまで働いていた夫役の者たちはそれぞれ家へ帰され、長篠城の門は固く閉ざされ、望楼には見張りの者が立った。時々大物見（現代の将校斥候）や小物見が搦手門《からめて》を出たり入ったりするだけで、城の中は意外と静かであった。

二十一日に菅沼十郎勝重が率いて大物見に出た一隊が槍傷を負って帰城した。武田の大物見と接触して小競合《こぜりあ》いをした結果であった。物見は敵情偵察が任務であるから、戦闘は禁じられていたが、真正面にぶつかったから止むを得ず戦ったのである。

「敵はすぐそこまで来ています」

という勝重の報告はその一言で尽きていた。敵兵の数は五千、勝頼が指揮者であることも、それまでの間者の報告と同じだった。

武田軍は雨と共にやって来た。

雨にそぼ濡れた武田軍は長篠城を包囲した。日が暮れても雨は止まなかった。武田軍は各所に見張りを立て、篝火《かがりび》を焚いての野営に入った。木陰を利用したり、その辺の木の枝を取って、急ごしらえの小屋を造ったりしての露営の模様を見ると、どうやら武田軍はこのまま長篠城を囲むつもりのように思われた。

城内は警戒を厳重にした。将兵ことごとくが起きて敵の来襲に備えた。

夜が明けるころには雨が止んだ。そして風が出た。北風である。よい天気になりそうだった。

武田の陣営があわただしく動き出した。城内の三つの望楼には常時見張りが立って城外の動きを監視していた。乾草の束や木の枝などが城外に運ばれていた。

「武田軍はいったいなにをたくらんでいるのであろうか」

自ら望楼に立った貞昌もそうつぶやいたほど、それはまことに奇怪な行動だった。

かなり強い北風になった。

武田側の陣地から一斉に煙が上がった。乾草に火がつけられ、これに常緑樹の枝が投げこまれた。

煙は濛々《もうもう》と立ち上《のぼ》り、たちまち、武田の陣営は煙の中に包み隠された。

「敵は、煙で目かくしをして、土塁をこわし、城の外壁を破って侵入するつもりであろう」

と貞昌は云った。城兵に敵を迎え討つ準備をさせた。なにしろ、敵は大軍だから、外壁を破壊するとなると、二ヵ所や三ヵ所ではなく十ヵ所、二十ヵ所を破って突入して来るであろうと想像された。

城外で時々鬨《とき》の声がした。その声があちこちと移動した。鬨の声を聞くたびに城兵はそっちの方へ引きつけられた。

「おかしいぞ、敵は侵入する様子はない」

貞昌は不思議に思って、探らせて見ると、武田軍は煙の向う側でなにやら楼のようなものを作っているらしいということだった。それも一つや二つではなく、一度に十ほども望楼を建てようとしているらしかった。それを妨害するには鉄砲を撃ちかけるしかなかった。

しかし、煙で眼をやられて銃砲を撃ちかけるどころではなかった。

一刻半（三時間）ほどで風は止んだ。同時に煙も消えた。そこにはいつの間にか、竹束の防護壁をつけた望楼が十基ほど立っていた。

竹束が積み上げられ、その陰に武田側の望楼が組み上げられていた。

城内から見ると、それは高く積み上げられたただの竹束としか見えなかった。おそらくその竹束の陰に人がひそんでいて、竹束の隙間から城内を見ているだろうと思われた。

「よし、敵の望楼の最上段を狙って一斉射撃をして、隠れている敵を撃ち取れ」

貞昌はそう命令しながら、もし大鉄砲を持っていたらなあと考えていた。

鉄砲隊が外壁に寄って、敵の望楼の最上段を狙って一斉射撃をした。竹束がはじけたが、その内側にある鉄板を張った弾丸よけの盾を破ることができなかった。見張りはその陰にいるもののようであった。それまでするのに、かなりの弾丸を消費した。

貞昌は攻撃を中止した。弾丸は貴重であった。竹束なんか撃つのはもったいないし、そんなことをしていると、軍目付の松平景忠になんと報告されるかしれたことではなかった。

「勝手にさせて置け、楼上から城内を見下ろしたところで、それだけのことだ。この城を決死の覚悟で守ろうとしている、山家三方衆の意地まで見抜くことはできないだろう」

貞昌はそう云った。

銃声が絶えると妙に静かになった。そこには城もなく攻撃軍も居ないようであった。

武田軍の中で法螺《ほら》が鳴った。間断的に数回鳴って、最後に尾を引いた。法螺《ほら》の音で雲が切れ、日がさしかけた。

武田軍が動きだした。隊伍を整え、長篠城を後にして南下して行った。後には一兵どころか埃一つ残ってはいなかった。

なにか夢を見ているようであった。城からは直ちに物見の兵が出された。武田軍の行く先を確かめるためだった。

奥平貞昌は、物見を出した後で、直ちに吉田城の酒井忠次のところへ使者を送った。急を要するので口頭で伝えるように命じた。

「武田の軍が吉田城へ向うようであったならば途中から道をかえ浜松城へ行って、直接お館様へ申し上げるように」

貞昌は使者の塩谷五八郎に云い含めた。

塩谷五八郎は城を出て間もなく武田軍の後備えに行き当った。武田軍は吉田城を目ざしていることは明らかだった。

塩谷五八郎は浜松城へ馬を飛ばした。日が暮れていたが、家康は塩谷五八郎に会った。

塩谷五八郎は武田軍が来てから退却するまでの行動を手短かにまとめて話してから云った。

「大鉄砲があったならば、武田方のにわか作りの望楼を撃ちこわすことができたと思います。必ず近いうちに来襲するであろうその日のためになにとぞ大鉄砲二梃をお廻しくださるように願います」

塩谷五八郎は最後をきちんとまとめた。

「近いうち必ず来襲するということがどうして分かるのだ」

家康が云った。

「敵が風を利用して煙を放ち、にわか作りの望楼にて、長篠城内を探ったのは、来襲せんがための下準備と思います。その下心がなければ、あんなことをする筈はないと思います」

「勝頼が長篠城を本気になって攻めるつもりならばなぜ囲みを解いて吉田城へ向ったのだ」

その家康の問いに対して塩谷五八郎は、使者という身を忘れたように、はっきりとした口調で答えた。

「武田隊が三隊に分かれて遠江、三河へ侵入したのは、いままでもしばしばあったことで珍しくはございません。問題は敵がなにを意図しているかと云うことだと思います。敵の三隊は、吉田城で合流して一体となり、吉田城を包囲するかに見せて、直ちに引きかえし、長篠城を囲むでしょう。長篠城は一万五千の兵が囲むにはあまりにも小さな城です。それをなぜ囲むかというと、お味方を誘い出すためと存じます。敵は、徳川、織田両軍を引き出して、決戦に出ようという腹に間違いございません」

塩谷五八郎はとどこおりなく云った。

「それはそちの考えか、それとも奥平貞昌の考えか」

「私は長篠城主奥平貞昌の使者として参っております。使者の口上は即ち城主の言葉でございます」

家康は頷いた。おそらくその考えは塩谷五八郎の考えであろうが、その考えが単なる予想とか予感ではなく、実感として受け取っているから、あのように自信に満ちたことが云えるのであろうと思った。

「よし、大鉄砲二梃を譲ってやろう。そちのいうとおりになった場合は必ずや役立つことになるだろう」

家康は塩谷五八郎に大鉄砲二梃と大鉄砲足軽五人をつけて長篠城へ送りかえした。

長篠城仕寄《しより》戦術

天正三年（一五七五年）五月六日、勝頼が率いる武田軍団は一挙に南下して酒井忠次が守っている吉田城（豊橋市）を包囲した。徳川家康は急を聞いて来援したが、戦えば不利であることを充分知っているので城内に引きこもったままであった。小競合《こぜりあ》いは各所であったが合戦にはならなかった。

吉田城が武田軍に包囲されたのはこの時が初めてではないから、守るほうも馴れっこになっていたし、攻める武田軍の方も、相手は城を出て戦わないことをよく知っていた。包囲して落城させるには二ヵ月や三ヵ月はかかるであろう。この間の攻撃軍の食糧補給路が確立しないかぎり包囲作戦に持ちこむことはできなかった。また武田軍にはもう一つの弱味があった。織田軍が到着すると、吉田城という城を持っている織田、徳川連合軍の方が作戦上有利に立つことになる。

武田軍には織田、徳川連合軍の兵員数はたいして問題ではなかった。弱い軍隊がどれほど多く集まっても強くなるものではないと考えていた。しかし、吉田城を目の前にして、織田軍を迎え撃つのは、どう考えても戦いにくかった。

城兵が五千いるとすれば、それに対抗するだけの兵力をそっちに当てた上で、織田軍を迎えることになる。これは武田軍にとって明らかに不利であった。武田軍の戦法は一丸となって、連合軍に立ち向って、これを撃破するにあった。雌雄を決するということは、そのようにすべきだと考えていた。武田軍の軍議の席では、川中島の合戦、そして三方ケ原の合戦の話がしばしば出た。その両合戦のようなスケールで為《な》された場合においてのみ大勝利が得られるのだと考えていた。

武田軍は三日間そこに止まっただけで吉田城をそのままにして引き上げた。引き上げ方も、徳川軍の若手部将の追撃を誘うように、わざと隊列を長くしたり、後備えの部隊を孤立させたりした。

もし城から徳川軍の一部隊が出て来て、武田軍の後尾を捕えようとしたら、逆にその部隊を封じこんでしまって、吉田城内の主力の出撃を待とうという作戦だった。

徳川家康、酒井忠次は、武田のこの手を警戒していた。三方ケ原の失敗は二度と繰り返すつもりはなかった。限られた物見の部隊の他は城から出さなかった。

武田軍は宝飯郡橋尾（現在の愛知県豊川市一宮町）の付近で豊川の堰《せき》を切った。梅雨の季節だったから、流れ出した水はかなり広い範囲に拡がった。戦国時代にはいやがらせのために青田刈りがしばしば為されたが、それほど広い範囲のものではなかった。信長が小谷城を攻撃したとき、浅井長政の領地である北近江の水田地帯を水浸しにした例はあったが、このように直接農民に大被害を与えることはごくまれであった。

（こうまでされたら、徳川家康も黙ってはいないだろう）

という考えからやったことである。しかし、徳川軍は吉田城に籠《こも》ったままで頑として出ようとはしなかった。

武田軍は長篠城に引き返した。五月十日であった。

長篠城は豊川の上流、寒狭《かんさ》川と大野川が合流する地点にある。要害ではあるが一万五千の兵がこの城を取り巻いて一気に取り掛かるというような地形でもなかった。

攻城の方法としては大野川、寒狭川のある南方面からは攻めずに、北方面から、堀を埋め、塁をくずして本丸に近づくのがまず常道と考えられた。

勝頼は長篠城の北方約十丁ほど離れた医王寺に本陣を置き、各部隊は長篠城を取り囲むように布陣した。

一万五千の武田の大軍が長篠城を包囲したということは間者、物見、密偵等によって、徳川方に通報され、ほとんど同時に岐阜の織田方にも通報された。織田信長は徳川方からの通報と、織田軍自身の諜報機関からの情報とを照合した上で、作戦を樹てようとしていた。このやり方は、三方ケ原の合戦のときも、高天神城の攻防戦の時も同じであった。

徳川方から、援軍をお願いしますと云っても、はいそうですかと、すぐ大軍を進めるようなことはしなかった。

武田の諜報機関もまた総力を挙げて、織田と徳川の動静を探ろうとしていた。

五月十一日、雨の中を一人の僧が医王寺の勝頼の本陣を訪れた。僧は武田の警戒陣にひっかかって訊問された。

「京都妙心寺の僧、鉄以と申すもの、市川十郎右衛門様よりの使者として参上……」

と云った一言で、僧はそのまま足軽大将、更に侍大将の跡部勝資を経て、勝頼のところへ通された。

勝頼は跡部勝資と、真田昌幸の二人を従えて鉄以に会った。

「山本勘助の一子鉄以にございます。京都屋敷の市川十郎右衛門様のお使いとして参りました」

三人は一様に目を見張った。川中島の合戦で戦死した山本勘助は、武田方の諸国御使者衆としてもっとも有能な人であった。

その父の遺志をついで諸国御使者衆となった鉄以が使いにやって来たことが、なにか重要なことのように思われた。

「山本勘助のことは父よりしばしば聞いていたぞ、その一子鉄以が妙心寺派の僧となったことも聞いていた。よくぞ参った」

勝頼は鉄以をねぎらった。武田家の諜報機関、諸国御使者衆は信玄の時代に、その組織が確立していた。僧としての教育を受けた後、諸国御使者衆になる者もかなりいた。この組織に属する主だった者だけでも二百人もいたというから、総数は相当なものであったらしい。信玄は調略戦で敵の内部をがたがたにした後で、武力を行使した。その戦略をそのまま踏襲している勝頼もまた、八方に諜報網を張っていた。京都武田屋敷の市川十郎右衛門は、京都方面の武田諜報機関の中心的人物である。その十郎右衛門からの知らせであるからよほど重要なことに思われた。

「途中を警戒し、書きつけはいっさい持って居りませんので、これから申し述べることを書き留められるようにお願い申し上げます」

と鉄以は云った。

書き役が机に向って姿勢を正した。

「市川十郎右衛門様の調査によりますと、織田殿方の鉄砲の購入と火薬の購入が最近、目立って多くなりました。堺で生産される鉄砲の八割までは織田殿が御買い上げとなり、また渡来する鉛と硝石の八割までが織田殿、買い上げとして押さえられております。織田殿がこのようなことを始めましたのは、三年ほど前からでございます。買い上げられた鉄砲と従来から持っている鉄砲を合わせれば約三千梃にもなります。また買い溜めた硝石と鉛から推定して、織田殿は、おおよそ火薬一千貫匁と鉛千八百貫匁分を貯蔵しておるものと推定されます。これは三千梃の鉄砲に対して、六匁玉三十万発とこれを発射するだけの火薬を用意したという計算になります。つまり三千梃の鉄砲各一梃につきそれぞれ百発の六匁玉を用意していることになります」

鉄以はそこで一呼吸ついた。鉄以は父山本勘助には似ていなかった。母に似て端整な容貌をしていたが、眉間のあたりに刻まれた皺は意志の強さを表わしていた。

「織田殿が、鉄砲と火薬に異常な執着を示すようになったのは、三方ケ原で織田の援軍が大敗北を喫《きっ》して以来のことでございます。織田殿は、この戦いに参加した将兵から合戦の様子をことこまかに聴取いたしました。徳川殿の御家来衆のうちからも数人ほど呼び寄せて、三方ケ原の合戦のこと——特に武田の騎馬隊のことを聞かれております。そして織田殿は武田の騎馬隊に勝つには鉄砲以外になにものもないと考え、直ちに堺へ人をやり、鉄砲と火薬と鉛の買いこみに精を出すようになったのでございます」

「信長は鉄砲で勝てると信じておるのか」

と勝頼が口を出した。

「信じているからこそ、買い溜めをなされるのでございましょう」

勝頼は頷いた。鉄以と議論するつもりはなかった。情報を正確に聞けばよいのである。

「ほかになにか……」

十郎右衛門からの伝言はないかと、勝頼は訊《き》いた。

「くれぐれも鉄砲に用心なされるようにとのことでございました」

鉄以はそれ以上のことは云わなかった。

「御苦労であった。下がって休むがよい」

勝頼は鉄以を引き下がらせてから、その話を聞いていた勝資と昌幸の顔を見た。云いたいことがあれば云ってみるがいいというふうな顔だった。

「京都からの情報はまず確かでしょう。三千梃の鉄砲の威力を充分に発揮されたら味方は苦戦を強いられることになるでしょう。しかし……」

と云って昌幸は外に眼をやった。雨の降る音が聞こえていた。

「この梅雨の最中だと、鉄砲はあまり役には立たないでしょう」

勝資が昌幸の心の中を見すかしたように云った。真田昌幸も跡部勝資も三千梃の鉄砲はおそろしかったが、雨に弱いという火縄銃の最大の欠陥が露呈されるような梅雨の期間において敵と対決することになるならば、それほど気にすることはあるまいと思っていた。

雨の中を次々と情報や報告が本陣に入って来た。岐阜付近の見張りを続けていた諸国御使者衆から、

「織田軍、近日中に大軍を発すること間違いなし」

という情報が入った。大軍を発するための準備のために、八方に使者が飛び、鉄砲、車、馬などが集められていることが報告された。岐阜方面の情報を総合すると、

「五月五日ごろから、急に色めき立ち、人の出入りがはげしくなった。徳川殿からの使者は日に三度に及んだ。織田殿は徳川殿の要請を受けて出撃を決意した模様である。動員の人数はつまびらかではないが、およそ、二万と推定される」

岡崎、吉田方面からの情報もそれを裏書きするものがあった。

「徳川殿は、織田殿のところに五月五日に小栗大六を使者として派遣した」

小栗大六が家来二十三人を連れて岐阜へ乗り込んで行ったことまで調べ上げられて、医王寺の勝頼の本陣へ報告された。

小栗大六が徳川家康の使者として、岐阜城の織田信長のところへ乗り込んだのは五

月五日であった。勝頼の大軍が吉田城に向って進撃中のときであった。

「武田殿の行動は目に余るものがあります。大軍を以て遠州、三河へ踏みこみ、勝手気ままに荒し廻っている敵をこのままにして置けば、徳川の威信は地に墜《お》ち、遠州、三州の民心がことごとく武田になびくことになりましょう。なにとぞ、一日も早く援軍をさしむけられ、武田殿の野望を破砕《はさい》して頂きたいと存じます」

これは使者としての表だっての口上であって、これからが小栗大六の本領発揮の口《く》説《ぜち》であった。

小栗大六は高天神城がなぜ落ちたかを改めて信長の前で云った。日本に二つとはないような堅城高天神城がなぜ武田の手に帰したか、そのために遠州の情勢がどう変わったかを述べた。云わないでもいいことだった。信長としても、そのことは充分に知っての上のことだった。

高天神城は初めっから本気で救援するつもりはなかった。武田と同盟を結んでいる、伊勢長島の本願寺派が健在である限り、大軍を率いての遠出はできなかった。だから正直のところ見殺しにしたのだ。そのかわり、武田軍が引き揚げた隙《すき》を見計らって伊勢湾を海上封鎖した上で、長島の本願寺派勢力を皆殺しにしたのである。

だが今はその時と情勢はすっかり変わっている。大軍を率いて出ても後顧の憂いはなかった。武田軍と決戦するつもりになって、鉄砲弾薬を蓄えていたのである。

(だが、今はまずい。梅雨の季節である。鉄砲の力を充分に発揮させるには雨期をさけたほうがいい)

信長は内心そう考えていた。ところが、徳川家康の使者、小栗大六は、信長の気持などいっこうおかまいなく、まるで足下《あしもと》から火が出たように、

「今すぐ援軍を賜らないと、長篠城はおろか、吉田城さえ窮地におち入るでしょう」

と云った。

「そちの云うことはよく分かった。余も考えているところだ。もう、二、三日待て……」

と云うと、小栗は声を大にして云った。

「われら徳川の一族郎党は織田様との盟約通りに、いままで働いて参りました。援軍を出せという使者を迎えたその日のうちに、出陣のふれ太鼓《だいこ》を打ちました。永禄十一年(一五六八年)、織田様御上洛の折も、若狭の陣の折も、姉川の合戦の折も、そのようにして参りました。ところが織田様は……」

しかし、小栗大六はその先が云えずにはらはらと涙を流した。

「よく分かった。援軍は必ず出す。しかし、武田軍に勝つためには、それ相応な準備がいるだろう。明日発つというわけには行かない」

「では、それまで待たせていただきます。織田様が本気で御加勢下さるという見きわ

めがつかねば、私は帰りません。使者としての責任が果せないからでございます」

「なに、本気で御加勢下さるかとな？」

信長の眉間のあたりが、ぴりっと動いた。癇癖《かんぺき》の強い信長である。怒り出したら何をしでかすか分からないから、側近のものは、はらはらしていた。

「本気で御加勢とは武田軍が三河にいる間に御出兵願いたいということでございます」

小栗大六は顔を蒼白にして云った。死を覚悟して云っている様子だった。

信長はかなり機嫌を害してはいたが、大声を発するようなことはなく、どうにか、その日の面会は終った。信長は座を立つときに傍にいた佐久間信盛に云った。

「そちは徳川殿とは懇意だから、小栗大六の云い分をじっくりと聞いてやれ、云うだけ云えば気が晴れるだろう」

徳川殿とは懇意だからと云ったのは皮肉だった。三方ケ原の合戦のとき援軍として出向いたものの、戦わずして逃げて帰ったときのことを念頭に入れての発言だった。

その夜信盛は、小栗大六を呼んで酒肴《しゅこう》を出した。信長にじっくり聞いてやれと云われたからであった。

信盛も酒が強いが、小栗大六も強かった。双方とも膝も崩さずに酒を飲んだ。

だが、酒が入ると、つい口が滑って、お互いにいいたい放題のことを云った。

信盛が三方ケ原の敗戦を持ち出して、

「出撃したら大敗するからやめろと、口が酸っぱくなるほど徳川殿に申したのに、それを聞かずにあのようなことになった」

と云えば、小栗大六も負けずに云った。

「高天神城がいよいよ落ちるらしいと聞いてから重い腰を上げられ、今切の渡しまで来て落城と聞き、やれやれと云った顔で引き上げたお方はどなた様でございましょう」

こんなことを云っていたら、やがて喧嘩になるのだが、それがならないのが不思議だった。二人はお互いに相手の心を探り合っていたのである。

「今度の使者の責任は大きい。もし使者のつとめが果せなかったら、そこもとは腹を切るつもりだろう」

と信盛が訊《き》くと、

「いや、腹を切るつもりは毛頭ない。武士の信義の上に立つものだ。攻守同盟を結んでいながら、その約束にそむくような大将はもはや武士とは云えない。もし織田様が、援軍を出さないというならば、私は帰城してお館様に、織田様とは縁を切って、武田殿と攻守同盟を結びなさいと進言するつもりです」

酒の上のことながら、それはかなり重大な意味を持った言葉だった。信盛は顔色を変えた。

「それは、そこもとだけの考え方か、それとも徳川家の内部にそのような考えを持った者がおるのか」

「勿論《もちろん》、拙者ひとりの考えです。しかし、このように考えている者が他にもいることは事実です。特に血の気の多い若大将はこのような考え方を持ちたがるものです」

小栗大六が酔いに乗じて云ったことは、その当時の徳川家内部の空気を正直に伝えるものであった。しかし、これは一般的な考え方であって、誰がこう云っている、ああ云っているというものではなかった。血の気が多い若大将と云ったのも一般的なことであって、誰彼を指すものではなかった。ところが、佐久間信盛は、血の気が多い若大将と小栗大六が云った瞬間に、その若大将こそ、家康の長男、岡崎城主、徳川信康だと思いこんでしまったのである。信盛は、翌朝信長の前に伺候して、小栗大六が酒の席で口にしたことをそのとおり伝えたばかりではなく、信康が、もし織田殿が本気で援軍を出さないならば、武田と結ぶと云ったと報告した。信長が四年後の天正七年に信康に腹を切れと命じた遠因は、ここにあった。

信長は佐久間信盛の顔を見詰めていた。激怒を押さえている顔だった。信長の若かりし頃はしばしば見せた顔だが、最近はめったに見せたことのない顔だった。信盛は不安になった。若かりしころの信長は、こういう顔をした後は、馬に乗って行方をくらませ、家臣を手こずらせたものだ。

「軍議を開く」

と信長が大きな声で云った。その瞬間、激怒の色は消えていた。信長は激怒の気持を戦《いくさ》に転換していた。

(梅雨の明けるのを待てば、敵を逃がしてしまうかもしれない。同時に徳川という有力な味方を失うことになる。天下統一の前には梅雨を虞《おそ》れてはならない。鉄砲だけに頼るべきではない)

そう考えたとき、大軍を発する決意がついたのである。軍議を開くと云ったのは、出兵するぞという宣言であった。

武田軍は長篠城に向って全面的な攻撃を開始した。雨が降り続いていた。

五月十一日、武田軍は西の服部曲輪《ぐるわ》と北の巴《ともえ》曲輪(三の丸)の土塁に向って攻めかかった。

武田軍は竹束を積み重ねた仕寄台《しよりだい》を作って城内からの鉄砲玉を防ぎながら近づき、鉤《かぎ》のついた縄を引っ掛けて塀や土塁を引き崩しにかかった。そうはさせじと城内からは鉄砲で狙撃するのだが、なにしろ相手は大人数であり、入れ替わり立ち替わって、仕寄台を並べ立てて押して来るので防ぎようがなかった。

塀や土塁は諸方が引き落とされ突き崩された。

城将、奥平貞昌は楼上からこれを見ながら、あっちへ行け、こっちを守れと城兵を指揮するのだが、五百人の城兵では手がまわり兼ねた。

武田の攻撃は夜になってもいっこうに衰えなかった。新手を入れ替えたばかりではなく、夜になると、金山衆を主体とする作業隊が、仕寄台に守られながら、土塁の根を崩しにかかった。

金山衆とは文字通り、日頃金山において金鉱を採掘《さいくつ》している人たちのことである。武田軍がこれらの人たちを組織して特殊部隊を作り、攻城作戦に参加させて成功させた例は多い。

各部隊が仕寄台を押し進めて土塁に近づき、敵と戦っている間に、金山衆は、あらゆる道具を利用して、土塁の根を崩しに掛かった。掘り進んで行く方法もあったが、多人数の力を利用して土塁を崩す方法は、釣り鐘《つりがね》突きという方法だった。まず仕寄台を押し進めて敵の弾丸を防ぎながら、櫓《やぐら》を設け、これに先を鋭くした丸太を吊り下げ、丸太の根元に引き綱をつけて、多数の人がそれを曳いて後に下がり、はずみをつけて放す。丸太の先は勢いよく土塁に突き刺さる。指揮者の合図で、曳き手はその棒を抜き取って、また放す。この釣り鐘突きは、段取りがやや面倒だが、段取りがきまると、大きな破壊力を発揮した。

十一日の夜から、数ヵ所で釣り鐘突きが始まった。城内からは防ぎようがなかった。

地響きとともに土塁は崩れて行った。城将奥平貞昌は、服部曲輪と巴曲輪を捨て、西は弾正曲輪、北は二の丸の帯《おび》曲輪で防ぎ止めようとした。

武田軍は十二日も引き続いて、同じような方法をもって弾正曲輪と二の丸帯曲輪を攻めた。

弾正曲輪の土塁は二重になっていて、しかも高かった。しかし、武田軍はそんなことにはいささかもおかまいなく、前日よりは更に上手な段取りで土塁を崩しにかかった。土塁くずしの掛け声が雨空に反響した。

貞昌は、武田金山衆の水際だった働きを見て、弾正曲輪を捨て、曲輪と本丸の間に掛かっている橋を引き上げた。弾正曲輪と本丸との間には堀があった。

(敵が堀を埋めるには相当な日数がかかる。そのうちには援軍が来るであろう)

と考えたからであった。

十三日になると、武田軍の攻撃は二の丸曲輪に集中した。

二の丸曲輪の外には堀があったから、これを埋めないと、土塁にかかれない。武田の攻撃はここで頓挫《とんざ》するだろうと思われたが、その様子はいっこうに見えなかった。

武田軍は二の丸曲輪の外側の堀を直接埋めることはせず、大野川に流れ出している掘割の出口を掘り拡げると同時に、掘割の導水口を閉鎖したのである。治水工事に勝れた技術を持っている武田軍にとってはこのくらいのことはなんでもなかった。

　堀の水が干《ほ》されたと云っても梅雨期であったし、溜り水もあった。その泥の中には、木材が投げこまれた。ようやく人が入れるようになってから、仕寄台が進められて土塁に密着した。土塁の引き崩し作業が始まった。

　二の丸曲輪が落ちるのは目前であった。

　三日間一睡もしていない貞昌にとっては、武田軍が、えいやあ、おう、えいやあ、おうと声を合わせて、土塁を突き崩しているのを聞くと頭が痛かった。残るは本丸だけだと思った。本丸は西方も北方も深い堀で守られている。土塁も堅固である。だが、その本丸も今の調子で破壊作業が続けられたならば、たちまち突き崩されて敵の侵入を許すことになるであろう。

（問題は何時《いつ》まで敵を持ちこたえられるかということよりも、何時援軍が到着するかということである）

　貞昌はそのように考えた。

　比較にならないほどの戦力の差である。防ぐの守るのと云ったところで、圧倒的な人数と、優秀な土木技術を持っている武田軍の進撃を阻止することはできない。

(敵があの調子で押して来たら、あと数日で城は落ちるであろう)

それは貞昌だけの考えではなく、城を守るすべての将兵の一致した考え方であった。

五月十四日、二の丸帯曲輪は落ちた。その夜、奥平貞昌は主なる者を集めて軍議を開いた。

「こうなれば、なんとかして、援軍を乞うしかこの城の生きる道はない。その使者を誰にするか、どのようにして送り出すかについて策ある者は申し出るがよい」

武田軍が城を包囲したのが五月十一日である。その三日後の五月十四日に援軍依頼の使いを送らねばならない、と云い出した奥平貞昌の心境は複雑だった。軍議と云っても、他になすべきことはなかった。一方的に攻められているこの苦境を一日も早く徳川家康と織田信長に知らせて、援軍を頼む以外に救われようがなかった。

「夜陰に乗じて、大野川か寒狭川に入って対岸に泳ぎつき、お味方へ走るのが上乗……」

「その考えはいい。が、川には厳重な見張りがついてい、その警戒線を突破することはできない」

「突破できるかできないかやってみなければ分からないだろう」

「探せば、水泳が達者な者が二人や三人はいる筈、その者たちにやらせたらどうか」

などという意見が出たところで、奥平貞昌が云った。

「水泳に自信がある者を選んで使者に立てよう」

軍議はそれで中断された。

貞昌は、机に向って、徳川家康あての書状をしたためた。城が危機に瀕している状況を述べようとしたが、気ばかりあせって、適切な文章にならなかった。一刻も早く御援助をとか、城を枕に討死というような文句をやたらに連ねた。

「水練に秀でたる者を連れて参りました」

侍臣の声で貞昌は顔を上げた。屈強な侍がそこに手をつかえていた。貞昌は向き直って名を訊ねた。

「鳥井《とりい》強右衛門《すねえもん》にござります」

貞昌は、更に出生地と水練の自信のほどを聞いた。

「作手《つくで》の清岳の生れでございます。水泳は子供の時より手掛けており、河童《かっぱ》という異名を貰ったほどの者にございます」

「そうか、そちは作手の出であったか」

奥平貞昌は元作手城の城主であったから、鳥井強右衛門はもともと彼の家来であり、山家三方衆の一人であったのだ。貞昌は大いに気をよくした。

「その方にこの城の運命がかかっておる。使者をつとめてくれるか」

貞昌はたのみこむように強右衛門に云った。
雨の音が一段とはげしくなった。

天正三年五月十四日を新暦に換算すると七月二日になる。梅雨の最中である。暦の上の入梅は太陽が黄経九十度に達する日になっており新暦の六月十一日か十二日であるか、気象上の梅雨は年によって差があり、また地方によっても違う。気象庁の平均記録によると、中部地方の梅雨期間は六月十日ころから七月十日ころまでの一ヵ月間ということになっている。これは長年の平均値であって、年によって早い年もあり、遅い年もある。

天正三年の梅雨がどうであったかを調べるのはむずかしいが、資料に散見せられるところを総合すると、梅雨はほぼ例年のように始まっていたもののようである。とすれば、天正三年の五月十四日（新暦七月二日）には梅雨の後期に入っていたらしい。

そして設楽《しだら》ケ原の大会戦の五月二十一日（新暦七月九日）の早朝に豪雨があり、後晴れたというから、その日あたりが梅雨の上がりになるのではなかろうか。

岡崎への九里の道

織田信長が出陣を決意したことは、徳川家康にとってまことに嬉しいことであったが、出陣したものの、途中で愚図ついていたら長篠城は、高天神城と同じような運命になる。なんとしてでも、織田軍の主力を武田軍との決戦の場に引っ張り出したかった。

使者、小栗大六が吉田城に帰っての報告を聞いたあと、家康は石川数正と酒井忠次の意見を訊いた。石川数正と酒井忠次はそれぞれ家臣団を代表する二大実力者であって、この二人の支持なくしてはなにごともできないというのが、当時家康が置かれた苦しい立場であった。

「いかにしたら、信長公を武田との決戦場に引っ張り出すことができようぞ」

家康が提出した問題であった。

「小栗大六は使者として一応は成功したようです。しかし、このまま黙って待っているわけにも行かないでしょう。次々と使者を出して、本陣を長篠へ進めなされるようにお願いすることだと思います」
石川数正が云った。
「次々と使者をさしむけると信長公は、うるさい奴がまた来たとおぼしめされること
も考えられます。もう少し実《じつ》のある使者を出したらどうでしょうか」
酒井忠次が云った。
「なに、実のある使者だと……」
家康が反問した。
「さようでございます。実のある使者とは、信長公にこちらの真実をそのまま差し出
すことでございます」
「人質を差し出せというのか……」
家康の顔が曇った。
織田信長と徳川家康とは見掛け上は同盟国関係にあった。永禄十年（一五六七年）
に、家康の嫡子信康と信長の女徳姫《むすめとくひめ》とが、それぞれ九歳で結婚して以来、織田家と徳
川家とは親戚関係にあった。現に信康、徳姫共に十七歳となって、岡崎城に仲よく暮
している。このような関係にありながら、尚且つ人質を出すということは、徳川家に
取って非常な屈辱《くつじょく》であった。
「お館様に出せと申しているのではございません。この際、拙者めの次男康俊を人質

に出しましょう。康俊はお館様の従弟《いとこ》（康俊の母は清康の女《むすめ》、家康の叔母）に当りますから、なにかと名目が立つものと思います」

忠次の云うことには一理があった。忠次は家康の重臣である。その次男で家康の従弟に当る康俊ならば、立派に人質として通用する。

「しかし、それはあまりにも……」

卑下した行為ではないかと数正は反対した。なにもそれまでしなくともよい。そんなことをすればいよいよ信長をつけ上がらせることになるとまで云った。

「いや、数正、ここは忠次の云うとおりにしよう。考えられるあらゆる手段を取って信長公に出陣していただかないと、いよいよ窮地に追いこめられることになる」

家康は云った。石川数正はそれ以上反対はしなかった。忠次が信長に対して示そうとしている阿諛《あゆ》に対して批判的になりながらも、やはり、そうするのがよいだろうと考えた。

「ではそのようになさいませ、一日も早いほうがよろしかろうと存じます」

数正は賛成した。

康俊はその日のうちに、吉田城を発《た》って岐阜城へ赴いた。その一行に先立って、早馬が岐阜へ走った。

「酒井忠次が余に人質を出すそうな」

信長は忠次からの書状を見ながら側近に洩らした。なかなかの御機嫌であった。

「今度こそ、武田勝頼の首を取ってやろうと考えている余の気持が、家康にはまだ分からないようだな」

とも云った。康俊が人質として岐阜城へ来ようが来まいが、気持には変わりがないと云いながらも、家康の心境には大いに同情していた。

「家康のところへ使者を出して、十三日には岐阜を発つと告げるがよいぞ」

信長は大きな声で云った。

信長が大軍を率いて岐阜を出発したという報はその翌日には武田の陣営に届いていた。

「出陣はいままでに見られないような有様でございます。足軽一人につき、棒一本と、縄二束を持たせておりますので、兵たちは、縄を腰に下げ、槍と棒とを両肩にこのようにかついでの行軍でございます」

遠物見《とおものみ》はその恰好をやって見せてから、

「なにしろ、二万という大軍に棒をかつがせたのですから、まことに不思議な光景に見受けられました」

と結んだ。

次々と物見や間者や諸国御使者衆の組の者などが帰って来て同じようなことを報告

した。その中に、

「敵兵たちが話すところによりますと、足軽全員に棒と縄を持って行くように命令を下されたのは織田様御自身だとのことでございます」

という風説を伝える者がいた。また織田方に忍びこませてある諜者からの報告によると、

「棒と縄を持たせたのは武田の騎馬隊を阻止《そし》するためである」

ということであった。

更に、酒井忠次の次男康俊が、人質として岐阜に送られたことも武田の陣営に知らされた。これらの情報はまとめられて、各部将に知らされた。

「敵はよほど武田の騎馬隊が怖いらしい」

「三方ケ原で、ひどい目に合わされたから無理はないことだ」

「馬が怖いから、棒と縄で、馬止めの柵を作り、その向うから鉄砲を撃ちかけて来るつもりだろう」

「戦いを始める前から逃げ腰とは驚いたものだ」

「棒と縄を持って来るようなら、戦うつもりはないだろう。長篠城が落ちるのを待って、さっさと岐阜城へ引き上げるのであろう」

というようなことが、部将たちの間に囁かれるようになった。

「棒と縄を持っての進軍のこと、そちはどのように考えるか」

と勝頼は真田昌幸に聞いた。武田陣営では昌幸がもっとも先の見える使番（参謀）だと思って訊いたのである。

「おそらくは、馬を怖れてのことと同時に、柵をかまえることによって、われらを誘い出そうという魂胆《こんたん》だと思います。その二様の考えがあるものとみてよろしいでしょう。つまり敵は、馬止めの柵を防禦にも攻撃にも使うつもりではないでしょうか」

「防禦は分かるが、攻撃とはどういうことか」

「攻撃とは三千梃の鉄砲の前に、われらの騎馬隊がそのままさらされることです」

なるほどと勝頼は頷いた。昌幸を下がらせて、同じ質問を使番の曾根内匠に試みてみた。

「馬止めの柵による表裏のかまえと見受けられます。即ち、武田の騎馬隊の出方如何によっては、防禦の柵となり、敵側の鉄砲にとっては、攻撃の柵になるでしょう」

真田昌幸と曾根内匠の答えはほとんど同じであった。

鉄砲と馬との戦いになるかもしれないと勝頼はふと思った。そうなっても、馬が鉄砲に負ける筈がないと確信していた。他の武田の部将の多くもそのように考えていた。いままで多くの合戦に勝ち抜いて来たが、鉄砲に馬が負けたという例はなかった。鉄砲は確かに、有力な武器ではあるが、馬に勝つことはできない。それが武田武士の信念だった。

鉄砲のことが勝頼の頭に浮かぶと同時に雨の音が耳についた。

（この梅雨が上がるまでは敵の鉄砲は使えないだろう。信長が、棒と縄とを全軍に持たせたのは、馬止めの柵を設けて梅雨明けを待つ心算《つもり》ではなかろうか、昌幸の云った防禦とはこのことも含まれているに相違ない）

同じころ信長は家臣の安達天地之助《あだちてんちのすけ》を呼んで梅雨について訊いていた。安達天地之助は自ら天地之助と名乗っているほど、天文や気象についての知識があった。もと熱田神宮に仕えていたが、その才を認められて信長の家臣に取り立てられたのであった。風がわりな人物だったが、信長には愛されていた。

「天地之助、この梅雨はいつ止むか申して見よ」

信長の短兵急の質問に天地之助は、

「さよう、止む時期に到れば止むでございましょう」

平然と答えたあとで、ゆっくりした口調で話し出した。

「今年の梅雨はほぼ例年通りに始まり、例年通りに梅雨の中休みもございましたから、梅雨明けも例年通りのこととなりましょう。さようでございます。五月二十日から二十一日、遅れても二十二日には梅雨は明けるでしょう」

天地之助は答えた。

「しかとさようか」

「しかとは申しません。相手が天気のこと、どのように変わるかは分かりませんが、まあ、だいたいのところそのころになるだろうと申しているのでございます」

「つまり平年通りということか」

「さようでございます。平年通りということは万事ことがうまく行くということでございます」

信長は、なにか天地之助にからかわれているような気がした。こいつめ、こいつめと思っても、彼の云うことは理が通っているので、返すことばがなかった。

「梅雨が明けぬと鉄砲が思う存分使えぬのだ」

「向う様では梅雨が明けないうちに馬で鉄砲を蹴散らそうと考えているのでございましょう」

天地之助は武田方のことを向う様と云った。まるで他人ごとのような云い方であった。十三日に岐阜を発った信長は十四日の夜遅く岡崎に着いた。大軍を率いての行軍としては異例とも云うべき強行軍であった。ここで後続部隊を待つために一日逗留《とうりゅう》するという布令が出た。家康はまた心配になった。

(長篠城は危機に瀕している。後続部隊を待つのは、もっと先でいいし、ことさらに待たずとも、後から追い付くであろう。とにかく一日も早く長篠へ進撃して貫いた

い）

　だが、信長はその家康の気持などいっこうに気にかけないようであった。岡崎に着くと、迎えに来た家康や石川数正等と会って、長篠方面の情勢を絵図面を前にして訊きながら、

「山ばっかりで、大軍と大軍が決戦するようなところはないではないか」

と云った。

「さようでございます。もし決戦場を望むならばこのあたりではないでしょうか」

　家康は絵図面の一点を指した。そこが設楽《しだら》ケ原であった。

「なるほど……」

　信長はそこを見詰めたまま考えこんでいた。原と云っても低い山と丘とにはさまれた帯状のせまい原で、両軍合わせて、三万以上の軍団が鎬《しのぎ》をけずるようなところではなかった。しかし、設楽ケ原付近一帯の丘や山は採草地となっているために樹木はなく、これらの丘陵を含めれば、合戦場として考えられないことはなかった。

　その設楽ケ原にほど近い医王寺の武田軍の本陣には勝頼の前に部将たちが集まっていた。軍議というほどのものではなく、それまでに入って来た情報をもとにしての意見の交換がなされていたのである。

「織田の軍勢が岡崎に着いたからと云って、必ずしも、ここまでやって来るとは限ら

ない。この前と同じように、長篠城の落城を待って引き返すつもりかもしれない」

「岐阜を発つとき既に馬止めの柵を考えているようなことでは、軍の士気も上がらぬであろう」

「だが、相手が来なければ戦争にならぬ、信玄公以来の宿敵、織田信長を討ち取るには、なんとしてでも、ここまで引っ張りださねばならぬ」

「来るかな、初めから逃げ腰の信長が？」

「来るように策をめぐらすのだ」

「来たらどうする。織田軍が二万、徳川軍が八千、それに対してわが方は一万五千、その大軍がどこで戦うのだ」

それまで黙って部将たちの発言を聞いていた山県昌景が、そのときになって発言した。

「おそらく戦うとすればここであろう。設楽ケ原はせまいが、周囲の山や丘は草原である。両軍が策をめぐらせつつ、鎬を削るには適当であろう」

そう云って設楽ケ原を指したのは馬場信春であった。それまで勝手なことを云っていた部将の眼がいっせいにそこにそそがれた。なるほどと頷いている者が多かった。

「今のうちによくよく地勢を調べて置くように……」

しばらくの間を置いて勝頼が云った。信春の云うところが正しいと見ての指示であった。連合軍の動きを見る以外にこれ以上作戦の樹てようがなかった。

「長篠城の本丸に手がかかるのは何時《いつ》ごろになるか」

と勝頼は穴山信君に訊いた。

「今夜中には二の丸曲輪が落ちますから明十五日には本丸攻撃に掛かることができます。今までの推移からおしはかって、早くて十八日、遅くとも十九日には落城間違いないでしょう。無理押しすれば、十七日いっぱいで落とすことができるでしょう。高天神城に比較すれば、たわいないような城でございます」

穴山信君は高天神城攻撃のとき攻撃軍の大将となって成功したので、長篠城においても、現場の采配を任された形だった。彼の言葉の中には自信が溢れていた。

「しかし、あんまり早く城を落としてしまうと、岐阜殿は、ああこれで助かったと、さっさと帰城のふれを出すだろう」

と小山田信茂が云った。部将の間に笑いが起った。笑いが起るほど武田陣営は活気に満ちていた。大軍の接近をいささかも怖れている気配はなかった。

部将たちが各持ち場に引き上げたあと、医王寺の本陣へ、田峯《だみね》城主菅沼刑部少輔定忠が一人の老人を連れて来て目通りを願った。

「この者は作左衛門と申す田峯の百姓でございますが、幼少のころから天気を読む才を持っており、長じては天文屋と云われるほどの者になりました。近隣の者が農事や祝いごとの折には、必ずこの作左衛門のところにその日の天気を聞きに行っておりまする。明日の天気ならば、まず間違いないと云われております」

菅沼定忠は勝頼の前で作左衛門を紹介した。定忠が勝頼から、この地方の天気読みの名人を探してまいれという命令を受けたのはきのうであった。定忠は、早速作左衛門を探し出して来たのである。

「大儀であったな」

勝頼は定忠に慰労の言葉を掛けてから、作左衛門に顔を上げるように云った。六十歳を幾つか過ぎた、農業に生命をかけて来たやつれた顔がそこにあった。

「作左衛門、明日の天気を云ってみよ」

いきなりそう云われたので、作左衛門はいささかうろたえ気味の顔で定忠の顔を見た。

「思ったとおりのことを申し上げよ」

と定忠に云われて、

「明日は今日と同じように、降ったり止んだりの雨でございます」

と答えた。

「ではこの梅雨が晴れるのはいつごろになるか云ってみよ」

「今年の梅雨の入りは例年どおりでございますから、梅雨の明けも例年どおりになると思います」

「その日は」

「五月の二十日前後となりましょう。しかし何時上がるかはその前日にならないと分かりませぬ」

「前日とな」

「はい、明日の天気のことなら自信がございますが、明後日のことまでは予測することはむずかしゅうございます」

勝頼は、作左衛門のその謙虚な答え方が気に入った。

「以後天気のことは毎日毎日、定忠を通して報じて参るように」

作左衛門はおそれ入ったままそこに平伏していた。

「梅雨とはうっとうしいものだな」

勝頼は作左衛門が帰ったあとひとりごとを云った後で医王寺の本堂にいる自分は、うっとうしいだけで済むけれど、ほとんど野宿同然のままで、戦場にいる一万五千の兵はさぞつらいことであろうと思った。彼にもその経験はあった。

長篠城攻撃は夜になっても続いていた。二の丸曲輪が落ちるのは目前に迫っていた。

城将奥平貞昌は二の丸の大将、松平景忠に、本丸へ引き上げるように命令した。

すっかり暗くなっていた。雨は降ったり止んだりしていた。脱出の支度をした鳥居強右衛門《すねえもん》が貞昌のところへ挨拶に来た。

「なにか、申すことはないか」

「故郷に残した子供のことだけが気にかかります」

「そちの子は必ず引き立てて進ぜよう。安心して任務を果すように」

短いやり取りであり、かたどおりのものでもあった。鳥居強右衛門は、貞昌から家康あての書状を油紙に幾重にも包み胴に巻いた。水が冷たいから着物を着たままで水に入ることにした。刀は背に負った。野牛門の外に出ると、そこに、太さ五寸長さ一間の丸太が置いてあった。すべて手配したとおりであった。

連日の雨のために、川は増水しており、流れも急であった。流れは、両岸の岩壁に当ってくだけ、すさまじい音を立てていた。水流に押し流されて、岩に当ったら、大怪我をしそうだし、大野川と寒狭川の合流点の激流の渦に巻きこまれたら最後、助かることはまず考えられなかった。

強右衛門はすぐには流れには入らずに、暗い川瀬にしばらく立っていた。大きな声で叫びたいような気持だった。叫んでもわめいても、その声は川の音に消されること間違いがなかった。対岸の崖《がけ》の上には敵の見張りのいる様子はなかった。増水のため、川原には降りられなかった。

強右衛門は、暗夜の水面に眼をこらし、耳をすましていた。雨が小止みになった。いくらか明るくなった。十四日の月が出れば敵に発見される心配があった。彼は丸太を抱いて川に入った。

「たのむぞ……」

彼は丸太に声をかけながら、激流に身をまかせた。流れのままになりながらも、彼は足で水を蹴り、梶《かじ》を取っていた。川の中央を行かないで、側面にはじき出されると、岩壁に衝突して怪我をするおそれがあった。大野川と寒狭川が合流するその付近一帯が最も危険であった。二つの川が合流して、豊川となって、素直な流れになったあたりで、助かったと思った。だがまだ岸に泳ぎつくのは、武田の兵に発見される危険があった。彼は一里ほども流れ下った広瀬あたりでようやく岸に這い上がった。寒さで、がたがた震《ふる》えながらも注意深くあたりを見廻しながら、草叢《くさむら》に入り、やがて小道に出た。雨が止んで僅かながらの明るさがあった。道を誤ることはなかった。人家らしいものを見たときはほっとした。その付近に武田の兵がいないことを確かめてから戸を叩いたが、返事はなかった。寒くてしようがないから、戸をおし開けて中に入ると、中はむっとするほど暖かだった。人がいる気配がした。もしかすると武田の兵が潜んでいるかもしれない。彼は刀の柄に手を掛けた。

「どなたです」

しゃがれた老人の声がした。逃げ遅れたこの家の人のようであった。強右衛門は相手が一人であることを確かめた上で、長篠城から岡崎城へ使者として行くものであることを告げた。

「お待ち下さいませ」

老人は炉に火を点じながら、火が外に洩れるようなことはございませんと云った。

強右衛門はそこで老人から借りた野良着に着かえて湯を飲んだ。

「自分はもともと百姓であったが、志を抱いて武士になった。この使者の役目に生命をかけている」

などと身の上話を老人にしながら夜明けを待つことにしたが、十一日以来武田軍の攻撃が激しくて、ほとんど眠ってはいないから、眠くて仕方がなかった。

強右衛門は老人に云った。

「夜が明けたら、起してくれぬか。それまでに、おれの着物は乾いているであろう。この戦いの最後には必ず、徳川様が勝つ。その時になったら、今夜のことを申し出るがよい。恩賞をいただける筈だ。決して心変わりをするようなことがないように」

眠っている間に武田方に密告するなといったのである。

老人は大きく頷いて云った。

「心配しないで、ゆっくり休んでくだされ、私は恩賞も欲しゅうはないが、戦争だけは早くすませて貰わないと迷惑だ」

強右衛門はその老人を信用して眠った。

老人に揺り起されて目を覚ますと夜が明けていた。着物はすっかり乾いていた。朝《あさ》餉《げ》の支度だけでなく、弁当まで用意してあった。

強右衛門は蓑を着て老人の家を出た。外はまだ薄暗かったが、半刻後、雁峰《がんぽう》山の頂きに登ったときにはすっかり明るくなっていた。その日天正三年（一五七五年）五月十五日は曇っていた。

雁峰山は長篠城と谷をへだてて一里のところにあった。

長篠城の将兵は、早朝雁峰山に立ち昇る狼煙《のろし》を見て、強右衛門の脱出成功を知って喜んだが、同じ狼煙を武田の陣営では小首を傾《かし》げて見詰めていた。

強右衛門は岡崎まで九里の道を急いだ。ほとんど小走りだった。ずっと山の中の道で、歩き出すとすぐ雨になった。九里の道を三刻（六時間）余りで歩き通して岡崎城に着いた。

長篠城からの使者だと聞いて城兵は強右衛門を丁寧に扱った。

強右衛門は、徳川家康、石川数正そして奥平貞昌の父、奥平貞能の三人に会って、書状を渡すと同時に長篠城の苦境を述べた。

「武田軍は、竹束を積み上げた、移動用の仕寄台《しより》を作って、よいしょよいしょと土塁に近寄り、その陰にかくれて、またたく間に楼を組み上げ、これに先のとがった太い丸太を吊りさげて、釣り鐘をつくような要領で、土塁をつき崩しております。武田金山衆が多数加わっており、穴を掘ったり、岩を破砕《はさい》するのはまことに敏速でございます」

強右衛門は武田軍の攻撃ぶりを説明した。

「鉄砲はどうした。城内からの鉄砲は用をなさないのか」

という家康の質問に、

「敵は竹束と鉄板を打ちつけた盾板とを実にうまく利用しています。その陰にかくれたり出たりしながら、攻撃して来るので、かえって向うの鉄砲で城兵が撃たれることもございます。しかし大鉄砲の威力はさすがで、二梃の大鉄砲を浴びせかけられて、仕寄台が崩れ、敵兵が数名怪我をしたのもこの目で見ました。しかし、すぐ敵は、大鉄砲の弾丸も通らないような厚い仕寄り壁を作って攻めて参りました」

どうにも防ぎようのない様子を強右衛門は述べた。

「このままだと、数日中に落城すること間違いございません」

強右衛門はそこまではっきり云った。

家康も数正も貞能も言葉を失ったような顔をしていた。十一日に攻撃を開始して、四日目には二の丸まで落ちてしまうとは思いもかけぬことであった。物見や間者からの報告にも、それらしいことがあって、長篠城が危険であることは知っていたが、それほどだとは知らなかった。

家康は、数正に貞能と強右衛門を連れて信長の陣所へ行き、直接この切迫した情況を説明するように云った。

信長は、数正が連れて来た強右衛門に会って長篠城の情況報告を受けたあとで、

「城内の士気はどうか」

それほど激しく攻め立てられたならば、降伏しようという者も出ているであろうと訊いた。

「今のところ、そのような話は聞いてはおりません。食糧も弾丸も充分にございますが、ただ眠くてどうしようもございません。見張りに立った者が、居眠りをして、敵の弾丸に当った者がございます」

信長は強右衛門のこの答えがたいへん気に入ったようだった。

「なるほど、城兵を眠らせないという戦術は、敵ながら天晴れだ。急がないと長篠城は落ちるであろう」

ひとりごとのように云ったあとで、強右衛門に向って、

「明十六日、此処《ここ》を立つぞ」

と云った。

強右衛門は使者としての務めを果した後で再度家康に呼ばれた。

「長篠城へ入りこむことができるか」

そう訊かれると、できませんとは云えなかった。

「出ることができたのだから、入ることも不可能ではないと思います」

強右衛門は困ったことになったと思ったがどうしようもなかった。

「さようか、ではこの書状を貞昌に届けてくれ。尚、そちの口から、二、三日中には織田、徳川連合軍が助けに行くからそれまで全力を挙げて城を防げと伝えるように。くれぐれもたのんだぞ」

書状は家康の他に、奥平貞能、石川数正の三通があった。強右衛門はそれを懐中に入れて長篠城に向った。

家康自らにくれぐれも頼んだぞと云われたとき、強右衛門は死を覚悟していた。

家康が強右衛門を使者として再び長篠城へやったのは、高天神城のときのことを考慮したからだった。高天神城からの援軍要請の使者匂坂《さきさか》牛之助に対して、家康は城内へ帰って援軍が浜松まで来たと嘘を云うように命じた。そして、高天神城が落城した後で匂坂牛之助は、武田方に通じたという理由のもとに殺されたのである。口封じのためである。この事件は内々のうちに行なわれたことではあるが、多くの者が知って

いた。長篠城内の将兵の中にもこのことを知っている者がいることは明らかだった。家康は、

（今度は違う。現に織田軍は岡崎に来ていて、明十六日には長篠に向って出発することになっている。必ず長篠城救援に間に合うようにするから、しっかり城を守れ）

と城兵たちに云ってやりたかった。また、強右衛門は信長にも会ってその口から、明日移動することを聞いている。ぜひ強右衛門を長篠城へやって、不信感を抱いている将兵がいたら、その気を引き立てようと思ったのである。

（長篠城はなんとかして、守っていて貰わなくては困る。長篠城が落ちたら、織田軍は引き上げるだろう。織田軍主力と武田軍主力との決戦なくして、徳川軍の生きる道はない）

このような徳川家康の心境が、くれぐれも頼むと云わせたのである。

鳥居強右衛門について書かれた書物は数種類あるが、徳川時代に入ってから書かれたものが多い。小説風に書かれたものもある。大野川と寒狭川には鳴子網が張ってあった。その網に強右衛門がひっかかって鈴が鳴ったのを聞いて、武田の兵は、大川であるから五月のころには大きな魚が上って来て網に当ったのだろうと云って改めなかったと書いたものもある（『総見記』）。実際現地へ行って大野川と寒狭川の急流を見れ

ば、鳴子網がかけられるようなところではないし、鳴子網をかけたところで、梅雨の増水では、鳴子の音など聞こえる筈はない。この二つの河川は渇水期にあってもかなりの水量があり、急流である。強右衛門の脱出は、鳴子網をくぐり抜けることよりも、増水期の急流を泳ぎ下るほうがはるかにむずかしいことであったに違いない。

強右衛門《すねえもん》磔死《たくし》

強右衛門は長篠城に向って、ほとんど走っていた。道の半ばで日が暮れた。彼は夜道を急いだ。月が出ればかなり明るい筈《はず》だが運悪くずっと曇っていた。牧原のあたりの無人小屋で一刻ほどの仮眠を取って、また歩き出した。

長篠城と谷一つへだてた雁峰峠《がんぼう》についたときは丑《うし》の刻（午前二時）を過ぎていた。彼はここで狼煙《のろし》を打ち上げた。岡崎城を出る前に奥平貞能を通して貰い受けて来たものである。

彼は背負っていた筒《つつ》をおろし、打ち上げ用の花火玉を入れて火を点じた。それは、赤い大蛇が昇天するようにするすると、いや高く伸びていった。

彼はかねて城を出るときに約束していたように、花火を三発連続して打ち上げた。場所は雁峰峠で、夜間は花火、昼は狼煙を上げることにきめられていた。

一発の場合は援軍来らず。

二発の場合は援軍、岡崎に向って行進中。

三発の場合は援軍、岡崎より長篠へ向って行進中。

という約束になっていた。

強右衛門が三発打ち上げたのは、信長自身が明朝岡崎を発つと言明したのを自ら聞いたからであった。城兵を勇気づけるにはなるべく景気がいい情報のほうがよかったし、彼自身の使者としての責任もそれで果されたことになる。

彼は花火を打ち上げると、まっしぐらに峠を走り降りた。花火を見た武田の兵が、やって来ないうちにと思ったのである。

彼は夜のうちに豊川に沿って長篠城に近づき、寒狭川かまたは大野川の上流から川に入って泳ぎ下り、長篠城の南口（野牛曲輪口）に這《は》い上がって城に入ろうと考えていた。しかし豊川のほとりまで来て、激流の音を聞くと、その方法はきわめて困難のように考えられた。折から一時やんでいた雨がまた降り出した。梅雨は後期に入り雨量が多くなっていた。十四日の夜脱出したときより、水嵩《みずかさ》は一段と増していた。それに篠《しの》つくような雨で、道は分からないし、さりとて提灯《ちょうちん》をつけることもできなかった。

(明けるまで待とう、すべてはそれからだ)

強右衛門はそう考えた。彼は雨の中をほとんど手探りのようにして、長篠城を脱出した夜泊めて貰った農家を訪ねて行った。老人はこの前と同じように、炉の前に蹲《うずくま》っていた。彼は強右衛門が無事役目を果して帰って来たのをたいへん喜び、強右衛門のために薪を焚いた。

強右衛門は腰に下げていた薬籠《やくろう》をお礼のしるしとして老人の前に置いて云った。

「明日はまた川に入らねばならない。こういうものは邪魔になるから置いて行く、なにかの折に役立ててくれ」

老人は何度も何度も礼を云った。当時薬は貴重品であった。

強右衛門は老人がすすめる粥《かゆ》を食べて、ひと眠りした。夜が明けたら、武田軍の警戒線をくぐり抜けて、豊川の上流に出て様子をさぐり、夜になって、川を渡ろうと考えていた。

深い眠りに落ちこんでいる最中だった。強右衛門は横腹に強打を受けてはね起きた。その手を屈強な武士が捕えて云った。

「きさま、徳川方の忍びの者であろう。云いのがれしようとしてもだめだぞ、これがいい証拠だ」

武田の武士は三人組だった。その一人が薬籠を強右衛門の前でふって見せた。

「昨夜雁峰峠で三発の狼煙を打ち上げたのも、おそらくお前だろう」

と第二の武士が云った。

夜半に打ち上げられた花火の合図を見た武田軍は軍勢を出して、付近一帯を探していたのである。強右衛門は忍びの者ではないから、そのようなことのあるのを未然に察知できずに捕えられたのであった。

「これ、おやじ、同道して貰おうか」

第三の武士は老人に云った。老人は言葉も出ぬほどにがたがた慄《ふる》え続けていた。

(こうなったら、どうあがいても無駄だ)

と強右衛門は思った。使者の任務を終り、長篠城への通報も果した。

(城へ戻って、そち自らの口で、援軍が必ず来ることを城兵たちに告げよ)

という家康の命令を果せなかったことは残念だが、やむを得ないことだとあきらめた。

強右衛門は武田の陣所に引き立てられて行って、穴山信君の取り調べを受けた。その前に、身体検査をされ、持参して来た書状はすべて取り上げられていたから、もはやなにひとつ隠すことはなかった。

彼は長篠城を脱出して、岡崎に走り、奥平貞能、徳川家康、織田信長に会ったことを話した。

強右衛門が素直に答えたので、信君は大いに気をよくしたようであった。彼は、早朝に得た意外な獲物をたずさえて、医王寺の本陣に急行した。

勝頼は家来に命じて強右衛門の縄を解き与えたあとで、だいたい信君が訊いたようなことをもう一度繰り返した。多くの部将がその席に連なった。

「長篠城内の士気について申して見よ」

と最後に勝頼が質問した。

「すこぶる盛んでございます」

と答える強右衛門に、

「ではなぜ、援軍の使者としてそちを岡崎へ走らせたか」

という問いに対して強右衛門は頭を下げたままだった。

「よし、よし、それはそちにも答えられぬことであろう。答えなくともよい。城内のことなら、城内の者より、外にいる者のほうがよく分かっておる」

勝頼は強右衛門を下がらせた。

強右衛門は再び縛られて穴山信君の陣屋に連れ戻された。しばらく待たされた後、田峯《だみね》城主菅沼刑部少輔定忠が山家三方衆の者どもを連れて現われた。強右衛門は菅沼定忠の顔を見るのは初めてであった。温和な顔をしていたが、戦国武将の一徹さが眉《み》間《けん》のあたりに浮かんでいた。

「強右衛門、そちも山家三方衆の一人だ。裏切者の奥平一族などに、いつまでも従っていることはあるまい。今日からは、われらと共に武田殿に仕え、大いに手柄を樹てようではないか」

強右衛門は黙っていた。運命の変転を心の中で見詰めていた。

「そちがその気になれば武田殿は許してやると申されている。奥平に仕えていたときの倍のお手当てを与えようとも云われている。いやならば気の毒だが殺される……」

定忠は殺されるという一言を冷たく吐いた。

「強右衛門、お前の出身地の作手《つくで》の清岳へは既に人をやった。明日になれば、お前の家族は捕えられてここにやって来るだろう。お前の気持次第で家族の生命が助かることにもなり、死ぬことにもなる」

(卑怯な!)

と強右衛門は心の中で叫んだ。

(おれが侍大将、せめて足軽大将ならば、人質として家族が捕えられるのはあり得ることだ。しかしおれはただの足軽に過ぎない。足軽の家族を人質に取るとは……)

なにかあるなと強右衛門は考えた。

「どうだよくよく考えてみることだ。心が決まったころにまた来る」

定忠はあとを山家三方衆の者にまかせて引き上げて行った。

五人の山家三方衆の者が、強右衛門の周囲を取りかこんだ。四人の顔は知らなかったが、一人だけ知った顔がいた。強右衛門と同じく、作手《つくで》にいた彼と遠い縁続きになっている鳥居助左衛門だった。

「おい助左《すけざ》、逃げはしないから、このいましめを解いてくれぬか」

強右衛門は助左衛門に乞うた。

「解いてやろう。逃げるなよ、お前が逃げると縄を解いてやったおれが、お前の身替わりになって死なねばならないからな」

助左衛門はそう云いながら縄を解いた。他の四人は黙っていた。定忠に、そうしてもいいと云われていたようでもあった。

強右衛門の縄をほどいた助左衛門がまず発言した。

「強右衛門よ、お前は立派に徳川方の使者としての務めを果したのだから、ここで一区切りつけて武田に従ったほうがいいのではないかな。われわれ、山家三方衆は徳川方にも、さりとて武田方にも忠節をつくすべき義務はない。どっちでもいいから、将来天下を取る人に仕えたほうがいい。遠い先のことは分からないが、今のところでは徳川殿に比較して武田殿の方がはるかに優勢だ。足助城、高天神城は既《すで》に武田殿の手に落ちた。長篠城も、あと一日か二日で落城すること間違いない。そうなれば徳川殿は、いよいよ窮地に追いこまれることになる。武田につくならば早いほうがいい」

助左衛門が一息つくと、第一の知らない顔が替わって説得を始めた。

「助左衛門の云ったとおりだ。長篠城が落ちれば、織田殿は、この前の高天神城のときと同様、さっそく岐阜へご帰城ということになるぞ。きさまは織田殿に会って来たというから、織田殿が本気で戦争をするつもりでいるか、それとも、初めっから逃げ腰でいるかよく分かっているであろう。織田殿はな、岐阜を出発するに当って足軽一人当り馬ふせぎの棒一本に、縄束を持たせているそうな。武田の馬が怖いのだ……」

強右衛門にとってそれは初耳だった。そう云われてみれば岡崎のあちこちにたむろしている織田軍のなんとなく意気の揚らぬ様子が腑《ふ》に落ちない。梅雨のせいばかりではなく、戦《いくさ》そのものに、最初からおじけづいているようにも思われた。

「な、お味方になれ、そうすれば、お前もお前の家族も助かる」

黒い顔の男が替わって云った。

「おかしいではないか、なぜ、おれのような身分の低い者の妻子に危害を加えようとするのだ」

強右衛門は黒い顔の男をなじるように云った。

「それはだ……それは……」

黒い顔の男は云ってもいいものやら、悪いものやら、その決心がつかぬままに、隣りの男をふり返った。下顎《したあご》の張った男がもったいぶった顔で強右衛門に云った。

「つまり、きさまに、手柄を樹てさせてやろうと云うのだ。こちらがいうとおりのことをやれば手柄は樹てられるが、もしそれをこばめば、お前も家族も死なねばならないということだ」

下顎の張った男がぞんざいな口調で云った。

「なにをやればいいのだ」

強右衛門は訊いた。内心不安だった。

「簡単なことだ、城に向ってひとことふたこと叫べばよい。それだけのことよ」

それまで黙っていた男が云った。背が高く眼に険があった。どうやら、五人の中の頭株《かしら》らしかった。

(城兵に向って、援軍は来ない、降伏せよと云わせようというつもりだな)

強右衛門はそう思った。

「どうだ。察しがついたろう。云われたとおりしてくれればお前もお前の家族も助かる。そしておれたち山家三方衆もいい顔ができる」

と男は云った。

「ちょっと考えさせてくれないか、おおぜいの人にいろいろ云われると頭の中がこんがらがって、なにがなにやら分からなくなる、しばらくでいいから、ひとりで考えさせてはくれないか」

強右衛門は乞うた。それは彼のほんとうの気持だった。城を脱出して以来、あまりにも目まぐるしい時間の経過と事件の変転だった。

しばらくの間、ひとりになって、それまでのことを整理し直して結論を出したいと思った。

「いいだろう、午の刻になったら、また来るから、それまでに覚悟を決めて置くように」

相手はそう云った後で、強右衛門の傍ににじり寄るようにして云った。

「強右衛門よくよく考えて答えろよ、生命をけっして粗末にするではないぞ」

強右衛門は、手足をしばられ、警戒のため鳥居助左衛門ひとりだけが残されて、他の四人はそこを去った。

強右衛門は目をつぶって考えた。

(花火を三発続けて打ち上げたのだから、城兵は援軍近きにありと承知している。いましも、城兵に向って、援軍来らずと叫んだところで、城兵は、それをそのまま受け取ることはあり得ない、おそらくは、武田方の強制によるものと思うだろう。つまり、なにを云ったところで、城兵には影響するところは少ない。しかもそれで武田軍が気をよくしておれの縄をほどいてくれるなら、全くもってありがたいことだ)

強右衛門はそう考えた。心が決まると、疲労が出た。彼はしばらくの間まどろんだ。

「めしを食わないか」

という声で起きると鳥居助左衛門が、カシワの葉に包んだ握り飯を持って来ていた。強右衛門は黙って受け取った。

「さあ食べろ、食べたら話してやりたいことがある」

と助左衛門は小声で云った。

強右衛門には助左衛門の小声が気にかかったが、まず飯を食べた。握り飯を手にして、いつの間にか縄がほどかれているのに気がついた。

(今なら逃げられる)

そんなことをふと考えた。だがすぐ、

(この仕置小屋を逃げ出しても、外には武田の兵がうようよいる、助左が一声上げればそれでおしまいだ。逃げるならば、まず助左を……)

しかし助左衛門を殺すことなんか、とてもできないし、明日連れて来られるという家族のこともあった。彼は頭に浮かんだ妄想を打ち消した。

「実はな強右衛門、ほんとうはこんなことを云ってはいけないのだが、お前とは親類どうしだからこっそりと知らせて置く。間もなく偉い人がやって来て、お前はここから引き出されて、城の前の堀のふちに立たせられる。合図ののろしを挙げたが、あれは浜松のお館様（家康）から、あのようにせよと云われてやったまでのことで、事実は全く違い、織田殿は今に至ってもいっこうに兵を発するつもりはないらしい。そのうち、そのうちと口で云っているばかりである。城の皆様もよくよくお考えになるのがよろしいでしょう。……とまあ、このように云えと命令される。そう云わねばお前も家族も殺されるぞとおどかされる」

助左衛門は云った。

「そんなことは分かり切っている。云えばいいだろう。云えば」

強右衛門は覚悟していた。云ったところで城兵は捕われの身の強右衛門が云うことなど信用するものかと云いたいところを我慢した。

「そうだ。そう云えばいいのだ。それでお前は助かると思うだろうがそうではない。お前はその後で斬られる、必ず殺されるのだ」

助左衛門は声をひそめて云った。

「な、なんだと、そんなばかなことが、いったいなぜこのおれが殺されねばならないのだ、助左、ほんとうのことを云ってくれ」

強右衛門は助左にすがりつくような眼をして訊いた。

「最近、山家三方衆の者で、ひそかに徳川方と内通する者が多くなった。武田方ではそれをひどく気にしている。なにか見せしめになるようなことはないかと待っていた」

「お前がなにを云おうとしているのか分からない。いったいどういうことになるのだ。おれは死んでもいいが、ほんとうのことを知りたい。家族はどうなる」

強右衛門は必死に訊いた。

「おれはさっき、お前の首の傍に立てられる高札《こうさつ》の文句を読んでしまったのだ。まだ墨も乾かない生々しい奴をだ。それにはこう書いてあった」

助左衛門は一息吸いこんだところで一気に、それを目の当り見て読み上げるような口調で云った。

「鳥居強右衛門なる者、かねて用命を受けて長篠城内に置かれしにもかかわらず、理不尽にも変節し、徳川方に心を寄せるようになりしこと明らかになりたるによって、かくのごとき罪罰を、その家族と共に受けるものなり」

「それこそ理不尽だ。おれは武田の廻し者なぞやってはいない。……」

強右衛門は叫んだ。

「そのとおりだ。しかし、これが戦争というものだ。武田も徳川も、勝つためには、人の一人や二人の生命なんかなんとも思っていないのだ」

助左衛門は云った。

「どうすればいいのだ、助左、どうすればいいか云ってくれ」

「どうすることもできない。逃がしてやりたいが、お前のそば杖《づえ》を喰って死にたくはない」

「おれは死んでもいいが家族だけでもなんとかして生かしたい。その手はないだろうか」

「すべて手遅れだ。なにもかもお膳立てどおりに進んでいる。あとはただ一つ、お前自身が死にざまを立派にすることだ。山家三方衆の意気を両軍に見せてやるぐらいのことしかできないだろう」

「死にざまを立派にする?」

強右衛門はその言にこだわった。

「そうだ。城兵と城外の兵とが見守る中でのお前の発言はお前の名を殺すことにもなり、後世に生かすことにもなる」

足音がした。

菅沼定忠が山家三方衆の者数名をつれて入って来た。

「だいぶ落ちついたようだな」

定忠は強右衛門を見て云った。彼は家来が持って来てそこに据えた牀机《しょうぎ》に腰をおろして、ゆっくりした口調で強右衛門に命令した。

城兵に向って、雁峰峠で打ち上げた花火による情報は虚報であり、実際は織田軍の援軍は来ない。徳川家康は、高天神城同様、長篠城を見捨てるつもりでいると伝えよ、そうすれば身は取り立てられるし、家族も安泰だとつけ加えた。

強右衛門は素直に聞いていた。

「承知いたしました。お申しつけのとおりいたしますから、なるべく城の近くまで連れて行ってくだされ」

強右衛門は死を覚悟していた。助左衛門が云ったように、死に際を飾ろうと考えていた。

強右衛門は弾正曲輪《だんじょうくるわ》のあたりの堀のふちに立たせられた。ここまで来ると、城内からの鉄砲の有効射程距離に入るので、

「城内のみなさまに物申す、強右衛門でござる、強右衛門でござる」

と大声で叫んだ。

高い土塁の上に人の顔がちらっと見えては消えた。城内も城外からの鉄砲の射撃を恐れているようであった。

穴山信君は攻城軍に命じて、包囲陣を仕寄台をも含めて後退させてから、強右衛門とその左右に屈強な武士二名をつけて、前に進めた。強右衛門の縄は解かれていた。

服装は脱出したときのままだった。

城外の様子がおかしいので、城内からは、次々と物見が現われた。強右衛門が武田軍に捕えられて、いま目の前に連れ出されているのを見ると、城内は騒然とした。だが、城主の奥平貞昌は、

「敵に策があるかもしれないから、気をつけるように、特に北側の備えは手を抜くな」

と命じた。

西側の弾正曲輪の土塁の上には、強右衛門と親しい者二名を出して、強右衛門かどうかを確かめさせてから、強右衛門との問答を許した。

強右衛門がいかに大音声で怒鳴《どな》っても城兵のすべてに彼の声を聞かせることはむずかしかった。

「強右衛門、なにか云うことがあれば聞き取ってやるぞ」

城内からの声に強右衛門は叫んだ。

「まず第一にお訊ねする。昨夜、雁峰峠で打ち上げた三発の花火の合図は認められたかどうか」

強右衛門はゆっくりと一語一語を区切るように云った。

すぐは返事はなかった。なんと答えていいか、いちいち上役にうかがっている様子

だった。

「三発の花火は確かに認めたぞ、織田殿の援軍が既に岡崎を出発したとのこと、城兵ことごとく喜んでおるぞ」

という声がかえって来た。

「織田、徳川連合軍は合わせて四万、現在は牛久保から野田に向って行軍中である。お味方衆、ご安心あれ、ご安心あれ、あと三日か四日の辛棒でござる。必ず、必ず援軍は到着するぞ」

強右衛門は力かぎり叫んだ。咽喉が裂けて血が出る思いで絶叫した。

武田の陣から数名の武士が強右衛門のところへ走り寄り、その口をふさぎ、両手両足を取って、担ぐように運び去った。

城内からは強右衛門が、まだまだ多くのことを云おうとしている様子が分かったし、発言の途中で武田軍に連れ去られて行くところを見て、かえって強右衛門の発言の内容に重みが増した。

「援軍は必ず来るぞ」

「援軍は既に牛久保から野田のあたりを行進中だそうだ」

「われわれはあと三日か四日、必死に防げば生命を全うすることができるぞ」

城兵は肩を叩き合って喜んだ。援軍が牛久保から野田に向って行進中だと強右衛門が云ったのは彼の想像から出たものであったが、事実と相違してはいなかった。

強右衛門はその場から引き立てられて行って、有海原《あるみばら》（長篠城の南、百メートルほどのところにあった）で磔《はりつけ》になった。

処刑を命じたのは穴山信君であった。強右衛門が持っていた書状は取り上げられたし、既に強右衛門は、なにごとも隠さずにしゃべっている。特に生かして置く必要もないと思ったからである。信君はどたんばになって、強右衛門が武田を裏切ったことについて、いささか解せないものがあったが、敢《あえ》て、それについて取り調べることもしなかった。

強右衛門が城兵に向って援軍来ると叫んだがために処刑されたという報は、信君からの正式報告を待たずして本陣の勝頼の耳に入った。

「惜しい男を殺したな」

と勝頼はつぶやいたが、その傍にいた真田昌幸は、

「ちとおかしいな……」

とひとりごとを云った。それが勝頼の耳に入った。

「なにがおかしいのだ」

「強右衛門の最後の姿でございます。この件について調べさせていただきます」

昌幸は勝頼に答えると、すぐ穴山信君の陣へ行って、信君ともども、山家三方衆の

菅沼定忠を呼んでくわしい事情を訊いた。

「強右衛門はまことに素直な男に見えた。生命を捨ててまであのようなことを云わねばならない理由も見当らない」

そういう昌幸に、

「拙者もそのように考えておりました。いざとなって、なぜあのように豹変《ひょうへん》したのか、全く見当もつきません」

と菅沼定忠は首をひねりながら、それまで強右衛門をどのように取り扱っていたかを話した。

「強右衛門の説得に当っていた五人の山家三方衆の者をここに呼び寄せて貰いたい」

昌幸は、その五人のうち誰かが、強右衛門の気持を変えさせたのだと思った。

五人のうち四人は来たが、鳥居助左衛門一人の姿が見当らなかった。その時既に助左衛門は逃亡していた。更に調べると、助左衛門と強右衛門が仕置小屋の中で熱心に話し合っていたことや、強右衛門が昂奮してしゃべっていたことなど、仕置小屋の外で警備に当っていた者の口から明らかにされた。その警備の武士たちを呼んで聞きただすと、

「どうせ殺されると決まっているなら、後世に名を残すようなことを云って死ねばいい」

と助左衛門が強右衛門にすすめているのを小耳にはさんだ男がいた。

昌幸は警備の武士を下がらせてから菅沼定忠に向って云った。

「鳥居助左衛門は徳川方の廻し者だったのだ。強右衛門はまんまと助左衛門にだまされたのだ。城兵に向って、援軍は来ないから降伏したほうがよいと云わせられた後でお前は殺されるぞとまことしやかな作り話をしたのであろう。そして、どうせ殺されるならば、後世に名の残るようなことを云って死ねよと焚きつけられたに違いない。強右衛門は純粋な人間だから、助左衛門の言を信じてそうやったのだ。……恐ろしいことだ」

昌幸が恐ろしいことだと云った言葉の裏には、多くのことが含まれていた。味方だと思っている山家三方衆が必ずしも全部味方ではないということの恐ろしさ――それは懐中に爆弾を抱いているような恐ろしさにも通ずるものであった。また一般的な調略戦の恐ろしさを恐ろしいことだと云ったとも考えられるし、やがて戦場近くに到着するであろう織田、徳川連合軍に対する恐ろしさを言外に出したとも云える。

穴山信君は直ちに勝頼の本陣に伺候して、強右衛門の刑の執行を急いだことを謝った。

「いや、そんなことを気にすることはない。寄手の大将が、こまかいことをいちいち本陣に報告していたら戦にはならないからな」

勝頼は口ではそう云っていたが、内心では、みすみす、徳川の調略にひっかかった口惜しさがあるので、

「おそらく、その助左衛門を指図した黒い大鼠がどこかに潜んでいるに違いない。気をつけるように」

と云った。

信君は返す言葉がなかった。

鳥居強右衛門についての数多くの資料は、ほとんど徳川時代になって出たものであるから虚飾が多いように見受けられる。信じられる点だけを上げると、十四日の夜長篠城を脱出して岡崎へ走り、徳川家康、織田信長に会って、十五日の夜遅く雁峰峠で狼煙の合図をした後で武田軍に捕われ、十六日に処刑されたということである。鳥居強右衛門の墓は、彼の故郷の作手村字鴨ケ谷の甘泉寺にある。甘泉寺は奥平氏の菩提寺である。奥平貞昌が強右衛門のために建てたものだと云われている。

強右衛門が処刑された有海の新昌寺にも強右衛門の墓がある。場所から見て、処刑された遺体を葬った墓と思われる。

鳥居強右衛門の死は壮烈であった。彼の名は永く後世に残り、彼の子孫もまた栄えた。強右衛門の子亀千代は八歳で家督を継ぎ、奥平貞昌に仕えて百石を貰ったが、長

じてから武勲を樹てて出世し、後大和郡山十二万石の城主松平忠明に仕えるようになってからは千二百石取りとなり城代までつとめるようになった。その後、時代の流れとともに、鳥居家にも浮き沈みがあったが、総じて、一族は繁栄した。強右衛門という先祖の名声に拠るばかりではなく、この家系一族中には、剛毅な、武士らしい武士が次々と輩出している。くわしくは丸山彭氏著『鳥居強右衛門とその子孫』（愛知県南設楽郡鳳来町、長篠城址史跡保存館発行）を参照せられたい。

〈陽の巻・了〉

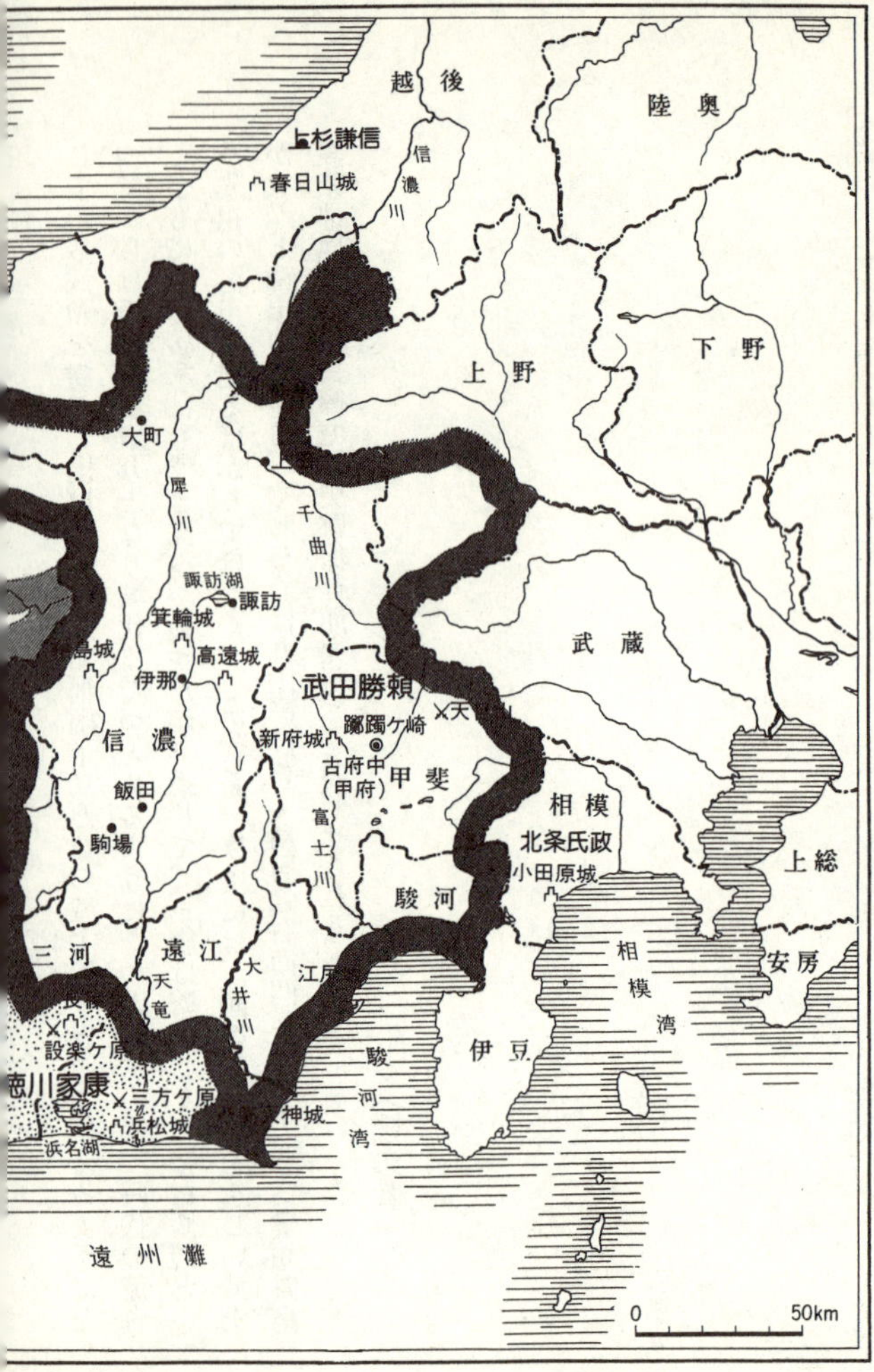
越後
陸奥
上杉謙信
春日山城
信濃川
上野
下野
大町
犀川
千曲川
諏訪湖
諏訪
箕輪城
高遠城
伊那
武田勝頼
躑躅ケ崎
新府城
古府中
(甲府)
甲斐
武蔵
信濃
飯田
駒場
富士川
相模
北条氏政
小田原城
上総
駿河
三河
遠江
天竜
大井川
安房
相模湾
伊豆
設楽ケ原
徳川家康
三方ケ原
浜松城
浜名湖
駿河湾
遠州灘
0
50km

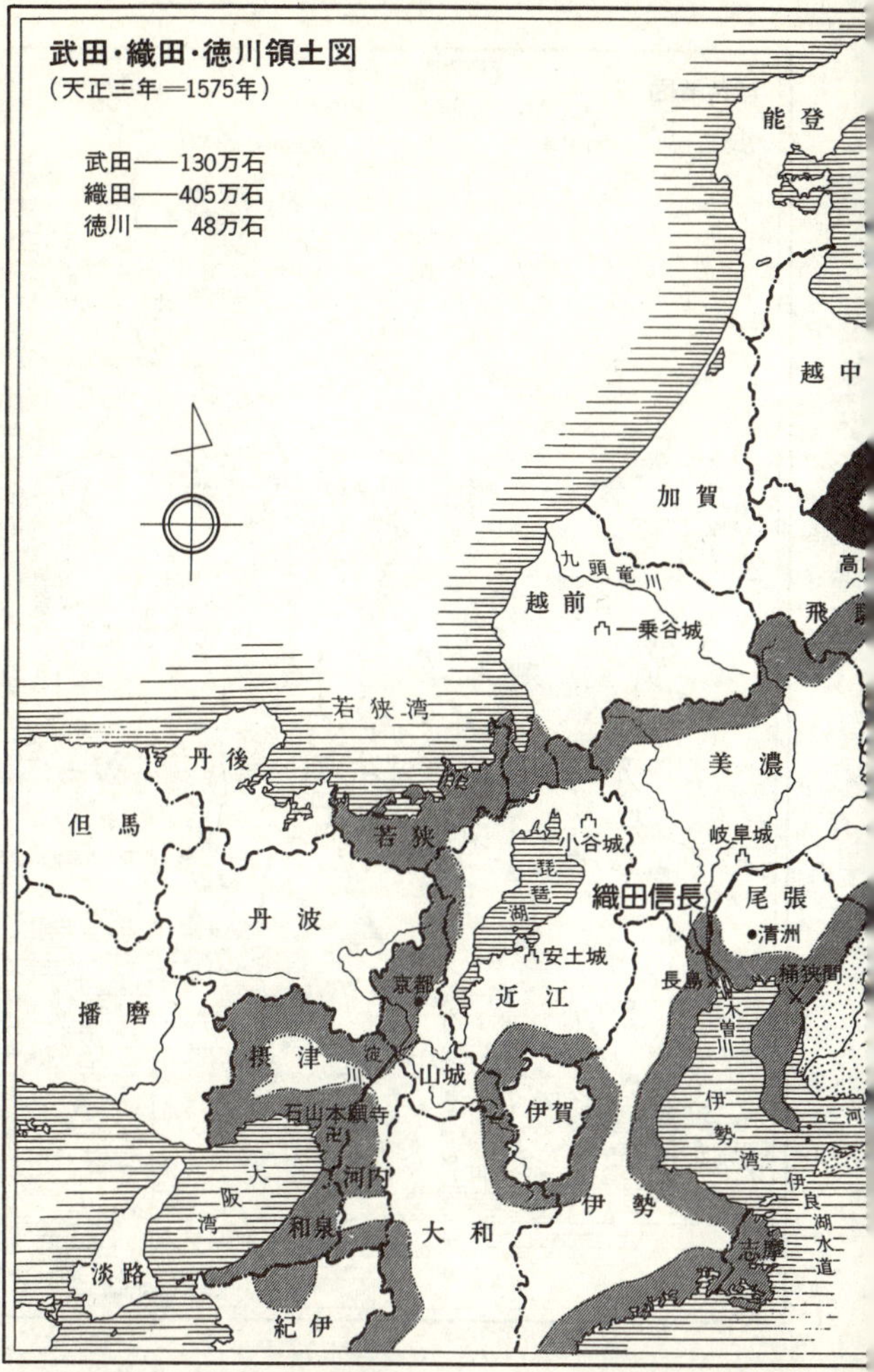

武田・織田・徳川領土図
（天正三年＝1575年）

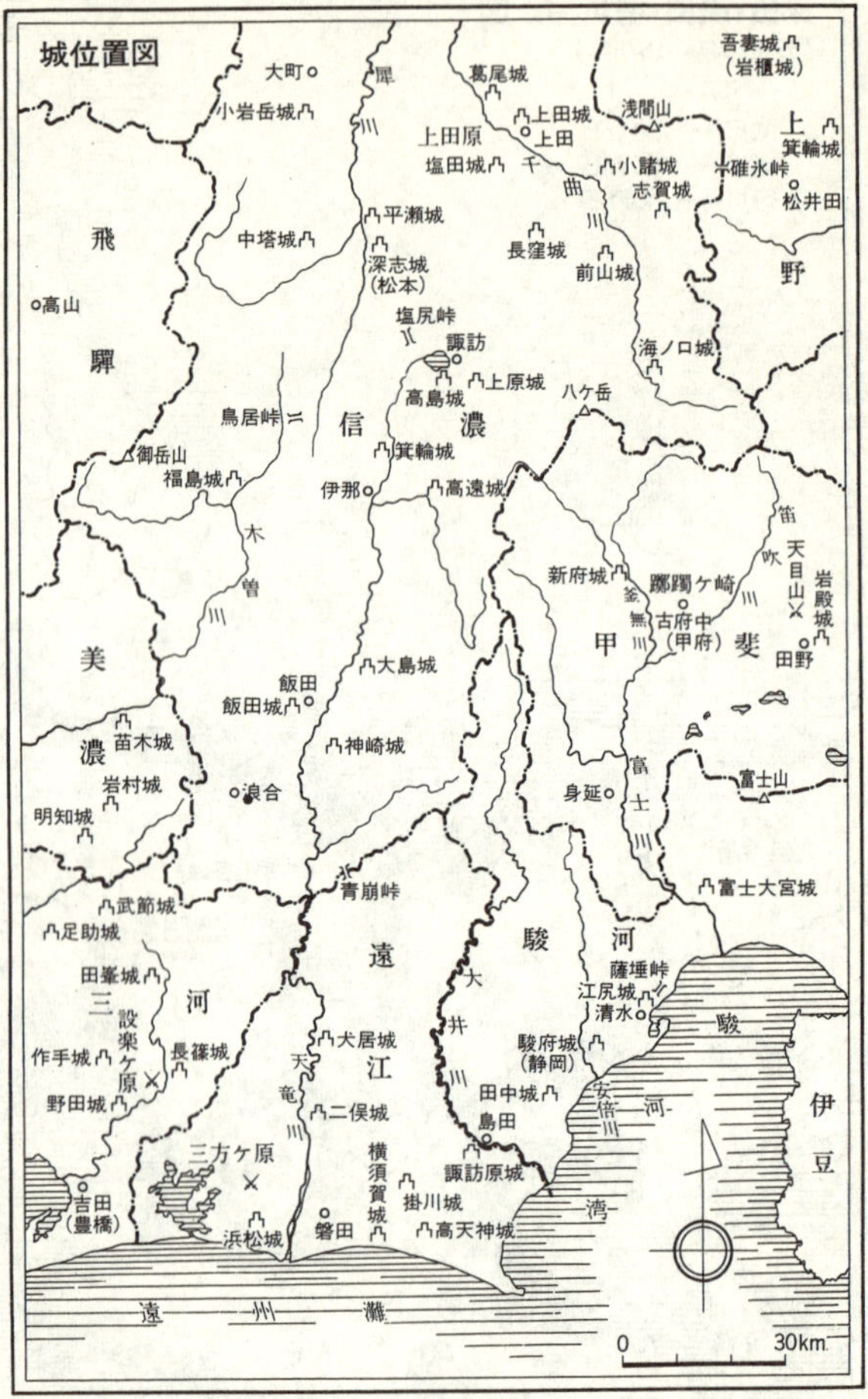
大町
小岩岳城
犀
川
葛尾城
上田城
上田
上田原
塩田城
千
曲
川
吾妻城
(岩櫃城)
浅間山
上
箕輪城
小諸城
碓氷峠
志賀城
松井田
平瀬城
中塔城
深志城
(松本)
長窪城
前山城
野
飛
高山
騨
塩尻峠
諏訪
高島城
上原城
海ノ口城
八ケ岳
鳥居峠
信
濃
御岳山
福島城
箕輪城
伊那
高遠城
木
曽
川
笛
吹
川
天目山
岩殿城
新府城
釜
無
川
躑躅ケ崎
古府中
(甲府)
甲
斐
田野
美
濃
苗木城
岩村城
明知城
大島城
飯田
飯田城
神崎城
浪合
身延
富
士
川
富士山
青崩峠
武節城
足助城
田峯城
三
河
設
楽
ケ
原
作手城
長篠城
野田城
遠
江
大居城
天
竜
川
二俣城
大
井
川
駿
河
薩埵峠
江尻城
清水
駿府城
(静岡)
田中城
島田
安
倍
川
富士大宮城
駿
河
湾
伊
豆
三方ケ原
吉田
(豊橋)
浜松城
磐田
横
須
賀
城
掛川城
諏訪原城
高天神城
遠
州
灘
0
30km
城位置図

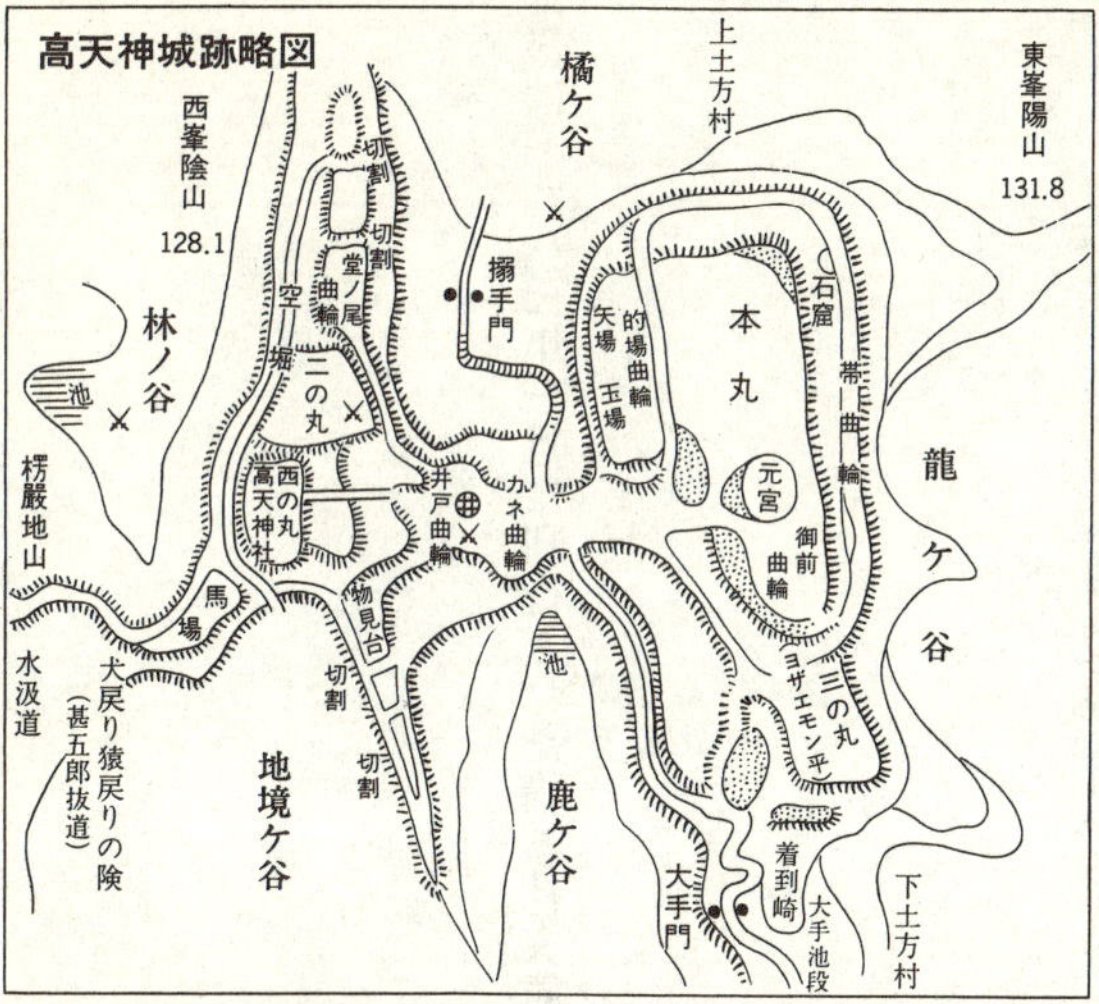

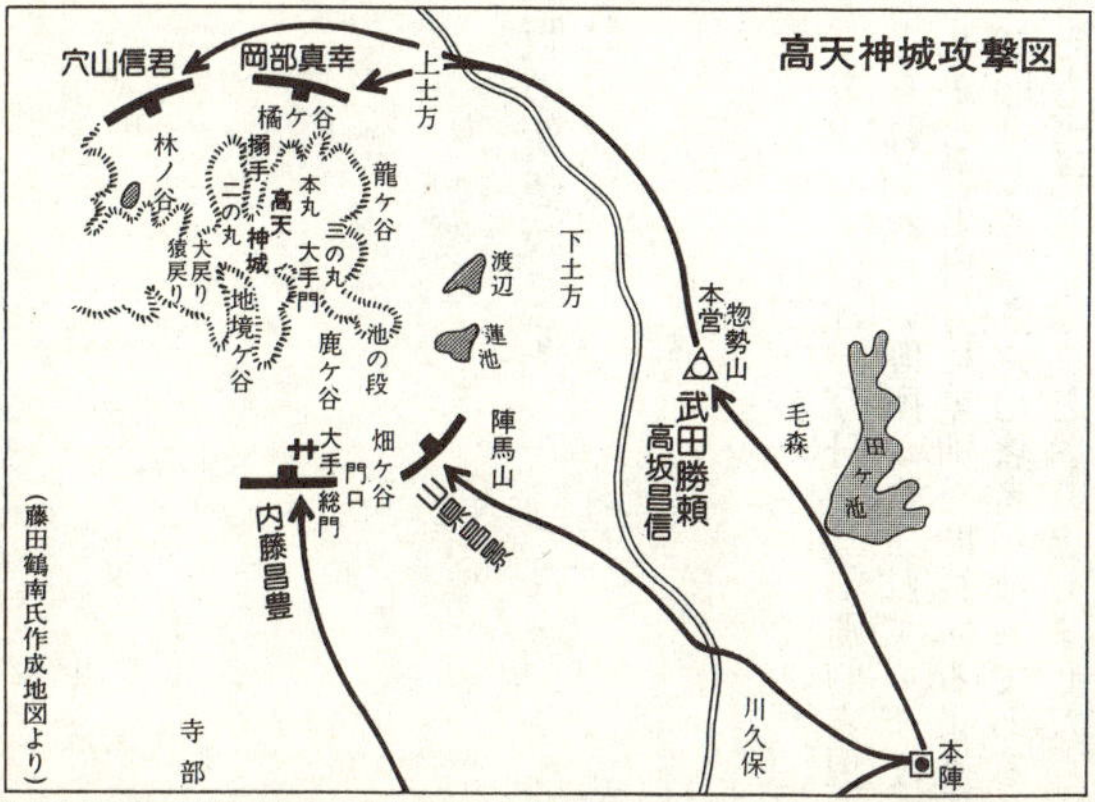

（藤田鶴南氏作成地図より）

本書は一九八三年一月に刊行された講談社文庫版の新装版です。

おことわり

本作品中には、今日では差別的表現ととられかねない箇所が含まれています。しかし著者自身に差別を助長するような意図はなく、さらに著者が故人であることも考慮し、原文どおりとしました。

（出版部）

|著者| 新田次郎　1912年長野県生まれ。無線電信講習所（現・電気通信大学）卒業後、中央気象台（現・気象庁）に勤務。'56年『強力伝』で直木賞、'74年『武田信玄』ならびに一連の山岳小説により吉川英治文学賞受賞。'80年67歳で他界した。『孤高の人』『八甲田山死の彷徨』『富士山頂』『劒岳　点の記』『聖職の碑《いしぶみ》』など著書多数。

新装版《しんそうばん》　武田勝頼《たけだかつより》　(一)陽《よう》の巻《まき》

新田次郎《にったじろう》

2009年9月15日第1刷発行

発行者——鈴木　哲

発行所——株式会社　講談社

東京都文京区音羽2-12-21　〒112-8001

電話 出版部（03）5395-3510

販売部（03）5395-5817

業務部（03）5395-3615

Printed in Japan

講談社文庫

定価はカバーに表示してあります

デザイン—菊地信義

本文データ制作—講談社プリプレス管理部

印刷———豊国印刷株式会社

製本———株式会社国宝社

落丁本・乱丁本は購入書店名を明記のうえ、小社業務部あてにお送りください。送料は小社負担にてお取替えします。なお、この本の内容についてのお問い合わせは文庫出版部あてにお願いいたします。

ISBN978-4-06-276386-8

講談社文庫刊行の辞

二十一世紀の到来を目睫に望みながら、われわれはいま、人類史上かつて例を見ない巨大な転換期をむかえようとしている。

世界も、日本も、激動の予兆に対する期待とおののきを内に蔵して、未知の時代に歩み入ろうとしている。このときにあたり、創業の人野間清治の「ナショナル・エデュケイター」への志を現代に甦らせようと意図して、われわれはここに古今の文芸作品はいうまでもなく、ひろく人文・社会・自然の諸科学から東西の名著を網羅する、新しい綜合文庫の発刊を決意した。

激動の転換期はまた断絶の時代である。われわれは戦後二十五年間の出版文化のありかたへの深い反省をこめて、この断絶の時代にあえて人間的な持続を求めようとする。いたずらに浮薄な商業主義のあだ花を追い求めることなく、長期にわたって良書に生命をあたえようとつとめるところにしか、今後の出版文化の真の繁栄はあり得ないと信じるからである。

同時にわれわれはこの綜合文庫の刊行を通じて、人文・社会・自然の諸科学が、結局人間の学にほかならないことを立証しようと願っている。かつて知識とは、「汝自身を知る」ことにつきていた。現代社会の瑣末な情報の氾濫のなかから、力強い知識の源泉を掘り起し、技術文明のただなかに、生きた人間の姿を復活させること。それこそわれわれの切なる希求である。

われわれは権威に盲従せず、俗流に媚びることなく、渾然一体となって日本の「草の根」をかたちづくる若く新しい世代の人々に、心をこめてこの新しい綜合文庫をおくり届けたい。それは知識の泉であるとともに感受性のふるさとであり、もっとも有機的に組織され、社会に開かれた万人のための大学をめざしている。大方の支援と協力を衷心より切望してやまない。

一九七一年七月

野間省一

講談社文庫 最新刊

佐伯泰英
海戦
〈交代寄合伊那衆異聞〉
海軍操練所の若者を率い、外洋訓練の指揮を任された座光寺藤之助だが!?〈文庫書下ろし〉

今野敏
茶室殺人伝説
相山流の茶会で死んだ男。流派には伝説に彩られた歴史があった。傑作ミステリー復刊!

高杉良
新装版 **懲戒解雇**
懲戒解雇に追い込もうとする組織の横暴に屈することなく、独りで立ち向かう男の闘い!

井川香四郎
科《しな》戸《と》の風
〈梟 与力吟味帳〉
女たらし信三郎が母親殺し事件の真相に迫る。NHK土曜時代劇原作。〈文庫書下ろし〉

薬丸岳
闇の底
性犯罪事件が起きるたびに、かつて罪を犯した者が殺される。処刑人サンソンの正体は?

坂東眞砂子
梟首《きょうしゅ》の島(上)(下)
土佐の留学生はなぜロンドンで切腹したのか? 自由民権運動に魅せられた兄弟と母の物語。

笹本稜平
駐在刑事
取り調べ中の自殺で自責の念を背負う元刑事は、奥多摩の山中捜査で自分を取り戻せるか!

常《つね》光《みつ》徹
学校の怪談
〈百円のビデオ〉
大人も読める百物語形式「学校の怪談」を五十話収録。とっておきのこわい話集、第2弾。

本城英明
警察庁広域特捜官 梶山俊介
〈広島・尾道「刑事殺し」〉
汚職の嫌疑をかけられて、同期の刑事が惨殺された。梶山は広島へ飛ぶ。〈文庫書下ろし〉

小林篤
足利事件
〈冤罪を証明した一冊のこの本〉
日本を騒がせた冤罪事件。無期懲役刑の菅家氏の無実を'94年から訴え証明したのはこの本。

日本推理作家協会 編
京極夏彦 選 **謎** 004
〈スペシャル・ブレンド・ミステリー〉
大好評のベスト・オブ・ベストのアンソロジー。今回の選者、京極夏彦が極上の謎を届ける。

講談社文芸文庫

阿部昭

未成年・桃　阿部昭短篇選

解説=坂上弘　年譜=著者・阿部玉枝

時代に背を向け不器用に生きた元軍人の父と家族の苦い戦後を描く「未成年」、幼年期の記憶に揺曳する一情景が鮮烈に甦る「桃」など、〈短篇の名手〉の秀作十篇精選。

あＢ６
978-4-06-290060-7

室生犀星

哈爾濱《ハルビン》詩集・大陸の琴

解説=三木卓　年譜=星野晃一

昭和十二年四月、旅行嫌いの犀星が、生涯でただ一度の海外（満洲）旅行に出かけた。「古き都」哈爾濱への憧れが書かせた、表題作の詩集・小説ほか随筆四篇を収録。

むＡ６
978-4-06-290062-1

加藤典洋

アメリカの影

解説=田中和生　年譜=著者

戦後日本とアメリカの関係を根底から問う鮮烈なデビュー作。「無条件降伏」それ自体を問題にすることで、原爆投下、新憲法、天皇制への新しい視座を提出する。

かＰ２
978-4-06-290061-4

西村京太郎　寝台特急《メモリー・トレイン》「日本海」殺人事件
西村京太郎　十津川警部 帰郷・会津若松
西村京太郎　特急「あずさ」《アリバイ・トレイン》殺人事件
西村京太郎　特急「おおぞら」《ハイデッカー・エクスプレス》殺人事件
西村京太郎　寝台特急「北斗星」《ロイヤル・トレイン》殺人事件
西村京太郎　十津川警部 姫路・千姫殺人事件
西村京太郎　十津川警部の怒り
西村京太郎　新版 名探偵なんか怖くない
西村京太郎　十津川警部「荒城の月」殺人事件
西村京太郎　宗谷本線殺人事件
西村京太郎　奥能登に吹く殺意の風
西村京太郎　特急「北斗1号」《スーサイド・トレイン》殺人事件
西村京太郎　十津川警部「悪夢」通勤快速の罠
西村京太郎　十津川警部 五稜郭殺人事件
西村京太郎　十津川警部 湖北の幻想
西村京太郎　九州新特急「つばめ」殺人事件
西村京太郎　九州特急「ソニックにちりん」殺人事件
新津きよみ　スパイラル・エイジ
西村寿行　異常者

新田次郎　聖職の碑《いしぶみ》
新田次郎　新装版 武田勝頼 (一)陽の巻 (二)水の巻 (三)空の巻
日本文芸家協会編　愛 染 夢灯籠〈時代小説傑作選〉
日本推理作家協会編　犯罪ロードマップ〈ミステリー傑作選1〉
日本推理作家協会編　殺人現場へどうぞ〈ミステリー傑作選2〉
日本推理作家協会編　ちょっと殺人を〈ミステリー傑作選3〉
日本推理作家協会編　あなたの隣に犯人が〈ミステリー傑作選4〉
日本推理作家協会編　犯人ただいま逃亡中〈ミステリー傑作選5〉
日本推理作家協会編　サスペンス・ゾーン〈ミステリー傑作選6〉
日本推理作家協会編　意外や意外〈ミステリー傑作選7〉
日本推理作家協会編　殺しの一品料理《ア・ラ・カルト》〈ミステリー傑作選8〉
日本推理作家協会編　犯罪ショッピング〈ミステリー傑作選9〉
日本推理作家協会編　闇のなかのあなた〈ミステリー傑作選10〉
日本推理作家協会編　どんでん返し〈ミステリー傑作選11〉
日本推理作家協会編　にぎやかな殺意〈ミステリー傑作選12〉
日本推理作家協会編　凶器は狂気〈ミステリー傑作選13〉
日本推理作家協会編　犯罪見本市〈ミステリー傑作選14〉
日本推理作家協会編　殺しのパフォーマンス〈ミステリー傑作選15〉
日本推理作家協会編　故意・悪意・殺意〈ミステリー傑作選16〉

日本推理作家協会編　とっておきの殺人〈ミステリー傑作選17〉
日本推理作家協会編　花には水、死者には愛〈ミステリー傑作選18〉
日本推理作家協会編　殺人者へのレクイエム〈ミステリー傑作選19〉
日本推理作家協会編　死者たちは眠らない〈ミステリー傑作選20〉
日本推理作家協会編　殺人はお好き？〈ミステリー傑作選21〉
日本推理作家協会編　二転・三転・大逆転〈ミステリー傑作選22〉
日本推理作家協会編　あざやかな結末〈ミステリー傑作選23〉
日本推理作家協会編　頭脳明晰、特技殺人〈ミステリー傑作選24〉
日本推理作家協会編　誰がための殺人〈ミステリー傑作選25〉
日本推理作家協会編　明日からは、殺人者〈ミステリー傑作選26〉
日本推理作家協会編　真犯人は安眠中〈ミステリー傑作選27〉
日本推理作家協会編　完全犯罪はお静かに〈ミステリー傑作選28〉
日本推理作家協会編　あの人の殺意〈ミステリー傑作選29〉
日本推理作家協会編　もうすぐ犯行記念日〈ミステリー傑作選30〉
日本推理作家協会編　死導者がいっぱい〈ミステリー傑作選31〉
日本推理作家協会編　殺人前線北上中〈ミステリー傑作選32〉
日本推理作家協会編　犯行現場にもう一度〈ミステリー傑作選33〉
日本推理作家協会編　殺人博物館へようこそ〈ミステリー傑作選34〉
日本推理作家協会編　どたん場で大逆転〈ミステリー傑作選35〉

2009年9月15日現在